EVA ALMSTÄDT

Ostseenebel

Weitere Titel der Autorin:

Kalter Grund
Engelsgrube
Blaues Gift
Grablichter
Tödliche Mitgift
Ostseeblut
Düsterbruch
Ostseefluch
Ostseesühne
Ostseefeuer
Ostseetod
Ostseejagd
Ostseerache
Ostseeangst
Ostseegruft
Ostseefalle
Ostseekreuz

Ostseemorde
Ostseelüge – mit MP3-CD Kalter Grund

Dornteufel

Titel auch als Hörbuch und E-Book erhältlich

Über die Autorin:

Eva Almstädt absolvierte eine Ausbildung in den Fernsehproduktionsanstalten der Studio Hamburg GmbH und studierte Innenarchitektur in Hannover. Ihr erster Roman KALTER GRUND wurde zum Auftakt der erfolgreichen Serie um die Lübecker Kommissarin Pia Korittki. Eva Almstädt lebt in Hamburg.

EVA ALMSTÄDT

Ostseenebel

Pia Korittkis achtzehnter Fall

lübbe

Dieser Titel ist auch als Hörbuch und E-Book erschienen

Die Bastei Lübbe AG verfolgt eine nachhaltige Buchproduktion. Wir verwenden Papiere aus nachhaltiger Forstwirtschaft und verzichten darauf, Bücher einzeln in Folie zu verpacken. Wir stellen unsere Bücher in Deutschland und Europa (EU) her und arbeiten mit den Druckereien kontinuierlich an einer positiven Ökobilanz.

FSC
www.fsc.org
MIX
Papier | Fördert gute Waldnutzung
FSC® C014496

Originalausgabe

Dieses Werk wurde vermittelt durch die
Thomas Schlück GmbH, 30161 Hannover

Textredaktion: Dorothee Cabras
Titelillustration: © Konrad Uznanski/shutterstock; tobigraf22/
shutterstock; LGieger/shutterstock; © tobigraf22/arcangel
Umschlaggestaltung: Christin Wilhelm, www.grafic4u.de
Satz: hanseatenSatz-bremen, Bremen
Gesetzt aus der Stempel Garamond
Druck und Verarbeitung: GGP Media GmbH, Pößneck
Printed in Germany
ISBN 978-3-404-18996-0

2 4 5 3 1

Sie finden uns im Internet unter
luebbe.de
Bitte beachten Sie auch: lesejury.de

Prolog

Der Teich schimmerte silbern im Mondlicht, umgeben von Schilf und nachtschwarzen Büschen. Linn Aubach harrte geduldig im Dunkeln aus, während ihr die Feuchtigkeit aus dem Rasen die Hosenbeine hochkroch. Ihre Knie schmerzten von der ungewohnten Hockstellung, und ihr war eiskalt. Der Spaten, den sie vorsorglich mitgenommen hatte, lag neben ihr im Gras. Das Pfefferspray – gegen bissige Hunde, wie der Mann in dem Waffengeschäft augenzwinkernd betont hatte – befand sich in der Tasche ihrer dunkelblauen Golfjacke.

Als sie sich gerade stöhnend aufrichten wollte, um ihre Mission für gescheitert zu erklären, hörte sie Schritte. Langsame, leise Schritte, doch das Geräusch kam näher. Die Zweige der Büsche teilten sich, eine Gestalt materialisierte sich und trat aus dem Tiefdunkeln an das Ufer des Teichs.

Linn stockte der Atem. Sie hatte aufspringen wollen, um den Eindringling zu stellen. Sie musste beweisen, dass sie sich seine nächtlichen Besuche nicht nur einbildete. Die Polizei sollte ihre Anzeige endlich ernst nehmen.

Doch die Gegenwart des Mannes, der sich nun verstohlen über die Schulter umsah, war wider Erwarten Furcht einflößend. Was passierte hier? Sie war eine mutige, pragmatische Frau, das hatte sie als Strafverteidigerin schon oft bewiesen. Außerdem hatte sie geahnt, dass es unangenehm werden konnte, wenn sie sich spät abends in ihrem Garten auf die Lauer legte. Doch sie wollte den Kerl unbedingt erwischen und damit dem wochenlangen Spuk ein Ende bereiten. Sie wollte beweisen, dass sie recht hatte!

Nur … was passierte, wenn sie sich irrte? Wenn sie die Situation vollkommen falsch einschätzte? War er es überhaupt? Linn war sich seiner Identität so sicher gewesen. Doch der Mann unten am Teich war bei längerer Betrachtung zu agil und zu kräftig. War es ein Fremder? Konnte sie es mit ihm aufnehmen? Oder war sie wahnsinnig?

Der Mond wurde immer wieder von schnell wandernden Wolken verdeckt. Dunstschleier stiegen wie dünne Finger von der Oberfläche des Teichs auf. Sie hörte Wasser plätschern. Mit einer schwungvollen Bewegung holte der Mann einen ihrer Koi-Karpfen heraus, der klatschend am Ufer auf den Steinen aufschlug. Oh nein!

Linn unterdrückte ein Aufstöhnen. Er hatte schon zwei ihrer Kois abgeschlachtet und ihr die toten Fische mit herausgerissenen Eingeweiden erst auf ihrer Terrasse, dann auf dem Fensterbrett des Schlafzimmerfensters präsentiert. Nur ein völlig kranker Geist tat so etwas.

Sie hatte es womöglich mit etwas ganz anderem zu tun, als sie angenommen hatte. Und sie war allein hier draußen, nur mit einem Spaten und Pfefferspray bewaffnet. Langsam kroch sie rückwärts durch die Büsche, um zurück zum Haus zu gelangen. Ein Zweig unter ihrem Knie knackte. Der Mann hob den Kopf. Sie gefror. Er drehte sich um und schaute nun direkt zu ihr herüber. Lauerte. Doch sie sah kein Gesicht. Er trug eine schwarze Motorradmaske. Linns Herz raste. Wie hatte sie nur so dumm sein können?

1. Kapitel

»Oh, das ist jetzt aber eine Überraschung!« Kriminalhauptkommissar Heinz Broders fixierte eine Stelle irgendwo hinter seiner Kollegin.

»Was ist denn?« Pia Korittki blickte über ihre Schulter, entdeckte aber nichts, was seine Aufmerksamkeit erregt haben könnte. Ihr Teamkollege musterte sie unter schweren Augenlidern hervor, neugierig und ein bisschen besorgt zugleich. »Nun sprich nicht in Rätseln, Broders. Wen oder was meinst du?«

Der große Besprechungsraum des K1 der Bezirkskriminalinspektion Lübeck war von ihren gemeinsamen Kolleginnen und Kollegen bevölkert. Sie feierten Kriminalhauptkommissars Wilfried Kürschners letzten Arbeitstag und seine Verabschiedung aus dem Polizeidienst.

Dicht an dicht standen die Mitarbeiter des Lübecker Polizeihochhauses, aßen, tranken und plauderten. Die Stimmung war, gemessen am Ort der Begegnung, ausgelassen. Die offiziellen Reden waren überstanden, das Büfett geplündert; die Veranstaltung zeigte bereits erste Auflösungserscheinungen. Jetzt waren nur noch die Kollegen da, die die Zusammenkunft genossen. Mit Neuankömmlingen rechnete wohl niemand mehr.

Broders senkte die Stimme. »Nähert sich auf achtzehn Uhr.« Er blickte ihr in die Augen. »Noch etwa fünf Meter.«

Da sah Pia ihn. Marten Unruhs schlanke Gestalt mit den breiten Schultern schien die Menschenmenge zu teilen. Was zum Teufel machte er auf einmal hier? Ihr Herz klopfte, und ihr Mund wurde trocken. Weil sie sich ärgerte, sagte sie sich. Sie mochte keine Überraschungen. Marten hätte sie ruhig vorher anrufen können.

»Du meintest doch gestern, Marten sei noch eine Woche auf seiner Fortbildung in Wiesbaden.« Broders beobachtete Pia genau. Er kannte Martens und ihre gemeinsame Geschichte, wenigstens zu einem großen Teil.

Marten Unruh war früher ihrer beider Kollege im K1 gewesen. Während ihrer gemeinsamen Zeit in der Lübecker Mordkommission waren Marten und sie für eine Weile zusammengekommen. Es war eine kurze, aber stürmische Liebesaffäre gewesen. Sie hatte damit geendet, dass Marten ohne eine Erklärung von einem Tag auf den anderen aus Lübeck und aus ihrem Leben verschwunden war. Später hatte Pia erfahren, dass er zum BKA gewechselt war und fortan als verdeckter Ermittler gearbeitet hatte.

Sie waren sich einige Zeit später zufällig in Italien wiederbegegnet. Da hatte Pia gerade mit ihrem damaligen Freund Hinnerk Schluss gemacht. Neun Monate später war ihr Sohn Felix zur Welt gekommen. Hinnerk hatte Pia gegenüber damals behauptet, er habe einen Vaterschaftstest machen lassen. Er sei Felix' Vater. Und Hinnerk hatte sich stets gut um den Jungen gekümmert. In dieser Zeit lernte Pia Lars Kuhn kennen. Irgendwann entschlossen Lars und sie sich dazu zu heiraten. Doch bevor es so weit war, kam Lars bei einem Autounfall in England ums Leben. Es war ein harter Schlag für Pia gewesen, von dem sie sich nur langsam erholt hatte.

Inzwischen lag sein Tod beinahe drei Jahre zurück. Marten war vor einem halben Jahr wieder in Pias Leben getreten. Inzwischen hatten sie erfahren, dass er Felix' biologischer Vater war. Doch wie sollte Pia das ihrem siebenjährigen Kind erklären, das mit Hinnerk und dessen Frau und Tochter als seiner zweiten Familie aufgewachsen war? Felix verstand sich toll mit Marten, und inzwischen verbrachten sie viel Zeit zusammen. Pia liebte Marten. Aber reichte das für eine gemeinsame Lebensplanung aus?

»Ja, das mit Martens Fortbildung ist auch mein letzter Kenntnisstand«, sagte Pia zu Broders.

Marten wurde von Michael Gerlach und Juliane Timmermann aus Pias Team aufgehalten. Die Kollegin hatte Marten soeben mit einer vertraulichen Geste am Arm festgehalten und sich an ihn gelehnt, um ihm etwas ins Ohr zu flüstern. Pia krauste die Stirn. Marten schien sie noch nicht entdeckt zu haben. Er nickte lächelnd und trat einen Schritt zur Seite.

Pia riss sich von seinem Anblick los. »Immerhin hat er jahrelang mit Wilfried zusammengearbeitet«, sagte sie. »Da ist es doch verständlich, dass er bei seiner Verabschiedung vorbeischaut.«

»Du bist aber überrascht.« Broders hob leicht die rechte Augenbraue an. Als einer der wenigen, die wussten, dass Pia und Marten wieder zusammen waren, war ihm die Brisanz der Situation bewusst.

»Broders, ich bin nicht Martens Kindermädchen.« Doch er hätte mir wirklich Bescheid sagen können, dass er nach Lübeck kommt, dachte Pia erneut. Und nicht wie »Kay aus der Kiste« einfach hier hereinschneien …

Marten verbrachte mehr Nächte zusammen mit ihr in Pias Wohnung als allein in seiner in Kiel. Die letzten vier Wochen während seiner Fortbildung war er allerdings nur an den Wochenenden bei ihr gewesen. Und am vergangenen Sonntagabend war er nach einer heftigen Meinungsverschiedenheit zurück nach Wiesbaden gefahren. Sollte sein merkwürdiges Verhalten nun die Konsequenz daraus sein?

»Möchtest du vielleicht noch ein paar Käsespießchen?« Broders deutete mit dem Kopf in Richtung Büfett.

»Nein, danke.« Pia versuchte, mit tiefen Atemzügen ihren inneren Aufruhr zu besänftigen. Dies war nicht der Ort für eine Auseinandersetzung mit ihrem Freund.

»Ich wollte dir nur die Gelegenheit bieten, ihm ohne Zeugen gegenüberzutreten.«

»Das ist nicht nötig.« Vielleicht wären Zeugen, die verhinderten, dass sie Dinge sagte, die sie hinterher bereute, sogar besser.

»Du siehst aus, als wolltest du Marten den Kopf abreißen ... Oder Schlimmeres. Nichts für ungut.« Broders schaute nun wirklich besorgt drein. »Aber keine Sorge. So schnell kommt er dort, wo er aufgehalten wird, ja nicht weg«, setzte er sarkastisch lächelnd hinzu.

Heinz Broders war eine Konstante in Pias Leben. Manchmal fürchtete sie, er könne sogar ihre Gedanken lesen. Sie waren seit ungefähr acht Jahren bei Ermittlungen der Mordkommission ein festes Team. Ihr gemeinsamer Anfang war zwar schwer gewesen, doch mittlerweile teilten sie sich ein Zweier-Büro und hatten eine Menge aufreibender Fälle erfolgreich zusammen durchgestanden.

»Ich möchte doch so ein Spießchen«, erwiderte Pia so würdevoll wie möglich.

»Hm. Oder vielleicht doch lieber etwas Weiches? Ein Mozzarella-Bällchen? Nur zur Sicherheit?«

»Egal, was.«

»Dein Wunsch ist mir Befehl, Engelchen.« Er war so rührend besorgt um sie, dass sie ihm das »Engelchen« mal wieder durchgehen ließ. Es war eine Art Running Gag zwischen ihnen, seit sie zusammenarbeiteten.

Broders schlenderte zum Büfett, machte hier eine Bemerkung zu einem Kollegen, wurde dort angesprochen. Nach Wilfrieds Weggang war er nun der Dienstälteste bei der Lübecker Mordkommission.

Pia wollte nicht zu auffällig zu Marten hinüberschauen, aber sie war auch neugierig. Marten trug Jeans, ein graues T-Shirt und ein dunkles Jackett, dazu Sneakers. Er hatte sich wahrscheinlich direkt nach dem Seminar auf den Weg gemacht. Sein immer noch braunes Haar war mal wieder einen Tick zu lang. Doch ansonsten merkte man ihm den Seminartag und die knapp sechshundert Kilometer nicht an. Marten sah so aus, als wäre er vollkommen entspannt im Hier und Jetzt. Als belastete ihn der Streit, nach dem sie am Sonntag auseinandergegangen waren, nicht im Geringsten.

Dabei hatte das letzte Wochenende so gut angefangen. Ihr gemeinsamer Sohn Felix war bei Hinnerk und dessen Familie gewesen. Marten und Pia hatten die ungestörte Zweisamkeit genossen. Doch dann hatte er sie gefragt, wie es denn nun mit ihnen weitergehen solle. Er wartete schon ein halbes Jahr auf ihre Antwort. War das wirklich schon so lange her? Mit seiner Zeit in Wiesbaden habe er ihr Raum für eine Entscheidung geben wollen, hatte er gesagt. Aber nun wollte er doch gern wissen, ob sie mit Felix und ihm zusammenleben wollte. Ob es für sie eine gemeinsame Zukunft als Paar und als Familie gab.

Und sie … Der Gedanke an diese Entscheidung hatte bei Pia die altbekannte Panik ausgelöst. Sie hatte Angst, ihre Unabhängigkeit aufzugeben, das sichere Konstrukt, das sie für sich und ihren Sohn erbaut hatte. Sich ganz für Marten zu entscheiden erschien ihr nach wie vor wie ein Sprung ins eiskalte Wasser. Und sie traf diese Entscheidung ja nicht nur für sich.

Zum einen musste sie dafür endgültig Abschied von Lars

und ihren gemeinsamen Hochzeitsplänen nehmen. Doch das, so musste sie sich eingestehen, war nicht mehr das eigentliche Problem. So weit, ihre vergangene Liebe loszulassen, war sie inzwischen. Der Knackpunkt war nach wie vor, dass sie in der Lage sein sollte, Marten zu vertrauen. Konnte sie das? Das Zusammensein mit ihm war jeden Tag aufs Neue spannend, anregend und wunderbar. Aber schon einmal hatte er sie ohne ein Wort der Erklärung verlassen, und das konnte er ja jederzeit wieder tun.

Marten Unruh hatte das Konzept von »Partnerschaft und Familie« gewiss nicht erfunden. Was, wenn sein neu entdeckter Familiensinn nur eine vorübergehende Laune war? Ihm jetzt unter den Augen so vieler Kollegen gegenüberzutreten und Small Talk zu betreiben behagte Pia nicht. Sie war ihm eine Antwort schuldig, da hatte er recht. Aber nicht hier und sofort. Sie blickte auf die Uhr. In einer halben Stunde musste sie Felix bei Freunden abholen.

Marten nickte gerade Juliane und Michael noch einmal zu und kam dann zu ihr. »Hi, Pia.«

»Hey, Marten.«

Er schien die zwischen ihnen stehende Frage, warum er so unerwartet hier auftauchte, zu spüren. »Ich hatte nicht gedacht, dass ich es heute hierherschaffe«, erklärte er. »Aber dann haben wir etwas früher Schluss gemacht. Und ich wollte Wilfried unbedingt noch mal sehen, bevor er zum Rentier mutiert.«

»Wie lange habt ihr, du und Wilfried, eigentlich im K1 zusammengearbeitet?«, fragte Pia. Das war neutrales Terrain.

Marten krauste die Stirn. »Zwölf Jahre. Wilfried war schon dabei, als ich beim K1 anfing. Ich habe viel von ihm gelernt.«

»Er wird mir fehlen«, sagte Pia.

Broders näherte sich mit einem Teller aus Richtung des Büfetts.

»Hallo, Broders«, sagte Marten. Und mit einem Augenzwinkern in ihre Richtung: »Tja, Pia, jetzt bist du wohl hauptsächlich auf diesen Miesepeter hier auf dem Flur angewiesen.«

Broders grinste. Das war der Ton, auf den er sich verstand. »Ich werde ihr die Arbeit schon verleiden. Das ist meine Spezialität. Du kennst mich ja.«

Pia lächelte kühl. »Zumindest weiß ich bei Broders, woran ich bin.«

»So ist es!«, rief dieser, bevor Marten darauf reagieren konnte. Er blickte von einem zum anderen. »Spaß beiseite. Ich sorge wie eine Mutter für Pia«, spottete er. »Möchte einer ein Lachshäppchen? Ich habe gerade alles gegeben und sie unserem Chef vor der Nase weggeschnappt.« Broders bot den übervoll beladenen Teller an. Er sprach von Manfred Rist, dem Leiter des K1 und damit Pias und Broders direktem Vorgesetzten.

Marten und Pia schüttelten den Kopf, sahen sich stumm in die Augen.

»Okay. Schon verstanden.« Broders hob das Kinn. »Viel Spaß noch, ihr zwei.«

»Ich wollte dich vorher anrufen«, sagte Marten halblaut. »Aber ich wusste bis zuletzt nicht, ob ich es überhaupt schaffe herzukommen. Und ich muss auch heute Abend noch zurückfahren.«

»Ist wirklich kein Thema. Ich war nur überrascht«, erwiderte Pia. »Und ich muss jetzt leider los, Marten. Ich habe versprochen, Felix um halb sieben abzuholen.«

»Kann ich nicht mitkommen?«, fragte er. »Ich würde ihn gern sehen.«

»Wie lange kannst du denn heute bleiben?«

Er seufzte. »Noch knappe zwei Stunden.«

»Das würde Felix nur verwirren«, entgegnete Pia sanft. »Das nächste Mal wieder.«

»Pia, ich …«

»Ich muss wirklich los. Wir telefonieren.« Unter Aufbietung all ihrer Willenskraft drehte sie sich um und ging in Richtung Tür. Im Vorbeigehen stellte sie ihr leeres Glas auf einem der Bistrotische ab, die für diese Feier aus irgendeinem Fundus hervorgeholt worden waren. Aus dem Augenwinkel sah sie, wie Juliane wieder auf Marten zusteuerte. »Verdammt, verdammt, verdammt«, flüsterte Pia unhörbar, als sie zu den Fahrstühlen ging. Das Wiedersehen war ja gründlich schiefgegangen. Aber sie konnte nun mal nicht aus ihrer Haut.

Der eine Fahrstuhl war defekt, der andere kam von unten und schien wieder einmal in jedem Stockwerk zu halten. Sie starrte auf die Anzeige. Dass Marten immer noch dieses Gefühlschaos in ihr auslöste! Warum war er hergekommen, wenn er gleich wieder verschwinden musste?

Der Aufzug öffnete sich, ein paar ihr unbekannte Kollegen traten lachend heraus und steuerten in Richtung Besprechungsraum. Pia betrat den leeren Fahrstuhl. Sie drückte auf den Knopf fürs Erdgeschoss und legte den Kopf in den Nacken. Ihr Hals knackte. Der Aufzug setzte sich ruckelnd in Bewegung. Bereits im sechsten Stock hielt er wieder an. Die Tür glitt zur Seite, und Marten trat ein.

»Ups«, sagte Pia erstaunt.

»Ich lasse dich doch nicht einfach so gehen.«

»Ich fürchte, du musst. Lass uns reden, wenn wir mehr Zeit haben.« Der Fahrstuhl setzte sich wieder in Bewegung.

Unerwartet drückte Marten auf den *Stopp*-Knopf und trat

näher an sie heran. Pia spürte seine Körperwärme und roch den unverwechselbaren Duft nach Sandelholz, Meer und ihm selbst. Das war unfair! Er hielt gerade so viel Abstand, dass sie sich nicht berührten. Ihr Körper reagierte mit einem Schauer, der ihr Rückgrat hinunterlief, aber sie war seinetwegen auch immer noch aufgebracht.

»Ich habe dich wahnsinnig vermisst, Pia.« Martens Gesicht war ihrem so nah, dass sie seinen Atem als Hauch auf ihrer Wange spürte. »Wiesbaden war überhaupt keine gute Idee.« Die Versuchung, sich gegen ihn zu lehnen, seinen festen, warmen Körper zu spüren, war groß. Seine Lippen näherten sich ihren, sein Blick war fest auf sie gerichtet. Neugierig, erwartungsvoll … amüsiert?

Mit der rechten Hand löste Pia den *Stopp*-Knopf. Der Fahrstuhl ruckelte wieder und setzte die Fahrt fort.

»Küss mich! Diskutieren können wir später …«, sagte er drängend. Ihre Lippen trafen sich einen magischen Moment lang. Pia schloss die Augen. Der Aufzug stoppte im Erdgeschoss. Die Tür schnarrte auf. Pia trat vorsichtshalber einen Schritt von Marten weg. Sie hatte das Gefühl, dass ihre Wangen und Lippen glühten.

Ein Kollege vom Kriminaldauerdienst in Uniform, die Hände am Gürtel, sah fragend von einem zum anderen. »Wollt ihr nicht aussteigen?«

Pia straffte die Schultern. »Ich schon.« Sie sah Marten in die Augen. »Mein Kollege fährt wieder nach oben.«

2. Kapitel

Felix hatte am Nachmittag bei seinem ehemaligen Kindergartenfreund Raphael gespielt. Wenn Pia ihn dort abholte, klönte sie meistens noch mit Raffis Mutter Inka.

Leider war Raphael nicht in Felix' Klasse gekommen, weil seine Eltern sich für eine Privatschule entschieden hatten. Kurz hatte Pia überlegt, Felix ebenfalls dorthin zu schicken, weil er so gern mit seinem Kumpel zusammenbleiben wollte. Letztlich war sie aber zu dem Entschluss gekommen, dass die öffentliche Schule das Richtige für Felix war. Sie war davon ausgegangen, dass er schnell neue Freunde in seiner Klasse finden würde. Doch leider hatte sich das bisher nicht bewahrheitet. Die meisten Kinder dort kannten sich aus einem anderen Kindergarten und waren neuen Kontakten gegenüber nicht besonders aufgeschlossen.

Pia drückte den Klingelknopf und lief, immer zwei Stufen auf einmal nehmend, hoch zu der Wohnung, in der Raphael mit seinen Eltern und Geschwistern wohnte.

»Hallo, Pia!« Raffis Mutter musterte sie. »Frisch gestresst?«

»Ach, das kann eigentlich nicht sein. Ich komme von der Verabschiedungsfeier eines Kollegen.«

»Und uneigentlich?«

»Uneigentlich habe ich mich gerade über Marten geärgert.«

»Felix hat erzählt, dass Marten zurzeit in Wiesbaden ist.«

»Das dachte ich auch.« Sie lächelte. »Hat man Kinder, hat man keine Geheimnisse mehr.«

»Hast du noch Zeit für einen Kaffee? Oder was Kaltes? Die Jungs sollen noch aufräumen.«

»Gern ein Wasser.« Pia folgte Inka in die Küche. Sie setzten sich an den langen Tisch, der mit Zeitungen, Matchboxautos, Gläsern und ungeöffneter Post übersät war. Ihr nackter Unterarm blieb an etwas Klebrigem hängen.

»Felix hat mir außerdem erzählt, dass er morgen auf Klassenreise fährt«, sagte Inka, als sie sich gegenübersaßen.

»Ach ja. ›Reise‹ ist übertrieben. Aber die Klassenlehrerin meint, es sei eine gute Idee, drei Tage mit den Kindern wegzufahren.«

»Mutige Frau.«

»Sie will die Klassengemeinschaft stärken. Es geht nach Schloss Sandberg am Plöner See.«

»Und wie findet Felix das?«

»Seine Stimmung wechselt von Stunde zu Stunde. Mal freut er sich und ist ganz aufgeregt. Dann wieder ist er irgendwie bedrückt und abwesend, wenn ich ihn darauf anspreche. Wir müssen gleich noch seinen Koffer fertig packen.«

Inka nickte. »Die Kinder gehen damit unterschiedlich um. Mein Großer hasst Klassenfahrten. Raffi hingegen kann gar nicht weit und lange genug von uns weg sein.«

»Es wäre sicher einfacher für Felix, wenn Raffi auch dabei wäre. Er hat noch keinen richtigen Freund in seiner Klasse gefunden.«

»Die Lehrerin hat bestimmt eine große Flasche Heimweh-Medizin im Gepäck … Und zur Not ist Sandberg ja nicht zu weit weg, um ihn schnell von dort abzuholen.« Inka versuchte, Pia mit einem Lächeln aufzumuntern.

Pia nickte wenig überzeugt.

»Meistens ist alles gut, wenn sie erst einmal dort sind.« Inkas Lächeln vertiefte sich. »Vertrau einer dreifachen Mutter.«

»Wir haben wieder Läuse.«

»Was?!« Vicky Bruhns kam gerade zur Haustür herein. Ihr kurzes blondes Haar war vom Fahrradfahren zerzaust. Sie stöhnte auf und warf die Hände in die Luft. »Wen hat es diesmal erwischt? Den Kleinen?«

»Nein, es geht nur gerade wieder in Oskars Kindergarten um.« Ole Bruhns fragte sich, wieso seine Frau so ein Theater machte, wenn es doch eh seine Aufgabe sein würde, die Kinder zu filzen, Kopflausmittel auf Kinderköpfen zu verteilen und Klamottenberge zu waschen. Aber er genoss es auch ein bisschen, ihr den Feierabend zu verderben, stellte er beschämt fest.

Seit wann freute er sich nicht mehr, seine Frau abends zu sehen? Sie hatte vor ein paar Monaten ihr Haar zu einer Art Topfschnitt abgeschnitten und versteckte sich nach der Arbeit in ausgebeulten Joggingklamotten. Vicky schminkte sich auch nicht mehr. Alles musste »praktisch« sein.

»Wir haben mal wieder so einen Elternzettel mitbekommen.« Er deutete auf ein Blatt Papier auf der Kommode. »Und es hängt eine Warnung an der Pinnwand des Kindergartens. Das alte Spiel.«

»Der gesamte Kreis ist laut Gesundheitsamt durchseucht.« Vicky streifte die Schuhe ab und schlüpfte in die weißen Clogs, die sie im Haus trug. Vicky betrachtete jedes Problem erst mal aus Sicht der nüchternen und wohlinformierten Ärztin. »Hast du Oskar schon untersucht?«

Oskar war ihr Jüngster, fünf Jahre alt und ein frecher, süßer Fratz. Was er auch sehr wohl wusste. Er ging in den Dorfkindergarten von Stüvensee. Ihre beiden älteren Kinder, die neunjährige Friederike und die siebzehnjährige Tilda, fuhren jeden Morgen mit dem Schulbus nach Neustadt zur Schule. Doch seit wann hatte Vicky eigentlich alle Aufgaben, die mit den Kindern einhergingen, an ihn allein abgegeben? »Filze du Oskar bitte. Ich kann die Mistdinger immer erst sehen, wenn sie so groß wie Kakerlaken sind.«

»Ach herrje, Ole. Dann kauf dir endlich eine Brille! Dazu, ihn nach Läusen abzusuchen, fehlt mir heute Abend einfach die Kraft. Es war unheimlich viel los in der Praxis.«

Er starrte sie nur wütend an.

»Schon gut.« Sie hob beide Hände. »Lass uns später darüber reden.« Vicky schüttelte den Kopf, als hätte sie es nicht mit ihrem Ehemann, sondern mit einem trotzigen Kleinkind zu tun, und wandte sich in Richtung Treppe. Das Erste, was seine Frau tat, wenn sie abends aus ihrer Arztpraxis kam, war, eine lange, heiße Dusche zu nehmen und ihr Haar zu waschen. Wenn sie dann endlich wieder nach unten kam, konnte sie sich meistens an einen gedeckten Abendbrottisch setzen.

Doch heute war ihm nicht danach, das Familienleben zu managen. Stattdessen ging er in sein Arbeitszimmer und fuhr seinen Rechner hoch. Eine E-Mail mit einer Versandankündigung fiel ihm ins Auge. Die Bestellung hatte er beinahe vergessen. Morgen früh sollte das Teil hier ankommen. Doch die Freude auf seinen neuen Gaming-Computer nebst Zubehör wurde von der Aussicht getrübt, dass er Vicky noch gar nichts von der Bestellung erzählt hatte. Während sie sich den Kopf darüber zerbrach, wie sie für den Praxiskredit aufkommen sollten, der nach zehn Jahren zur Rückzahlung fällig wurde – nicht, dass sie das überraschen dürfte –, würde er sie morgen mit der Ankunft eines neuen Spielzeugs für sich erfreuen.

Auch nach dem Abendessen war Ole Bruhns noch nicht bereit für die Konfrontation mit seiner Frau, seinen neuen Computer betreffend. Nachdem die Kinder den Abendbrottisch verlassen hatten, hatte Vicky ihm von ihren Problemen in ihrer Hausarztpraxis erzählt. Sie hatte im Rahmen ihrer Sprechstunde einem dreiundvierzigjährigen Familienvater eine Krebsdiagnose stellen müssen. Eine Achtunddreißigjährige hatte nach ihrer vierten Fehlgeburt verzweifelt in der Sprechstunde gesessen.

Außerdem machte sie sich Sorgen um ihre Arzthelferin Rosina, die verweint und mit blauen Flecken auf den Oberarmen zur Arbeit erschienen war. Vicky hatte den Onkel, bei dem die junge Frau lebte, in Verdacht, grob mit ihr umzuspringen, und war fest entschlossen, Rosina zu helfen. Auch die Tatsache, dass ihr Onkel der Bürgermeister und ein angesehenes Mitglied ihrer überschaubaren Dorfgemeinschaft war, würde Vicky nicht von ihrem Vorhaben abbringen, sich einzumischen.

Seine Frau schaffte es immer wieder, dass Ole sich neben ihr unbedeutend und unfähig fühlte. Sollte er ihr im Gegenzug erzählen, dass er heute die Webseiten für zwei Hotels programmiert und mit Friederike eine Stunde lang Multiplikation geübt hatte?

Mit der Ausrede, noch eine kleine Runde joggen zu gehen, verließ er im Eiltempo das Haus. Sie wohnten am Ortsrand von Stüvensee in einem Einfamilienhaus aus Backstein aus den Sechzigern. Da sie drei Kinder hatten und Ole von zu Hause aus arbeitete und dort ein Büro brauchte, war das Haus eigentlich schon zu klein für ihre Bedürfnisse.

Bisher waren sie noch nicht dazu gekommen, das Haus ihren Wünschen gemäß um- oder ein weiteres Zimmer anzubauen, wie sie es beim Kauf geplant hatten. Sie zahlten den Hauskredit ab, den Kredit für den Familien-Van, und nun kam auch noch Vickys Praxiskredit hinzu, der die ersten zehn Jahre ratenfrei gewesen war. Und das Geld war nicht das einzige Problem.

Trotz seiner Sorgen war Ole Bruhns von der Schönheit des lauen Maiabends wie geblendet. Das Licht hatte einen warmen Ton angenommen. Der Himmel war immer noch blau, bis auf leicht orangefarbene Schlieren am Horizont. Nach wenigen Metern gelangte er auf einen Feldweg. Auf den sattgrünen Weiden leuchteten die gelben Butterblumen mit dem angrenzenden Rapsfeld um die Wette. Der strenge, leicht ölige Rapsgeruch lag schwer in der Luft. Das Grün der Bäume war noch frisch und hell.

Er lief nicht wie sonst in Richtung Ortsmitte, sondern zunächst auf die Felder hinaus. Stüvensee-City, dachte er spöttisch und sprang auf den Randstreifen, als ihm auf der schmalen, S-förmigen Straße ein Trecker entgegenkam. Siegfried Engel, Landwirt des nahegelegenen Kiekeberg-Hofs, hob grüßend die Hand. Nach zehn Jahren im Dorf waren sie allgemein akzeptiert, wozu sicher die Tatsache, dass sie drei Kinder hatten, und vor allem Vickys Hausarztpraxis im Nachbarort beigetragen hatten.

Anfangs war Ole Bruhns sogar noch Mitglied bei der Freiwilligen Feuerwehr gewesen, um Anschluss zu finden, doch er war in diese verschworene Männergemeinschaft nie richtig hineingekommen. Nun beschränkte er sich auf eine zahlende Mitgliedschaft und hatte sein Dorfleben auf eine regelmäßige Skatrunde im *Dorfkrug* reduziert. Strategie und Logik waren nun mal eher seine Stärken als Wagemut und Trinkfestigkeit.

Am Ortsrand lag noch Linn Aubachs alte Fischerkate. Ein Kleinod von einem Haus, aufwendig restauriert und mit einer Holzterrasse mit Blick über die Wiesen, bei dem einem das Herz aufging. Was hatte Vicky mal über dieses Haus gesagt: »Es gibt auch positiven Neid …« Aber die Wahrheit war, dass der Neid ganz schön an seiner Frau nagte. Was sollte daran positiv sein?

Linn war Anwältin und in der Gegend aufgewachsen. Ole fragte sich, ob sie das Häuschen allein mit ihrem Job finanzierte.

Er überquerte die Chaussee und nahm einen weiteren Feldweg, der hinter Linns Kate durch ein kleines Wäldchen führte. Hier war es dunkler, und die Luft roch grün und ein bisschen modrig. Obwohl seit einigen Tagen die Sonne schien, standen auf dem unbefestigten Weg noch Pfützen, die er laufend umrundete.

Vor ihm tauchte ein graues, quadratisches Haus mit orangerotem Ziegeldach auf. Ein altes Siedlungshaus, das in den Siebzigern lieblos und spartanisch renoviert worden war. Das Gartentor stand offen, sodass er hindurchgehen konnte. Seitlich grenzte ein großer Hundezwinger aus Maschendraht an die Außenwand, doch es war kein Hund zu sehen.

Ole drückte auf die Klingel neben der Haustür aus Aluminium und Riffelglas. Fabian Ruschke öffnete ihm. Er war ein hochgewachsener, etwas schlaksiger Mann Anfang dreißig mit dichten braunen Haaren und blauen Augen.

Zwei seiner Hunde schossen an Ole vorbei und beschnüffelten ihn, bellten aber nicht. Er beugte sich kurz zu ihnen hinunter und kraulte ihr weiches Fell. Fabian Ruschke züchtete Niederländische Kooikerhondjes. Oles Kinder liebten die Hunde und lagen ihm damit in den Ohren, dass sie genau so einen haben wollten, besonders, wenn Ruschke mal wieder Welpen hatte.

Fabian stand barfuß und mit zerzausten Haaren vor ihm. Er trug Jeans und ein graues T-Shirt darüber.

»Hallo, Fabian, ich hoffe, ich störe dich nicht?«, fragte Ole leicht atemlos.

»Hi, Ole. Nein, gar nicht«, antwortete der Züchter. »Ich hocke sowieso nur zu Hause herum. Ich erwarte Yaras ersten

Wurf. Es kann jeden Moment so weit sein.« So etwas wie der Stolz des werdenden Vaters erhellte Fabians sonst eher mürrische Züge. »Kann ich dir irgendwie helfen?«

»Ich habe eine Bitte an dich.«

»Worum geht's?«

»Morgen kommt ein wichtiges Paket für mich an, aber ich bin nicht zu Hause. Kann ich dem Paketdienst mitteilen, dass sie es bei dir abgeben sollen?«

»Klar. Ich bin sicherlich hier. Wer weiß, wann die junge Dame geruht zu werfen!«

»Es ist nur …«

»Ja?« Fabian lächelte, als einer der Hunde an seinem Fuß zu knabbern begann.

»Das Paket ist nicht ganz klein.« Ole hob die Hände, um zu demonstrieren, welche Größe er erwartete. »Und schwer. Ein neuer Computer«, setzte er erklärend hinzu.

Er kraulte den Hund. »Kein Problem. Wir werden gut drauf aufpassen.«

Ole verabschiedete sich mit dem Gefühl, sein Problem nicht gelöst, aber zumindest aufgeschoben zu haben. Er winkte Fabian noch einmal zu und trabte dann unter den Bäumen hindurch zur Straße. Diesmal nahm er den anderen Weg, der wieder zurück in den Ort und zur Kirche führte.

Auf halbem Weg kam ihm eine Fahrradfahrerin auf einem alten Hollandrad entgegen. Um ihren Lenker herum waren rosafarbene Kunstblumen gewickelt, und in dem Korb am Lenker befanden sich eine Flasche und etwas unter einem karierten Geschirrtuch, was wie ein Kuchen aussah. Wie bei Rotkäppchen auf dem Weg zur Großmutter … Seine Kinder hatten die Märchen, die er ihnen vorgelesen hatte, immer als zu gruselig empfunden. Wahrscheinlich durch Vickys Intervention, die Märchen einfach barbarisch fand.

Die junge Frau schaute ihn überrascht an und rumpelte dabei durch ein Schlagloch. Sie fing sich wieder und lächelte kurz und zurückhaltend. »Guten Abend, Herr Bruhns«, grüßte sie ihn.

»Hallo, Rosina.« Wie oft hatte er ihr schon gesagt, dass sie ihn gern duzen durfte? Mein Gott! Hier im Dorf duzten sich doch alle. Außerdem arbeiteten seine Frau und Rosina Peters seit zwei Jahren zusammen. Sie war mittlerweile sechsundzwanzig, rechnete er schnell nach, und reichlich schüchtern für eine erwachsene junge Frau, die voll im Berufsleben stand.

Rosina hielt nicht an, sondern fuhr an ihm vorbei in Richtung Fabians Haus. Er blickte ihr nach. Rosina und Fabian Ruschke also? Möglich, dass es nichts zu bedeuten hatte. Doch eigentlich passten die beiden ganz gut zusammen, fand er.

Sollte er Vicky davon berichten, dass er ihre Arzthelferin auf dem Weg zu einem Freund angetroffen hatte? Nein, dann müsste er ihr ja sagen, was er hier gewollt hatte. Aber was, wenn Rosina nun Vicky morgen erzählte, dass sie sich auf dem Weg zu Ruschkes Haus begegnet waren? Das war eher unwahrscheinlich, denn Rosina redete wohl selten von sich aus über irgendwas. Doch verlassen konnte er sich nicht darauf. Und dann stünde er richtig dumm da.

Die Schönheit des Frühlingsabends verzerrte sich vor seinen Augen. Warum musste immer alles so kompliziert sein?

In der Adlerstraße in Lübeck packte Pia Felix' Koffer. Er hatte den kleinen blauen Trolley mit den Dinosauriern darauf von ihren Eltern geschenkt bekommen. Sie wusste nicht, wie lange Felix noch auf Dinosaurier stand, aber wenigstens würde er seinen Koffer überall wiedererkennen.

Pia versuchte, ihn für das Abarbeiten der Liste, die sie von der Klassenlehrerin bekommen hatten, zu begeistern, doch er war nicht richtig bei der Sache. Und auch Pia ertappte sich dabei, dass ihre Gedanken immer mal wieder zu ihrer letzten Begegnung mit Marten wanderten. Verdammt, wie war es möglich, dass sie ihn liebte und sich nach ihm sehnte, dass ihr aber die Entscheidung für eine gemeinsame Zukunft Angst einjagte?

Als es Zeit war, ins Bett zu gehen, fing Felix an zu weinen. Pia sank das Herz. »Ich will da nicht mit«, klagte er. »Ich will zu Hause bleiben, bei dir und Marten.«

Sie nahm ihn fest in die Arme und spürte, dass er zitterte. »Ich verstehe, dass du aufgeregt bist. Das ist verständlich. Aber wenn du erst mal dort bist, gefällt es dir bestimmt«, sagte Pia. »Alle deine Schulkameraden sind da.«

»Ich mag die nicht.«

»Ihr kennt euch doch noch gar nicht richtig. Frau Wagner fährt mit euch dorthin, damit ihr euch besser kennenlernt.« Felix weinte still vor sich hin. Pia strich ihm übers Haar und sah ihn an. »Ihr wohnt in einem alten Schloss am See. Deine Lehrerin hat ganz viele spannende Ausflüge für euch geplant. Eine Olympiade und eine Nachtwanderung …«

Felix schniefte. »Aber ich will nicht so lange von dir weg sein.«

»Es ist doch gar nicht lange. Du warst schon viel länger weg. Bei Papa und bei Oma und Opa.« Pia versuchte, ruhig und vernünftig mit ihm zu reden, doch Felix war müde und steigerte sich immer weiter in seine Angst vor dem Unbekannten hinein. Letztlich nahm sie ihn mit zu sich ins Bett, wo er sich schließlich beruhigte und einschlief.

Pia lag noch lange wach und war ratlos. Am nächsten Morgen sollten sie um acht Uhr am Reisebus vor der Schule sein. Was, wenn Felix morgen früh seine Meinung nicht geändert hatte und weiterhin nicht mitfahren wollte? Das war beim jetzigen Stand der Dinge mehr als wahrscheinlich.

Sollte sie ihn dann lieber zu Hause lassen? Sie konnte sich nicht vorstellen, ihn gegen seinen Willen in den Bus zu setzen. Was, wenn er wirklich noch überhaupt keinen Anschluss in der Klasse gefunden hatte? Wäre die Reise dann nicht eine Quälerei für ihn? Doch wenn sie ihn jetzt darin bestärkte, seiner Angst nachzugeben und den leichten Weg zu wählen, würde er sich dann bei nächster Gelegenheit wieder von seinen Ängsten lenken lassen? Brachte sie ihn damit nicht um das Erfolgserlebnis, etwas gewagt und durchgestanden zu haben? Wo verlief die Grenze zwischen Förderung und Überforderung?

Mit einem hilfreichen Gedanken, fast so etwas wie einem Plan, schlief Pia schließlich ein.

3. Kapitel

Ein paar Stunden nach Sonnenuntergang umgab eine allumfassende Dunkelheit das fremde Haus. Nicht einmal der Mond war zu sehen. Alva Dohrmann fühlte Beklemmung in sich aufsteigen. Sie lag in dem Bett ihres Ferienhauses und lauschte. Ein Auto näherte sich auf der Landstraße. Das Scheinwerferlicht malte wandernde Lichter an die Decke der Kate und verschwand wieder. Alva Dohrmann hörte, wie sich der Wagen in Richtung der Ortsmitte von Stüvensee entfernte. Nach einer Weile vernahm sie das Motorengeräusch eines zweiten Autos. Doch dieses verlangsamte anscheinend seine Fahrt. Sie lauschte angestrengt, aber sie hörte nichts mehr.

Sie konnte nicht einschlafen, obwohl sie eben, als sie im Wohnzimmer gesessen hatte, todmüde gewesen war. Und sie fühlte ein nagendes Verlangen, das nur ein kleiner Drink beseitigen konnte. Irgendwo in dem fremden Haus gab es bestimmt eine Flasche Wein oder Sekt. Vielleicht auch etwas Stärkeres? Nicht, dass sie normalerweise Schnaps und dergleichen trank. Aber zur Not … Sie musste nur kurz aufstehen und danach suchen.

Doch Alva Dohrmann blieb im Bett liegen. Die frische Bettwäsche raschelte bei jeder ihrer Bewegungen. Sie roch dezent nach Lavendel und Seife. Alva Dohrmann drehte sich auf die andere Seite, schloss wieder die Augen. Doch ihre Gedanken kreisten unverwandt um diesen »Schlummertrunk«, wie sie es für sich nannte. Hatte sie sich nicht etwas zur Beruhigung verdient? Der Wunsch wurde drängender, zerrte an ihren Nerven.

Eigentlich war Alva Dohrmann mit dem festen Vorsatz in den Urlaub gefahren, an der Ostsee keinen Tropfen Alkohol anzurühren. Doch nachdem sie bei ihrer Ankunft vorhin einen Brief ihrer Vermieterin auf dem Küchentisch gefunden hatte, sah die Sache schon etwas anders aus. Linn Aubach hatte sie darin überraschend und auch übergriffig gebeten, regelmäßig die Koi-Karpfen im Teich hinter dem Haus zu füttern. Davon war in dem Gespräch per Videochat, das Linn Aubach und sie wegen der Vermietung des Ferienhauses geführt hatten, nie die Rede gewesen. Sie wusste zwar, dass dies ein Privathaus war, doch mit »Haustieren« hatte sie nicht gerechnet.

Alva Dohrmanns erster Impuls beim Lesen des Briefes war gewesen, sich rundheraus zu weigern und so zu tun, als hätte sie den Brief gar nicht gefunden. Was unglaubwürdig wäre, denn er hatte bei ihrer Ankunft mitten auf dem Küchentisch gelegen, beschwert von einer Blumenvase mit einem bunten Tulpenstrauß darin. Erschwerend kam hinzu, dass solche Fische, Kois, angeblich sehr teuer waren. Und ihre Vermieterin war anscheinend Juristin. Da musste sie vorsichtig sein. Vielleicht war der Urlaub in einem privaten Ferienhaus doch nicht ihre beste Idee gewesen? Doch die Ostseeküste war schon so gut wie ausgebucht gewesen, bis auf diese Kate.

Jetzt brauchte Alva Dohrmann jedenfalls etwas zu trinken, sonst würde sie nie einschlafen können! Sie setzte sich im Bett auf und schaltete das Licht ein. Es war kurz nach elf. Das Schlafzimmer in dem alten Haus sah fremd und ein bisschen zu kahl aus. Grau gestrichene Wände, ein Doppelbett aus gelaugtem Holz, ein Stuhl, eine Kommode, ein Flickenteppich auf den Dielen, nicht einmal Vorhänge vor den zwei Sprossenfenstern.

Sie schwang die Beine aus dem warmen Bett und zog eine lange Strickjacke über ihr Schlafshirt. Die Sohlen ihrer Flipflops klatschten auf den harten Boden, als sie in die Wohnküche ging. Ihre Zehen krümmten sich vor Kälte, und sie schlang die Arme um ihren Körper. Nun war sie froh, dass sie hier vorhin das Licht der extravaganten Stehlampe mit den drei nackten Leuchtmitteln hatte brennen lassen. Gleichzeitig war ihr bewusst, dass sie damit von außen wie ein Frosch in einem beleuchteten Terrarium zu sehen war. Was Unsinn ist, schalt sie sich. Die Kate war von drei Seiten von Garten umgeben, dessen Grenzen dicht mit Büschen und Bäumen bewachsen waren, und die zwei Fenster, die über der Küchenzeile zur Straße hinausgingen, lagen tief unter dem Reetdach und unterhalb des Straßenniveaus, sodass sie keine Zuschauer zu fürchten hatte. Am Rande dieses Dorfes, Stüvensee, also am Ende der Welt, schon gar nicht.

Alva Dohrmann öffnete systematisch die Küchenschränke. Das innerliche Ziehen, das Verlangen nach etwas Alkoholischem, wurde stärker. Nichts. Sie schaute auch hinter Stapel von Geschirr und Vorratspackungen, wohl wissend, dass manche Leute ihren Alkohol versteckten.

Ein leises, kratzendes Geräusch ließ sie aufmerken. Alva Dohrmann verharrte in der Bewegung, die Schranktür noch in der Hand.

Kam es von drinnen oder draußen? Das Haus war exzellent renoviert. Trotzdem war es nicht ausgeschlossen, dass eine Maus hereingehuscht war, als sie vorhin länger die Terrassentür hatte offen stehen lassen. Das war dumm von ihr gewesen. Oder lebten etwa Tiere auf dem Dachboden oder im Reet? Wieder hörte sie dieses Geräusch. Doch es kam nicht von oben, sondern eher aus Richtung der Terrassentür. Eine Gänsehaut überzog Alva Dohrmanns Arme, als sie sich langsam umdrehte.

Die Ecken des Eingangsbereichs mit der Wohnküche und dem Esstisch lagen im Schatten. Die Treppe, die ein halbes Stockwerk tiefer ins Wohnzimmer führte, mündete in absolute Dunkelheit.

Wahrscheinlich hatte der Wind nur einen Zweig gegen eines der Fenster scharren lassen. Aber es war windstill … Eine Seltenheit, so nah an der Küste. Alva Dohrmann stand reglos da, bewegte nur die Augen, suchte den Raum nach der Herkunft des Geräusches ab. Sie wusste nicht, wieso, aber sie war auf einmal der Überzeugung, nicht mehr allein zu sein.

Als sie eine Bewegung, einen Schatten, hinter einer der Scheiben sah, machte ihr Herz einen Satz und begann, heftig zu schlagen. Es war die verglaste Tür hinter dem Esstisch, die auf die Terrasse hinausführte. Das eben konnte alles Mögliche gewesen sein. Ein Vogel, eine Fledermaus, ein langer Zweig womöglich. Doch dazu war der Schatten zu groß gewesen. Tief in ihrem Inneren war sie bereits davon überzeugt, dass sich ein menschliches Wesen vor dem Fenster bewegt hatte.

Ein Mensch, der auf das Grundstück gekommen war – um was zu tun? Um hier einzubrechen? Sie schauderte erneut. Wahrscheinlich hatte sich Linn Aubachs Abreise herumgesprochen. Womöglich dachte nun jemand, die Kate sei unbewohnt. Doch hier gab es ihres Wissens nichts Wertvolles außer einem Kaffeevollautomaten und einem Flachbildfernseher. Tja, das reichte womöglich schon. Und vielleicht waren die hässlichen grau-schwarzen Bilder an den Wänden wertvoll? Ein Haus ohne Gardinen, Rollos oder Vorhänge, das musste ja Spinner anlocken!

Gegen Alva Dohrmanns Theorie von dem Einbrecher, der

die Fischerkate im Augenblick für unbewohnt hielt, sprach, dass ihr Auto seit heute Nachmittag im Carport parkte. Ein nächtlicher Besucher konnte davon ausgehen, dass das Haus bewohnt war. Doch ihre Anwesenheit schien denjenigen nicht daran zu hindern hineinzuschauen. Da sie im Licht stand und der- oder diejenige in der Dunkelheit, war sie von draußen gut sichtbar.

Alva Dohrmann gelang es, sich aus ihrer Erstarrung zu lösen. Sich so weit zu bewegen, dass sie die Küchenschublade mit den Kochwerkzeugen aufziehen konnte. Beinahe lautlos glitt die Lade auf, enthüllte eine Reihe von Kochmessern in einer Buchenholzablage. Mit zitternder Hand griff Alva Dohrmann nach dem schwarzen Griff des größten Messers. Es lag schwer, aber gut ausbalanciert in ihrer Hand.

Einen Moment stand sie unschlüssig da. Das Messer in der kalten Hand gab ihr so viel Sicherheit, dass sie glaubte, nicht gleich den Verstand zu verlieren. Sollte sie ans Fenster gehen und hinausschauen, ob tatsächlich jemand dort draußen war? Dazu müsste sie erst mal das Licht löschen. Oder sollte sie zu ihrem Auto laufen und wegfahren? Viele Unglücke geschahen, weil die Menschen sich zu lange einredeten, sie seien nicht in Gefahr. Man sollte doch seinem Bauchgefühl vertrauen.

Aber nein, sie würde das Ferienhaus nicht verlassen. Zwischen der Haustür und dem Carport lagen dreißig Meter nächtliche Dunkelheit. Das Haus war massiv gebaut, Fenster und Türen neu und von guter Qualität. Zur Not, falls es zum Äußersten kam, könnte sie sich im Schlafzimmer einschließen und Hilfe herbeirufen. Doch wo war ihr Telefon?

Es lag noch auf dem Nachttisch. Sie hatte sich ja nur schnell ein Glas Wein oder Ähnliches ans Bett holen wollen.

Mit steifen Beinen tappte Alva Dohrmann zurück ins

Schlafzimmer. Sie schloss sorgfältig die Zimmertür ab. Gern hätte sie noch das Fenster zugehängt, doch da war nichts. Nicht einmal eine Stange oder zwei Haken, über die sie ein Badelaken hätte hängen können.

Die Klinge von ihr wegzeigend, legte sie das Messer neben ihr Handy auf den Nachttisch, setzte sich ins Bett und zog die Decke hoch. Ihr Herz klopfte immer noch heftig. Alva Dohrmann zitterte, teils vor Kälte und teils vor Anspannung. Jeder Muskel ihres Körpers schien verkrampft zu sein. Sie würde in dieser Nacht kein Auge zutun.

Unruhig blickte sie in dem kleinen Raum umher. Sich der Schwärze hinter der Scheibe und ihrer eigenen Sichtbarkeit wohl bewusst, griff Alva Dohrmann zum Lichtschalter und löschte das Licht. Der einzige Lichtschein, der noch zu erkennen war, war der, der aus dem Wohnbereich unter der Tür hindurchfiel, sowie ein schwacher Schein des Nachthimmels, zwischen Zweigen und Blättern hindurch.

Was genau hatte sie da draußen gesehen? Hätte sie getrunken, würde sie davon ausgehen, dass sie sich die Bedrohung nur eingebildet hatte. Ein kratzendes Geräusch, ein wandernder Schatten, der sogleich wieder verschwunden war, das konnte alles Mögliche bedeuten. Doch sie war absolut nüchtern.

Allmählich beruhigte sich ihr Herzschlag. Auch das Zittern ließ nach, als die Luft zwischen Bettdecke und Matratze wieder mit ihrer Körperwärme erfüllt war. Ihre Lider wurden allmählich schwer.

Da hörte sie ein leises, verstohlenes Geräusch, direkt vor dem Haus. Wie Kies, der unter Füßen knirscht. Sie fuhr hoch, krabbelte aus dem Bett in Richtung Fenster und sah gerade noch etwas Weißes, das weiter hinten zwischen den Büschen verschwand.

4. Kapitel

Das Smartphone weckte Pia um halb sechs. Eilig stellte sie den Alarm aus, um Felix noch eine Stunde Schlaf zu gönnen. Sie machte ein paar Dehnübungen, duschte erst warm und dann ganz kurz kalt, um richtig wach zu werden. Dann zog sie sich im Halbdunkel ihres Schlafzimmers an. Felix' gepackter Trolley, mit dem abgewetzten Stoffhund Tuffel obendrauf, stand im Flur. Der Anblick des weichen, vom Spielen und Schmusen ramponierten Plüschtieres versetzte ihr einen kleinen Stich.

Sie kochte sich gerade einen Kaffee, als Felix in die Küche tapste. »Ich will da nicht hin ...« waren seine ersten Worte.

Pia nahm ihren Sohn in den Arm. Sie setzten sich auf die Küchenbank, er auf ihrem Schoß. Er presste sich an sie. Sein Gesicht war warm und feucht.

»Wenn du wirklich nicht mit nach Sandberg fahren willst, musst du dort nicht hin«, sagte sie.

Sein Schluchzen ließ nach. »Dann kann ich hierbleiben?«

»Natürlich kannst du bei mir bleiben, wenn du es wirklich willst. Du müsstest in dem Fall aber wahrscheinlich so lange in die Parallelklasse gehen. Pass auf: Ich habe mir etwas überlegt, Felix.«

Er sah sie mit tränenverschleierten Augen und laufender Nase an. Pia reichte ihm zum Naseputzen ein Stück Küchenrolle. »Ich kann verstehen, dass du dich ein bisschen fürchtest«, sagte sie. »Es ist deine erste Klassenfahrt, und du bist noch nicht lange mit den anderen Kindern zusammen. Du kennst sie noch nicht so richtig gut.«

Felix nickte vorsichtig.

»Deinen Mitschülern geht es vielleicht ähnlich. Nicht allen, aber einigen schon, meinst du nicht?«

»Das ist mir egal.«

»Wir machen Folgendes«, erklärte Pia bestimmt. »Wir frühstücken gemeinsam, du ziehst dich an, und dann bringe ich dich ausnahmsweise mit dem Auto zur Schule. Dorthin kommt ja auch der große Reisebus, mit dem ihr nach Sandberg fahrt.«

Felix nickte wieder, diesmal ein bisschen misstrauisch, was nun folgen mochte.

»Wenn wir beide dort vor dem Bus stehen, mit all deinen Schulkameraden, und du mir dann sagst, dass du wirklich nicht mitfahren willst, dann nehme ich dich wieder mit nach Hause.«

Er runzelte die Stirn. »Ich will aber gleich hierbleiben.«

»Nein. Wir beide fahren zum Bus, und dort darfst du dich entscheiden.«

Felix schniefte. »Versprochen?«

»Ich halte mein Wort. Unsere Absprache ist, dass wir auf jeden Fall mit gepacktem Rollkoffer, Rucksack und Tuffel darin bis zu dem Reisebus gehen. Ohne Theater. Und dort entscheidest du dich. Bist du damit einverstanden?«

Er wischte sich übers Gesicht. »Na guut ...«

»Prima. So machen wir es.« Pia strich ihm über das weiche Haar. »Was möchtest du zum Frühstück? Müsli oder Toastbrot?« Sein Kummer tat ihr in der Seele weh, sie konnte ihn beinahe körperlich spüren. Doch sie hoffte, dass sie das Richtige für Felix tat. Falls er auch am Bus noch nicht mitfahren wollte, würde sie mit der Lehrerin besprechen, dass er hierbleiben konnte. Vielleicht musste er wirklich für die Dauer der Fahrt in eine Parallelklasse gehen.

Das wäre dann sicherlich auch kein Weltuntergang. Aber sie wollte Felix zumindest mit der Situation konfrontieren und hoffte das Beste.

»Rosina, du kannst mit mir über alles reden.« Vicky Bruhns suchte im Kühlschrank der Teeküche ihrer Arztpraxis nach etwas Essbarem. Eigentlich musste irgendwo noch eine angebrochene Packung Nussschokolade sein. Sie brauchte Nervennahrung, um den heutigen Patientenansturm zu überstehen.

Rosina stand an der Kaffeemaschine und ließ sich einen Becher voll Cappuccino einlaufen. Lena, die zweite Arzthelferin, hielt vorne die Stellung. Das Telefon läutete unentwegt. Wahrscheinlich war es nicht der glücklichste Zeitpunkt, Rosina auf ihre frischen Abschürfungen anzusprechen. Doch sie wollte es beiläufig erwähnen, so, als wäre es keine große Sache.

»Danke, Vicky. Aber es ist nichts.«

Vicky wandte sich um und deutete auf Rosinas Hand. »Das ist nicht nichts?«, entgegnete sie barscher als beabsichtigt. Das Mädchen – in ihren Augen war Rosina noch ein Mädchen – raubte ihr mit ihrer Schüchternheit den letzten Nerv.

»Ach, das. Das ist wirklich nichts. Ich habe es gleich desinfiziert und Salbe draufgemacht.«

»Wo hast du das überhaupt her?« Endlich fand sie die Schokolade. Doch es war weniger in der Packung, als sie erwartet hatte.

»Von den Hunden.« Rosinas Gesicht leuchtete auf. »Yara hat gestern Abend ihre Jungen bekommen. Fünf Stück! Drei Rüden und zwei Weibchen. Echt süß, die Kleinen, und alle putzmunter … Aber die Mutter war ein bisschen nervös und hat mich gekratzt.«

»Und du warst bei der Geburt dabei?«, fragte Vicky, erfreut über Rosinas Initiative, von sich aus etwas zu erzählen. Sie riss die Packung Schokolade weiter auf und brach sich einen Riegel ab. Nuss- und Schokoladensplitter rieselten auf die weißen Bodenfliesen. Doch es hörte sich nach einer Ausrede an. Die Hunde konnten schließlich nicht dementieren, sie gekratzt zu haben. Jeder wusste, dass Rosina vernarrt in Fabian Ruschkes Niederländische Kooikerhontjes war. Nicht einmal Vicky konnte sich dem Charme der süßen Fellbündel entziehen.

»Ja, war ich.« Rosinas Wangen röteten sich. Sie sah zur Seite.

»Was ist los?«

»Ach, nichts. Mein Onkel soll nur nicht wissen, dass ich so spät noch dort war«, sagte sie eilig.

»Ich erzähle es ihm bestimmt nicht«, erwiderte Vicky. Sie steckte sich einen halben Riegel in den Mund. Die Süße der Schokolade beruhigte sie augenblicklich. »Aber du bist erwachsen. Zeit, dass du deine eigenen Entscheidungen triffst.«

»Das weiß ich«, antwortete Rosina abweisend.

Lena steckte den Kopf zur Tür herein. Sie war eine Pocahontas-Schönheit mit hüftlangem schwarzem Haar und dem Temperament eines italienischen Rockstars. Sie stellte in beinahe jeder Hinsicht einen beeindruckenden Kontrast zu Rosina dar. »Herr Winter ist in der Drei, Frau Schleidenbrink in der Zwei, und das Wartezimmer ist voll. Kommen Sie jetzt, Frau Doktor?«

Wenn Lena »Frau Doktor« sagte, war es ernst. »Ich komme sofort.« Vicky blickte ihre zweite Arzthelferin mit hochgezogenen Augenbrauen an, um sie aufzufordern, wieder nach vorn zu gehen. Immerhin war es ihre Praxis. Lena verdrehte andeutungsweise die kaffeebraunen Augen und verzog sich wieder hinter den Empfangstresen.

Rosina versuchte, sich mit dem Becher in der Hand an ihr vorbeizudrängen. Vicky hielt sie am Oberarm fest. Die junge Frau zuckte zusammen, was der Ärztin eine seltsame Befriedigung bereitete. Doch nur kurz. Sie irrte sich nicht. Hier war etwas ganz und gar nicht in Ordnung. Und es hatte höchstwahrscheinlich mit Burkhard Schönfeld zu tun, Rosinas einzigem Verwandten, bei dem die junge Frau leider immer noch wohnte. Wie grausam war es, wenn man sich in seinem eigenen Zuhause nicht sicher fühlen konnte … Doch bei Rosinas Gehalt war es hier an der Ostsee auch beinahe aussichtslos, eine eigene bezahlbare Wohnung zu finden. Und Vicky wollte ihre Mitarbeiterin auch nicht verlieren. Sie blickte ihr in die hellen grünblauen Augen. »Es gibt immer eine Alternative. Lass dir von mir helfen.«

»Die Patienten warten«, erwiderte Rosina und eilte hinaus.

Als Pia den Wagen abgestellt hatte und Felix und sie sich zu Fuß der Schule näherten, fuhr ein riesengroßer, silberblauer Reisebus mit getönten Scheiben an ihnen vorbei. Er passierte langsam das Schultor und blieb stehen. Die Menschenmenge, die vor dem Schultor versammelt war, Eltern und Erstklässler, wichen beinahe ehrfürchtig zurück.

Auf dem Weg zur Schule hatte Felix noch geweint. Es war Pia gelungen, ihn zu beruhigen, doch er hielt ihre Hand sehr fest. Er hatte seinen Rucksack auf dem Rücken, in dem auch sein Stoffhund Tuffel saß und herausblicken durfte. Das Gesicht des Plüschtieres war sehr viel fröhlicher als das ihres

Sohnes. Pia zog ratternd den kleinen Rollkoffer hinter sich her, bis sie nah genug am Bus waren.

Pia blickte sich um. Sie kannte einige der Eltern vom Elternabend, aber nur wenige der Kinder. Felix hatte sich noch nicht oft verabredet, sondern weiterhin nachmittags lieber mit Raffi gespielt. Sie konnte seine Bedenken, was diese Klassenreise betraf, in gewisser Weise nachvollziehen.

Einige Kinder rauften auf dem Schulhof am Rande der Sandkiste. Andere standen zu zweit oder in Grüppchen herum. Viele wirkten aufgeregt, ein paar sahen aber auch verweint aus.

Felix hatte Wort gehalten und überhaupt kein Theater mehr gemacht. Darauf war Pia stolz.

»Der Reisebus ist ja riesig und richtig modern«, stellte sie bewundernd fest. Sie suchte nach einer der begleitenden Lehrerinnen, konnte aber noch keine entdecken. Also ging sie weiter auf den Schulhof.

Felix sah sich suchend um. Dann löste sich seine warme Hand aus ihrer. Er lief zu einem Mädchen, das neben einem hochgewachsenen Mann in Joggingsachen am Schulzaun stand. Die beiden sahen einander so ähnlich, dass sie unverkennbar Vater und Tochter waren. Das Mädchen hatte lange dunkelbraune Zöpfe und einen Esel aus Plüsch im Arm. Felix und die Kleine sprachen kurz miteinander, das Mädchen lächelte schüchtern, und dann liefen sie zusammen zum Klettergerüst. Nanu?

Der Vater trat auf Pia zu. »Sind Sie die Mutter von Felix?«

»Ja, bin ich. Ich habe Sie noch nie hier gesehen. Ist Ihre Tochter auch in der 1b?«

»Das ist sie. Sie heißt Emily.« Er senkte die Stimme und sprach in vertraulichem Tonfall weiter: »Ich bin ja so froh, dass Felix mit auf Klassenreise kommt! Sonst würde Emily nämlich gar nicht mitfahren. Sie mag die anderen Kinder in der Klasse nicht besonders.«

»Felix wollte eigentlich auch nicht mit«, bekannte Pia. Die Kinder standen am Klettergerüst, und Felix holte gerade seinen Plüschhund aus dem Rucksack, wie es aussah, um ihn dem Plüschesel vorzustellen. »Kennen sich die beiden schon länger?«

»Sie spielen wohl manchmal in den Pausen zusammen.«

»Warum haben sie sich noch nicht miteinander verabredet?«

»Wir sind erst vor zwei Wochen hergezogen. Und Emily hat drei Geschwister. Vielleicht war bisher immer zu viel los bei uns. Aber sie erzählt ganz viel von Felix.«

»Oh.«

»Felix sagt, Sie sind Polizistin.« Er musterte sie, milderte seine offensichtliche Neugierde jedoch mit einem jungenhaften Grinsen ab.

»Das stimmt.« Sie konnte seinen Blick nicht ganz deuten. »Ich bin gerade etwas überrascht von dieser neuen Entwicklung. Was Felix und Emily betrifft, meine ich.«

»Wie gesagt: Wir sind noch nicht lange hier.«

»Na, ich freue mich jedenfalls, dass Emily in Felix' Klasse gekommen ist. Ich war schon darauf eingestellt, ihn heute wieder mit nach Hause zu nehmen.«

»Das scheint sich ja gerade geändert zu haben.« Der Mann lächelte wieder. »Ich bin übrigens Jonas Hübner, Emilys Vater«, setzte er hinzu.

»Pia Korittki.« Als sie wieder zum Klettergerüst schaute, waren Emily und Felix verschwunden. »Was ist denn nun los? Wo sind die beiden denn hin?«

»Sie steigen gerade in den Reisebus.« Jonas' blaue Augen blickten sie forschend an. »Wir müssen wohl die Koffer hinbringen. Und dann können wir ihnen nur noch zuwinken.«

»Damit habe ich im Leben nicht gerechnet«, sagte Pia perplex.

»Ich dachte auch, es würde länger dauern«, erwiderte Emilys Vater. »Was wollen wir mit der gewonnenen Zeit anfangen? Haben Sie Zeit für einen Kaffee beim Bäcker?«

Alva Dohrmann hatte von Fischen geträumt. Und es war kein guter Traum gewesen. Es waren dunkle, sich schlangenartig bewegende Fische mit winzigen, messerscharfen Zähnen gewesen, die in trübem Wasser schwammen.

Sie blinzelte und schaute auf die Uhr. Es war bereits halb neun. Alva Dohrmann hatte am vergangenen Abend noch lange wach im Bett gesessen und war erst weggedämmert, als der Himmel sich im Osten bereits violett färbte. Ein paar Stunden Schlaf hatte sie nach der unruhigen Nacht also doch noch bekommen, aber sie fühlte sich müde und verspannt.

Bei Tageslicht, mit den Sonnenstrahlen, die durch das Laub vor den Fenstern fielen und ihre Lichtreflexe auf dem Dielenfußboden tanzen ließen, kamen ihr die Ereignisse der vergangenen Nacht längst nicht mehr so bedrohlich vor. Das Küchenmesser auf dem Nachttisch war ihr peinlich. Als sie in die Küche tappte und sich ein Glas Milch eingoss, war Alva Dohrmann geneigt, die Geräusche und die Schatten am Fenster ihrer lebhaften Fantasie zuzuschreiben. Sie würde sich noch mal gründlich im Garten umschauen, nahm aber an, dass sie dort nichts Aufregenderes finden würde als ein paar frische Maulwurfshügel.

Mit dem Glas in der Hand ging sie die Stufen hinunter ins Wohnzimmer. Direkt an einem der bodentiefen Fenster war tatsächlich ein neuer Maulwurfshügel. Hinter dem Haus fiel eine Rasenfläche ab, die von hohem Buschwerk auf der einen und Kopfweiden in einem Graben auf der anderen Seite gesäumt war. Weit dahinter, auf der tiefer gelegenen Wiese, die wohl zum nächsten Bauernhof gehörte, standen ein paar schwarzbunte Holsteiner Kühe. Ihre Beine versanken im dichten Morgennebel, als würden sie in Watte stehen.

Alva Dohrmann sah in den blauen Maihimmel und schmiedete Pläne: ein ausgedehnter Ostseespaziergang zur Steilküste, dann würde sie sich ein schönes Café an der Promenade suchen, wo sie Kaffee trinken, Kuchen essen und dabei lesen konnte. Vorher musste sie allerdings noch ein paar Lebensmittel einkaufen und … diese Koi-Karpfen füttern. Doch die fetten, teils silbrigen, teils orangeroten Fische, die sie am vergangenen Tag schon begutachtet hatte, hatten zum Glück keinerlei Ähnlichkeit mit den gruseligen Geschöpfen aus ihrem Traum.

Als Alva Dohrmann eine halbe Stunde später frisch geduscht und angezogen durch das nasse Gras in Richtung Teich stapfte, waren ihre Socken in den Clogs und ihre Hosenbeine nach wenigen Schritten nass. Der abschüssige Rasen fühlte sich rutschig an. Doch das war es nicht, was ihr Unbehagen bereitete. Es war der kleine Teich, der am Ende des Grundstücks auf sie wartete. Sie hatte nie mehr einen Gartenteich ansehen können, ohne an ihn zu denken. Ihren Vater … Und daran, wie er dort gelegen hatte.

Aufatmend stellte sie fest, dass der Teich hell und freundlich im Sonnenschein dalag. Die spiegelglatte Oberfläche reflektierte den Morgenhimmel. Insekten summten. Sie hörte in der Ferne einen Specht hämmern. Und sie hatte doch tatsächlich den Atem angehalten, als sie an den Teich getreten war. Nein, es war alles in Ordnung. Alva Dohrmann öffnete die Dose, die sie aus dem Haus mitgebracht hatte und deren Inhalt nach Fischmehl und Algen roch. Sie streute das Futter auf die Wasseroberfläche.

Einige der Fische schossen aus den Tiefen hervor, sodass das Wasser aufschäumte. Andere Kois glitten majestätisch heran. Die Mäuler reckten sich weit aufschnappend zur Oberfläche, um die wie Bio-Konfetti aussehenden Futterschnipsel zu verschlingen. Schon am Vortag war Alva Dohrmann aufgefallen, dass die Fische unterschiedliche Charaktere zu haben schienen. Ein sehr großer, heller Karpfen, dessen rötliche Flecken wie Mund und Augen der Maske aus *Scream* aussahen, wartete auch heute im Hintergrund seitlich neben einem Seerosenblatt auf seine Chance.

»Hey, Billy!« Sie warf ihrem gerade auserkorenen Liebling eine extra Handvoll von dem Futter zu. Vor Haustieren, besonders Hunden und Katzen, graute es Alva Dohrmann. Aber die Fische waren okay für sie.

Die Kois waren wieder unter Seerosenblätter und in die dunklen Tiefen des Teichs abgetaucht. Was die Tiere wohl den ganzen Tag dort unten trieben? War ihnen nicht langweilig? Groß war das Gewässer ja nicht gerade.

Alva Dohrmann befand, dass es Zeit war, sich ein spätes Frühstück zu gönnen. Ob es in Stüvensee einen Bäcker gab? In Gedanken bei der Entscheidung zwischen Croissant und Franzbrötchen umrundete Alva Dohrmann den Teich. Sie ging dieses Mal auf der anderen Seite entlang, denn links war es so matschig gewesen, dass es ihr beinahe die Clogs von den Füßen gezogen hätte. Der Untergrund rechts war aber auch nicht viel besser, stellte sie fest, doch … ein tiefer Fußabdruck zog wie magnetisch ihren Blick auf sich.

Das war nicht ihr eigener Schuhabdruck von gestern, denn dieser hier hatte mindestens Größe 45, schätzte sie, und ein Profil aus Kreisen und Zacken. Ihre eigenen Abdrücke, Schuhgröße 39, waren von dieser tiefen Spur überdeckt. Und sie war abends um sieben noch mal am Teich gewesen.

In ihrem Gehirn machte es ganz leise »Klack«, und ein Informationsteilchen fiel an seinen Platz. Der gestrige Abend ... Sie hatte sich nicht getäuscht. Wer immer hier entlanggegangen war, war nach ihr unten im Garten gewesen. Auf Privatgelände, das man im Wesentlichen nur erreichte, wenn man einen Weg zwischen Haus, Schuppen und Carport hindurchging. Das gefiel ihr nicht.

»Es muss ja nichts bedeuten«, murmelte Alva Dohrmann. Doch sie glaubte sich selbst nicht. Ihre Beobachtungen der vergangenen Nacht ergaben wieder einen Sinn. Ein nächtlicher Besucher. Doch was hatte er auf dem Grundstück gewollt?

Sie blickte sich langsam, beinahe verstohlen um. Die Grundstücksgrenze war durch Rhododendren und mannshohe Holunderbüsche nicht wirklich auszumachen. Gab es einen Zaun zum Nachbargrundstück, oder war es eher eine »grüne Grenze«?

Alva Dohrmanns Blick blieb an etwas Dunklem hängen, was im hohen Gras vor einem der Büsche lag. Kein Maulwurfshügel, sondern ... ein Schuh.

5. Kapitel

Alva Dohrmann tastete sich über den unebenen Untergrund vorwärts. In dem dunkelbraunen Schuh steckte ein Fuß, der nach einem blassen Fußknöchel in ein Hosenbein aus Stoff überging. Dann sah sie im hohen Gras ein zweites Bein, seltsam verdreht … Noch einen Schritt weiter vorwärts, und Alva Dohrmann starrte über Bauch, Brust und Schultern in einem blauen Troyer hinweg in das Gesicht eines Mannes. Sein Mund stand schlaff offen, gelbe Zähne lugten hinter blaugrauen Lippen hervor. Er hatte graues Haar, teils blutig, und war das andere Graue dort in der Wunde etwa …?

Alva Dohrmann wurde schwindelig, sodass sie in die Hocke gehen musste. Der Anblick war so unerträglich, dass ihr das Atmen schwerfiel. Nun wusste sie auch, was hier am Teich so summte. Sie musste schnell an etwas anderes denken. Ihr fiel etwas ein, was ihre Therapeutin ihr geraten hatte: »Such fünf blaue Gegenstände in deiner Umgebung.«

»Himmel, Jeans, Blumen …«, weiter kam Alva Dohrmann nicht. »Was riechst du? Den Teich, die Wiese … das Blut. Den Tod. Was hörst du? Das Summen der Insekten, den Wind in den Blättern … Was schmeckst du? Bittere Galle.«

Sie hatte sich anscheinend übergeben. Doch während Alva Dohrmann die ihr bekannten Techniken anwandte, wurde der Schwindel langsam erträglicher. Die diffuse Wolke, die sich schützend über sie gelegt hatte, lichtete sich. Ihr Atem ging wieder leichter. Als Alva Dohrmann aufstand, bemerkte sie, dass ihre Jeans und ihre Hände nass und schmutzig von

Erde waren. Hastig wischte sie sie mit einem Blatt ab. Ihre Kehle und ihre Nase brannten.

Der dumpfe Schwindel, das tröstliche Gefühl der Unwirklichkeit, war so stark gewesen, dass sie sich überzeugen musste, dass dort wirklich ein toter Mann in den Büschen lag. Dass sie sich diesen schockierenden Fund nicht nur eingebildet hatte.

Alva Dohrmann reckte den Hals, schaute ganz kurz noch einmal hin. Der grauenhafte und groteske Anblick ließ sie erneut aufstöhnen. Sie presste die Hände vor den Mund, während sich das Bild in ihr Gedächtnis brannte: die verrenkten Glieder des Mannes, die klaffende Wunde am Kopf, die bereits Insekten, Fliegen und Käfer, angezogen hatte. Das dunkel geronnene Blut, das ihm in Strömen über das blasse, gräulich verfärbte Gesicht gelaufen war. Die Schlammspuren und großen Blätter auf seinen Augen …

Holger Jansen hielt auf seinem gewohnten Parkplatz direkt vor dem *Dorfkrug*. Die Morgensonne ließ die Backsteinfassade des alten Gebäudes in einem warmen Farbton aufleuchten. Carmen Lebrecht, die Wirtin von Stüvensees einziger Kneipe, hatte Tulpen und Stiefmütterchen in den alten Futtertrog neben dem Eingang gepflanzt. Dass ihr nichtsnutziger erwachsener Sohn ihr diese Arbeit abgenommen hatte, davon war Holger Jansens Meinung nach nicht auszugehen. Die langstieligen Tulpen bogen sich im kühlen Morgenwind. Holger, im Wesentlichen nur mit Hemd, Hose und Stiefeln seiner Polizeiuniform bekleidet, lief eilig die fünf Stufen zum Eingang hinauf.

Im Eingangsbereich empfing ihn der vertraute Geruch nach Braten, Bier und Zitrusreiniger. Durch die braun verglaste Eingangstür fiel nur wenig Licht herein. Außer einem Zigarettenautomaten und einem Beistelltischchen mit einem Plexiglasständer für Flyer – Werbung für einen Freizeitpark, ein Freilichtmuseum und ähnliche touristische Ziele – gab es auch wenig zu sehen. Im Schankraum herrschte die gewohnte, entspannende Dämmerstimmung.

Carmen kam bei seinem Eintreten sofort aus der Küche. Sie war eine kräftige Frau von Mitte vierzig mit wallenden, kastanienbraunen Haaren und den Schultern eines Ringers. »Moin, Holgi. Alles klar im Revier?«, fragte sie.

»Moin, meine Gutste. Klar wie Kloßbrühe. Du weißt doch, dass ich meine Pappenheimer im Griff habe.« Er strich eine lange Haarsträhne zurück, die sich aus seinem dünnen Zopf gelöst hatte, und ließ sich auf seinem angestammten Barhocker nieder. »Haste ’nen Latte für mich?«

»Für einen Ordnungshüter doch immer.« Sie machte sich an der chromglänzenden Kaffeemaschine, der neuesten Errungenschaft der Dorfkneipe, zu schaffen. Als auch der letzte Stammgast zum Ausdruck gebracht hatte, dass er Cappuccino schnödem Filterkaffee vorzog, hatte Carmen schließlich nachgegeben und die Investition getätigt. Doch Holger wusste, dass es ihr geradezu körperliche Schmerzen bereitete und sie deshalb die Preise kräftig angehoben hatte. Aber seinen morgendlichen Latte Macchiato bei Carmen ließ er sich nicht vermiesen.

»Das sonnige Wetter soll ja noch ein büsch’n so bleiben. Hast du Feriengäste da?«, fragte er sie.

Carmen setzte das Kaffeeglas, ebenfalls eine Novität in der Kneipe, vor ihm ab und stellte sich demonstrativ mit einer Tasse Kaffee dazu. Die Wirtin warf sich in Positur und schnaubte. »Ich hatte neulich mal einen Vertreter für Terrassendächer und Wintergärten für eine Nacht zu beherbergen.

Aber nur, weil er sich verfahren hatte. Sein Navi hat gestreikt. Die Zeiten der Urlauber sind bei mir vorbei.«

Holger sah sich in dem Schankraum mit den Einbauten in Eiche rustikal und den nikotingelben Vorhängen um. »Ich mag es ja genau so. Ist irgendwie mein zweites Zuhause hier. Aber für Urlauber müsste man wohl mal renovieren.«

»Du hast gut reden! Und wer macht das?« Carmen rührte heftig in ihrem Kaffee. »Hab ich nicht schon genug Arbeit?«

»Natürlich hast du die.« Er wollte ihr beruhigend die Hand auf den weichen Arm legen, überlegte es sich aber im letzten Moment anders. »Ich hatte da mehr an Krischan gedacht. Was macht er eigentlich gerade so?«

»Er jobbt.« Sie presste die vollen Lippen aufeinander. Dann nahm sie den Lappen und rieb an einem Fleck herum, den sie wohl gerade auf dem Tresen entdeckt hatte.

Holger wusste, dass ihr verwöhnter Sohn in einem Atemzug mit dem Wort »Arbeit« ein heikles Thema war. Seiner Meinung nach war Krischan das Einzige, was zwischen ihm, Carmen und der ewigen Glückseligkeit stand. Nichtsdestotrotz etwas, was er nicht ignorieren konnte.

»Ein Kollege hat deinen Jungen neulich wieder in einem dieser Clubs in Lübeck gesehen«, sagte er vorsichtig.

»Ja, und? Warum soll er nicht in einen Club gehen? Er ist noch jung ...«

... und braucht das Geld, ergänzte er in Gedanken sarkastisch. Doch eine Verbindung zu einem mutmaßlichen Drogendealer, und sei der auch noch so ein kleines Licht, konnte und wollte Holger nicht riskieren. Er wählte seine nächsten Worte mit Bedacht: »Vielleicht sagst du ihm, dass er dort beobachtet wird, bei dem ... was er tut.« Er blickte ihr ernst in die Augen.

Carmen beugte sich ein Stückchen zu ihm vor, sodass sein Blick unwillkürlich von dem tiefen Spalt in ihrem Ausschnitt angezogen wurde. Ihre »Trinkgeldbank«, wie sie es spöttisch nannte. Und was für eine. »Holgi, ich mag dich als Mensch, und du bist mein Stammgast. Doch als Polizist hältst du dich aus meinem und Krischans Privatleben heraus. Ist das klar?«

»Schon klar.« Er hob abwehrend die Hände. »Bier ist Bier, und Schnaps ist Schnaps. Aber der Junge sollte vorsichtig sein.«

Carmen holte tief Luft, doch das Läuten seines Diensthandys rettete Holger.

»Jansen!« Er spürte ihren Blick auf sich ruhen und drehte sich halb von ihr weg. »In Ordnung, bin schon unterwegs«, sagte er knapp.

»Was ist los? Hat jemand in Stüvensee unser Stoppschild überfahren?«

»Nicht ganz. Ist was Ernstes …« Er warf einen Fünfeuroschein auf den Tresen und verließ die Kneipe. Beim Hinausgehen sah er, dass Carmen nach seinem Latte-Macchiato-Glas griff und die Nase hineinsteckte.

Pia hatte Felix und seiner Freundin nur noch durch das getönte Fenster des Busses hindurch zuwinken können. Sie war erleichtert, dass ihr Sohn sich so schnell und problemlos dazu entschlossen hatte, mit auf Klassenreise zu fahren. Er schien in der Schule nun doch eine neue Freundin gefunden zu haben. Die kürzlich erst zugezogene Emily. Das Mädchen hatte ein kleines Wunder bewirkt, dachte man an Felix' Befürchtungen und die unruhige letzte Nacht.

Ein bisschen nagte es jedoch an Pia, dass er sich so abrupt von ihr getrennt hatte. Keine Küsse, keine Umarmung zum Abschied. Sie hatte sich das etwas anders vorgestellt. So war es leichter für ihn, und wahrscheinlich auch für sie. Trotzdem …

Den Vorschlag, noch einen Kaffee mit Emilys Vater trinken zu gehen, hatte sie abgelehnt. Sie war sowieso schon später dran als sonst. Aber eigentlich wäre es bei der Masse an Überstunden, die sie angesammelt hatte, nicht ins Gewicht gefallen, und eine Dienstbesprechung hätte sie an diesem Morgen auch nicht verpasst.

Sie war in Gedanken bereits bei dem staubtrockenen alten Fall, den sie gerade bearbeitete, als Manfred Rist aus seinem Büro auf sie zukam. Der Leiter des K1 blickte demonstrativ auf seine Armbanduhr und zog die Augenbrauen zusammen.

»Moin, Manfred«, sagte Pia, die keine Lust hatte, sich zu rechtfertigen.

»Je später der Morgen …«, kam es süffisant zurück.

»Ich habe doch nichts verpasst, oder?«, fragte sie provokativ. »Den Ripper von Lübeck?«

»Das wirst du schon noch sehen.« Rist eilte davon in Richtung Fahrstuhl.

Pia zuckte mit den Schultern und versuchte, sich nicht zu ärgern. Sie arbeitete wegen Felix in Teilzeit, und es war abgesprochen, dass sie bei wichtigen Terminen, die ihr Kind betrafen, flexible Arbeitszeiten nutzen konnte. Normalerweise beschwerte sich ihr Vorgesetzter bei ihr, dass sie zu viel und zu lange arbeitete.

Sie betrat ihr Büro und begrüßte Broders mit einem kurzen »Moin«.

»Du kannst gleich stehen bleiben«, antwortete ihr Kollege. »Wir haben einen Leichenfund.«

»Tatsächlich?« Pia, die gerade im Begriff gewesen war, die Jacke auszuziehen, hielt in der Bewegung inne. »Wo denn? Worum handelt es sich?«

Broders erhob sich mit einem leisen Stöhnen. »Diesmal in Stüvensee an der Ostsee.«

»Das bedeutete also Rists ›Das wirst du schon noch sehen‹«, sagte Pia mehr zu sich selbst.

»Was meinst du?«

»Ach, nur eine kleine Stichelei von ihm.«

Broders sah sie an. »Kennst du den Ort Stüvensee?«

»Ich weiß, dass es ihn gibt«, erwiderte Pia. »Und ich finde hin.«

»Dann bist du mein Mann … äh, meine Frau.« Er griff nach seiner Jacke und seinem Smartphone. »Wir sollen sofort losfahren. Rist und der Rest unserer versprengten Truppe sind weiterhin an dem anderen Fall dran.«

»Immer noch oder schon wieder der Tankstellenfall?«, erkundigte sich Pia. Bei einem Raubüberfall auf eine Tankstelle waren vor zwei Wochen der fünfundzwanzigjährige Kassierer getötet und ein Kunde verletzt worden. Bisher hatte von den maskierten Tätern jede Spur gefehlt, sehr zum Verdruss von Staatsanwaltschaft und Polizei.

»Da hat sich ein neuer Ansatzpunkt ergeben. Entweder ist nichts los oder gleich mehreres auf einmal. Und das, wo Wilfried weg ist und bei unserem hohen Krankenstand.«

»Kannst du mir schon was über den Leichenfund in Stüvensee erzählen?«, fragte Pia, während sie nebeneinanderher zum Parkdeck gingen.

»Der Tote ist ein Mann, ungefähr in meinem Alter.« Broders verzog das Gesicht. »Er wurde vor etwa einer halben Stunde von einem weiblichen Feriengast in Stüvensee entdeckt. Alva Dohrmann heißt sie. Sie hat den Toten im Garten einer alten Fischerkate gefunden, die wohl ab und zu auch als Ferienhaus vermietet wird. So habe ich es wenigstens verstanden.«

»Na, das sind ja tolle Ferien … für die Frau. Und was ist die Todesursache?«

Broders warf ihr einen raschen Blick zu. »Ist noch nicht sicher.«

»Kann es auch ein natürlicher Tod sein?« Dann hätte sich das Thema für die Mitarbeiter des K1 schnell wieder erledigt. Pia wünschte niemandem etwas Schlechtes. Schon gar nicht Mord oder Totschlag. Doch sie hatte schon länger keine spannende neue Ermittlung mehr gehabt.

»Natürlicher Tod wird schwierig«, sagte Broders, nachdem er sich auf den Beifahrersitz hatte fallen lassen. »Es gibt ein paar besondere Umstände.«

»Was für Umstände?«

»Der Täter konnte den Anblick seines toten Opfers wohl nicht ertragen. Wie in dem Stück *Die Herzogin von Malfi*. ›Bedeckt ihr Antlitz, vor meinen Augen flimmert es, sie starb so jung‹«, deklamierte Broders.

»Wie bitte? ›Sie starb so jung‹?« Pia lenkte den Wagen die Rampe hinunter auf die Welsbachstraße und gab Gas. »Ich dachte, das Opfer sei ein älterer Mann?«

»Älterer Mann … Wie das klingt! Danke, Engelchen!«

»Sei nicht so empfindlich, Schatzi«, konterte sie.

Broders schnaubte. »Wenn der Tote nicht sehr lichtempfindlich oder schamhaft war und sich selbst kurz vor seinem Ableben die Augen mit Seerosenblättern bedeckt hat, dann hat es wer anders getan.«

»Verstehe. Und wer oder was ist die ›Herzogin von Malfi‹?« Pia bremste vor der nächsten Ampel. Sie fuhr im dichten Berufsverkehr auf die Brücke über die Kanal-Trave zu.

»Das ist eine Tragödie von John Webster«, sagte Broders oberlehrerhaft. »Ich kenne die Sätze allerdings aus einem Krimi, den ich mal gelesen habe. Da ist dieses wundervolle Zitat ein Teil der Auflösung«, räumte er ein.

»Du liest Krimis?« Pia warf unwillkürlich einen Blick nach links, wie um zu prüfen, ob unten in der Nähe des Lübecker Motorboot-Clubs ein Binnenschiff zu sehen war. Dort war sie im vergangenen Jahr nach einer Entführung gefangen gehalten worden. Würde sie je wieder hier entlangfahren, ohne daran zu denken?

»Früher habe ich mehr Krimis gelesen«, bekannte Broders. »So bin ich, glaube ich, auf diesen verflixten Beruf gekommen.«

6. Kapitel

Sie nahmen die Autobahn A1 in Richtung Norden. Eine Baustelle und erhöhtes Verkehrsaufkommen zwangen Pia nach ein paar Kilometern dazu, Stop-and-go zu fahren. Angespannt trommelte sie auf das Lenkrad.

»Bitte, Pia. Tote haben alle Zeit der Welt.«

»Wer weiß, ob der Tatort richtig abgesichert ist?«, sagte sie gereizt. »Ich fände es einfach schön, rechtzeitig dort zu sein. Bevor alles kontaminiert und zertrampelt ist. Tatorte unter freiem Himmel sind immer ein Risiko.«

»Zumindest regnet es nicht. Und es sind auch Streifenpolizisten vor Ort. Einer ist Holger Jansen. Ich kenne ihn zufällig von früher. Der weiß, was zu tun ist.«

»Dein Wort in Gottes Ohr.« Pia war sich darüber im Klaren, dass ihre Stimmung weniger mit den Bedingungen am Tatort als mit ihrer insgesamt angespannten Situation zu tun hatte. Doch das war keine Entschuldigung dafür, Broders so anzublaffen. Die Geschwindigkeitsbeschränkung der Baustelle wurde aufgehoben, und Pia atmete auf. Sie überholte mehrere Wohnmobile und Gespanne, die wahrscheinlich auf dem Weg in Richtung Fehmarn oder Skandinavien waren. »Was ist dieser Jansen denn für ein Typ?«, erkundigte sie sich.

»Mein Gott, es ist zehn Jahre her, dass wir uns bei einer Schulung begegnet sind. Holger Jansen war damals ein recht attraktiver Mann. Mittlerweile muss er Anfang bis Mitte vierzig sein. Die jungen Kolleginnen mochten ihn. Und einige der älteren auch. Ich glaube nur …«

»Was glaubst du?«

»Ihm fehlte das Durchhaltevermögen, um es weit zu bringen. Er ging eher mal den Weg des geringeren Widerstandes.«

»Es muss ja nicht jeder eine Bilderbuchkarriere hinlegen.«

»Natürlich nicht. Aber irgendwas an seiner Haltung hat mich damals gestört«, sinnierte Broders.

Pia nickte. Sie kannte ihren Kollegen inzwischen so gut, dass sie wusste, dass auch seine lange zurückliegenden Eindrücke wertvoll sein konnten. So griesgrämig und sarkastisch sich Broders auch manchmal gab – auf ihn konnte sie sich zu einhundert Prozent verlassen. Und jemanden, bei dem das anders war, wollte sie auch nicht an ihrer Seite wissen, wenn es im Polizeialltag hart auf hart kam.

Sie verließen die Autobahn, bogen am Ende der Ausfahrt rechts ab und passierten einen Ehrenfriedhof unter dunklen Bäumen. Sie folgten der Straße. Linker Hand hatte sich früher ein Campingplatz befunden, der nun einer Anlage mit identischen Ferienhäuschen mit Veranden gewichen war.

Pia bog ab in Richtung Stüvensee. Bevor sie den kleinen Ort erreichten, beschrieb die Landstraße ein paar Kurven, überwand einen Hügel, und sie gelangten zu einer Kate mit ausladendem Reetdach. Da alle Parkplätze in der Nähe des Hauses belegt waren, unter anderem von einem Streifenwagen, dem Mercedes-Bus der Spurensicherung und einem Leichenwagen, stellte Pia das Poolfahrzeug der Polizei nah am Straßenrand vor einem Knick, einem bewachsenen Wall, ab.

»Wie soll ich denn hier aussteigen?«, fragte Broders empört. »Willst du, dass ich aufgespießt werde?«

»Hinter der Kuppe bleibe ich wohl kaum mitten auf der Straße stehen«, entgegnete Pia. Ein Lastwagen rauschte an ihnen vorüber, und der Wagen erbebte. Nachdem die Fahrbahn wieder frei war, stieg Pia aus. Broders folgte ihrem Beispiel, wobei er missmutig Weidenruten und dünne Zweige aus dem Weg drückte.

Das Haus befand sich etwas unterhalb des Straßenniveaus und sah frisch renoviert, wenn nicht saniert aus. Das helle Reetdach und die weißen Sprossenfenster leuchteten in der Vormittagssonne. Über den Garten und eine Weide hinweg bot es einen schönen Blick über Rapsfelder und Wiesen. Hinter einer Hügelkette drehten sich Windräder.

Pia und Broders wiesen sich gegenüber einem Uniformierten aus, der den Zugang zum Garten bewachte. Sie folgten einem markierten Pfad hinunter zum Tatort. Bis auf eine Holzterrasse hinter dem Haus mit ein paar Blumenkübeln darauf war der Garten mehr oder weniger sich selbst überlassen. Die Besitzer beschränkten sich bei der Gartenarbeit anscheinend im Wesentlichen auf gelegentliches Rasenmähen.

Im unteren Teil des Gartens herrschte reger Betrieb. Pia war erleichtert, dass die Kollegen von der Spurensicherung bereits vorgesorgt und den Zugang für Kollegen und Helfer eingeschränkt hatten. Dadurch, dass man nur noch über den einen Weg Zugang zum Tatort hatte, wurde sichergestellt, dass keine weiteren Spuren mehr zerstört wurden.

Sie gelangten in einem weiten Bogen zu einem Gartenteich. Der Tote lag etwas abseits, halb von einem Holunderbusch verborgen. Von hier aus konnte Pia nicht viel von dem Mann erkennen. Graue Hosenbeine, den Ärmel eines dunkelblauen Troyers. Der Leichnam wurde gerade von einem Rechtsmediziner in weißem Schutzanzug untersucht, dem Pia, soweit sie es erkennen konnte, noch nicht begegnet war. Wo war Enno Kinneberg, der stoische und zuverlässige Rechtsmediziner aus Lübeck? Zwei Kollegen von der Spurensicherung, die sie in ihrer vollen Montur nicht gleich identifizieren konnte, untersuchten auf Händen und Knien die Umgebung.

Ein uniformierter Polizist, der etwas abseits mit einer Frau in Zivil gesprochen hatte, runzelte bei ihrer Ankunft die Stirn. Nun kam er wiegenden Schrittes auf sie zu. Er begrüßte zuerst Broders, was Pia Gelegenheit gab, ihn zu mustern: mittelgroß, stabil gebaut mit einem leichten Bauchansatz und schulterlangen, zu einem Zopf zusammengebundenen Haaren sowie Geheimratsecken. Er hatte eine markante Nase und ein filmreifes Grübchen am Kinn. Der Blick seiner braunen Augen richtete sich auf sie.

»Das ist Holger Jansen«, stellte Broders den Kollegen vor. »Er leitet die örtliche Polizeistation.« Und an Jansen gewandt: »Und das ist meine Kollegin, Hauptkommissarin Pia Korittki, mit der ich im K1 zusammenarbeite.«

Holger Jansen reichte ihr die Hand und drückte sie so fest, dass Pias Handknochen zu knirschen schienen. Vielleicht hatte ihm mal jemand gesagt, dass das besonders männlich sei. »Moinsen.« Er musterte sie nun ebenfalls unverblümt.

»Wer ist denn die Frau, die den Toten hier unten entdeckt hat?«, fragte Pia. Leute, die Leichen auffanden, waren ihr stets ein wenig suspekt, auch wenn sie selbst schon in dieser Situation gewesen war.

»Die Frau, die da vorne steht, hat ihn so vorgefunden und die Eins-Eins-Null gewählt.«

»Das ist Alva Dohrmann?«

»Genau. Ich war gerade dabei, sie zur Sache zu vernehmen, als ihr gekommen seid.«

»Ich komme mit.«

»Nicht nötig«, beharrte Jansen und strich sich über den Dreitagebart.

»Ich denke, das ist es doch.« Pia warf Broders einen Blick zu, der ihm bedeutete, sich um den Rechtsmediziner und die Spurensicherungsleute zu kümmern. »Sag mir Bescheid, falls sie den Toten schon wegbringen wollen. Ich will ihn noch am Fundort sehen.« Als Broders ihr zunickte, ging Pia neben Jansen her auf die Zeugin zu. »Ist der Tote schon identifiziert?«, erkundigte sie sich halblaut bei Holger Jansen.

»Das ist nicht schwer. Ich kenne ihn. Jeder hier kennt ihn.«

»Und wer ist es?«

»Burkhard Schönfeld. Unser Bürgermeister. Liegt mit eingeschlagenem Schädel im Gebüsch.«

»Daran besteht kein Zweifel?«

»Wir kennen einander hier alle recht gut.«

»Das wird sicherlich nützlich sein. Ich komme darauf zurück. Aber ich leite diese Ermittlung. Die Person, die den Toten gefunden hat, befrage ich mit.« Und damit wandte sie sich der Frau zu, die etwas hilflos neben einem Stecken mit Absperrband stand.

Auf ein Kompetenzgerangel auf Kindergartenniveau hatte Pia keinen Nerv. Wenn das K1 aus Lübeck hier war, der Leiter des K1 jedoch nicht, hatten sie das Sagen und nicht Holger Jansen. Es war die altbekannte Frage eins des Kriminalpolizisten: »Ist das meins?« Und in diesem Fall konnte Pia das für sich nur bejahen. Doch sie spürte auch Jansens unzufriedenen Blick von der Seite, als sie sich Alva Dohrmann näherte.

Die Frau, die gerade über eine Leiche gestolpert war, war ungefähr Ende dreißig. Pia schätzte, dass sie eins fünfundsiebzig groß war und höchstens fünfundfünfzig Kilo wog. Sie hatte ein längliches Gesicht und glatte braune Haare. So glatt, dass die Kanten ihrer Ohren zwischen den matten Strähnen hervorguckten. Ihre ebenfalls lange Nase war gerötet, die olivgrünen Augen blutunterlaufen. Insgesamt schien Alva Dohrmann in schlechter körperlicher und psychischer Verfassung zu sein. Ihre rechte Hand ballte sich um ein paar zusammengeknüllte Papiertaschentücher. Als Pia auf sie zutrat, stopfte sie die Taschentücher in die Tasche ihres Sweaters und streckte ihr die Rechte entgegen. Pia übersah die feuchte Hand mit den abgekauten Fingernägeln und stellte sich der Frau freundlich vor. »Ihr Name ist Alva Dohrmann?«

»Ja, das ist richtig«, antwortete sie mit leicht nasaler Stimme. »Muss ich etwa alles noch einmal erzählen?«

»Ja. Tut mir leid.« Pia blickte ihr in die verweinten Augen. »Wir sollten dafür aber woanders hingehen. Dann sind Sie nicht mehr diesem Anblick hier ausgesetzt.«

»Oh.« Ihr Blick huschte in Richtung des Leichnams. »Das wäre ganz gut. In Ordnung.«

Aus dem Augenwinkel sah Pia, wie Jansen über ihre Vorgehensweise leicht die Stirn runzelte. Gern hätte sie ihm auf die Spitzen seiner großen schwarzen Stiefel getreten, aber er stand ein Stück zu weit weg.

»Fährst du mit Frau Dohrmann schon mal auf deine Dienststelle? Dann können wir den Rest der Befragung im Sitzen und ungestört durchführen. Sie sieht so aus, als könnte sie nach dem Schock ein heißes Getränk oder so etwas vertragen. Ich komme so schnell wie möglich nach.«

»Heißes Getränk? Wie Kamillentee?«, gab er sarkastisch zurück.

Pia nickte. Einen neuen Freund hatte sie hier nicht gerade gewonnen.

Broders winkte Pia zu sich. »Sie wollen den Toten jetzt wegbringen. Wenn du dir den Tatort vorher noch einmal mit dem Leichnam anschauen willst, musst du herkommen.«

»Danke. Alles klar.« Pia trat auf den ihr noch unbekannten Gerichtsmediziner zu und nannte ihm Namen und Dienstgrad. Er war relativ jung, stellte sie erstaunt fest. Oder sie wurde langsam, aber sicher alt. Sie ging schon auf die vierzig zu.

»Leiten Sie diese Ermittlung?«, fragte er sie.

»Ja, zumindest vorläufig«, bestätigte Pia. Es war immer noch möglich, dass Rist sich plötzlich anders entschied.

»Ich bin Tom Tetzlaff. Der zuständige Rechtsmediziner aus Lübeck.«

»Sind Sie neu dabei? Wo ist denn Dr. Kinneberg?«

»Auf den Malediven. Nein, Sche-herz! Irgendwo im Urlaub. Ich bin jedenfalls an seiner Stelle hier.« Er lächelte und breitete andeutungsweise die Arme aus, als erwartete er, dass Pia ob dieser Feststellung in Jubel ausbrechen würde. Sie vermisste den staubtrockenen Kinneberg bereits jetzt.

»Also gut, Dr. Tetzlaff.« Sie blickte zu dem Toten hinüber. »Was können Sie mir schon erzählen? Woran ist der Mann gestorben?«

»Also, das kann ich Ihnen natürlich erst nach meiner Obduktion mit einhundertprozentiger Sicherheit sagen. Aber wenn Sie meine erste Einschätzung hören wollen …«

Pia nickte aufmunternd.

»Die Todesursache ist auf den ersten Blick ein Schädel-Hirn-Trauma durch massive Gewalteinwirkung auf den Kopf.«

»Ich würde mir das gern ansehen.«

»Ja, kommen Sie. Es ist interessant«, sagte er erfreut.

Nachdem Pia Schutzkleidung angelegt hatte, gingen sie den eng begrenzten Weg auf die Leiche zu. Der Anzahl der Spurentäfelchen nach zu urteilen, die überall aufgestellt worden waren, würde das K6, die Kriminaltechnik, jetzt gut beschäftigt sein. Hoffentlich war etwas Brauchbares dabei.

Der Tote lag mit seltsam abgewinkelten Gliedern auf dem Rücken. Sein Körper war halb im feuchten Gras, halb unter einem Busch verborgen, sodass Dr. Tetzlaff und Pia sich bücken mussten, um zu ihm zu gelangen.

Pia ging in die Hocke. Sie atmete beim Anblick der welken grünen Blätter, die auf der Augenpartie des Toten lagen, erschrocken ein, fasste sich aber schnell wieder. Die Seerosenblätter und die Erde waren teilweise heruntergerutscht, sodass ein Auge zu sehen war. Es blickte starr in den Himmel. Auf dem Augapfel befanden sich Dreckkrümel, bei deren Anblick Pia blinzeln musste. Sie war durch Broders vorgewarnt gewesen, doch der groteske, irgendwie unwürdige Anblick ging ihr durch Mark und Bein. Wer bedeckte das Gesicht eines Toten mit Blättern? Warum tat jemand so etwas?

Um die hässliche Kopfwunde an der Schläfe zu verbergen? Die aufgeplatzte, an den Rändern zerfetzte Haut, die zertrümmerten Knochen und das freiliegende Hirngewebe, das Fliegen und Käfer anlockte? Das Gras darunter war dunkel vor Blut.

Tetzlaff beobachtete sie. Pia wandte sich zu ihm um. »Wann ist der Tod eingetreten?«

Er zog die Augenbrauen hoch. »Zwischen acht Uhr abends und Mitternacht, würde ich vorerst sagen. Wir hatten stark schwankende Temperaturen, besonders hier unten am Teich. Also ist das nur eine grobe Schätzung.«

»Also eher gestern Abend als heute am frühen Morgen«, stellte Pia fest. »Und die Todesursache war diese sichtbare Kopfwunde?«

»Vermutlich schon. Aber was die Tatwaffe und alles Weitere angeht, warten Sie bitte die Obduktion ab.«

»Natürlich. Ich verstehe. Wann können Sie es machen?«

»Wir haben höllisch viel zu tun. Übermorgen, mit etwas Glück …«

Pia kroch unter dem Busch hervor und streckte sich. »Bei einem Tötungsdelikt sind die ersten achtundvierzig Stunden für die Ermittlungen entscheidend. Können Sie es irgendwie vorziehen?«

Er folgte ihr. »Versprechen kann ich Ihnen gar nichts.« Er blickte sie treuherzig an. »Aber ich tue, was ich kann.«

»Ich baue auf Sie. Ein Mörder oder Totschläger mitten in der Saison in einem Urlaubsort an der Ostsee … Das ist gar nicht gut! Denken Sie mal, wie wir dann vor der Presse dastehen.« Es war die erste und beste Motivation, die Pia einfiel.

»Meinen Sie? Erhöht das nicht die Spannung? Etwas angenehmer Grusel am Urlaubsort. Nein, Sche-herz!« Er kicherte, fing sich jedoch wieder. »Ich weiß ja, worauf Sie hinauswollen. Schlechte Presse, schlecht für den Tourismus und schlecht für die Wirtschaft.«

Pia nickte. »Rufen Sie mich an, sobald Sie den Toten auf dem Tisch haben.« Sie reichte ihm sicherheitshalber ihre Karte. »Entweder nehme ich selbst an der Obduktion teil, oder es kommen Kollegen.«

Pia ließ die zwei Männer, die die Leiche abtransportieren wollten, ihre Arbeit machen. Holger Jansen und die unglückliche Frau, die den Toten gefunden hatte, waren inzwischen verschwunden. Sie ging zu Broders, der mit einem der Spurensicherungsleute redete. Beim Näherkommen bemerkte sie, dass es ihr Kollege Schelling vom K6 war, mit dem sie schon bei vielen Ermittlungen zu tun gehabt hatte. Froh, ein bekanntes Gesicht am Tatort zu sehen, begrüßte sie ihn.

»Ihr habt ja eine Menge Plastik verteilt«, sagte sie mit

Blick auf die Schildchen mit den Spurennummern, die überall herumstanden.

»Ist vermutlich nicht viel Brauchbares dabei«, erwiderte Schelling. »Die Fußabdrücke, die wir gefunden haben, scheinen vom Opfer zu sein und von der Frau, die den Toten entdeckt hat.«

»Wenn keine weiteren Fußspuren mehr auftauchen, war es entweder ein Suizid«, warf Broders halb im Scherz ein, »oder die Frau, die ihn gefunden hat, ist eine gute Schauspielerin und war es selbst.«

»Das Opfer ist angeblich der Bürgermeister des Ortes«, sagte Pia.

»Wo ist die Frau, die ihn entdeckt hat?«

»Ich habe sie mit Jansen zur Polizeistation in Stüvensee geschickt, um sie dort später in Ruhe befragen zu können. Sie wirkt ziemlich mitgenommen. Wen haben wir denn an Kollegen noch alles hier?«

Broders zählte einige Namen und Dienstgrade auf. Aus Lübeck waren sie bisher die Einzigen, wegen des zweiten Tötungsdelikts, an dem das K1 noch arbeitete. Doch aus den Dienststellen der näheren Umgebung waren einige Kollegen gekommen. Ein Fall von Mord oder Totschlag war hier in der Gegend zum Glück nicht alltäglich. Und die meisten Polizisten lebten dafür, mal an solchen Ermittlungen beteiligt zu sein. Adrenalinjunkies, alle miteinander.

In der nächsten Viertelstunde verteilte Pia die anstehenden Aufgaben. Es gab im Umkreis zwar nicht viele Nachbarn, aber die wenigen waren dafür umso wichtiger und mussten zeitnah befragt werden. Hoffentlich war die Nachbarschaft so aufmerksam und mitteilsam, wie es die ländliche Lage vermuten ließ. Vielleicht hatte jemand etwas Hilfreiches gesehen.

Broders sollte die ersten Befragungen koordinieren. Und sie würden die Polizeistation von Stüvensee als vorläufige Einsatzzentrale nutzen. Das organisierte Pia mit ein paar Telefonaten. Auch die Angehörigen des Bürgermeisters mussten schnellstmöglich verständigt werden. Da würde Jansen mit seinen Kontakten sicher nützlich sein.

Pia blickte auf ihr Handy, und ihre Gedanken schweiften kurz ab: Felix war hoffentlich gut auf Schloss Sandberg angekommen. Wenn er dort keine schlimmen Heimwehattacken bekam, konnte sie in den nächsten drei Tagen frei über ihre Zeit verfügen. Es würden sicher lange Tage werden.

7. Kapitel

In der örtlichen Polizeidienststelle angekommen, schickte Pia Broders und eine Kollegin von Jansen zu den Angehörigen des Opfers, um die Todesnachricht zu überbringen. Burkhard Schönfeld, der Bürgermeister, hatte laut Holger Jansen nur eine Verwandte in der nahen Umgebung: seine Nichte Rosina Peters, die auch mit in seinem Haus wohnte. Sie war Mitte zwanzig und arbeitete in einer Arztpraxis, würde also um diese Uhrzeit wohl nicht zu Hause anzutreffen sein.

Jansens einzige Kollegin auf der kleinen Dienststelle hieß Dana Bremer. Sie war eine kompetent wirkende Polizistin von Anfang dreißig. Die eher kleine, sportlich aussehende Frau mit dem offenen, freundlichen Gesicht und der etwas burschikosen Art würde diese belastende und schwierige Aufgabe wahrscheinlich sehr gut meistern. Und auf Broders konnte Pia sich sowieso verlassen.

Sie hoffte, dass Rosina Peters nicht bereits durch Klatsch und Tratsch vom plötzlichen Tod ihres Onkels erfahren hatte. Erstens sollte sie die Nachricht klar und direkt überbracht bekommen, nicht durch Gerede, das war nur fair. Zweitens hegte Pia die Hoffnung, dass Broders aus der Reaktion der Frau erste Schlüsse auf das Verhältnis von Onkel und Nichte und den Charakter der Frau ziehen würde. Im Zweifelsfall, wenn sie es nicht gut aufnahm, würde ihr Kollege im Anschluss noch einen Mitarbeiter der Psychosozialen Notfallversorgung hinzuziehen, der sich um Rosina Peters kümmerte.

Als die beiden die Polizeistation verließen, beneidete Pia sie nicht um die Aufgabe, die vor ihnen lag. Todesnachrichten zu überbringen war einer der am meisten belastenden Aspekte ihres Berufs.

»Wo ist Frau Dohrmann?«, fragte Pia.

»Nebenan. Sie ist schon mit einem Heißgetränk ihrer Wahl versorgt.« Jansen grinste schief.

»Danke. Wenn es dir recht ist, machen wir die Vernehmung zu zweit. Ich führe das Gespräch.«

Sie betraten einen kleinen Raum mit einem Tisch in der Mitte und gestapelten Kartons auf einem Sideboard, das anscheinend multifunktional genutzt wurde. Alva Dohrmann saß mit geschlossenen Knien am Tisch wie eine Schülerin, die einen Rüffel des Schuldirektors erwartete.

»Zur Befragung anwesend sind Alva Dohrmann, Polizeihauptmeister Holger Jansen und Kriminalhauptkommissarin Pia Korittki«, begann Pia, nachdem sie das Aufnahmegerät aktiviert und der Frau ihre Rechte vorgelesen hatte. Sie legte ihr Notizbuch vor sich hin. Alva Dohrmann schob einen angestoßenen Becher auf dem Tisch hin und her. Darauf stand: *Lächle, du kannst sie nicht alle töten!*

»Das hört man leider alles in der Aufzeichnung«, sagte Pia mit Blick auf den Teebecher.

Frau Dohrmann nickte angespannt und legte die Hände flach auf die Tischplatte.

»Sie sind hier im Urlaub, ist das richtig?«

»Ja, seit gestern Nachmittag.«

»Wo wohnen Sie normalerweise, Frau Dohrmann?«

»In Lüneburg.« Sie leierte die Adresse herunter.

»Wo genau wohnen Sie hier an der Ostsee?«

»In dem Reetdachhaus in Stüvensee, wo der Mann … tot im Garten liegt.« Sie seufzte tief.

Pia ergänzte die Adresse des Hauses. »Wie kamen Sie zu diesem Ferienhaus in Stüvensee?«

»Ich habe es über das Internet gemietet. Auf einem dieser Ferienhausportale. Da bieten Privatleute Zimmer, Wohnungen oder Häuser an. Ich bin gestern erst hier angekommen, und heute …« Sie schluchzte auf. »Heute finde ich einen Toten!«

»Das war sicher ein schlimmer Schock für Sie«, erwiderte Pia. »Aber es ist wichtig, dass Sie uns genau erzählen, wie Sie den Toten entdeckt haben. Fangen Sie am besten bei Ihrer Ankunft in Stüvensee an.«

»Also gut …« Sie warf einen unsicheren Blick auf Jansen. »Ich bin gestern gegen sechzehn Uhr hier angekommen. Mit meinem Auto. Den Schlüssel für das Haus musste ich in Stüvensee in einem Wirtshaus abholen. Die Besitzerin der Kate ist nämlich gar nicht da. Das war alles so abgesprochen.«

»Wem gehört das Haus?«

»Die Frau heißt Linn Aubach!«, warf Holger Jansen ein.

Pia bedachte ihn mit einem warnenden Blick.

»Das stimmt«, bestätigte Alva Dohrmann. »Ich hatte mir die Fotos des Ferienhauses vorher im Internet angesehen. Man kann auf dem Portal alles anschauen, auch, wer der Vermieter ist. Ich meldete mich, und Frau Aubach und ich haben daraufhin per Videochat miteinander gesprochen, und dann habe ich das Haus kurz entschlossen für zwei Wochen von ihr gemietet.«

»Kennen Sie die Besitzerin auch persönlich?«

»Nein. Nur von dem Chat und den E-Mails von der Vermietung. Ich habe sie im wahren Leben noch nie gesehen. Aber sie wirkte so … zuverlässig.«

»Linn Aubach ist Anwältin für Strafrecht«, warf Holger Jansen wiederum ein.

»Die Zeugin soll antworten. Keine weiteren Zwischenbemerkungen mehr!«, wies Pia ihn an. Eine andere Sprache verstand der Kollege offensichtlich nicht.

»Schon gut, ich will ja nur helfen.« Er sah beleidigt weg.

»Sie bekamen also den Schlüssel zu diesem Haus in einem Wirtshaus. Wie heißt es?«, erkundigte sich Pia.

Jansen öffnete den Mund, schloss ihn aber sogleich wieder.

»*Stüvenseer Krug* oder so«, sagte Alva Dohrmann.

»Was passierte dann?« Pia verharrte mit dem gezückten Stift über ihrem Notizbuch. Auch wenn alles aufgezeichnet wurde, fertigte sie manchmal zusätzlich Notizen an. Allein die Geste, wenn der Stift über dem Papier schwebte, konnte Zeugen helfen, sich an Details zu erinnern.

Alva Dohrmann beschrieb, wie sie am Haus angekommen war, das Gepäck hineingebracht und sich Tee gekocht hatte. Sie hatte sich etwas zu essen für den ersten Abend aus ihrer Wohnung in Lüneburg mitgebracht. »Ich war froh, dass das Haus so schön ist, wie es auf den Fotos aussah. Man weiß ja vorher nie, ob da nicht vielleicht getrickst wurde … Aber es ist wirklich sehr hübsch. Etwas kahl innen, doch es scheint ja auch alles noch recht neu zu sein.«

»Und was taten Sie dann?«, fragte Pia, um nichts vorauszusetzen oder vorwegzunehmen.

»Der Abend verlief erst ganz ruhig. Ich habe mich umgeschaut. Dann habe ich ausgepackt und gegessen. Danach habe ich die Küche aufgeräumt und im Wohnzimmer in dem tiefer gelegenen Anbau ferngesehen. Es lief aber nichts, was mich interessiert hat. Daher bin ich früh zu Bett gegangen, um noch etwas zu lesen … Mir war ein bisschen seltsam dort, so ganz allein.« Alva Dohrmann sah Pia mit hochgezogenen Schultern an. »Ich lebe mitten in der Stadt, wissen Sie? So eine Stille, wie sie dort draußen herrscht, bin ich nicht gewohnt.«

»Was meinten Sie mit ›Der Abend verlief *erst* ganz ruhig‹?«

»Na ja. Als ich im Bett war, so gegen kurz nach elf, und das Licht ausgeschaltet hatte, konnte ich nicht einschlafen, obwohl ich vorher total müde gewesen bin. Das habe ich häufig. Ich schlafe sehr schlecht. Also bin ich in die Küche gegangen, um mir ein … Glas Milch zu holen. Warme Milch soll ja beim Einschlafen helfen«, ergänzte sie.

»Was passierte dann?« Pia schrieb weiter das eine oder andere Stichwort mit.

Alva Dohrmanns Augen bewegten sich hin und her, ohne etwas im Raum zu fixieren. Als sähe sie die Ereignisse gerade wieder vor sich. Sie schlang die Arme um ihren Oberkörper. »Ich glaube, ich habe ihn gesehen …«, flüsterte sie.

»Wen haben Sie gesehen?«

»Na, ich glaube, denjenigen, der das getan hat.« Sie blickte Pia in die Augen. »Den Mörder.«

»Können Sie ihn beschreiben?«

Sie zuckte mit den Schultern. »Ich habe nur einen Schatten gesehen. Etwas, was sich im Dunkeln draußen bewegt hat.«

»War die Person groß oder klein, dick oder dünn? Irgendwelche besonderen Merkmale?«

»Nein, keine Ahnung. Ich müsste raten.«

»Weshalb vermuten Sie, dass diese Person der Täter war?«

»Nun, so viele Leute laufen da doch nicht um das Haus herum.«

Pia wartete ab, ob noch mehr kam. Dann sagte sie: »Zurück zu der Situation in der Küche. Sie wollten sich ein Glas Milch holen. Wie spät war es da?«

»Auf jeden Fall nach elf. Da bin ich nämlich ungefähr ins Bett gegangen. Aber ich habe nicht noch einmal auf die Uhr gesehen.«

Pia runzelte die Stirn. Schaute man nicht auf die Uhr, wenn man nicht einschlafen konnte und wieder aufstand?

»Ich lehnte an der Arbeitsplatte. Da habe ich dann das Geräusch gehört. Wie ein Kratzen ...« Alva Dohrmann verzog das Gesicht.

»Kam es von drinnen oder von draußen?«

»Ich dachte erst, von drinnen. Es war recht laut. Eine Maus oder ein Marder vielleicht ... Etwas auf dem Dachboden oder im Reetdach? Doch als ich es noch mal hörte, da klang es, als käme es aus Richtung der Glastür.«

»Die Terrassentür, die auf die Holzterrasse führt?«, vergewisserte sich Pia, die sich das Haus wieder vor Augen führte. Die Terrasse ging nach hinten zum Garten hinaus.

Die Zeugin nickte. »Ich habe dann, glaube ich, da draußen etwas gesehen. Hinter der Glastür. So was wie einen Schatten. Es bewegte sich. Doch ich bin mir nicht sicher, was es war.« Sie blickte in ihren Teebecher. »Ich habe mich so schutzlos gefühlt, weil ich im Hellen stand und es draußen stockdunkel war.«

»Was taten Sie dann?«

»Ich ... bin zurück ins Bett gegangen«, antwortete Alva Dohrmann leise.

»Sie haben nicht hinausgeschaut?«, hakte Pia nach.

»Nein.« Die Frau schüttelte heftig den Kopf. »Ich bin zurück ins Schlafzimmer gegangen, habe die Tür von innen abgeschlossen und ... saß einfach nur da.«

»War das alles?«

»Nein. Nicht ganz«, wisperte Alva Dohrmann.

»Und zwar?«

»Ich … glaube, da war kurz darauf noch einmal jemand draußen vor dem Schlafzimmerfenster. Der Kies knirschte wie von langsamen Schritten.« Ihre Stimme wurde schriller. »Es ist so ruhig da, dass man einfach *alles* hört! Es klang so, als ginge jemand weg. Es gibt keine Vorhänge oder Rollos in dem Haus. Ich bin zum Fenster hin … und da sah ich … sah ich noch eine weiße Gestalt weggehen. Vielleicht hat derjenige vorher zu mir hereingeschaut? Ich weiß es einfach nicht!« Sie vergrub das Gesicht in den zitternden Händen.

Eine weiße Gestalt? Wie die Weiße Frau eines Schauerromans? Ein Gespenst? War da vielleicht Alkohol mit im Spiel? Pia verordnete ihnen allen eine kurze Pause. Alva Dohrmann wirkte über das zu erwartende Maß hinaus angestrengt und sogar leicht verwirrt. Pia stand auf und riss das Fenster weit auf. Frische, nach Raps und Gülle riechende Luft strömte herein.

Währenddessen waren Broders und Dana Bremer nach kurzer Fahrt durch die Bilderbuchlandschaft in einem Nachbarort von Stüvensee angekommen. Sie standen vor einem roten Backsteinhaus. Neben der Tür waren Schilder angebracht, die auf eine Arztpraxis, die Praxis eines Physiotherapeuten sowie eine niedergelassene Hebamme hinwiesen. Die Tür wurde von innen aufgestoßen, und eine erschöpft aussehende Frau mit einem Zwillingskinderwagen kam heraus. An der Lenkstange war ein Golden Retriever angeleint, der das Gespann munter in Richtung Straße zog.

Dr. Thilo Weber, Dr. Viktoria Bruhns, Fachärzte für Allgemeinmedizin, stand auf einem der Schilder.

»In dieser Praxis arbeitet Burkhard Schönfelds Nichte?«, vergewisserte sich Broders bei der neuen Kollegin.

»Ich weiß es zufällig genau. Ich bin nämlich hier Patientin«, sagte Dana Bremer fröhlich. »Fast jeder hier ist bei Dr. Bruhns und Dr. Weber in Behandlung. Nur wenige fahren in die Stadt.«

»Na, dann los.«

Vor dem Tresen standen sechs Leute an. Durch die Glastür des Wartezimmers sah Broders, dass dort alle Plätze belegt waren. Die Praxis war voll bis an die Stehgrenze. Mehrere gemurmelte Grüße flogen zwischen Dana Bremer und den Patienten hin und her. Alle bemühten sich, nicht allzu neugierig zu wirken.

Eine schwarzhaarige Schönheit im weißen Kittel stand hinter dem Empfang. Sie agierte so souverän mit Patienten und der Telefonanlage wie eine Raubtierdompteuse in der Manege. Als sie Dana Bremer in der Polizeiuniform bemerkte, winkte sie sie und Broders sogleich nach hinten. »Seid ihr wegen Burkhard da?«, fragte sie Dana Bremer in gedämpftem Ton.

»Ja, sind wir. Ihr habt es also schon gehört?«

Die Arzthelferin nickte. »Tot? Einfach so? Unfassbar.« Sie schüttelte betroffen den Kopf. »Neulich war er noch putzmunter und hat uns hier in der Praxis mit seinen Massagerezepten genervt.«

»Wir müssen dringend mit Rosina Peters reden. Weiß sie es auch schon?«, wisperte Dana Bremer.

»Leider ja. Einer der Patienten redet ja immer.«

»Wie geht es ihr?«, wollte Dana wissen.

»Sie ist gefasst. Lässt sich nicht viel anmerken. Du kennst

sie ja.« Die Schwarzhaarige verdrehte andeutungsweise die Augen. »Wie es in ihr aussieht, weiß kein Mensch. Aber wir wollten sie nicht noch länger den Patienten aussetzen, falls noch mehr gequatscht wird. Sie sitzt im Personalraum und sortiert Mullbinden und Kanülen ein.«

»Wo ist Frau Dr. Bruhns?«, fragte Dana Bremer.

»In einem der Behandlungszimmer. Soll ich sie zu euch schicken, wenn sie dort fertig ist?«

»Nein. Später vielleicht«, antwortete Broders. Er fühlte sich ein bisschen außen vor. »Zuerst reden wir mit der Nichte.«

8. Kapitel

Als Pia in den Besprechungsraum zurückkehrte, sah Alva Dohrmann ein bisschen gesünder und wohler aus als noch vor zwanzig Minuten. Die Wirkung von frischer Landluft war eben nicht zu unterschätzen. Sie nahmen wieder Platz, und Pia schaltete erneut das Aufnahmegerät ein. Sie fragte nach den Geschehnissen des Morgens.

Sie sei erst spät aufgewacht, berichtete Frau Dohrmann. Gegen halb neun. Sie erzählte, dass die Vermieterin sie in einem Brief gebeten hatte, täglich die Fische im Gartenteich zu füttern. »Ich war etwas sauer deswegen. Das war so nicht abgesprochen«, erklärte sie missmutig. »Aber ich konnte die Tiere ja schlecht verhungern lassen …«

»Haben Sie den Brief noch?«, hakte Pia nach.

»Ja, wieso? Er muss noch auf dem Küchentisch liegen.«

»Den brauchen wir«, sagte Pia zu Jansen.

»Okay …«, antwortete er gedehnt und notierte es sich.

Alva Dohrmann erzählte ihnen etwas langatmig, dass sie sich angezogen habe und gleich als Erstes zum Teich gegangen sei. Um es hinter sich zu bringen, wie sie hinzufügte. Sie hatte im Anschluss mit ihrem Wagen zum Bäcker fahren wollen, um sich Brötchen für ihr Frühstück zu besorgen.

»Beschreiben Sie bitte, wie Sie den Toten gefunden haben«, forderte Pia sie auf.

»Ich bin also so um kurz vor neun Uhr runter zum Teich gegangen. Das Fischfutter hatte ich aus der Küche mitgenommen. Ich habe die Fische gefüttert und sie ein bisschen beobachtet, und dann wollte ich wieder hinaufgehen. Es war matschig am Teichufer, deswegen dachte ich, ich gehe mal andersherum. Da habe ich einen Fußabdruck gesehen, der nicht von mir war. Zu groß, ein anderes Profil, und er war frisch. Ich würde schätzen, dass der Schuh mindestens Größe 45 hatte. Ich war mir sicher, dass der Abdruck am Abend zuvor nicht dort gewesen war. Das hat mir einen ziemlichen Schrecken eingejagt.«

»Wieso?«, fragte Pia in neutralem Ton.

Alva Dohrmann riss die Augen auf. »Weil es beweist, dass ich mich nicht getäuscht habe. Gestern Nacht war wirklich jemand auf dem Grundstück! Vorher dachte ich, dass ich mir das alles nur eingebildet habe.«

»Ich verstehe. Und dann?«

»Mir fiel etwas Dunkles unter dem Gebüsch auf. Zuerst sah es aus wie ein Maulwurfshügel, aber dann wurde mir klar, dass es ein großer Schuh ist. Ein Männerschuh.«

»Was taten Sie?«

»Ich bin hingegangen. Und da habe ich ihn gesehen. Einen Toten mit einer großen Wunde am Kopf … Es war schrecklich!«

»Sind Sie näher herangetreten?«

»Nein! Ich glaube nicht. Mir wurde schwindelig. Ich ging in die Hocke, um nicht umzufallen.«

»Haben Sie sich übergeben?«

»Nein, ich denke nicht.«

Pias Blick wanderte zu den Sprenkeln auf der Jacke und den Hosenbeinen der Frau. Alva Dohrmann sah an sich hinunter und rieb an einem winzigen Fleck. »Die Spurensicherungsleute sagen, jemand habe sich neben der Leiche erbrochen«, erklärte Pia.

»Wirklich? Kann sein, dass mir doch schlecht geworden

ist«, räumte Alva Dohrmann verunsichert ein. »Mir war schwindelig, und alles war wie verschwommen.«

Pia warf Holger Jansen einen raschen Blick zu. Es wurde gerade interessant, und sie wollte, dass er diese Aussage ebenso aufmerksam verfolgte wie sie. Zwei Leute bekamen mehr mit als einer. »Bitte überlegen Sie noch einmal, wie es genau war«, bat sie die Zeugin.

»Mir ist wohl doch schlecht geworden. Ich hatte schreckliche Angst. Da habe ich das mit den Augen des Mannes gesehen …«

»Was meinen Sie damit?«

»Da waren so große Blätter aus dem Teich drauf. Ich konnte seine Augen nicht sehen. Es war gruselig, zusammen mit der offenen Stelle an seinem Kopf. Das vergesse ich nie!«

Pia nickte. »Kannten Sie den Mann? Sind Sie ihm vorher vielleicht schon einmal begegnet?«

Alva Dohrmann riss die Augen auf. »Nein! Wieso sollte ich?«

»Es könnte doch sein.«

»Ich kenne im Ort niemanden. Ich bin im Urlaub hier.«

»Das erste Mal?«

»Nein.«

»Wann zuletzt?«

»Als Kind. So mit acht Jahren. Mit meinen Eltern …«

»Ich verstehe.«

»Sind wir jetzt fertig?« Alva Dohrmann rutschte mit dem Stuhl zurück, als wollte sie sich erheben, traute sich aber nicht.

»Für heute sind wir fertig«, bestätigte Pia. »Ich habe jedoch noch eine Bitte an Sie. Eigentlich zwei.«

Die Frau sah Hilfe suchend zu Pias Kollegen.

»Erstens möchte ich, dass Sie sich zu einem späteren Zeitpunkt ein Foto von dem Toten anschauen, das wir Ihnen zeigen werden. Sie konnten ihn wegen der Blätter auf seinem Gesicht ja nur schlecht erkennen.«

»Wenn es unbedingt sein muss. Und zweitens?«

»Bleiben Sie bitte vor Ort. Wenigstens noch bis übermorgen. Sie haben ja Urlaub.«

»Ich kann das nicht … Nicht in diesem Haus!«

»Ich sagte nur: ›vor Ort‹.«

»Aber wo soll ich denn hin?«, fuhr die Frau Pia nervös an.

»Hier gibt es doch Hotels und Pensionen wie Sand am Meer. Sie dürfen sogar auf Staatskosten übernachten, wenn es nicht gerade eine Fünf-Sterne-Unterkunft sein muss.« Das Angebot bedeutete zwar, dass sie sich weit aus dem Fenster lehnte, aber es war notwendig.

Holger Jansen räusperte sich. Pia blickte ihn an. »Das könnte allerdings tatsächlich schwierig werden. Soweit ich informiert bin, ist an der Küste alles so gut wie ausgebucht. Bei dem tollen Wetter …«

Pia seufzte.

»Dann kann ich also nach Hause fahren?«, vergewisserte sich Alva Dohrmann erleichtert.

»Nein.«

»Sie können mich doch nicht hier festhalten!«

»Dann erzählen Sie mir, was wirklich unten am Teich passiert ist.«

»Ich habe Ihnen schon alles gesagt.«

»Nein, ich denke, da fehlt noch etwas.«

Frau Dohrmann schniefte. Ihr Gesicht sah nun allerdings eher wütend als traurig aus. Eine interessante Veränderung, fand Pia.

»Na gut. Ich bleibe noch ein paar Tage hier. Was soll's? Dann bin ich wenigstens an der Ostsee. Ich finde schon irgendeine Unterkunft«, sagte sie im Märtyrerton.

»Ich kann Ihnen vielleicht helfen«, warf Holger Jansen ein. »Eine Bekannte von mir vermietet Fremdenzimmer in Stüvensee.«

»Das klingt doch gut«, bemerkte Pia. »Würdest du das bitte abklären? Und dann Frau Dohrmann dabei helfen, ihr Gepäck zu holen, und sie dann auch dorthin begleiten?«

Ein zufriedener Ausdruck huschte über Jansens Gesicht. »Aber immer doch, Frau Hauptkommissarin!«

Pia sah den beiden gedankenverloren nach. Sie fragte sich, ob es richtig gewesen war, Alva Dohrmann derart nachdrücklich zu raten, vor Ort zu bleiben. Die Frau schien keinerlei Verbindung zu dem Opfer oder sonst wem in Stüvensee zu haben.

Doch ein paar kleinere Details ihrer Aussage machten Pia misstrauisch: Warum hatte sie nicht gleich gesagt, dass sie sich am Tatort übergeben hatte? Hatte sie es tatsächlich vergessen? Und sie war ihren eigenen Angaben zufolge morgens um neun Uhr hinunter zum Teich gegangen. Sie hatte die Fische gefüttert und angeblich gleich darauf die Leiche entdeckt. Warum war ihr Anruf bei der Einsatzleitstelle erst um 9.34 Uhr erfolgt?

Eine Frau in einem weißen Kittel stand im Personalraum am Fenster und sah hinaus. Auf dem Tisch neben ihr lagen Schachteln mit Kanülen und Mullbinden. Eine der Schubladen in einem hellgrauen Unterschrank an der Rückseite des Raumes stand offen.

»Frau Peters?«

Sie drehte sich zu Broders um. Er schätzte sie auf knapp einen Meter siebzig, mollig, aber gut proportioniert. Ihr hellbraunes Haar war auf dem Oberkopf zu einem Knoten gebunden, der ihn an Witwe Bolte in *Max und Moritz* erinnerte. Doch im Gegensatz zu der Kinderbuchfigur war sie recht jung, etwa Mitte zwanzig. Ihre Haut leuchtete hell und durchscheinend wie Magermilch; ihre hellblauen Augen waren gerötet, als hätte sie gerade geweint.

»Ja, das bin ich. Sie sind bestimmt von der Polizei.« Das war leicht ersichtlich, denn Dana Bremer in ihrer Uniform schob sich hinter Broders in den kleinen Raum.

»Kriminalhauptkommissar Broders und meine Kollegin Polizeiobermeisterin Dana Bremer aus Stüvensee, die Sie sicher kennen. Sie wissen schon, weshalb wir hier sind?«

»Wegen meines Onkels. Er ist tot.«

»Hallo, Rosina«, sagte Dana Bremer mitfühlend. »Das mit deinem Onkel tut mir sehr leid.«

»Setzen Sie sich doch bitte, Frau Peters«, forderte Broders sie auf. »Zunächst einmal auch mein Beileid zum Tod Ihres … Onkels?«

Rosina Peters ließ sich gehorsam auf einen Stuhl sinken. »Ja. Burkhard ist mein einziger lebender Verwandter. Der Bruder meiner Mutter.«

»Wer hat Ihnen von seinem Tod erzählt?«

»Ein Patient aus Stüvensee. So etwas spricht sich hier schnell rum.« Rosina Peters legte den Kopf schräg. »Sagen Sie, hat er … gelitten?«

»Wahrscheinlich nicht«, antwortete Dana Bremer etwas zu schnell.

»Dürfen wir Ihnen hier ein paar Fragen stellen, Frau Peters, oder möchten Sie das lieber etwas später auf der Polizeistation in Stüvensee erledigen?«, erkundigte sich Broders.

»Das ist selbstverständlich eine reine Formsache«, ergänzte Dana Bremer.

Broders warf ihr einen kritischen Blick zu. Weshalb sich so weit aus dem Fenster lehnen mit Versprechungen, die sich womöglich nicht bewahrheiteten? In diesem Stadium einer Ermittlung war nichts sicher. Und das sollten Polizisten immer im Hinterkopf behalten.

»Ich weiß nicht recht.« Rosina Peters blickte Hilfe suchend zur Tür.

»Ich fange einfach mal an zu fragen, und wenn es Ihnen zu viel wird, können wir jederzeit unterbrechen«, schlug Broders vor.

Sie nickte mit Blick auf ihre Hände, die schlaff auf dem Tisch lagen. Kinderhände, weich, mit kurzen Fingern und Grübchen auf den Handrücken. Keine Ringe.

Broders ließ sich ihren vollständigen Namen, das Geburtsdatum und ihre Adresse nennen.

Sie leierte das Gewünschte herunter. »Ich wohne bei meinem Onkel. Er hat ein recht großes Haus in Stüvensee. Also, aber ich weiß nicht … Wohnte, muss ich jetzt wohl sagen.« Sie schluchzte auf.

»Ganz ruhig, Rosina«, ließ Dana Bremer sich vernehmen. »Wir haben Zeit.«

»Wie war Ihr Verhältnis zu Ihrem Onkel?«, hakte Broders nach.

»Normal. Im Grunde war er immer gut zu mir. Seit dem Tod meiner Mutter habe ich ja nur noch ihn.«

Eine interessante Formulierung. Broders beließ es erst mal dabei. »Wann haben Sie Ihren Onkel zuletzt gesehen?«

Sie krauste die Stirn. »Gestern Morgen, als ich zur Arbeit gefahren bin. Er stieg gerade in sein Auto, und ich habe mein Fahrrad aus dem Schuppen geholt.«

»Haben Sie da miteinander gesprochen? Wissen Sie, was seine Pläne für den Tag waren?«

»Nein.« Als niemand etwas dazu sagte, ergänzte sie widerstrebend: »Wir wünschten uns nur einen guten Morgen, und das war's. Ich war spät dran. Ich konnte ja nicht ahnen, dass ich ihn …«, sie schluchzte erneut auf, »… niemals wiedersehen würde.«

»Nein, das konntest du wirklich nicht.« Dana Bremers Worte brachten die Tränen zum Fließen. Broders reichte der Arzthelferin ein Paket Papiertaschentücher. »Sagen Sie, hatte Ihr Onkel Feinde?«

Sie öffnete mit zittrigen Fingern die Plastikverpackung. »Nein, das glaube ich nicht.«

»Hatte Herr Schönfeld Streit mit jemandem? Hegte jemand irgendeinen Groll gegen ihn?«, ergänzte er die Frage.

»Nicht, dass ich wüsste.« Rosina putzte sich kräftig die Nase.

»Immerhin war er der Bürgermeister, nicht wahr? Da kann es schon mal Konflikte geben.«

»Davon weiß ich doch nichts. Politik interessiert mich nicht«, kam es von Rosina Peters. Es klang beinahe trotzig.

»Wo waren Sie zwischen sieben Uhr gestern Abend und sieben Uhr heute Morgen, Frau Peters?« Er fasste den Zeitraum absichtlich weit. Broders vermutete, dass Rosina die Antwort nicht allzu schwerfallen dürfte.

Doch wider Erwarten kam eine Gegenfrage: »Warum ist das wichtig? Muss ich dazu schon etwas sagen?«

Broders richtete sich auf seinem Stuhl auf. »Möchten Sie lieber einen Anwalt kontaktieren?«, fragte er gespannt.

»Dana?«, wandte die Arzthelferin sich Hilfe suchend an Broders' Kollegin.

»Wir wollen doch nur herausfinden, was passiert ist.« Dana Bremer lächelte beruhigend.

»Es ist aber anders, als es sich anhört«, erklärte Rosina.

»Wir werden das berücksichtigen.« Broders sah ihr in die weit aufgerissenen Augen. »Also: Wo waren Sie?«

»Er heißt Fabian. Fabian Ruschke. Er wohnt auch in Stüvensee. Er züchtet Hunde, wissen Sie? Kooikerhondjes.«

»Sie waren gestern bei Herrn Ruschke?«, vergewisserte sich Broders.

»Ich hatte ihn nach der Arbeit zufällig getroffen, und er hat mir erzählt, dass es bei einer seiner Hündinnen jetzt jeden Augenblick so weit sei, dass sie wirft. Zum ersten Mal! Yara ist mein Liebling. Ich habe ihn gefragt, ob ich dabei sein darf. Und er hatte nichts dagegen. Das war alles.«

»Um wie viel Uhr waren Sie bei ihm?«

»Ich kam so gegen acht, würde ich sagen. Ich musste vorher noch ein paar Dinge bei mir in der Wohnung erledigen. Auf dem Weg dorthin habe ich übrigens noch Herrn Bruhns getroffen«, ergänzte sie eifrig. »Das ist der Mann meiner Chefin. Der kann das wahrscheinlich bestätigen.«

Interessant, dass sie das anführte. »Wie lange waren Sie bei Herrn Ruschke?«

»Es hat etwas gedauert, bis Yara endlich geworfen hat. Eine Weile sah es sogar so aus, als würde das in der Nacht nichts mehr werden mit dem gesamten Wurf. Aber gegen eins hatte sie dann fünf süße kleine Welpen geboren.« Rosina Peters' Blick wurde weich.

»Um wie viel Uhr sind Sie nach Hause gefahren?«

Sie errötete. »So gegen zwei. Wir haben hinterher noch auf die Geburt der Kleinen angestoßen. Ich hatte den Wein dafür mitgebracht.«

»Sie waren den ganzen Abend dort? Oder sind Sie zwischendurch vielleicht einmal weggegangen?«

»Nein. Ich habe mich nicht von der Stelle gerührt. Ich wollte die Geburt auf keinen Fall verpassen. Und Fabian würde sowieso keine seiner Hündinnen in so einer Situation allein lassen.«

»Vielen Dank, Frau Peters. Das hilft uns weiter.« Wie es aussah, hatte sie ein Alibi. Es sei denn, der Rechtsmediziner hielt einen deutlich späteren Todeszeitpunkt als Mitternacht für möglich. Rosina Peters' Lebensumstände beschäftigten Broders trotzdem. »Warum wohnen Sie eigentlich bei Ihrem Onkel?«, fragte er, während er schon so tat, als räumte er seine Sachen zusammen. »Hat das einen besonderen Grund?«

»Er hat einfach so viel Platz in seinem Haus«, antwortete die junge Frau. »Da falle ich nicht ins Gewicht.« Sie lachte verunsichert auf.

»Und Sie haben keine weiteren Verwandten, Sie beide?«

Sie schüttelte den Kopf.

»Also sind Sie auch die Erbin?«

Die Arzthelferin fasste sich in Brusthöhe an den Kittel. »Mein Herz klopft so schnell«, wisperte sie. »Mir geht's irgendwie nicht so gut.«

»Okay. Das ist nur die Anspannung. Atmen Sie ruhig ein und aus.« Broders erhob sich, um eingreifen zu können, falls die Frau ihnen vom Stuhl fiel.

Dana Bremer sprang auf und lief hinaus. Kurz darauf stürmte eine Frau von Anfang, Mitte vierzig, ebenfalls mit einem wehenden weißen Kittel bekleidet, herein. Sie beugte sich zu Rosina runter und maß mit zusammengezogenen Augenbrauen deren Puls. Dann fühlte sie ihre Stirn, hob ihr Kinn und sah ihr prüfend ins Gesicht. Anschließend legte sie ihr eine Blutdruckmanschette an. »Hundertzehn zu neunzig«, sagte sie schließlich.

»Dann ist ja alles in Ordnung. Es geht auch schon wieder«, meinte die Arzthelferin verlegen. »Danke, Vicky!«

Die Ärztin richtete sich auf und stemmte die Hände in die Taille. »Ich würde sagen, die Befragung ist hiermit beendet.« Sie musterte Broders mit zusammengepressten Lippen, eine steile Falte zwischen den Brauen. Das Missfallen stand ihr ins Gesicht geschrieben.

»Wir wollten Frau Peters nicht aufregen«, erwiderte Broders nüchtern. »Aber in Anbetracht ihrer Verfassung ist es wohl besser, die Vernehmung zu einem späteren Zeitpunkt fortzusetzen.« Er sah an Frau Dr. Bruhns vorbei auf Rosina Peters, um ihr zu verdeutlichen, dass das Thema damit nicht erledigt war. Einerseits hatte ihr Anfall echt gewirkt, andererseits war er zu einem merkwürdigen Zeitpunkt erfolgt.

»Ich begreife wirklich nicht, wie man eine Angehörige nach einer plötzlichen Todesnachricht derart drangsalieren kann!« Dann wandte sich Viktoria Bruhns an ihre Mitarbeiterin: »Fühlst du dich wirklich besser, Rosina? Willst du nicht lieber für heute Schluss machen und nach Hause gehen?«

»Wir könnten dich dorthin mitnehmen«, schlug Dana Bremer vor. »Wir kommen ja in Stüvensee an deinem Haus vorbei.«

»Nein, ich will nicht nach Hause«, antwortete Rosina Peters. »Ich bin lieber hier und arbeite.«

9. Kapitel

Jansen kehrte nach einer guten Dreiviertelstunde von seiner Fahrt zum Gasthof zurück. »Frau Dohrmann ist gut im Stüvenseer *Dorfkrug* angekommen«, informierte er Pia. »Sie hat dort ein schönes Zimmer bekommen.«

»Ist in dem Ferienhaus beim Packen noch etwas vorgefallen? Kam dir etwas komisch vor?«

»Nein. Frau Dohrmann hat nur ihre Sachen in ihrem Koffer verstaut, und wir sind da raus. Und ich habe sie keinen Moment aus den Augen gelassen.«

»Wunderbar.« Pia sah ihren Kollegen an. Er würde hier gute Arbeit leisten, wenn es ihr gelang, ihn entsprechend zu motivieren. »Fällt dir noch jemand Offizielles ein, den wir von Burkhard Schönfelds Tod unterrichten sollten?«, fragte sie.

»Vermutlich weiß ganz Stüvensee bereits von Burkhards Tod. Aber es wäre spannend, mal zu Siegfried Engel rüberzufahren. Das ist sein größter Konkurrent.«

»Konkurrent in Bezug auf was?«

»Politik, Geld und Macht«, sagte Jansen lapidar. »Ihm gehört der große Bauernhof am anderen Ende von Stüvensee. Hauptsächlich Schweinezucht.«

»Also gut. Wenn du das sagst, reden wir mit ihm. Und was ist mit der Frau, der das Haus und das Grundstück gehört, wo die Leiche gefunden wurde?«

»Linn Aubach? Die scheint ja wohl nicht da zu sein, wenn sie ihre Hütte vermietet hat.« Er klang nun weniger enthusiastisch. Etwas an der Art, wie er den Namen »Linn« aussprach, ließ Pia aufmerken. »Willst du mir etwas über Linn Aubach erzählen?«

»Das tut hier nichts zur Sache.« Er errötete tatsächlich.

»Bei einer Mordermittlung kommt doch sowieso immer alles heraus.« Pia milderte die Ansage mit einem kleinen Lächeln. »Ob wichtig oder unwichtig.«

»Es ist aber nichts … Wir haben kaum noch Kontakt zueinander.«

»Doch ihr standet euch einmal näher?«

»Linn und ich waren mal zusammen. Nur ein halbes Jahr, dann war es auch schon wieder vorbei. Seitdem sagen wir nur noch ›Hallo‹ und ›Auf Wiedersehen‹.«

»Jansen. So etwas muss ich aber wissen, wenn ich diese Ermittlung leite.«

»Das mit mir und Linn ist wirklich kein Problem. Und ich wollte es dir ja noch erzählen. Aber es hat nichts mit diesem Fall zu tun.«

»Wenn Privates mit Beruflichem kollidiert, ist das nie einfach.« Pia kannte derartige Situationen ebenfalls. Sie sah ihm prüfend in die Augen. »Müssen wir dich aus dieser Ermittlung heraushalten? Bist du befangen?«

»Nein!« Panik schwang in seiner Stimme mit. »Dann müsstet ihr sämtliche Polizisten im Umkreis ausschließen. Auf dem Dorf kennen sich doch die meisten untereinander. Viele sind befreundet oder sogar miteinander verwandt. Und Linn ist ja nur ganz am Rande involviert. Sie ist nicht mal da!«

»Ich würde auch nur sehr ungern auf deine Mitarbeit verzichten.« Pia schlug mit dem Kugelschreiber auf ihre Handfläche. »Dein Wort darauf, dass zwischen euch nichts mehr läuft? Schon länger nicht mehr?«

»Du hast mein Wort.«

Es war ein bisschen heikel, aber wenn Pia es nüchtern betrachtete, brauchte sie ihn hier. Es war, wie er gesagt hatte: Auf dem Dorf kannten sich die meisten Leute untereinander. Ihr Kollege vor Ort war eine wertvolle Informationsquelle. Und er traf sicherlich bei vielen Leuten den richtigen Ton, einfach weil er dazugehörte. »Also gut«, meinte sie. »Du bleibst bis auf Weiteres im Team.« Sie legte den Stift auf die Tischplatte. »Wie können wir Linn Aubach am besten erreichen?«

Holger Jansen zog sein Smartphone hervor. »Du willst ihre Handynummer haben?«

»Das geht sicherlich am schnellsten.«

Es machte leise »Bing«, und er hatte den Kontakt mit ihrem Handy geteilt.

»Gut. Ich versuche gleich, Frau Aubach zu erreichen. Danach fahren wir zu Schönfelds Konkurrenten«, sagte Pia.

»Zu Befehl«, antwortete Jansen grinsend. Seine Laune schien sich nach seinem Bekenntnis gehoben zu haben.

»Hat sich schon einer der anderen Kollegen, die die Hausbefragungen durchführen, zurückgemeldet?«, wollte Pia wissen.

»Sind alle noch unterwegs. Ist eine weitläufige Gegend hier.«

»Sie sollen ja nicht jede Kuh und jedes Pferd befragen.«

Jansen zuckte lachend mit den Schultern.

»Wir machen heute um vierzehn Uhr eine Dienstbesprechung, hier auf dem Revier. Kannst du das bitte an alle involvierten Kollegen weitergeben? Ich muss jetzt telefonieren.« Pia zog ihr Smartphone hervor.

»Ja, bitte?«, erklang es nach dem ersten Läuten.

»Spreche ich mit Linn Aubach?«

»Wer will das wissen?«, kam es mit einem amüsierten Unterton zurück.

»Korittki, Kriminalpolizei Lübeck.«

»Kriminalpolizei? Oh! Na, so etwas ...« Die Frau hatte eine angenehme, wahrscheinlich absichtlich in tiefere Tonlagen gedrückte Stimme mit einem sexy Hauch darin. »Ich bin Linn Aubach. Worum geht's denn?«

Im Hintergrund waren Gesprächsfetzen zu hören. »Es handelt sich um ein Haus in Stüvensee. Die alte Fischerkate am Ortsrand. Sind Sie die Eigentümerin?«

»Ja! Ist was passiert? Steht mein Haus noch?«

»Ihm ist unseres Wissens nichts passiert, Frau Aubach. Sie haben es als Ferienunterkunft vermietet. Ist das richtig?«

»Stimmt. Und ich hoffe, dass das kein verhängnisvoller Fehler war.« Ein besorgter Unterton strafte ihre leicht flapsige Art zu antworten Lügen.

»Es kommt darauf an, wie man zu einem Toten am eigenen Gartenteich steht«, konnte Pia nicht widerstehen zu erwidern.

»Was?! Wer ist gestorben?«

»Sein Name ist Burkhard Schönfeld.«

»Burkhard ist tot?« Der sexy Hauch war aus Aubachs Stimme verschwunden.

»Kennen Sie ihn?«

»Äh, natürlich kenne ich ihn. Er ist unter anderem der Bürgermeister von Stüvensee.« Sie lachte nervös auf. »Ich habe auch schon für ihn gearbeitet. Als Anwältin ... Das war nicht immer einfach.« Sie schwieg einen Moment. Pia gab ihr im Stillen einen Bonuspunkt für ihre Offenheit. »Sein Tod kommt vollkommen überraschend«, sagte Linn Aubach schließlich. »Wie ist es passiert? Ein Herzinfarkt oder ein Schlaganfall? Ein Choleriker war er ja.«

»Die genaue Todesursache steht noch nicht fest. Was meinten Sie mit ›verhängnisvoller Fehler‹?«

»Nichts. Ich bin nur überrascht. Mit so etwas rechnet man doch nicht.«

»Es wäre gut, wenn Sie zeitnah nach Hause kommen würden, Frau Aubach. Wir haben ein paar Fragen an Sie.«

»Das geht aber nicht. Ich bin gerade bei Freunden am Comer See, in Colico.«

»Ich bin mir sicher, dass Sie es aufgrund einer laufenden Todesfallermittlung möglich machen können, schnell zurückzukommen.«

»Und wo soll ich wohnen? Ich habe mein Haus für zwei Wochen als Ferienunterkunft untervermietet.«

»Ihre Mieterin zieht es nach dem Vorfall in Ihrem Garten vor, in den nächsten Tagen, in denen sie noch hier ist, woanders zu übernachten.«

Ein genervter Seufzer erklang. »Also gut. Ich sehe zu, dass ich den nächsten Flug von Mailand nach Hamburg nehme. Aber versprechen kann ich nichts.«

»Bitte tun Sie das. Und melden Sie sich bei mir, sobald Sie hier sind. Wir erwarten Sie.«

Vicky stand vor der geöffneten Kühlschranktür. Als Ole sah, wie sie ungeduldig in den Fächern herumwühlte, anscheinend ohne etwas zu finden, spannten sich seine Nackenmuskeln an. Er war vorgestern erst für gut zweihundertfünfzig Euro einkaufen gewesen.

»Ist von der Lasagne von gestern Abend nicht noch was da?«, fragte seine Frau über die Schulter hinweg.

»Das war doch nur noch ein kleiner Rest. Den hat Tilda heute Morgen in der Thermodose mit zur Schule genommen.«

»Wofür geben wir den Kindern eigentlich Geld für die Mensa?« Vicky drückte die Kühlschranktür so ruckartig zu, dass die Flaschen in den Türablagen klirrten.

»Haben wir jetzt wieder unsere geizigen fünf Minuten?«

»Was hat das mit Geiz zu tun, wenn ich wissen will, wo unser Geld bleibt?« Immerhin sagte sie »unser« Geld. Sie riss die Brotschublade auf und holte einen halben Laib italienisches Landbrot heraus. »Was anderes zu essen hast du nicht da, oder?«

»Ich kann mich in diesem Haus nicht um alles kümmern. Wie du vielleicht weißt, arbeite ich ebenfalls Vollzeit!«

»Schon gut.« Sie hob abwehrend die Hände. »Ich kann ja mittags auch in der Nähe der Praxis was essen gehen.«

So viel zu ihren Sparsamkeitsanwandlungen.

Sie griff zum Brotmesser und säbelte an dem noch frischen Brotlaib herum. Hinterher würde er krumm und schief aussehen wie eine moderne Skulptur.

Ole nahm Butter und die Plastikdose mit dem Aufschnitt aus dem Kühlschrank und stellte sie auf die Arbeitsplatte. »Weißt du, was vorhin in Stüvensee los war?«, fragte er sie beiläufig. »Ich habe mehrere Streifenwagen vorbeifahren sehen.«

»Du weißt es noch nicht?«

»Was?«

Sie wandte sich ihm zu. »Burkhard Schönfeld ist tot.«

Ole wich einen Schritt vor dem Messer in ihrer Hand zurück. »Echt jetzt? Was ist ihm denn passiert? Eine Herzattacke?«

Vicky musterte ihn aus klaren hellen Augen. »So, wie sich die Polizei aufführt, schließen die einen Mord nicht aus.«

»Das glaube ich nicht.«

»Kannst du aber ruhig. Angeblich soll er – das ist das pikante Detail – bei Linn auf dem Grundstück gefunden worden sein.«

»Linn Aubach?«

»Gibt es hier mehrere Frauen mit dem Vornamen Linn?« Sie bearbeitete das Brot mit der kalten Butter, sodass es in Fetzen ging. »Ja, es war bei deiner lieben Linn.«

»Sie ist nicht *meine* liebe Linn«, entgegnete er schroff.

»Auch egal.« Sie tat ihre Anschuldigung sofort scheinbar gleichgültig ab. Ihr Ziel, ihn zu ärgern, hatte sie ja erreicht. »Jedenfalls soll Burkhard tot unten an Linns Gartenteich gelegen haben. Mit eingeschlagenem Schädel.«

»Hat Linn ihn gefunden?« Er hörte, wie besorgt er klang. Das war ihm so herausgerutscht. Aber die Vorstellung, dass Linn einen Ermordeten auf ihrem Grundstück aufgefunden hatte … war gar nicht gut.

»Linn war gar nicht da. Sie hat ihr Haus praktischerweise gerade untervermietet«, antwortete Vicky. »Willst du auch?« Sie deutete auf die Brotfetzen.

»Nein, danke. Mir reicht eine Banane.«

»Du bist manchmal so anstrengend, Ole. Neben dir muss ich mir ja wie ein Vielfraß vorkommen. Wie lange warst du gestern Abend eigentlich noch laufen?«

Vicky war in ihrem Arbeitszimmer gewesen, als er um Viertel nach acht von seiner Runde und von Fabian Ruschke zurückgekehrt war. Sie hatte ihn dabei gar nicht bemerkt, sondern ihn erst wieder wahrgenommen, als er frisch geduscht zu ihr ins Wohnzimmer gekommen war. »Gegen Viertel vor acht«, sagte er, vorsichtshalber eine halbe Stunde abziehend. Sie musste nicht wissen, dass er wieder für einen Halbmarathon trainierte. Warum eigentlich nicht?, fragte er sich. Es war doch sein Leben.

»Die Polizei war übrigens vorhin schon bei mir in der

Praxis.« Sie biss in einen Fetzen Brot, auf den sie großzügig Salami gelegt hatte.

»Was wollten die denn bei dir?«

»Rosina vom Tod ihres Onkels unterrichten. Leider hatte einer meiner Patienten vorher schon getratscht.«

»Wie schrecklich.«

Sie zuckte mit den Schultern. »So ist es hier halt.«

»Arme Rosina. Wie hat sie es aufgenommen?«

»Anfangs war sie recht gefasst. Die Polizisten haben sie dann etwas länger in die Mangel genommen. Da ist sie mir beinahe zusammengeklappt.«

»Hast du auch schon mit denen geredet?«

Sie schnaubte. »Ich habe ihnen klargemacht, dass Sie Rücksicht auf den seelischen Zustand meiner Arzthelferin nehmen müssen.«

Ole konnte es sich bildhaft vorstellen. »Denkst du, wir werden auch noch befragt?«

»Warum sollten wir?« Vicky klang abwehrend.

»Die werden wahrscheinlich herausfinden, was für ein Typ Mensch Burkhard war.«

Seine Frau griff nach der nächsten zerfetzten Scheibe Brot. »Da bin ich mir nicht so sicher. Im Zweifelsfall halten die Leute im Ort zusammen. Da dringt nicht viel nach außen.«

»Der hat von allen möglichen Leuten Schmiergeld genommen. Und auch gezahlt … Eine einzige korrupte Vetternwirtschaft ist das manchmal hier. Wollen wir was sagen?«

»Dass er bei uns abkassieren wollte für die jämmerliche Erlaubnis, dass wir auf unserem Grundstück ein Zimmer anbauen dürfen? Nein. Und Burkhard hat das bestimmt auch nicht weitererzählt. Wäre schlecht für sein Image als Wohltäter gewesen.«

»Vielleicht hat Rosina mal etwas davon mitbekommen?«

»Das glaube ich nicht. Außerdem … Sie mag mich. Wir können gut miteinander.«

»Und was machen wir nun?«

»Abwarten. Das Ganze kann sich durchaus zu unserem Vorteil entwickeln.«

»Wie denn?«, fragte er betont arglos.

Sie lächelte mit einem Fetzchen Salami zwischen den Zähnen. »Überleg doch mal, wer das alles jetzt höchstwahrscheinlich erbt?«

10. Kapitel

»Ein schöner Hof!« Pia musterte das Ensemble aus Bauernhaus mit angrenzendem Stall, einer großen Scheune und offener Remise. Im Hintergrund leuchtete ein Rapsfeld so grellgelb, dass es beinahe in den Augen schmerzte. Dahinter sah Pia etwas Blaues blitzen, von dem sie annahm, dass es der Stüvensee war, den sie schon auf der Karte ihres Navis gesehen hatte.

»Siegfried hat den Hof vor etwa fünf Jahren übernommen und wohl einiges an Kohle reingesteckt.« Jansen zog nach dem Aussteigen seine Uniformhose hoch.

»Siegfried … und wie noch mal weiter?«

»Siegfried Engel. Der Hof wird aber allgemein der ›Kiekeberg-Hof‹ genannt, wegen des Hügels mit der Aussicht auf den See.«

Als sie sich dem Gebäude näherten, roch es durchdringend nach Schweinegülle. Zwei Hofhunde kamen bellend auf sie zugerannt, stoppten jedoch in etwa drei Metern Entfernung und wedelten mit dem Schwanz.

Ein schlanker, sehnig aussehender Mann von etwa fünfzig Jahren kam ihnen entgegen. Er trug ein olivgrünes Hemd mit hochgekrempelten Ärmeln und eine beige Cargohose, deren Taschen sich beulten – wie es aussah, von Werkzeugen. Er hatte dünnes, graublondes Haar und trug eine silberne Nickelbrille, die seine kaffeebraunen Augen vergrößerte. »Moin, Jansen«, sagte er zu Pias Begleiter. »Was führt dich hierher?« Dann blickte er Pia erwartungsvoll an.

»Moin, sind Sie Siegfried Engel?«, fragte sie.

»Jo.«

»Pia Korittki, Kriminalpolizei Lübeck.« Sie reichte ihm die Hand. Seine war heiß und trocken, die Fingernägel hatten dunkle Ränder.

»Seid ihr wegen Burkhard hergekommen?« Er beugte sich zu dem größeren Hund herunter und kraulte ihn. Das Tier drängte sich begeistert über die Aufmerksamkeit gegen sein Bein. »Ich habe natürlich schon gehört, dass er tot sein soll.«

»Wir haben da ein paar Fragen. Sein Tod kam ja ziemlich plötzlich«, antwortete Jansen. Sein Ton war kumpelhaft, aber es schwang eine gewisse Vorsicht darin mit.

»Können wir uns irgendwo in Ruhe unterhalten? Es dauert nicht lange«, fragte Pia.

»Tut mir leid. Jetzt nicht. Ich habe viel zu tun.«

»Ach, das macht gar nichts.« Pia lächelte. »Dann erwarten wir Sie stattdessen heute um sechzehn Uhr auf der Polizeistation in Stüvensee.« Sie wandte sich zum Gehen.

»Moment! Das dauert dann ja noch länger.« Er sah auf die Uhr. »Kommt lieber gleich mit rein. Es wird schon passen.« Er ging ihnen mit großen Schritten voraus ins Haus. Sie benutzten einen Nebeneingang, der offensichtlich als Schmutzschleuse diente. Die Hunde ließen sich in zwei bereitstehenden Körben im Vorraum nieder. Engel streifte sich schwungvoll die offenen Arbeitsstiefel von den Füßen, sodass sich dunkelbraune Erdklumpen und Stroh aus dem Profil lösten und auf dem Boden landeten. Er ging auf dicken, grauen Wollsocken weiter voran, ohne sich umzusehen.

Auch hinter dem Vorraum sahen die Fliesen so schmutzig aus, dass Pia die Stiefel anbehielt, während Holger Jansen Engels Beispiel folgte. Sie gelangten in eine große, beinahe quadratische Küche.

»Nehmt Platz.« Siegfried machte eine vage Handbewegung in Richtung eines alten Refektoriumstischs. Das dunkle Eichenmöbel wirkte wie ein Museumsstück, wäre es nicht so zerkratzt und mit Krümeln und Kaffeerändern überzogen.

»Hätte ich Sie heute erwartet, hätte ich natürlich Kuchen da«, sagte er spöttisch. »Kaffee?«

Pia lehnte dankend ab. Auch Jansen schüttelte den Kopf.

Engel zuckte mit den Schultern und schenkte sich aus einer Thermoskanne auf dem Tisch Kaffee in einen bereits benutzten Steingutbecher. »Wie kann ich Ihnen helfen?«, fragte er, als sie sich gegenübersaßen.

»Wie gut kennen Sie Burkhard Schönfeld?«

»Besser, als ich es mir wünschen würde.«

»Soll heißen?«

»Wir leben im selben Ort. Aber wir mögen einander nicht besonders.«

»Wo waren Sie gestern Abend zwischen acht Uhr und Mitternacht?«, kam Pia gleich zur Sache.

»Oha. Sie halten sich ja nicht mit langen Vorreden auf.« Er kniff die Augen zusammen. »Ich war hier.«

»Kann das jemand bezeugen?«

»Nur meine zwei Hunde und vielleicht die Schweine, wenn Sie die zum Reden kriegen.«

»Ein Mordfall ist kein Spaß!«, sagte Pia. »Wenn Sie allein hier waren, haben Sie ja möglicherweise telefoniert, was jemand bezeugen kann. Oder waren Sie vielleicht währenddessen im Internet in einem Chat unterwegs?«

»Wenn ich abends hier reinkomme, dann gehe ich nicht mehr ins *Internet*. Dann habe ich den ganzen Tag lang draußen gearbeitet und will nur noch meine Ruhe haben.«

»Und warum mochten Sie Burkhard Schönfeld nicht?«, fragte Pia.

»Das hat sich über lange Zeit so entwickelt. Ich bin ein ehrlicher Typ und will Ihnen nichts vormachen: Ich bin halt über sein Ableben nicht besonders traurig.«

»Sind Sie nur ganz allgemein ein Menschenfeind, oder hatte Ihre Antipathie einen bestimmten Grund?«, hakte Pia nach.

Jansens Stuhl knarzte, als er nervös das Gewicht verlagerte.

»Ha!« Engel lachte auf. Offenbar traf Pia gerade den Ton, mit dem er etwas anfangen konnte. »Natürlich habe ich Gründe. Gibt es nicht immer Gründe? Wissen Sie: Einer davon ist, dass Burkhard mich fortlaufend bei den Behörden angeschwärzt hat.«

»Können Sie uns ein Beispiel nennen?«

»Ach, Hunderte! Zuletzt hat er behauptet, ich hielte mich nicht an die Schleswig-Holsteinische Knickverordnung!«

»Halten Sie sich denn daran?« Pia wusste, dass die typischen, das Landschaftsbild prägenden Wallhecken nach dem Landesnaturschutzgesetz nur in bestimmten zeitlichen Abständen und nach strengen Regeln beschnitten, also »auf den Stock gesetzt« werden durften.

»Ich darf alle zehn bis fünfzehn Jahre knicken. Das ist mein gutes Recht«, sagte Engel. »Dass Burkhards Mieter danach auf die Hauptstraße und einen Gewerbebetrieb geguckt haben statt wie bisher ins Grüne, ist sein Problem, nicht meines. Immerhin war es ja *mein* Grün!«

»Gab es noch mehr solcher Vorfälle?«

»Wissen Sie, was? Ich kann diese ›Vorfälle‹ gar nicht alle aufzählen. So viel Zeit haben wir nicht.« Er gestikulierte wild. »Es ging um einen Unterstand, den ich auf meiner Weide bauen wollte. Um eine kranke Kastanie, die gefällt werden musste. Burkhard hat sich in alles eingemischt. Er hat mir Ärger gemacht, wo er nur konnte. Und nicht nur mir. Aber die Idioten hier haben ihn ja weiterhin brav gewählt, weil er aus einer alteingesessenen Familie stammte oder weil er ihnen sonntagsabends im Wirtshaus ein paar Bier ausgegeben hat oder weil er Schützenkönig und Feuerwehrhauptmann war. Was weiß denn ich? Filz, nichts als Filz.«

Engel erinnerte Pia an einen Vulkan, der brennende Lava spuckte. »Haben Sie eine Idee, was Herr Schönfeld gestern auf Linn Aubachs Grundstück gewollt haben könnte?«, erkundigte sie sich. Letztlich waren Leute wie Engel, die lautstark und temperamentvoll ihre Meinung über Gott und die Welt vertraten, einfacher zu befragen als der Typ »verschlossene Auster«.

Siegfried Engel merkte auf. Die Frage schien ihn selbst zu interessieren. »Dann stimmt es also, dass er tot bei Linn Aubach im Gartenteich lag?«

»Am Gartenteich«, korrigierte Jansen.

»Wissen Sie, was? Entweder hat er ganz allgemein herumspioniert und wollte ihr mit irgendwas Ärger machen. Oder er wollte was von ihr. Sexuell, meine ich.«

»Also wirklich, Siegfried!«, sagte Jansen ärgerlich.

Doch der wandte sich wieder an Pia: »Wenn Sie das noch nicht wissen, machen Sie Ihre Arbeit nicht richtig. Burkhard war ein Voyeur, so nennt man das wohl. Auf gut Deutsch: ein Spanner. Der hat jedem Rock hinterhergeschaut, der geile alte Bock.«

»Ich glaube, das kriegen Sie auch in vernünftiger Wortwahl hin«, erwiderte Pia, ohne mit der Wimper zu zucken.

»Ja, aber das regt mich alles so auf, da pfeife ich auf die Wortwahl. Was hier in Stüvensee abgeht, das stinkt zum Himmel. Und damit meine ich nicht meine Schweine. Wenn ich mit meinem Güllewagen durchs Dorf fahre, um Wasser zu einer meiner Weiden zu bringen, dann behaupten die Hirnis im Dorf, der Gestank wäre ihnen zu viel. Ich solle woanders langfahren. Oder besser gar nicht mehr fahren. Und warum? Ihre Wäsche auf der Leine würde nach Schweinen riechen! Die müssten sie dann noch einmal waschen – meinetwegen. Aber wissen Sie, was? Ich fahre nur Wasser! Die riechen mit den Augen! Die haben deswegen schon Anwaltsschreiben an mich schicken lassen! Wegen Was-ser!« Er spie die Worte förmlich aus.

Pia wich vor seiner feuchten Aussprache ein Stück zurück. »Möchten Sie Ihre Wut in einer Arrestzelle auskurieren, Herr Engel?«, fragte sie freundlich.

Engel stieß klappernd gegen ein paar Teller und schnaubte. »Schon gut. Jetzt wissen Sie ja, was in Stüvensee so los ist, Frau Kriminalkommissarin. Wollen Sie mich nun verhaften?« Er hielt ihr über den Tisch seine braun gebrannten Handgelenke mit dem hellen Haarflaum darauf hin.

»Nein. Danke für die Auskünfte. Vorerst war es das.« Pia sah ihren Kollegen an. »Oder hast du noch eine Frage?«

»Nein. Habe ich nicht.«

»Dann gehen wir wieder, Herr Engel. Und danke, wir finden allein hinaus.«

Bei der von Pia einberufenen Besprechung auf der Polizeistation in Stüvensee waren sie immerhin zu acht. Das sprengte beinahe die Kapazitäten des kleinen Besprechungsraums. An diesem warmen Mainachmittag ließ es sich hier drinnen nur mit weit aufgerissenen Fenstern aushalten.

Aus der Bezirkskriminalinspektion Lübeck waren aus den bekannten Gründen vorerst nur Broders und Pia in den neuen Fall involviert.

Holger Jansen und Dana Bremer aus Stüvensee kamen hinzu, die über hervorragende Ortskenntnisse verfügten, und noch vier weitere Kollegen von zwei näher gelegenen Polizeistationen. Außerdem standen ihnen das K6, die Kriminaltechnik aus Lübeck, und das Institut für Rechtsmedizin zur Verfügung. Auf deren Ergebnisse mussten sie allerdings noch mindestens bis zum morgigen Tag warten. Das war ein Fluch der Polizeiarbeit. Die Arbeit mit Spuren und an der Leiche musste umsichtig und gründlich erfolgen. Alles musste akribisch dokumentiert werden, damit es später vor Gericht verwendet werden konnte. Das alles kostete Zeit und Geld. Und das Warten kostete Nerven.

Nacheinander trug jeder seine Ergebnisse des heutigen Tages vor. Wie Pia schon befürchtet hatte, lag der Tatort, Linn Aubachs Kate, zu abgelegen, als dass Nachbarn etwas hätten beobachten können. Dafür gab es viel Klatsch und viele Vermutungen.

Dass Burkhard Schönfeld ausgesprochen unbeliebt gewesen war, hatte Pia ja schon selbst mitbekommen. Aber er schien den Ort regelrecht gespalten zu haben. Ein Teil der Leute beschuldigte ihn diverser Vergehen wie Korruption, Voyeurismus und übler Nachrede. Die anderen hielten ihn offenbar für eine Stütze des Dorfes, ja sogar für einen Wohltäter. Auf jeden Fall war er wohl auf Dorffestivitäten, bei der Freiwilligen Feuerwehr und bei Skatturnieren im Dorfgasthof äußerst spendierfreudig gewesen.

Als sie zum Ende der Besprechung kamen, wurde Dana Bremer ein wenig unruhig.

»Ist dir noch etwas eingefallen?«, fragte Pia die Kollegin. Sie war ihr auf Anhieb sympathisch gewesen. Dana Bremer erinnerte Pia ein wenig an sich selbst in ihrer ersten Zeit bei der Polizei.

Dana Bremer sah zu Jansen hinüber. »Hast du schon von Linn Aubachs Besuch hier bei uns erzählt?«

Holger Jansen schüttelte den Kopf. »Letztlich war ja nichts dabei herausgekommen. Aber jetzt, wo du mich dran erinnerst …« Er räusperte sich. »Es gibt da noch eine Sache, die vielleicht doch wichtig sein könnte.«

»Worum geht es?«

»Es ist schon vier oder fünf Wochen her. Linn hat morgens gegen halb neun Uhr, auf ihrem Weg zur Arbeit, hier angehalten und kam zu mir herein. Dana war da gerade auf dem Fahrrad auf Streife durch Stüvensee unterwegs, um ein bisschen Präsenz zu zeigen.« Er nickte seiner Kollegin zu. »Jedenfalls kam Linn zu mir auf die Dienststelle, weil sie ziemlich verunsichert war. Sie meinte, dass in letzter Zeit wohl des Öfteren jemand auf ihrem Grundstück gewesen sei. Sie habe am vergangenen Abend jemanden gesehen, der sich dort in den Büschen herumdrückte.«

»Tatsächlich?«, fragte Broders.

»Erst dachte sie angeblich, das sei nur ein Zufall. Ein Spaziergänger, jemand, der seinen Hund sucht, Jugendliche …«

»Und dann?«

»Nachdem es mehrmals passiert war, wollte sie, dass die Polizei etwas unternimmt.«

»Und was habt ihr unternommen?«, fragte Pia. Kaum zu glauben, dass Holger Jansen und Dana Bremer jetzt erst damit herausrückten.

Jansen zuckte mit den Schultern. »Dana und ich sind übereingekommen, dass wir die umliegenden Polizeistationen informieren. Jeder, der Streife fuhr, sollte auch an Linns Haus vorbeifahren und kurz dort anhalten.«

Ein paar andere Kollegen nickten.

»Hat sich daraus etwas ergeben?«

»Es wurde nie irgendetwas beobachtet. Deshalb wurde die Aktion nach zwei Wochen wieder heruntergefahren.«

»Heruntergefahren?«

»Eingestellt.«

»Okay. Kam Frau Aubach noch einmal wieder? Hat sie Anzeige erstattet?«, wollte Pia wissen. Wenn an der Sache etwas dran war, klang es nach Stalking. Sie hasste das, schon weil man als Polizist so wenig dagegen unternehmen konnte. Bei Leuten, die nur mutmaßlich etwas Böses beabsichtigten, blieb der Polizei nicht viel Handlungsspielraum. Das enttäuschte und verunsicherte die Stalkingopfer natürlich zutiefst. Eingreifen konnte man seitens der Polizei meistens erst, wenn es zu spät war. Höchst frustrierend, das Ganze.

»Ja, ein paar Tage später.« Er räusperte sich. »Sie hat Anzeige erstattet. Obwohl sie wusste, dass es wahrscheinlich nichts bringt. Linn ist ja Anwältin und kennt sich aus. Wir waren da derselben Meinung.«

Pia runzelte die Stirn. »Wie ging es weiter? Ist sie noch mal wiedergekommen oder hat angerufen?«

»Nein. Ich habe seitdem nicht wieder mit ihr gesprochen.«

»Ihr habt nicht noch einmal nachgehakt?«

Dana Bremer räusperte sich. »Doch. Ich habe einmal bei ihr angerufen, aber sie war gar nicht mehr so interessiert. Vielleicht war es ihr im Nachhinein unangenehm. Sie wollte jedenfalls nichts mehr davon wissen.«

»Hm. Dann hatte der Spuk entweder aufgehört, oder sie hatte sich eine andere Taktik zurechtgelegt«, vermutete Pia. Es passte zu der Tatsache, dass Linn Aubach ihr gegenüber am Telefon das Stalking nicht erwähnt hatte, obwohl ein toter Mann in der Nähe ihres Gartenteichs gefunden worden war. »Wir werden sie nach ihrer Rückkehr dazu befragen«, sagte sie. Pia blickte auf ihre Uhr. Es war schon spät. Die meisten Kollegen hatten ihre heutige Schicht früh begonnen, viele hatten, wie sie selbst, noch nichts gegessen oder sich eine Pause gegönnt. »Wir sehen uns morgen um sieben wieder hier vor Ort. Ich hoffe, dass wir dann auch schon erste Ergebnisse der Spurensicherung erhalten. Schelling vom K6 hat mir vorhin getextet, dass sie einen interessanten Gegenstand aus dem Gartenteich gezogen haben. Möglicherweise handelt es sich um die Tatwaffe. Es bleibt also spannend.«

11. Kapitel

Auf der Rückfahrt nach Lübeck rief Felix sie aus Sandberg an. Die Kinder durften während der Klassenfahrt ein Mal pro Tag telefonieren, hatte es auf dem Elternabend geheißen. Pia erinnerte sich, dass das auf ihren Klassenreisen damals nicht erlaubt gewesen war. Allenfalls hatte man eine Postkarte an Eltern und Großeltern schreiben dürfen. Doch die Zeiten hatten sich geändert. Sie freute sich, Felix' muntere, aufgeregte Stimme zu hören.

»Ich habe bei der Olympiade den zweiten Platz im Schubkarrenlaufen gemacht!«, erzählte er stolz. »Und Emily den dritten im Weitschaukeln.«

»Da habt ihr ja richtig abgeräumt«, sagte Pia. »Seid ihr zusammen in einem Schlafraum?«

»Die Mädchen und Jungs sind auf verschiedenen Fluren.« Felix' Tonfall verdüsterte sich. »Ich bin mit Benno, Moritz und Rasmus zusammen.«

»Du und Emily, ihr seht euch ja morgen früh wieder.«

»Das Essen mochte ich nicht«, berichtete Felix. »Es gab Hühnerfrikassee.«

»So ein Pech.«

»Aber ich hab trotzdem was gegessen. Morgens zum Frühstück gibt es Brötchen.«

»Das ist doch lecker. Die magst du ja. Habt ihr heute Abend noch etwas auf dem Programm?«

»Erst spielen wir im Gemeinschaftsraum Spiele. Und dann liest Frau Wagner uns eine Geistergeschichte vor.«

Na, ob das der richtige Zeitvertreib für den Abend war? Der Plan schien jedenfalls zu sein, die Kinder so müde wie möglich zu machen, bevor es ins unbekannte Bett ging. »Das klingt alles sehr gut, Felix. Ich bin stolz auf dich«, sagte Pia. »Wegen der Olympiade und weil du das alles so toll machst!«

»Ich freu mich auf zu Hause«, wisperte Felix mit dünner Stimme.

»Nur zweimal schlafen, dann hole ich dich schon wieder am Bus ab«, erwiderte Pia.

»Marten auch?«

»Oh, das weiß ich nicht«, antwortete sie überrascht. »Möchtest du das gern?«

»Ja!«

Das war eine klare Ansage. »Wenn er Zeit hat, kommt er bestimmt gerne mit.«

»Ich muss Schluss machen, Mami. Die Spiele fangen gleich an.« Im Hintergrund war jetzt Kindergejohle zu hören.

»Ich hab dich lieb, Felix! Wir telefonieren morgen wieder.«

Nachdem das Gespräch beendet war, seufzte Pia leise. Ob wirklich alles in Ordnung bei ihm war? Sie stellte sich Felix in dem kahlen Vierbettzimmer einer Jugendherberge mit Etagenbetten und drei rauflustigen Jungen darin vor, zu denen er noch keinen Kontakt gefunden hatte. Die womöglich schon seit Kindergartenzeiten ein festes Dreierteam bildeten – und Felix war der Außenseiter. Hoffentlich spielten sie ihm heute Nacht keine dummen Streiche.

Nach kurzer Zeit in dem Einzelzimmer im Gasthof von Stüvensee hielt Alva Dohrmann es nicht mehr aus. Den Nachmittag hatte sie in Sierksdorf an der Ostsee verbracht. Sie war erst an der Promenade und am Strand spazieren gegangen. Später war sie an der Steilküste entlanggewandert. Der ablandige Wind hatte die Stimmen und das Gejohle sowie Musikfetzen aus dem nahegelegenen Freizeitpark zu ihr herübergetragen. Die Menschen schrien, wenn sie von einem der Freifalltürme in die Tiefe sausten. Alva Dohrmann hatte den Prospekt, der in ihrem Gasthof auslag, genau studiert. Bei dem Gedanken an die Leute im Freizeitpark, Familien und Gruppen von Freunden oder Kollegen, hatte sie das nagende Gefühl verspürt, eine Außenseiterin und ganz allein auf der Welt zu sein.

Nach ihrer Wanderung war sie in ein Café gegangen, hatte sich einen großen Milchkaffee und ein Stück Erdbeerkuchen bestellt und in einem historischen Roman gelesen. Da war bei ihr beinahe so etwas wie Urlaubsstimmung aufgekommen. Doch irgendwann hatte sie ja zurück nach Stüvensee in den Gasthof fahren müssen.

Das Fremdenzimmer bestand aus einem etwa zwölf Quadratmeter großen Raum mit einem Einzelbett, einem Nachttisch, einem Schrank und einem Sessel. Immerhin hatte sie ihr eigenes Bad, obwohl die Beschreibung »Nasszelle mit Dusche« es besser traf. Doch jetzt musste sie sich etwas zum Abendbrot organisieren. Ihr ursprünglicher Plan, sich in dem Ferienhaus selbst zu bekochen, war ja nun gescheitert – einer Leiche im Garten sei Dank. Ihr fehlte die Lust, noch mal ins Auto zu steigen und in Sierksdorf mit Familien mit kleinen Kindern und älteren Ehepaaren um einen Tisch in einem der beliebten Restaurants an der Promenade zu kämpfen. Also nahm sie ihre Handtasche und stieg die knarzende Treppe in das Restaurant des Wirtshauses hinunter.

Es roch nach Bratkartoffeln.

»Möchten Sie heute Abend bei uns im Restaurant essen?«

Alva Dohrmann schrak zusammen. Sie hatte die Wirtin im Hintergrund der Bar gar nicht gesehen. »Was gibt es denn so?«, fragte sie.

»Schweinebraten, Jägerschnitzel, Gulasch oder Currywurst.«

»Haben Sie auch was Vegetarisches?«

Die Frau kam mit einem Geschirrtuch in der Hand auf sie zu und betrachtete sie, als wäre sie ein interessantes kleines Tier. »Salat?«

»Zum Beispiel. Was für Salate haben Sie?«

Die Wirtin zuckte mit den Schultern. »Na, bunten Salat halt. Gurke, Tomate, Krautsalat und so … Oder ich lasse Ihnen einen Teller mit gekochtem Gemüse herrichten.«

»Das klingt noch besser«, sagte Alva Dohrmann mit so viel Begeisterung, wie sie aufbringen konnte. Immerhin etwas Warmes. Nach diesem Tag war ihr nach einem »tröstlichen Abendbrot«, wie ihre Mutter es immer genannt hatte.

Sie setzte sich in die hinterste Nische ans Fenster. Über die Begonien auf der Fensterbank hinweg blickte sie durch vergilbte Gardinen auf den Parkplatz und die Dorfstraße.

»Was möchten Sie trinken?«

Alva Dohrmann zuckte zusammen.

Die Wirtin hatte sich vor ihr aufgebaut und sah auf sie herunter. »Ich habe Sie zuerst gar nicht gefunden, hier in der allerletzten Ecke.«

»Ich wollte niemanden stören.«

Die Frau zog eine Augenbraue hoch. Der Gastraum war beinahe menschenleer. »Ihr Getränkewunsch?«

»Haben Sie Weißwein?«

»Lieblich oder trocken?«

»Einen trockenen, bitte.«

»Ein Schoppen Weißwein also.«

Alva Dohrmann nickte. Als die Frau sich schon umgedreht hatte, nahm sie all ihren Mut zusammen und rief: »Oder meinetwegen auch gleich die ganze Flasche. Wenn es nicht zu viel Mühe macht!«

Nach dem zweiten Glas Wein ging es Alva Dohrmann deutlich besser. Von dem Zeug würde sie zwar Sodbrennen bekommen und vielleicht auch Kopfschmerzen, aber im Moment entspannte es sie. Sie kauerte auf der Bank, baute Türmchen aus Bierdeckeln und sah müßig in die Dämmerung hinaus.

Ein schwarzer Kombi mit Kieler Kennzeichen und mit dunklen Folien abgeklebten Heck- und hinteren Seitenscheiben fuhr auf den Parkplatz und hielt an. Nach ein paar Sekunden erloschen die Scheinwerfer, der Motor erstarb. Alva Dohrmann beobachtete, wie ein schmaler, dunkel gekleideter Mann mit Kapuzenjacke ausstieg und sich in alle Richtungen umschaute. Im Dämmerlicht war nicht viel von ihm zu erkennen. Ein zweiter Mann hievte sich aus der Beifahrertür. Die beiden sahen nicht wie die üblichen Gäste eines Dorfgasthofs aus. Aber was wusste sie schon?

»Bitte sehr! Guten Appetit!« Ihr Essen wurde vor ihr abgesetzt. Auf dem mit Jagdszenen dekorierten Teller lagen wässrige Blumenkohlröschen, eine Garnitur aus Salatblatt, Tomaten- und Gurkenscheibe und daneben eine Fuhre Bratkartoffeln, kross gebraten, fettig glänzend und mit hellrosa Speckwürfelchen durchsetzt.

Alva Dohrmann seufzte tief und schenkte sich noch Weißwein nach. Die Bedienung war längst verschwunden. Sie kippte den Wein runter. Dann sah sie um die Ecke, um die Bedienung vielleicht noch mal zurückzurufen. Doch der Gastraum war nun nicht mehr ganz so leer, sodass sie zurückzuckte. Alva Dohrmann wollte alles, nur kein Aufsehen erregen.

Vielleicht konnte sie in der Küche um ein paar Scheiben Weißbrot statt der Bratkartoffeln bitten? Sie rutschte aus der Bank und ging, den Blick der wenigen anderen Gäste meidend, in Richtung Eingangsbereich. Sie hatte gesehen, dass man von dort durch einen schmalen Gang zur Küche gelangte.

Im Augenwinkel erblickte sie den Polizisten, der sie heute mit der Kommissarin aus Lübeck befragt hatte. Jansen hieß er, erinnerte sie sich. Er war freundlich zu ihr gewesen. Sie fand ihn umgänglicher und weniger Furcht einflößend als die blonde, selbstsichere Kommissarin. Die konnte sie hier nicht entdecken. Der Polizist, diesmal in Hemd und Jeans, saß allein am Tresen und hatte ein halb volles Bierglas vor sich stehen. Sie nickte ihm zu, als sein Blick auf sie fiel, und ging eilig weiter.

Hinter dem Eingangsbereich mit dem Zigarettenautomaten bog sie rechts ab. Doch je weiter sie den Gang in Richtung Küche lief, desto unsicherer wurde sie. Hier waren Gäste bestimmt unerwünscht. Sie hätte am Tresen nach dem Brot fragen sollen … Doch dabei hätten alle anderen sie angeschaut. Und nun war sie hier.

Der Geruch nach gebratenem Fleisch, Fett und Kohl war jetzt beinahe unerträglich intensiv. Und ein bisschen mehr Beleuchtung würde dem Gang auch nicht schaden. Aber vielleicht fielen die rissigen, olivgrün gestrichenen Raufasertapeten und der abgelaufene Nadelfilzboden dann zu sehr auf? Alva Dohrmann wollte gerade umdrehen und ihr Vorhaben, um Brot zu bitten, aufgeben, als eine Tür hinter ihr aufflog. Sie hörte laute Männerstimmen. Erschrocken wich sie in eine Garderobennische zurück.

Alva Dohrmann konnte nicht verstehen, worum es ging. Doch es war ein Streit, und der Tonfall war ausgesprochen aggressiv. Sie wollte keinesfalls beim Lauschen erwischt werden, auch wenn sie das gar nicht tat.

Sie drückte sich gegen einen muffigen Mantel. Je länger sie verharrte, desto verkrampfter wurde sie. Doch mittlerweile war es unmöglich, einfach hervorzutreten, als wäre nichts geschehen. Die beiden Typen waren ihr unheimlich. Der Eindruck, am Morgen in Stüvensee einen Toten entdeckt zu haben, lastete noch frisch auf ihrem Gemüt. In diesem Dorf ging ein Mörder um! Verdammt, sie hätte die Bratkartoffeln einfach essen sollen.

»Wenn du es noch mal verpatzt, wird es dir leidtun!«, hörte sie den einen Mann sagen, der schon bedrohlich nah war. »Mit denen ist nicht zu spaßen!«

Alva Dohrmanns Nase kribbelte. Nur nicht niesen! Sie presste die Nasenflügel mit den Fingern zusammen. Tränen stiegen ihr in die Augen, und sie glaubte, ihr Kopf müsse platzen.

Endlich, als sie es kaum noch aushalten konnte, gingen die zwei Männer in Richtung Ausgang davon. Alva Dohrmann nieste explosionsartig, als die beiden endlich außer Hörweite waren. Dann schlich sie langsam zurück in Richtung des Schankraumes. Dort befanden sich viele Menschen, unter anderem der Polizist. Dort war sie in Sicherheit.

Das helle Rechteck des Eingangsbereichs zeichnete sich schon deutlich vor Alva Dohrmann ab. Sie hörte bereits gedämpft die Stimmen aus dem Restaurant. Da trat seitlich aus einem Durchgang ein Mann in den Flur. Alva Dohrmann murmelte eine Entschuldigung und wollte sich an ihm vorbeidrücken. Doch er fasste sie am Oberarm. »Was machen Sie hier?«

»Nichts. Ich wollte nur in die Küche …«

»Da sind Sie hier vollkommen falsch.« Sein Ton war drohend, gemein.

»Tut mir leid. Ich bin gleich wieder weg.«

»Wie lange sind Sie schon hier?«

»Nicht lange. Was soll das? Lassen Sie mich los!« Alva Dohrmann wollte an ihm vorbeigehen, aber er hielt ihren Arm nun fest umklammert. »Sie tun mir weh!«, protestierte sie. Alva Dohrmann roch Bier und etwas Scharfes in seinem Atem. Und da war noch was anderes … ein irgendwie wilder Geruch, der aus seinen Poren zu strömen schien, verursacht durch Stress und Adrenalin, der ihr unmissverständlich in die Nase stieg. Ihr Herz begann, wie verrückt zu hämmern. Nur wenige Meter entfernt waren andere Menschen, die Wirtin, Wirtshausgäste.

Sie wollte schreien, da presste sich eine große, warme Hand auf ihren Mund.

12. Kapitel

Pia verließ gerade das altehrwürdige Parkhaus an der Schmiedestraße, als ihr Smartphone erneut läutete. Sie nahm das Gespräch über die Taste am Lenkrad an und bog nach links in Richtung Holstenstraße. Auf dem Beifahrersitz verströmte ihr Abendessen vom Asia-Imbiss einen aromatischen Geruch, der sie schlucken ließ.

»Hi, Pia, wo erwische ich dich?«, fragte Marten.

»In Lübeck, auf der Fahrt nach Hause. Ich habe mir nur schnell bei unseren Freunden in der Schmiedestraße noch was Warmes zu essen geholt.«

»Lass mich raten. Dakdoritang?«

»Was denn sonst?«

»Hast du bis eben gearbeitet?«

»Wir haben einen Mordfall. In Stüvensee an der Ostsee.« Die Ampel sprang auf Grün, und Pia bog nach links in die Holstenstraße ein.

»Was ist da passiert?«

»Wir haben einen Toten am Gartenteich einer alten Kate. Der Mann, übrigens der Bürgermeister des Ortes, wurde erschlagen. Zusätzlich wurde er vom Täter aber noch ein bisschen ›spooky‹ arrangiert, mit grünen Blättern über den Augen.« Während sie sprach, passierte Pia die Holstentorbrücke. Sie warf einen sehnsüchtigen Blick nach links, in Richtung Obertrave, wo sie früher gewohnt hatte. Es war eine schöne kleine Dachwohnung gewesen. Doch für Felix und sie war sie zu klein. Vor dem Holstentor, das in Pias Augen immer bedenklich schief aussah, gabelte sich die Straße. Sie passierte das alte Stadttor auf der rechten Seite.

»Stüvensee, Stüvensee … Das sagt mir nichts«, erwiderte Marten.

»In der Nähe von Sierksdorf an der Ostsee. Wir haben uns auf der Polizeistation von Stüvensee häuslich eingerichtet.«

»Leitest du den Fall?«

Pia fuhr über die Puppenbrücke und nahm die rechte Spur, die am Kreisel vorbeiführte. Ein Reisebus vor ihr bremste scharf, weil der Busfahrer beinahe einen Mann auf einem Fahrrad übersehen hätte. »Ja, vorerst schon«, antwortete sie mit ein paar Sekunden Verspätung. »Rist und ein paar Kollegen sind noch mit einer anderen Ermittlung beschäftigt. Ich habe aber Broders dabei. Wenn sich mein Fall allerdings so skurril weiterentwickelt, wird Rist vielleicht neidisch und will übernehmen.«

»Ich vermute mal, dass er nicht so sehr auf Skurriles steht. Eher auf schnelle Ergebnisse.«

»Aber die Aufmerksamkeit der Presse gefiele ihm schon.«

»Das stimmt allerdings.« Marten zögerte. Pia wollte auf der Fackenburger Allee beschleunigen, doch sie musste an einer roten Ampel bremsen und stöhnte auf.

»Ich möchte was mit dir besprechen, Pia, aber beim Fahren ist das schlecht. Kann ich später noch mal anrufen?«

»Ich bin in fünf Minuten zu Hause.« Pia knurrte der Magen. »Dann esse ich und rufe dich anschließend zurück, okay?«

Pia fand einen Parkplatz ein paar Häuser weiter in der Adlerstraße, was um diese Uhrzeit der reine Glückstreffer war. Sie lief mit der warmen Essensbox in der Hand zum Hauseingang. Beim Hinaufsteigen in den zweiten Stock fragte sie sich, was Marten wohl mit ihr besprechen wollte.

Bereits nach dem Aufschließen der Wohnung fiel ihr auf,

dass die Räume ohne Felix viel leerer waren als sonst. Geradezu trostlos. Dabei war er erst seit dem Morgen fort. Es kam ihr jedoch so vor, als läge die Situation am Schulbus schon eine Ewigkeit zurück.

Sie stellte das Essen auf die Kommode, zog die Schuhe aus, warf die Tasche in die Ecke und wusch sich Hände und Gesicht.

Dann nahm sie das Essen mit in die Küche und füllte es in einen tiefen Teller. Sie holte sich ein kaltes Bier und Limonade aus dem Kühlschrank und mischte sich ein Alsterwasser. Pia nahm einen großen Schluck. Schon besser. Sie setzte sich auf die Küchenbank und legte die Füße hoch, weil Felix sie ja nicht sehen konnte. Dann stach sie die Gabel tief in das Essen. Als die Schärfe der Chilis und der anderen Gewürze ihre Geschmacksnerven traf, stöhnte sie leise auf. Früher hatte es ihr wenig ausgemacht, den ganzen Tag lang nichts zu essen, aber mittlerweile ging es anscheinend an die Substanz.

Als sie fertig war, wählte sie Martens Nummer. »Da bin ich wieder. Raubtierfütterung beendet.«

»Sehr gut.« Er zögerte. »Es tut mir leid, dass ich gestern nur so kurz Zeit hatte. Und ich hätte dir vorher Bescheid sagen sollen, dass ich komme.«

»Es ging da ja um Wilfried und seine Verabschiedung, nicht um mich«, antwortete Pia. Mit etwas Abstand betrachtete sie die Situation inzwischen sehr viel gelassener.

»Aber es ist blöd gelaufen. Ich … ich bin nicht sehr geübt in Beziehungen.«

Pia lachte auf. »Erwarte bitte keine hilfreichen Tipps von mir. Ich bin froh, dass Felix und ich so gut über die Runden kommen. Das ist manchmal schon schwer genug.«

»Aber das genau ist es doch, Pia. Es muss nicht so schwer für dich sein. Ich will, dass wir das gemeinsam hinbekommen.«

»Hm.« Pia spielte mit ein paar Reiskörnern auf der Tischplatte. Arrangierte sie zu einem Kreis, dann wieder zu einer Welle. »Ich weiß nicht, wie das funktionieren soll. Du arbeitest in Kiel, ich in Lübeck. Oder ist bei dir vielleicht schon wieder etwas ganz anderes geplant?«

»Vorerst nicht. Meine Idee ist, dass wir uns in der Mitte treffen.«

Die Reiskörner sahen nun aus wie ein missglücktes Herz. Pias eigenes Herz klopfte schneller, und das nicht vor Glück. Sie liebte Marten, schon recht lange, wenn sie ehrlich war. Doch es gab etwas Unberechenbares in seinem Wesen, das wohl auch einen Teil seiner Anziehung ausmachte. Sie fürchtete seine Macht, sie zu verletzen, wenn sie nicht gut genug auf sich aufpasste. Und das war noch nicht mal das Schlimmste. Mit einer möglichen Enttäuschung würde sie wohl zurechtkommen, auch ein weiteres Mal. Aber sie musste an Felix denken.

»Warum sagst du nichts? Ist das so eine Überraschung?«

»Nein«, antwortete Pia einsilbig. Sie klaubte den Reis auf und warf ihn zurück auf den Teller. »Was meinst du mit ›in der Mitte treffen‹? Welche Mitte?«

»Wenn du grundsätzlich bereit bist, darüber zu reden, reicht mir das für heute schon. Es ist … Ich habe da eine … Überraschung«, sagte Marten. »Hast du am Samstag am späten Nachmittag etwas Zeit?«

»Da ist Felix bei Hinnerk auf einem Geburtstag«, überlegte Pia laut. »Vorausgesetzt, die Ermittlung erlaubt es … Ich müsste nur um acht Uhr wieder hier sein.«

»Das passt. Wie wäre es so um siebzehn Uhr?«

»Also gut«, sagte Pia. »Sofern der neue Fall nicht dazwischenkommt, haben wir eine Verabredung.«

Krischan stand am Hinterausgang des Wirtshauses und rauchte. Prüfend sah er nach oben, ob der Rauch in ein geöffnetes Fenster zog, doch zur Rückseite des alten Gebäudes hin waren sie alle verschlossen. Zahlende Gäste beschwerten sich ja wegen jedem Furz …

Seine Mutter würde ihn hier jedenfalls nicht bemerken – sie hatte einen leichten Schlaf. Wenn sie denn überhaupt je schlief. Er sei ein Schreikind gewesen, hatte sie ihm des Öfteren erzählt. Ein Jahr lang nur Gebrüll. Seitdem konnte sie nicht mehr richtig durchschlafen. Und darüber hatte angeblich auch sein Vater sie beide verlassen. Was für eine Hypothek!

Geschah seiner Ma recht, dass sie so bescheiden lebte! Sie bewohnte die zur Straße gewandten Zimmer im zweiten Stock des alten Hauses. Unter einem schlecht gedämmten Dach. Im Sommer war es brüllend heiß, im Winter eiskalt. Und es war die laute Seite, wenn man in Stüvensee überhaupt von »laut« sprechen konnte. Seine Mutter wollte es zahlenden Gästen nicht zumuten, während sie es ihm und sich selbst seit Jahrzehnten zumutete.

Krischan schnaubte verächtlich durch die Nase. Seit er sechzehn Jahre alt war, wollte er nichts wie weg. Und nun war er kurz davor, es auch zu können. Wenn René nur endlich käme!

Vorhin war sein Kumpel mit seinem Begleiter unverrichteter Dinge wieder abgehauen. Krischan hoffte, dass René diesmal allein kam. Der Typ, der vorhin bei ihm gewesen war, ließ ihm den Angstschweiß aus allen Poren kriechen. Er wurde gemeinhin nur der »Kojote« genannt. Auch René hatte Schiss vor dem Kerl, auch wenn er sich das nicht anmerken lassen wollte. Noch zwei Wochen – Maximum. Krischan war froh, wenn das Geschäft abgewickelt und die Sache vorbei war.

Er hörte ein Knirschen auf feinem Kies. Eine dunkle Gestalt tauchte rechts von ihm auf und schlug ihm die Zigarette aus der Hand. »Lass das«, hörte Krischan René zischen. »Dich sieht man ja bis nach Neustadt.«

»Unsinn«, konterte Krischan, trat aber seine Zigarette in dem trockenen Gras sorgsam aus. »Mann, du hast mich vielleicht erschreckt! Wo kommst du denn so plötzlich her?«

»Ich parke weiter hinten. Glaubst du, ich will noch mal so einen Scheiß erleben wie vorhin?«

»Was meinst du mit ›Scheiß‹?«

»Lass uns erst die Ware holen, den Rest klären wir später.«

Das klang nicht gut.

Sie gingen im Schatten der Bäume zu dem alten Schuppen. Den halbhohen Kellerraum darunter hatte Krischan als Kind entdeckt, als er zufällig durch die morsche Bodenklappe gefallen war. Er hatte sich den Fuß verstaucht und seine Klamotten mit stinkendem Modder ruiniert. Seine Mutter hatte den Holzdeckel schleunigst reparieren lassen, ein Vorhängeschloss angebracht und den unterirdischen Lagerraum danach wieder vergessen. Gegen das Vorhängeschloss hatte ein Bolzenschneider geholfen. Mit Werkzeugen konnte Krischan schon immer gut umgehen.

Seitdem hatte er dafür gesorgt, dass sein eigenes Vorhängeschloss an Ort und Stelle war und stets etwas Gerümpel auf der Bodenklappe stand. Als Jugendlicher hatte er das Versteck für gestohlene Fahrräder, aus der Bar stibitzten Alkohol und geschmuggelte Zigaretten genutzt. Und neuerdings lagerten sie darin Renés Ware, an der er lukrativ beteiligt war, wie er hoffte.

Krischan hatte ein ungutes Gefühl, als er René die Kartons hinaufreichte. Anschließend trugen sie sie zu Renés Kombi, der hinter Büschen am nahen Feldweg geparkt hatte.

René warf den Kofferraumdeckel zu und klopfte ihm auf die Schulter. Krischan drehte sich weg. Angefasst wurde in der Hierarchie immer von oben nach unten, und René war nicht das hellste Licht auf der Torte. Das wollte Krischan sich keinesfalls gefallen lassen. »Morgen um einundzwanzig Uhr kommt eine größere Lieferung«, sagte René. »Sieh zu, dass uns dann niemand stört.«

»So früh schon?«

»Geht nicht anders.«

»Das gefällt mir nicht.«

»Pass einfach auf, dass uns niemand sieht.«

»Wie soll ich das denn machen? Meine Ma betreibt eine Kneipe!«

»Schon klar. Aber vorhin saß ein Polizist bei euch an der Bar!«

»Das war nur Jansen. Der ist seit einiger Zeit hinter meiner Mutter her.«

»Dann sollte sie den schnellstens zum Teufel jagen. Das können wir echt nicht gebrauchen.«

»Der ist harmlos. Wenn der sein Bierchen vor sich stehen hat und Ma in den Ausschnitt glotzen kann, kriegt der nichts mehr mit.«

René kam einen Schritt näher. »Der soll hier wegbleiben. Verstanden? Kojote sagt das auch.«

»Dieser Kojote hat mir gar nichts vorzuschreiben«, begehrte Krischan mit kratziger Stimme auf.

»Bist du des Wahnsinns?« René stupste ihn mit dem ausgestreckten Zeigefinger in die Brust. »Und diese dünne Schlampe, die bei euch herumspioniert, das war auch echt so was von daneben!«

»Keine Ahnung, wen du meinst.«

René drehte sich halb weg und spuckte auf den Boden.

»Du hast mich schon verstanden. Noch drei Wochen, dann ist das Thema hier durch. Aber so lange hörst du auf mich. Ist das klar so weit?«

»Schon gut. Ich hab verstanden«, sagte Krischan beschwichtigend. Nicht zum ersten Mal fragte er sich, wie er sich auf Geschäfte mit René hatte einlassen können. In drei Wochen waren sie damit fertig. In drei Wochen war er endgültig hier raus.

René wandte sich zum Gehen. An der Fahrertür drehte er sich noch mal zu Krischan um. »Du musst nur die Nerven bewahren und den Laden hier sauber halten. Keine Bullen, keine weiteren neugierigen Tanten. Um den Rest kümmern wir uns.« Er stieg in sein Auto, die Scheinwerfer leuchteten auf.

Krischan trat vorsichtshalber zwei Schritte zur Seite, denn René gab ohne Rücksicht auf Verluste Gas.

Okay, die Lage war nicht mehr unter Kontrolle.

13. Kapitel

Heute war der Tag, an dem er sich ein Herz fasste. Heute würde er Carmen für Montagabend zum Essen einladen. Sie hatte montags immer frei. Ihr nichtsnutziger Sohn Krischan kümmerte sich dann um die Übernachtungsgäste, wenn es nötig war. Meistens war montags sowieso nicht viel los. Doch nun hatte er Alva Dohrmann dort einquartiert. Aber es war ja nicht sicher, dass die Frau noch bis Montag blieb. In der Gaststube und im Restaurant war montags jedenfalls Ruhetag. Da hatte Holger sich schon das eine oder andere Mal die Nase an der verschlossenen Tür gestoßen.

In Sierksdorf sollte es ein tolles neues Restaurant geben, hatte Dana Bremer ihm erzählt. Er würde Carmen einen richtig schönen Abend bereiten. Es war Zeit, ihre Beziehung auf das nächste Level zu heben.

Jansen stellte den Wagen auf dem Gästeparkplatz in der Nähe des Eingangs ab und stieg schwungvoll die fünf Stufen hinauf. Viel Zeit für den Morgenkaffee hatte er heute leider nicht. Die morgendliche Besprechung mit der Kommissarin aus Lübeck und den an der Mordermittlung beteiligten Kollegen war gerade vorüber. Pia hatte ihn zu einer alten Dame geschickt, von der es hieß, dass sie die Leute im Dorf von ihrem Wohnzimmerfenster aus im Blick behielt. Doch er hatte noch Zeit, wie beinahe jeden Morgen auf einen Latte Macchiato hier einzukehren. Immerhin wurden ja abends und vielleicht auch am Wochenende Überstunden von ihnen allen erwartet. So war das bei einem Mordfall. Und Holger war aufgeregt und ein bisschen stolz, dabei zu sein und eine wichtige Rolle bei den Ermittlungen zu spielen. Nebenbei erfuhr er an der Theke des *Dorfkrugs* immer alles, was in Stüvensee so los war. Das war quasi Arbeitszeit.

Aus der Küche war lautes Geschirrklappern zu hören. So ein Gasthof mit Fremdenzimmern war natürlich eine Belastung für eine angehende Beziehung. Nicht zum ersten Mal fragte Jansen sich, ob es schlau war, sich auf eine Frau zu fokussieren, die beruflich derart eingespannt war. Andererseits, bei ihm als Polizist sah es ja auch nicht gerade rosig aus, was planbare Freizeit betraf. Dann hätte sie dafür wenigstens Verständnis.

Bei Carmens Anblick, die geschäftig hinter der Theke hantierte und ihn breit anlächelte, verflogen alle Zweifel. Sie trug einen roten Pullover mit einem tiefen Ausschnitt und hatte das schwarzbraune Haar zu einem hohen Zopf zusammengefasst. Er mochte es, wie sie sich zurechtmachte, mit lackierten Nägeln und Lippenstift.

»Das Gleiche wie immer für die Staatsmacht, Holger?«, erkundigte sie sich neckisch.

»Latte Macchiato, wie immer.«

Sie ging zum Kaffeeautomaten. »Wie läuft es bei euch? Macht ihr Fortschritte?«, fragte sie über die Schulter hinweg.

»Es läuft ganz gut. Das ist eine richtig große Sache. Wir ermitteln in alle Richtungen.«

»Und … ermittelst du gerade in meine Richtung?« Die Maschine röhrte los, sodass er einer spontanen Antwort enthoben wurde.

Als sie ihm das Latte-Macchiato-Glas hinstellte, zwinkerte er vielsagend. »Kein Kommentar.«

»Wie schade, dabei wollte ich dir gerade einen ausgeben.

Aber dann geht das nicht«, erwiderte sie. »Nicht, dass ich mich der Bestechung schuldig mache.«

Bereitwillig legte er einen Fünfeuroschein auf die Theke. So oft, wie sie ihm schon einen ausgegeben hatte, war das mehr als angemessen. »Sag bloß, du hast was zu verbergen?«, fragte er scherzhaft.

Sie wandte sich ab, wischte über den Tresen. Dann drehte sie sich abrupt zu ihm um. »Du weißt, ich bin immer geradeheraus, Holger. Und du weißt auch, dass ich mit meiner halbjährigen Affäre mit Burkhard den größten Fehler meines Lebens gemacht habe. Das gebe ich unumwunden zu. Einem eingefleischten Junggesellen … Ich muss mit dem Klammerbeutel gepudert gewesen sein, auf den Mistkerl hereinzufallen.«

»Aber ihr wart doch sauber auseinander?«

Sie schnaubte. »Ich jedenfalls war fertig mit ihm. Er war ein Arsch. Leider habe ich viel zu lange gebraucht, um das zu begreifen.«

»Und das Ganze ist ja auch schon über ein Jahr her, oder nicht?« Er war eine Spur beunruhigt, weil sie so emotional reagierte. Das passte gar nicht zu Carmen.

Sie seufzte. »Das stimmt.« Sie warf den Lappen in die Spüle. »Vergessen wir das Ganze lieber. Willste noch ein paar Kekse dazu, oder hast du ausnahmsweise mal bei dir zu Hause gefrühstückt?«

»Ich muss leider sofort wieder los. Es steht gleich noch eine wichtige Befragung für mich an.« Er stand auf und rückte den Gürtel zurecht. »Zu dir werden heute auch noch ein oder zwei Kollegen kommen. Nicht, dass es etwas zu bedeuten hätte. Wir befragen quasi jeden in Stüvensee.«

Carmen beugte sich zu ihm vor, sodass er einen Blick auf schwarze Spitze unter dem roten Pullover erhaschen konnte. »Kein Problem. Ich habe nichts zu verbergen, wie du weißt.«

»Klar doch.« Jansen gab sich einen Ruck. »Ich dachte, falls du am Montagabend noch nichts vorhast, Carmen …« Er wartete auf eine Reaktion. Als keine kam, fuhr er fort: »Na, jedenfalls … Ich würde dich gern zum Essen einladen.«

»Gibt es einen besonderen Anlass?«, wollte sie breit lächelnd wissen.

»Nein. Einfach so.«

Carmen sah über die Schulter in die Küche. »Also gut. Warum nicht?«, antwortete sie in gedämpftem Tonfall. »Ich freu mich drauf.«

Jansen versuchte, das zufriedene Grinsen, das sich in sein Gesicht schleichen wollte, im Zaum zu halten. »Dann hol ich dich am Montag gegen sieben hier ab.«

»Klingt gut.«

»Ach ja«, fiel ihm im Hinausgehen noch ein. »Wir wollen nachher noch mal mit Frau Dohrmann sprechen. Hast du sie heute schon gesehen?«

Carmen runzelte die Stirn. »Nein. Ich hatte ihr gesagt, dass es von sechs Uhr dreißig bis neun Uhr Frühstück gibt. Aber sie ist noch nicht hier unten aufgetaucht.«

Jansen runzelte die Stirn. »Wo steht denn ihr Wagen? Auf dem Gästeparkplatz habe ich ihn eben nicht gesehen.«

»Hinter dem Haus parkt sie auch nicht.«

Jansen und Carmen Lebrecht sahen einander an.

Dann blickte die Wirtin auf die Uhr an der gegenüberliegenden Wand. »Ist schon ganz schön spät. Ich gehe besser mal rauf und klopfe an ihre Zimmertür«, sagte sie. »Das kommt mir jetzt ein bisschen komisch vor.«

Während Jansen wartete, scrollte er durch die Nachrichten auf seinem Handy. Wahrscheinlich war diese Dohrmann nur eine furchtbare Schlafmütze. Er hatte die Frau eh etwas seltsam gefunden. Nicht lebenstüchtig …

Doch als Carmen wieder vor ihm stand, verriet ihm ein Blick in ihr Gesicht, dass da etwas nicht stimmte. »Sie hat mir nicht aufgemacht. Daher habe ich in ihr Zimmer geschaut. Stell dir vor: Sie ist gar nicht da!«

»Vielleicht ist sie heute Morgen schon heimlich abgereist?« Seine neue Chefin, wie er Pia Korittki in Gedanken nannte, wäre nicht erfreut über die Abreise der Zeugin.

Carmen schüttelte den Kopf. »So, wie es aussieht, hat sie weder das Bett noch die Handtücher benutzt. Es kommt mir so vor, als wäre sie in großer Hast aufgebrochen. Aber wir haben nicht gesehen oder gehört, dass sie fortgegangen ist.«

»Ist ihr Gepäck noch da?«

Carmen schüttelte ratlos den Kopf. »Nein. Doch ein paar Sachen von ihr liegen noch herum. Ich verstehe das nicht.«

Pia und Broders fuhren in einem lang gezogenen Bogen an der erhöht liegenden Dorfkirche von Stüvensee vorbei. Eine Seitenstraße führte zum Haus von Fabian Ruschke. Hinter den üppig wuchernden Büschen und Bäumen liegend, war es von der Hauptstraße aus noch nicht sichtbar. Sie bog nach rechts ab. Vor einer hohen Bretterpforte blieb Pia stehen. An einem verwittert aussehenden Pfosten entdeckte sie die Hausnummer, die sie suchten. Broders und Pia stiegen aus dem Wagen. Die Pforte war verschlossen. Auf ihr Klingeln reagierte niemand.

Nachdem Pia an der Holzpforte gerüttelt hatte, ertönte Hundegebell. Und es war nicht nur ein Hund, der da bellte.

»Oh, verdammt!« Broders zog sich hinter das Auto zurück.

»Rosina Peters hat doch erzählt, dass dieser Ruschke Hunde züchtet.«

»Das muss ich verdrängt haben.«

»Ich wollte dich aber gern dabeihaben, Broders, wenn wir Frau Peters' Alibi überprüfen. Die Nichte ist unsere Verdächtige Nummer eins. Oder möchtest du lieber sämtliche Bewohner Stüvensees in dem neuen Wohngebiet befragen?«

»Ich ziehe es vor, nicht gebissen zu werden. Oder Schlimmeres …«

»Was können Hunde Schlimmeres tun, als zu beißen?«

»Wenn du wüsstest.«

Pia rüttelte erneut an der Pforte.

Ein Mann tauchte vor dem Haus auf und kam auf sie zu. »Kann ich Ihnen helfen?«, fragte er in einigem Abstand zu seiner Grundstücksgrenze.

»Polizei«, rief Pia zurück. »Sind Sie Fabian Ruschke?«

»Ja, bin ich.« Er sah sie abwartend an.

»Wir haben nur ein paar Fragen«, erklärte Pia.

»Na gut. Einen Moment.« Er zog einen Schlüsselbund aus der hinteren Hosentasche hervor und kam näher. Ruschke war mittelgroß und schlank, hatte ein schmales Gesicht und durchdringend blaue Augen unter dunklen Brauen. Er trug Jeans und ein graues T-Shirt mit einem Hersteller-Logo, das sehnige, braun gebrannte Arme sehen ließ. Seine nackten Füße, die nicht sehr groß waren, wie Pia vermerkte, steckten in offenen Leinenschuhen.

Er öffnete klappernd die Pforte, die über den Kies scharrte. »Sie können bis vor das Haus fahren und den Wagen irgendwo dort hinstellen.« Er machte eine vage Handbewegung. »Beete und englischen Rasen gibt es nicht, wie Sie sehen.« Er grinste, als wäre das ein guter Witz.

»Alles klar. Geh doch ruhig schon vor, Broders. Ich fahre den Wagen rein«, sagte Pia zu ihrem Kollegen. Obwohl kein

Hund zu sehen war, war Broders auf der Hut. War das jetzt schon eine Art Konfrontationstherapie?

Sie wartete seine Reaktion nicht ab, sondern stieg ins Auto, das die schmale Straße blockierte. Pia setzte zurück, passierte die Pforte und fuhr durch einen Tunnel aus Buschwerk. Das lichtete sich und gab den Blick auf einen hellgrau verputzten Bungalow unter hohen Bäumen frei. Das Haus erinnerte Pia entfernt an eine Datscha, was an dem üppigen Grün rundherum liegen mochte.

Vor dem Bungalow befand sich eine unbefestigte Sandfläche. Linker Hand schloss sich ein mannshoher Zwinger aus Maschendraht an die Außenwand an. Er war leer. Pia stellte den Wagen vor den Hundezwinger. Beim Aussteigen warf sie noch einen Blick auf das betonierte Areal, wo eine Hundehütte, alte Wolldecken und Hundespielzeug herumlagen. Sie hörte den Wind in den hohen Baumkronen rauschen.

Vor einer Aluminiumtür mit Riffelglaseinsatz unter einem von Algen grünen Kunststoffvordach warteten Broders und der Hausbesitzer auf sie.

Hinter der Haustür lag ein langer Flur. Aus einem der anderen Zimmer erklang das Bellen von Hunden. Es roch nach den Tieren, nach Hundefutter und nach Feuchtigkeit. Fabian Ruschke ging ihnen voraus in eine Küche mit abgewetztem PVC-Fußboden.

»Wie viele Hunde haben Sie denn hier?« Broders sah sich in alle Richtungen um.

»Das ist unterschiedlich. Ich züchte Nederlandse Kooikerhondjes.«

»Aha. Und wo genau sind die Tiere?«

»Ich habe sie vorsichtshalber ins Hundezimmer und ins Schlafzimmer gebracht. Eine meiner Hündinnen hat gerade geworfen.«

Broders nickte. »Wir hörten davon.« Er wirkte nervös. Selbst Ruschke spürte das.

»Die beruhigen sich gleich«, sagte er lächelnd.

»Können wir uns irgendwo hinsetzen?«, fragte Pia, bevor das Hundethema weiter vertieft wurde.

»Wenn Sie wollen. Kommen Sie. Auf der Terrasse sind wir im Windschatten.«

»Ja, warum nicht?«, stimmte Broders zu. Sicher waren ihm die feinen Hundehaare auf dem Boden und sämtlichen horizontalen Flächen nicht entgangen.

Sie traten aus der Küche auf eine Terrasse aus Waschbetonplatten, die in einem Winkel des L-förmig gebauten Bungalows lag. Ein Tisch mit vier weißen Plastikgartenstühlen stand darauf. Fabian legte eilig ein paar Polster auf die Stühle. Sie setzten sich, und Broders zog seinen Notizblock heraus.

»Es geht um Burkhard Schönfeld«, sagte Pia, nachdem sie ihren Kollegen und sich vorgestellt hatte.

»Ja, schrecklich. Ich habe schon gehört, dass er umgebracht worden sein soll. Kaum zu glauben. So etwas passiert doch nicht hier in Stüvensee.«

Sein Erstaunen schien Pia etwas zu dick aufgetragen zu sein. »Von wem haben Sie davon erfahren?«, fragte sie.

Ruschke runzelte die Stirn, sodass sich seine Augenbrauen beinahe in der Mitte berührten. »Von mehreren Leuten. Im *Dorfkrug* von Carmen. Carmen Lebrecht. Sie ist die Wirtin dort. Und auch beim Bäcker …«

»Neuigkeiten machen hier anscheinend schnell die Runde.«

»Sie sagen es.« Er lächelte freimütig.

»Wo waren Sie von vorgestern Abend zwanzig Uhr bis etwa Mitternacht, Herr Ruschke?«

»Ich war hier. Ich bin fast immer hier. Wer soll denn sonst auf meine kleine Meute hier achtgeben?«

»Kann das jemand bezeugen?«

»Außer den Hunden?« Er lachte auf. »Sie haben Glück. Ich hatte nämlich ausnahmsweise Besuch von Burkhards Nichte, Rosina Peters.«

»Wann kam Frau Peters denn an dem Abend zu Ihnen?«

»Moment, ich muss genauer sein. Zuerst, also vorgestern Abend gegen kurz vor acht, war noch ein anderer Nachbar hier. Ole Bruhns. Er wohnt auf der anderen Seite der Hauptstraße, direkt neben Schönfeld. Nette Familie mit drei Kindern. Sie ist unsere Hausärztin.«

»Was wollte Herr Bruhns?«

»Ole hatte Joggingklamotten an. Er kam vorbei, um mich zu fragen …« Ruschke zögerte. »Er hat mich gebeten, ein größeres Paket für ihn anzunehmen.«

»Was für ein Paket?«

»Fragen Sie ihn das bitte lieber selbst.«

»Wie lange ist Herr Bruhns geblieben?«

»Nur ein paar Minuten. Ich nehme an, dass Rosina ihm noch entgegengekommen ist. Man muss von hier aus immer zur Hauptstraße zurück. Der Weg ist eine Sackgasse, die nur an ein paar Nachbarn vorbei hinunter zum See führt. Rosina kam nämlich kurz danach hier an.«

Pia sah aus dem Augenwinkel, dass Broders eifrig mitschrieb. »Was wollte Frau Peters hier?«

»Ich hatte ihr erzählt, dass eine meiner Hündinnen, Yara, wohl sehr bald werfen würde. Es war ihr erster Wurf. Rosina liebt die Hunde, und an Yara hängt sie ganz besonders. Sie überlegt, einen der Welpen zu nehmen, wenn ihr Onkel es ihr erlaubt.« Er lächelte verlegen. »Nun ja, diese Frage hat sich ja wohl gerade erledigt.«

»Sie kam also, um bei der Geburt dabei zu sein?«

»Ja. Und sie hat Wein und was zu essen mitgebracht.«

»Wie würden Sie Ihre Freundschaft oder Bekanntschaft zu Frau Peters beschreiben?«, hakte Pia nach.

»Es ist eine rein kameradschaftliche Geschichte. Nicht mehr.«

»Aber sie hat Wein und Essen mitgebracht und ist bis wann genau hiergeblieben?«, erkundigte sich Pia.

»Darüber habe ich mir tatsächlich auch schon den Kopf zerbrochen. Yara hatte erst gegen eins fertig geworfen. Sie hat sich damit echt Zeit gelassen, mein Mädchen. Danach haben wir noch lange bei der Mutter und den Jungen gesessen. Rosina konnte sich gar nicht losreißen. Sie hat sich schon einen der Welpen ausgesucht, aber irgendwie wussten wir beide, dass sie die kleine Hündin wohl nicht würde nehmen dürfen. Rosina ist erst so gegen zwei Uhr nachts nach Hause gegangen. Ich weiß noch, dass sie nicht wollte, dass ihr Onkel sie so spät noch heimkommen sieht.«

»Aber Frau Peters ist doch eine erwachsene Frau. Wie war denn ihr Verhältnis zu ihrem Onkel?«

Er schnaubte leise. »Sie ist zwar eine erwachsene Frau. Aber nicht, wenn es um ihren Onkel geht. Ganz unter uns, er war meiner Meinung nach ein ziemlicher Despot. Er hat seine Nichte geliebt, nehme ich an, doch sie hatte es wohl trotzdem nicht ganz leicht mit ihm.«

»Woher wissen Sie das?«

»Ab und zu hat sie mir mal was von sich erzählt«, räumte er widerstrebend ein. »Und ich kenne Burkhard ja auch schon ein paar Jahre. Er ist – oder war – unser Bürgermeister, spielte Skat im *Dorfkrug*, war in der Freiwilligen Feuerwehr und auch sonst überall, wo es etwas zu bestimmen gab.«

»Halten Sie ihn vielleicht für gewalttätig?«, wollte Broders wissen.

Ruschke riss die Augen auf. »Ich denke … hoffe doch, dass nicht. Aber wenn Sie so direkt fragen: Es gab mal den einen oder anderen Hinweis. Ausschließen möchte ich das nicht.«

»Was für Hinweise?«, erkundigte sich Pia. »Es hilft nicht, wenn Sie etwas verschweigen, um Frau Peters keine Schwierigkeiten zu bereiten. Während einer Mordermittlung kommt früher oder später so gut wie alles ans Tageslicht«, fügte sie hinzu. Die Bemerkung hatte bei Jansen schließlich auch Erfolg gehabt.

»Wenn Sie es sagen.« Ruschke sah gedankenverloren in den verwilderten Garten hinaus. Das Grundstück endete an einer grauen Mauer. Dahinter konnte Pia dunkelgrüne Koniferen und vereinzelt Kreuze und Statuen erkennen. Dort war offenbar der Dorffriedhof.

»Also, dass er wirklich gewalttätig war, kann ich mir nicht vorstellen«, antwortete Ruschke. »Aber er hat so Psychospielchen mit Rosina gespielt. Sie hatte Angst vor ihm. Und er war ein Choleriker. Hat herumgebrüllt oder beißende Kommentare gemacht. Er konnte allerdings auch recht charmant sein, wenn er etwas wollte.«

»Denken Sie, Frau Peters hat psychisch unter ihrem Onkel gelitten?«

»Ein bisschen schon.«

»Sie wohnte bei ihm im Haus. Warum ist sie dann nicht ausgezogen?«

»So einfach ist das hier in der Gegend nicht. Die Leute geben ein Heidengeld für Ferienwohnungen und Ferienhäuser aus. Also wird jede freie Wohnung und jedes Zimmer an die Touris vermietet. Da bleiben den Menschen, die hier leben und arbeiten, nicht so viele Möglichkeiten.«

»Rosina Peters war also von circa acht Uhr vorgestern

Abend bis nachts um zwei Uhr bei Ihnen?«, fasste Pia das Alibi der beiden zusammen. »Ohne Unterbrechungen?«

»Ja. So war es. Von zwei Minuten auf der Toilette mal abgesehen.«

»Niemand von Ihnen hat zwischendurch mal das Haus verlassen?«

»Nein. Die Geburt ging gegen halb neun Uhr los, und der letzte Welpe kam so um eins. Damit lasse ich keine meiner Hündinnen alleine.«

»Verstehe«, sagte Pia nachdenklich.

Broders blickte von seinem Block auf. »Wie war denn Ihr Verhältnis zu Burkhard Schönfeld?«

»Ich … bin ihm nicht so oft über den Weg gelaufen. Wir hatten wenig Berührungspunkte.«

»Wusste er von Ihrer Freundschaft zu seiner Nichte?«

»Das war doch echt keine große Sache … Ja, ich denke, er hat es sich gedacht.«

»Und wie stand er dazu?«

»Ehrlich: Das weiß ich nicht, und es hat mich auch nicht interessiert. Ich mache hier mein Ding, züchte meine Hunde, verkaufe sie und halte mich ansonsten an das Motto ›Leben und leben lassen‹.«

»Leider wollte jemand Burkhard Schönfeld nicht leben lassen«, sagte Pia. »Und denjenigen werden wir finden.« Sie erhoben sich.

»Viel Glück dabei. Wollen Sie noch einen Blick auf meine Hunde werfen?«, fragte Ruschke. »Vielleicht haben Sie ja mal den Wunsch oder Sie kennen jemanden, der sich ein Kooikerhondje zulegen will. Es gibt allerdings eine sehr lange Warteliste.«

Pia stellte sich vor, wie Felix auf eine kleine Bande von Hundewelpen reagieren würde. Sie würde sich anschließend vor seinen Bitten nicht retten können, und sie würde ihm ein Haustier auch von Herzen gönnen. Nur leider hatte sie überhaupt keine Zeit für einen Hund.

Zu ihrer Überraschung sagte Broders: »Die Welpen würde ich schon gerne sehen.«

14. Kapitel

Ruschke führte sie in ein großes, beinahe quadratisches Zimmer. Sie hatten auf Ruschkes Anweisung hin einfache Überschuhe übergezogen und sich die Hände desinfiziert. Die Vormittagssonne fiel auf altes Linoleum und abgeschabte Raufasertapeten in Lindgrün. Die Hälfte des Raumes nahm eine Art Laufstall aus Gitterelementen ein, wie man ihn auch für Kleinkinder aufbauen konnte.

Eine Hündin mit weißem Fell und rotbraunen Flecken lag darin auf der Seite in einer Art weichem Nest mit erhöhtem Rand. Fünf winzige Welpen drängten sich an sie. Ihre Flecken waren noch dunkler als die der Mutter. Sie machten helle quietschende Geräusche und drängten sich nebeneinander an die Zitzen des Muttertiers.

»Oh, wie klein die noch sind!« Broders klang verzückt.

Pia versuchte, sich ihre Faszination nicht zu sehr anmerken zu lassen. »Notieren Sie sich, um wie viel Uhr die einzelnen Welpen gekommen sind?«

»Natürlich. Das steht auch offiziell im Wurfabnahmeprotokoll.«

»Haben Sie auch Fotos gemacht? Mit dem Handy?«

»Erst als alle Welpen sicher angekommen waren. Vorher habe ich in der Aufregung nicht daran gedacht. Rosina hat dann auch welche gemacht.«

»Das ist gut.« Pia richtete sich auf. Das sicherte die Alibis weiter ab.

Als sie zurück in den Flur traten, hörten sie hinter einer

weiteren Zimmertür Scharren und gelegentliches Bellen. »Wo Sie schon mal hier sind, können Sie die anderen ja auch noch kennenlernen«, meinte Ruschke und wandte sich zur Tür.

Broders hatte sich runtergebeugt, um die Überschuhe wieder auszuziehen. Er blickte auf. Pia sah seinen entsetzten Gesichtsausdruck, als Fabian Ruschke die Tür öffnete und drei weitere braunweiße Hunde verspielt auf sie zugelaufen kamen.

»Wir gehen dann besser mal. Wir haben noch Termine«, sagte Pia. Doch Broders verharrte wie angewurzelt.

Einer der Hunde kam auf ihn zu und umklammerte sein Bein, als er gerade aufstehen wollte. Ruschke versuchte, das Tier von ihm wegzuziehen, doch der Rüde ließ nicht so leicht von Broders ab.

»Mir scheint, Sie haben gerade einen neuen Freund gefunden«, bemerkte Ruschke. »Aus! Bram! Benimm dich!« Endlich konnte er Broders befreien.

»Einen sehr enthusiastischen Freund!«, stieß Broders hervor.

Als sie das Haus verlassen hatten und nebeneinanderher zum Wagen gingen, sah Broders skeptisch an sich hinunter. »Pia?«, fragte er mit einem Unterton von Panik in der Stimme. »Die Hunde haben ein bisschen gesabbert, oder?«

»Das ist mir nicht aufgefallen.«

»Doch, das haben sie!«

»Nein, ich denke nicht.«

Broders blieb stehen und deutete auf sein Hosenbein. »Sag mir bitte, dass das wie Hundesabber aussieht.«

»Ich bin mir nicht sicher, Broders.« Pia zog die Wagentür auf und stieg ein. Sie musste auf alle Fälle ernst bleiben.

Broders ging zu seiner Seite, öffnete die Beifahrertür und ließ sich auf den Sitz sinken. »Du sagst mir also so mir nichts, dir nichts, dass diese Hunde nicht gesabbert haben?«, fragte er mit Grabesstimme. »Ihre entzückenden Fellschnauzen waren ganz und gar trocken?«

»Broders, ich habe keine sabbernden Hunde gesehen. Aber was soll's? Vielleicht haben sie gesabbert. Außerdem gibt es Waschmaschinen.«

»Und du wolltest von mir wissen, was Hunde Schlimmeres tun können, als zu beißen!«

»Touché!« Pias Mobiltelefon klingelte. »Korittki.«

»Jansen hier. Chefin, es hat sich eine neue Lage ergeben.«

Das »Chefin« ließ Pia unkommentiert. »Was ist passiert, Jansen?«

»Alva Dohrmann ist nicht im Gasthof. Und es kommt noch schlimmer: Anscheinend hat sie seit gestern Abend niemand mehr hier gesehen. Sie scheint gar nicht in ihrem Zimmer geschlafen zu haben. Ein Teil ihrer Sachen ist auch verschwunden. Ihr Auto ebenfalls.«

»Mist!«

In diesem Moment begannen die Kirchenglocken monoton zu schlagen. Broders vergaß einen Augenblick sein Hosenbein und blickte Pia fragend an.

»Bist du noch am Gasthof, Jansen?«

»Ja. Ich stehe vor der Tür.«

»Dann bleib dort. Wir sind in ein paar Minuten da!«

Pia wendete schwungvoll, setzte den Dienstwagen dabei beinahe in einen hüfthoch mit Brennnesseln überwucherten Graben. Sie fuhr, eine Staubfahne aufwirbelnd, zurück zur Hauptstraße und bog nach links.

Ein Trauerzug verließ gerade die Kirche. Männer mit Zylinder und wehenden Umhängen rollten auf einem fahrbaren Gestell einen braunen Sarg in Richtung des Friedhofs, der sich auf der anderen Straßenseite befand. Ein langer Zug dunkel gekleideter Menschen folgte ihnen. Bald würden sie sich in einer ähnlichen Zusammensetzung wieder in Richtung Friedhof begeben, wenn Burkhard Schönfeld beerdigt werden würde.

Das Dorfgasthaus lag ein Stück weiter die Straße hinunter. Erst Beten und dann Essen und Trinken. Hier hatten die wesentlichen Dinge des Lebens noch ihren angestammten Platz.

Jansen wartete neben seinem Streifenwagen direkt vor dem Eingang des Gasthauses. Er hielt sein Handy noch in der Hand.

Pia sprang aus dem Auto. »Wer hat dir gesagt, dass Frau Dohrmann verschwunden ist?«

»Carmen Lebrecht, die Besitzerin des *Krugs*. Komm mit.«

Pia wandte sich zu Broders um. »Fahr du zurück zur Polizeistation. Ich rufe dich an, sobald ich mehr weiß. Wenn Alva Dohrmann wirklich spurlos verschwunden ist, informierst du das Team. Ich will dann ein Sondertreffen um …« Sie blickte auf ihre Uhr, »zwölf Uhr auf dem Revier.«

Broders nickte. Sie warf ihm den Wagenschlüssel zu, den er lässig mit einer Hand auffing. Dann lief sie hinter Jansen die Stufen hinauf in den Gasthof.

»Wann haben Sie Frau Dohrmann zuletzt gesehen?«

Carmen Lebrecht saß Pia gegenüber in einer der Nischen mit Tischen und Bänken. Der Geruch nach schalem Bier und Bratfett hing in der Luft, dezent vermischt mit dem eines Zitrusreinigers. »Sie kam gestern Abend zum Essen runter. Gegen Viertel nach acht würde ich sagen. Sie saß ganz hinten in der Ecke.« Sie machte eine Kopfbewegung zum Ende des

Raumes hin. »Und sie hat sich was Vegetarisches bestellt. Ich hab ja nichts gegen diese Leute, doch mein Koch war nicht begeistert. Er hat ihr trotzdem was Schönes gezaubert, und ich dachte, alles sei in Ordnung.«

»Hat Frau Dohrmann mit jemandem gesprochen, während sie hier unten war?«

Carmen krauste die Stirn. »Nein, nicht, dass ich wüsste. Ich hatte sie natürlich nicht die ganze Zeit über im Blick. Da können Sie aber meinen Jungen mal fragen. Der hat mir hier gestern ein bisschen ausgeholfen, weil meine Bedienung – Vera – freihatte. Hast du vielleicht was beobachtet, Holger?«, wandte sie sich an Pias Kollegen.

Jansen, der neben ihnen im Gastraum stand, schüttelte den Kopf. »Nein, Frau Dohrmann war allein, als ich sie kurz gesehen habe«, sagte er reserviert.

»Du warst auch hier?«, fragte Pia.

Er zuckte mit den Schultern. »Ich hatte den ganzen Tag über gearbeitet. Mein Kühlschrank war leer.«

Pia nickte. Vielleicht war es ja hilfreich, wenn er im *Dorfkrug* verkehrte. Vielleicht aber auch nicht.

»Um wie viel Uhr hat Frau Dohrmann das Restaurant verlassen?«

Carmen Lebrecht blickte zu Holger Jansen. Beide zuckten mit den Schultern. »Irgendwann war sie weg. Sie hat auch nicht besonders viel gegessen. Vegetarier halt, immer ein bisschen krüsch. Ich dachte, die Frau sei wieder auf ihr Zimmer gegangen. War ja bestimmt ein harter Tag für sie, mit dem toten Burkhard am Teich und so … Aber sie hat nicht mal ihr Essen und den Wein bezahlt.« Die Wirtin hob beide Hände, die Handflächen nach oben.

»Sie war doch mit dem Auto hier.«

»Ja. Sie ist mir von Linn Aubachs Haus hierher mit ihrem

Wagen gefolgt«, sagte Jansen. »Ein blauer Honda Civic. Ich habe mir sogar das Kennzeichen notiert.«

»Wo hatte Frau Dohrmann ihren Wagen abgestellt?«

»Vorn auf dem Parkplatz, aber ganz an der Seite. Als wir gestern hier ankamen, war der Laden recht voll.«

»Und wann haben Sie ihn dort zuletzt gesehen?«

Carmen Lebrecht hob desinteressiert eine Schulter. »Ich kann von hier nicht den Parkplatz überblicken.«

»Und als du gegangen bist, Jansen? Parkte Frau Dohrmanns Wagen da noch vorn?«

»Ich glaube schon«, antwortete er vage. »Ich bin so um halb zehn nach Hause gefahren. Aber ich fürchte, ich habe nicht so genau darauf geachtet«, setzte er ehrlich hinzu.

Pia nickte. »Wo finden wir Ihren Sohn?«

»Ich nehme an, der schläft noch. Er hat den Laden gestern abgeschlossen.«

»Könnten Sie ihn bitte wecken und zu uns runterschicken? Es geht nur um ein paar Fragen. Dann lassen wir ihn auch wieder in Ruhe.«

Krischan Lebrecht erschien ungefähr zehn Minuten später. Er trug zerrissene Jeans und einen hellgrauen Hoodie. Sein kinnlanges Haar war verstrubbelt, und er hatte einen Kinnbart. Seine Haut war teigig blass, und einzelne Aknepusteln stachen leuchtend rot hervor.

»Guten Morgen, Herr Lebrecht. Tut mir leid, Sie zu stören. Nehmen Sie bitte einen Augenblick Platz.«

Er dehnte sich demonstrativ, sodass ein paar Gelenke knackten, und ließ sich dann wie in Zeitlupe auf der Bank Pia gegenüber nieder. Jansen blieb stehen und beobachtete ihn, als wollte er jederzeit eingreifen können. »Was gibt's?«

»Sie haben gestern Abend hier im Restaurant gearbeitet?«, fragte Pia.

»Ich war fast die ganze Zeit hinter der Bar.«

»War es voll?«

»Nicht besonders. Bei dem guten Wetter haben die Leute nach Feierabend mehr Lust, noch mal rauszugehen.«

»Können Sie mir eine Liste erstellen mit allen, die hier waren? Und den ungefähren Uhrzeiten?«

Lebrecht junior schaute kurz zu Holger Jansen. »Jansen war auch hier.«

»Ich weiß. Wir können Ihre Listen dann miteinander abgleichen.«

»Ich kann mich echt nicht an alles und jeden erinnern. Ich habe gezapft und kassiert«, sagte er mürrisch.

»Schreiben Sie uns einfach alle Leute auf, an die Sie sich erinnern.«

Er nickte, sah jedoch wenig glücklich dabei aus.

»Wissen Sie, wer Alva Dohrmann ist?«

»Klar, das ist die Frau, die bei uns ein Zimmer genommen hat, weil sie über unseren toten Bürgermeister gestolpert ist.«

»War sie auch hier unten?«, fragte Pia.

»Ja, aber sie hat sich in die hinterste Ecke im Restaurant verkrümelt. Und es gab wegen ihrer Sonderwünsche eine kleine Missstimmung in der Küche.«

»Weil sie Vegetarierin ist?«

»Ja, genau. Kein Fleisch und so.«

»Ist Ihnen irgendetwas im Zusammenhang mit Frau Dohrmann aufgefallen? Hat sie mit jemandem im Restaurant gesprochen?«

»Nee. Das glaube ich nicht, und gesehen habe ich auch nichts. Ich bezweifle, dass die überhaupt jemand bemerkt hat.«

»Wann hat sie ihren Platz verlassen?«

Lebrecht starrte Pia an. »Ich habe nicht auf die Frau geachtet.«

»Haben Sie Frau Dohrmann später am Abend, in der Nacht oder am frühen Morgen noch einmal gesehen?«

Er schüttelte den Kopf. »Nee. Hab bis eben gepennt.«

»Also gut.« Pia erhob sich. »Das war es fürs Erste. Vielleicht kommen wir noch mal auf Sie zurück, Herr Lebrecht.«

Er stemmte sich hoch und murmelte etwas Unverständliches, das nicht sehr freundlich klang.

»Wie bitte?«, fragte Pia.

»Nichts, gar nichts. Wiedersehen!«

»Ich finde das ausgesprochen seltsam«, sagte Pia zu Jansen, nachdem Krischan Lebrecht außer Sichtweite war. »Frau Dohrmann nimmt sich auf unser Anraten hin hier ein Zimmer. Dann isst sie abends im Restaurant. Erst hat sie Sonderwünsche, dann lässt sie anscheinend die Hälfte ihres Essens stehen und bezahlt oder unterzeichnet ihre Rechnung nicht. Und dann schläft sie anscheinend nicht mal in ihrem Zimmer. Sie und ihr Auto sind spurlos verschwunden.«

»Sieht ganz so aus«, bestätigte Jansen unbehaglich.

»Ich würde mir gern Frau Dohrmanns Zimmer anschauen.«

Holger Jansen zog einen altmodischen Hotelschlüssel mit dem tropfenförmigen Messinganhänger hervor. »Das habe ich mir schon gedacht. Ich bringe dich nach oben.«

Pia nickte anerkennend. »Haben wir Schutzkleidung dabei?«

»Alles an Bord. Ich hol die Sachen.«

In voller Montur stiegen Jansen und Pia die Treppe hinauf in den ersten Stock. Er schloss eine Tür auf und öffnete sie.

Das Zimmer, das man Alva Dohrmann gegeben hatte, ging nach hinten zum Garten raus. Die Zweige einer mächtigen Linde kratzten beinahe an den Scheiben des einzigen Fensters. Pia schaute hinaus. Nur ein Kletterkünstler hätte unbeschadet hinunterklettern können.

Es gab ein Einzelbett, das mit steifer weißer Hotelbettwäsche bezogen war. Die Kopfkissen waren mit einem Handkantenschlag in »Hasenohrenform« gebracht worden. Eines der Kissen und die Bettdecke waren seitlich etwas eingedrückt, als hätte jemand eine Weile auf dem Bett gesessen, aber nicht darin geschlafen.

Gegenüber dem Bett hing ein kleiner Flachbildfernseher über einem Ablagebord. Pia trat näher. Auf dem Bord lagen nur eine Fernbedienung, eine braune Kunstledermappe, ein Kugelschreiber und ein Notizblock. In der Ecke vor dem Fenster stand ein mit dunkelgrünem Plüsch bezogener Sessel. Dahinter, vor dem Heizkörper, lag ein schwarzes Söckchen auf dem Teppichboden. Es sah so aus, als gehörte es Frau Dohrmann und als hätte sie es auf dem Fußboden übersehen. Oder jemand anders? Pia blickte in einen schmalen Kleiderschrank. Bis auf die obligatorische Bibel auf einem Regalboden war er leer.

»Wir fassen nichts an und nehmen nichts mit«, erklärte sie. »Hier muss die Spurensicherung ran.«

Eine schmale Tür führte ins Badezimmer. Pia stieß sie mit der behandschuhten Hand auf. Die Ablage unter dem Spiegel war bis auf ein Zahnputzglas leer. Spuren von Kalk und Zahnpasta ließen vermuten, dass das Glas benutzt worden war. Auf dem Fußboden entdeckte Pia lose Haare, die von Alva Dohrmann stammen konnten, und ein Haargummi.

»Wenn sie aus eigenen Stücken abgereist ist, sieht es mir nach einer sehr eiligen Abreise aus«, sagte Pia über die Schulter hinweg.

»Vielleicht konnte oder wollte sie die Rechnung für ihr Essen nicht begleichen?«, vermutete Holger Jansen halb im Scherz.

»Sie hat nicht in diesem Zimmer geschlafen.« Pia betrachtete den ordentlich zusammengelegten Badezimmerteppich und blickte prüfend in die Duschwanne. »Sie hat auch nicht geduscht. Sie ist abends nach ihrem Essen abgereist, ohne die Restaurantrechnung zu bezahlen und ohne jemandem Bescheid zu geben.« Pia verließ das kleine Badezimmer rückwärts und drehte sich zu Jansen um. »Hast du schon versucht, Frau Dohrmann telefonisch zu erreichen?«

»Natürlich. Gleich, nachdem wir festgestellt hatten, dass sie weg ist. Da geht aber nur die Mobilbox ran. Ich habe ihr draufgesprochen, dass sie sich so schnell wie möglich bei uns melden soll.«

Pia nickte. »Gut. Wir versuchen, ihr Handy zu orten. Kannst du das gleich veranlassen?« Sie war einigermaßen ratlos. »Warum ist sie weg?«, fragte sie, ohne eine Antwort darauf zu erwarten. Die nächste Frage, die sich automatisch aufdrängte, war, ob Alva Dohrmann freiwillig oder unfreiwillig dieses Gasthaus verlassen hatte. Einen Ort, den sie überhaupt nur widerstrebend und auf Pias Wunsch hin aufgesucht hatte. Wo in aller Welt mochte Alva Dohrmann sich jetzt aufhalten? Ging es ihr gut, oder war sie womöglich in Gefahr?

15. Kapitel

Die nächsten Stunden vergingen mit dem Koordinieren der Fahndung nach Alva Dohrmann. Inzwischen waren auch Kollegen aus Lüneburg, Frau Dohrmanns Wohnort, um Amtshilfe gebeten worden. Sie hatten sogleich in ihrer Wohnung nach ihr geschaut, doch dort war sie auch nicht angetroffen worden. Ihr Parkplatz auf dem Garagenhof ihrer Wohnanlage war leer. Alles wirkte so, als hätte Alva Dohrmann ihre Wohnung für einen Urlaub an der Ostsee verlassen, einschließlich der Bitte an die Nachbarn im selben Stockwerk, ihren Briefkasten zu leeren und die Blumen zu gießen. Und bisher schien sie nicht nach Hause zurückgekehrt zu sein.

Krankenhäuser, Hotels, Pensionen und Ferienwohnungsagenturen waren nach Alva Dohrmann abgefragt worden. Die Handyortung, die der zuständige Staatsanwalt auf Pias Bitte hin gleich veranlasst hatte, führte nicht zum gewünschten Ergebnis. Das Mobiltelefon von Alva Dohrmann war nicht erreichbar. Ein Verbindungsnachweis des Handys war beim Provider angefordert. Doch bis sie die Aufstellung erhielten, würde es erfahrungsgemäß eine Weile dauern. Der Nachweis der eingegangenen und geführten Anrufe von Burkhard Schönfelds Mobiltelefon, der zufällig bei demselben Provider unter Vertrag gewesen war, stand schließlich auch noch aus.

Pia lief vor dem Besprechungstisch im Hinterzimmer der Polizeistation auf und ab. Sie war allein in dem stickigen

Raum. Ihr Team war schon wieder mit diversen Aufgaben betraut. Die Suche nach Alva Dohrmann hatte Priorität, aber auch die wahrscheinlich damit zusammenhängende Ermittlung im Fall Burkhard Schönfeld mussten sie weiterverfolgen.

Broders tauchte mit zwei Bechern Kaffee und einer Papiertüte mit Gebäckstücken neben ihr auf. »Hier, nimm, Engelchen. Nervennahrung.«

Pia seufzte, umfasste den Becher mit beiden Händen und trank. Dann stellte sie ihn auf den Tisch, setzte sich auf die Kante und griff dankbar in die Tüte. Sie zog ein klebriges Franzbrötchen heraus.

»Wenn wir hier schon in der Diaspora arbeiten müssen, können wir ihnen wenigstens das Büro vollkrümeln«, sagte Broders.

»Weil es keinen Rasen zum Zertrampeln gibt? Ist die Lage schon so verzweifelt?«

Broders zuckte mit den Schultern und versorgte sich ebenfalls mit Nervennahrung.

»Kein Intervallfasten mehr?«, fragte Pia, mehr um sich abzulenken. Das war vor einiger Zeit sein Plan gewesen, um Gewicht zu verlieren. Sie war, was das betraf, nicht auf dem neuesten Stand. Weil sie zu sehr mit sich selbst beschäftigt war, gestand sie sich ein. Es war Zeit, sich wieder mehr auf ihre Mitmenschen einzulassen. Was sollte sie ohne Broders tun? Er gehörte zu ihrem Leben, zu ihrer Arbeit im K1. Er bedeutete ihr etwas.

»Intervallfasten taugt für mich nichts. Mein Körper versteht das nicht«, nuschelte er mit dem süßen Gebäck im Mund. »Ich kann nicht so ewig lange Esspausen einlegen. Dann unterzuckere ich. Aber ich bewege mich jetzt einfach mehr.«

»Klingt gut. Und wie machst du das?«

»Er klopfte leicht auf sein Handgelenk. Die Uhr hier zählt jeden meiner Schritte.« Er sah auf das Zifferblatt. »Ich kann Trainings einstellen und bekomme die verbrauchten Kalorien angezeigt. Ist ein Geschenk von Ralph.«

»Die sieht gut aus. Wie viele Schritte bist du heute schon gegangen?«

Er drückte auf der Uhr herum. »716«, sagte er ernst.

»Und wie viele willst du schaffen?«

»Für den Anfang zehntausend am Tag.«

»Was ist nun eigentlich mit der Besitzerin der Kate, auf deren Grundstück der Tote gefunden wurde, dieser Linn Aubach?«, fragte Broders, als er seinen Kaffeebecher geleert hatte.

»Ich hatte ja gestern mit ihr telefoniert. Da war sie noch in Italien, in Colico. Das ist ein Ort am Comer See. Aber inzwischen sollte sie auf dem Weg hierher sein. Ich hoffe es. Sonst muss ich sie offiziell vorladen.«

»Linn Aubach, die Hausbesitzerin, verreist nach Italien. Ihr Haus vermietet sie übers Internet als Ferienhaus an eine ihr Unbekannte. Sie bittet sie sogar, ihre Fische unten im Teich zu füttern. Und kurz darauf liegt jemand tot im Gartenteich?« Broders starrte sinnend auf das Whiteboard, an dem ein Foto von Burkhard Schönfeld hing. Es stammte aus einer regionalen Zeitung und zeigte ihn bei einer Preisverleihung für ein Kindervogelschießen. »Bin ich der Einzige, der das höchst seltsam findet?«

Pia schüttelte den Kopf und schluckte einen Bissen Franzbrötchen herunter. »Nein.« Sie hob den Daumen. »Da ist erstens das Timing. Kaum ist die Besitzerin weg, geschieht ein Mord in ihrem Dorf.« Sie streckte den Zeigefinger in die Luft. »Weiterhin ist da die Aussage der Mieterin, dass sie sich abends und nachts in dem Ferienhaus beobachtet fühlte.« Pias Mittelfinger hob sich. »Drittens ist da Linn Aubachs Anzeige wegen Stalkings. Und die Tatsache, dass sie ihr Haus so spontan an eine andere Frau vermietet hat.«

»Weißt du, was mich auch stört? Dass sie ihre Bitte, die Fische im Teich regelmäßig zu füttern, nur mit einem Brief auf dem Küchentisch übermittelt hat. Das hätte sie doch vorher per Mail oder im Chat mit Frau Dohrmann besprechen können.«

Pia nickte. »Sie konnte sich nicht darauf verlassen, dass eine ihr völlig fremde Frau das zuverlässig für sie erledigt.«

»Weißt du eigentlich, dass diese Kois verdammt teuer sind?«, fragte Broders. »Ein Freund von Ralph hat auch welche. Vereinzelt werden Tausende Euro für einen Karpfen gezahlt. Da riskiert man doch nicht, dass sie verhungern.«

»Bei meiner Oma gab es jedes Jahr zu Weihnachten einen Karpfen. Mein Opa hat immer die Augen gegessen«, erinnerte Pia sich mit einem leichten Schaudern.

»Bestimmt war das kein Koi-Karpfen.«

»Schmecken die Augen von Kois nicht so gut?« Pia sah Broders mit hochgezogenen Augenbrauen an. »Die Leiche des Bürgermeisters lag ausgerechnet dort, wo die Mieterin sie beim Füttern der Fische finden musste, aber so weit weg von der Straße, dass man die Stelle von dort nicht einsehen kann.«

»War das dein vierter Punkt?«

»Ja, aber ich kann meinen Ringfinger nicht so verbiegen.«

Broders blickte prüfend auf besagten Finger. Pia ließ die Hand schnell wieder sinken.

Nach dem Gespräch versuchte Pia, noch einmal Linn Aubach zu erreichen. Sie wollte wissen, wann sie in Stüvensee eintreffen würde. Doch die Anwältin nahm das Gespräch nicht an. Vielleicht saß sie gerade im Flugzeug. Pia hinterließ eine Nachricht mit der Bitte, sich bei ihr zu melden.

Am Nachmittag erreichte Pia ein vorläufiger Bericht der Spurensicherung. Sie stürzte sich förmlich darauf, denn die Zeit drängte. Ihr Team hatte inzwischen so gut wie alle ihre Anweisungen befolgt, quasi jeden Stein und jeden Grashalm umgedreht, ohne auf eine Spur von Alva Dohrmann zu stoßen.

Dafür waren im Fall »Schönfeld« ein paar neue Fakten und Aussagen hinzugekommen. Am Nachmittag versammelten sich noch mal alle involvierten Kollegen in dem kleinen Besprechungsraum.

Pia erläuterte, was die Spurensicherung schon herausgefunden hatte. »Wir haben mit hoher Wahrscheinlichkeit die Mordwaffe gefunden«, sagte sie und heftete ein Foto an das Whiteboard, neben das Bild des Bürgermeisters. »Die mutmaßliche Tatwaffe wurde im Gartenteich sichergestellt.«

Ein Raunen ging durch den Raum. »Ein ganz normaler Spaten?«, fragte Dana Bremer.

»Ja. Angeblich aber ein besonders stabiles und schweres Exemplar. Eher Profi-Equipment als aus dem Gartencenter. Im Bericht heißt es, dass im Gartenschuppen noch andere Geräte dieses Herstellers, wie Schaufel und Harken, aufbewahrt werden. Also gehört dieses gute Stück vermutlich Linn Aubach.«

»Sind Spuren daran sichergestellt worden?«

»Zum einen die des Opfers. Es gab ein paar Anhaftungen von Gewebe und Haaren am Blatt des Spatens. Ohne dem Obduktionsergebnis vorgreifen zu wollen, sieht es bisher so aus, als wäre Burkhard Schönfeld damit der Schädel eingeschlagen worden.«

»Der Täter könnte sich den Spaten also aus dem Schuppen genommen haben. War die Tür unverschlossen?«, wollte Broders wissen.

»Es existiert kein Schloss.«

»Dann hat der Täter Linn Aubachs Spaten als Tatwaffe benutzt, vermutlich mit Handschuhen, und ihn hinterher ins Wasser geworfen. So war der Spaten zunächst außer Sichtweite, und möglicherweise doch vorhandene Spuren wurden vom Wasser zerstört.«

»Ganz so einfach ist es nicht«, wandte Broders ein.

»Das wusste der Täter aber vielleicht nicht.«

»Am Stiel des Spatens konnten leider nur wenige brauchbare Fingerspuren sichergestellt werden«, sagte Pia. »Wahrscheinlich stammen sie von Linn Aubach, der Besitzerin des Spatens. Das werden wir natürlich noch nachprüfen müssen. Oft werden bei der Gartenarbeit ja Handschuhe getragen.« Pia sah ihre Kollegen an. »Die Obduktion findet übrigens in zwei Stunden im Institut für Rechtsmedizin statt. Ich werde hinfahren. Wer möchte mitkommen?«

Jansen hob zögerlich die Hand. »Ich habe schon Interesse.«

»Gut. Dann begleitest du mich. Du kannst mich danach in Lübeck am Polizeihochhaus absetzen. Broders, fährt du dann den Dienstwagen zurück, wenn du hier fertig bist?«

Der Kollege nickte.

Sie gingen noch die Ergebnisse der Befragungen vor Ort durch. Nach dem Abend im *Dorfkrug* hatte Alva Dohrmann niemand mehr gesehen. In der Dämmerung waren allerdings auch nicht viele Leute auf der Dorfstraße unterwegs, es sei denn, sie führten ihren Hund Gassi. Dass jemand Alva Dohrmanns unauffälligen Kleinwagen beim Verlassen des Ortes beobachtet hatte, war von Anfang an eher unwahrscheinlich gewesen.

Zum Fall »Burkhard Schönfeld« waren von den Dorfbewohnern ein paar recht interessante Fakten geliefert und Meinungen geäußert worden. Er hatte in seinem eigenen großzügigen Haus in einer Seitenstraße der Hauptstraße gewohnt. Darüber hinaus hatte Schönfeld noch ein paar weitere Immobilien besessen. Es waren einfache, ländlich gelegene Ein- und Mehrfamilienhäuser aus den Sechzigern in Stüvensee und Umgebung. Er hatte sie an Privatleute vermietet. Das schien seine Haupteinnahmequelle gewesen zu sein. Die finanzielle Unabhängigkeit ermöglichte es ihm, sich politisch zu betätigen und in wohl beinahe jedem Verein der Umgebung mitzumischen.

»Eine Stütze der Gemeinde«, sagte Broders mit spöttischem Unterton, denn unter den Stimmen im Dorf war auch verhaltene Kritik an Schönfeld zu hören gewesen. Er habe sich schlecht um seine Häuser gekümmert. Der Bürgermeister habe versucht, jedem im Dorf seinen Willen aufzuzwingen. Dabei sei er auch vor übler Nachrede und langwierigen Rechtsstreitigkeiten nicht zurückgescheut.

Sein Verhältnis zu Linn Aubach schien aber gut gewesen zu sein. Zwar hatten sie beide vor ein paar Jahren versucht, die alte Kate am Ortsrand zu erwerben. Linn als zukünftige Neubürgerin in Stüvensee hatte ihn überboten und den Zuschlag erhalten. Schönfeld sollte ihr jedoch angeblich danach bei der Sanierung der Kate geholfen haben, indem er vermittelt hatte. Vielleicht hatte er die Anwältin lieber auf seiner Seite als gegen sich gewusst.

Was Rosina Peters, die Nichte, betraf, gingen die Meinungen im Ort auseinander. Zumeist die Älteren waren der Ansicht, dass Burkhard Schönfeld ein gutes Werk getan hatte, als er die verwaiste Nichte vor ein paar Jahren bei sich aufgenommen hatte. Andere Stimmen, allen voran Vicky Bruhns, ihre Arbeitgeberin, hatten darauf hingewiesen, dass Schönfeld seine Nichte möglicherweise schlecht behandelt hatte. Seine cholerischen Anfälle waren ortsbekannt.

Ein anderer Nachbar hatte allerdings bemerkt, dass die Bruhns nicht gerade auf gutem Fuß mit dem Mordopfer gestanden hatten. Etwas Klatsch hatte es auch in Richtung Carmen Lebrecht gegeben, der Wirtin des *Dorfkrugs*. Sie hatte vor etwa einem Jahr mal eine kurzzeitige Beziehung mit Schönfeld gehabt. Angeblich war ihr Sohn Krischan gegen diese Verbindung Sturm gelaufen, und die Liaison hatte sich, unter anderem deswegen, in Wohlgefallen aufgelöst.

Ansonsten war Burkhard Schönfeld die meiste Zeit seines Lebens alleinstehend gewesen. Das war eher ungewöhnlich, fand Pia, wenn man seine Stellung im Dorf in Betracht zog. Er hatte den Angaben zufolge keine Ehefrau oder Ex-Frau und auch keine Kinder. Und das, obwohl er sich politisch in eher konservativen Kreisen bewegt hatte.

Doch was für Motive ergaben sich daraus? Ins Auge stach die beträchtliche Erbschaft, die Rosina Peters zu erwarten hatte. Das und die von Abhängigkeit geprägte Beziehung der Nichte zu ihrem Onkel waren noch die überzeugendsten Motive für einen Mord.

Ob und wie Alva Dohrmanns Verschwinden mit alldem zusammenhing, war fraglich. Der Gedanke an sie bereitete Pia einen dumpfen Kopfschmerz. Falls Alva Dohrmann den Täter auf dem Grundstück von Linn Aubach doch erkannt oder deutlicher gesehen hatte oder der Täter das auch nur fürchtete, schwebte sie wahrscheinlich in Lebensgefahr. Oder sie war bereits tot. Und Pia hatte sie gegen ihren Willen dazu überredet, in Stüvensee zu bleiben.

Pia und Jansen brachen zwanzig Minuten nach der Besprechung nach Lübeck auf. Da der neue Rechtsmediziner betont hatte, dass er diese Obduktion extra für sie vorgezogen hatte, wollte Pia dann wenigstens auch pünktlich erscheinen. Broders würde mit Jansens Kollegin Dana Bremer noch ein Weilchen die Stellung in Stüvensee auf der Polizeistation halten.

»Bist du schon lange in Stüvensee?«, fragte Pia Jansen, nachdem er auf die Autobahn aufgefahren war.

»Seit vier Jahren. Ich war vorher an der Nordsee, wollte aber immer an die Ostseeküste zurück. Und das hat dann ja auch geklappt.«

»Kommst du von hier?«

»Ich bin in Frankfurt geboren, aber meine Eltern sind hierhergezogen, als ich zwei Jahre alt war. Auf ein richtiges Dorf, ähnlich wie Stüvensee. Ich betrachte die Ostseeregion als meine Heimat.«

»Auf dem Land aufzuwachsen ist für Kinder sicher schön«, sagte Pia. Vermisste Felix etwas, weil sie mitten in der Stadt lebten? Schon in Stockelsdorf, im Garten ihrer Eltern, schien er manchmal regelrecht aufzublühen.

»Es hat seine Momente. Mit nackten Füßen in Kuhfladen treten, heimlich mit einem Freund ein Lagerfeuer machen, Hütten in den Knicks zu bauen ... Aber spätestens mit fünfzehn, sechzehn Jahren vermissen die meisten Jugendlichen die Stadt. Wir haben immer wieder Probleme mit gelangweilten Teenies bei uns, die nur deshalb über die Stränge schlagen, weil sie nichts mit sich anzufangen wissen.«

»Hast du auch über die Stränge geschlagen?«

Er lachte leise auf. »Ich war eher ein Langweiler. Ich wusste schon ganz früh, dass ich zur Polizei will. Da leistet man sich nach Möglichkeit keine Verfehlungen.«

»Kommst du aus einer Polizistenfamilie?«

»Nein, gar nicht. Ich bin der erste Polizist. Mein Vater war allerdings Berufssoldat bei der Bundeswehr. Daher vielleicht mein Hang zu Uniformen.«

»Warst du schon mal bei einer Obduktion dabei? Ich meine, seit Ende deiner Ausbildung?«

»Da ergeben sich in einem Badeort in ländlicher Umgebung nicht allzu viele Gelegenheiten. Und wenn es mal interessant wird, übernehmt ja meistens ihr. Was nicht heißen soll, dass ich deswegen mit meinem Schicksal hadere.« Er lachte trocken auf. »Zugegeben, ich bin neugierig, was uns erwartet. Aber nicht, weil ich besonders heiß auf ein Abenteuer in der Leichenhalle bin, sondern weil mich dieser Fall besonders interessiert.«

»Was interessiert dich daran besonders?«

»Ich kenne die Menschen. Und ich bin mit dem Umfeld ganz gut vertraut. Das kann doch helfen, oder? Linn Aubach und ich fuhren ein oder zwei Jahre im selben Schulbus. Sie wohnte ein paar Ortschaften weiter. Allerdings konnten wir einander damals nicht ausstehen.« Er lachte leise auf. »Und Burkhard Schönfeld kenne ich ebenfalls schon länger. Er ist – oder war – allerdings deutlich älter als ich, daher hatte ich nicht so viel mit ihm zu tun«, beeilte er sich, Pia zu versichern. »Es ist schon eine besondere Situation, wenn ein Mensch, den man kennt, ermordet wird. Auch wenn es nur ein Bekannter war. Da stellt man sich so seine Fragen …«

»So ist es.« Pia seufzte, weil sie sofort wieder an Alva Dohrmann denken musste. Sehr viele Fragen. Sie hoffte, dass Dr. Tetzlaff im Institut für Rechtsmedizin gleich ein paar davon würde beantworten können. Sie bogen auf den Parkplatz ein. »Da sind wir also«, sagte Pia.

16. Kapitel

Dr. Tom Tetzlaff begrüßte sie in voller Schutzkleidung. Er hatte sich lediglich die Maske ein Stück vom Gesicht gezogen. Seine leuchtend blauen Augen mit den langen Wimpern in dem gebräunten Gesicht wirkten in dieser freudlosen Umgebung beinahe obszön. Nachdem Jansen und Pia sich ebenfalls umgezogen hatten, ging er ihnen forschen Schrittes voraus in den Obduktionssaal.

»Ganz schön was los hier heute.« Er machte eine allumfassende Armbewegung über die Bahren mit den Toten darauf. »Bei denen entfernen wir nur noch die Hornhaut. Kommen Sie.«

Schönfelds Leiche lag auf einer Edelstahlbahre am anderen Ende des Raumes. Als Tetzlaff sie heranwinkte, näher zu treten, und sie direkt neben ihm standen, warf Pia einen prüfenden Blick auf Jansen. Er wirkte blass und atmete etwas zu schnell.

»Alles okay? Du kannst jederzeit rausgehen, wenn es dir zu viel wird«, sagte sie.

»Alles gut«, antwortete er gepresst.

Pia meinte, ein amüsiertes Zwinkern bei Tetzlaff zu registrieren. Sie vermisste Dr. Enno Kinnebergs nüchterne, beinahe spröde Art und sogar den Geruch des Zigarillos, den er sich nach jeder Leichenschau gönnte. Ihre seltsam nostalgischen Gedanken und die Sorge um den Kollegen Jansen lenkten Pia von ihrem eigenen Unbehagen ab. Sie hatte sich nie so richtig daran gewöhnt, an Obduktionen teilzunehmen.

Im Grunde wollte sie es auch gar nicht. Der Anblick eines Toten, der durch Mord oder Totschlag aus dem Leben gerissen worden war, musste für sie etwas Verstörendes behalten. Sonst konnte sie ihre Arbeit nicht richtig tun.

Derlei Gedanken schienen Tetzlaffs Laune nicht zu trüben. »Schauen Sie hier. Ich habe schon ein bisschen was für Sie vorbereitet«, sagte er, als wären sie im Fernseh-Kochstudio. »Das dürfte Sie interessieren.«

Der Rechtsmediziner zeigte auf Schönfelds rechte Kopfseite. Der Tote lag auf dem Bauch, sodass sie seinen breiten Schulterbereich mit diversen Leberflecken und die Falten im Nacken sowie die zertrümmerte rechte hintere Schädelseite gut sehen konnten.

»Die Schläge auf den Kopf sind die Todesursache?«, hakte Pia nach.

»Ja. Das war eine massive Gewalteinwirkung. Ich erspare Ihnen die medizinischen Fachausdrücke. Der erste Schlag wurde von einem stumpfen Gegenstand verursacht, der den Mann wahrscheinlich zu Fall brachte. Eventuell war er danach bewusstlos. Der Schlag war aber gewiss allein für sich nicht tödlich. Danach folgten drei Schläge mit einem mittelscharfen, kantigen Gegenstand. Äußerst interessant.«

»Was könnte das gewesen sein?«, fragte Pia, um den Fund der Spurensicherung im Gartenteich nicht vorwegzunehmen.

»Eine Schaufel oder ein Spaten, vielleicht auch eine Art Kanteisen. Auf jeden Fall ein Schlagwerkzeug mit einer flachen und einer scharfen Seite. Mit so etwas kann der Täter alle Schläge ausgeführt haben. Er wird ja nicht mitten im Tötungsprozess das Besteck gewechselt haben …«

»Man kann nie wissen.« Pia wollte die Selbstsicherheit des Mediziners gern ein wenig dämpfen. »Das Spurensicherungsteam hat in der Nähe des Fundortes einen Spaten gefunden, mit Gewebeanhaftungen. Er wird Ihnen in Kürze vorliegen.«

»Sehen Sie. Ein Spaten ist perfekt.«

»Es sieht so aus«, bestätigte Pia nüchtern.

»Ist Ihre Kollegin immer so überschwänglich?«, wollte Tetzlaff von Jansen wissen.

Pias Kollege starrte den Mediziner nur mit weit aufgerissenen Augen an.

»Ich könnte überschwänglich werden, wenn Sie mir noch sagen, ob Fremdpartikel in der Wunde oder am Körper des Toten gefunden wurden?«, erwiderte Pia. »Haben Sie Abwehrverletzungen gefunden? Fremde DNA am Körper, unter den Fingernägeln et cetera? Können Sie sagen, wie der Gesundheitszustand des Opfers vor seinem Tod war …«

Dr. Tetzlaff trat einen kleinen Schritt zurück. »Natürlich. Dazu wollte ich gerade kommen.« In der nächsten Viertelstunde referierte er emotionslos, was er bereits herausgefunden hatte.

Es gab geringe Spuren von Erde und Pflanzenteilen in der Kopfwunde, die wahrscheinlich von Anhaftungen des Spatens stammten. Abwehrverletzungen waren keine gefunden worden. Der Angriff schien das Opfer vollkommen überrascht zu haben. Dafür sprach auch die Lage der Wunden seitlich am Hinterkopf. Der Täter, mutmaßlich ein Rechtshänder, hatte sich schräg von hinten an Schönfeld angeschlichen und ihn wohl schon mit dem ersten Schlag mit der Breitseite des Spatens zu Boden gebracht. Danach waren die Hiebe mit den Kanten des Spatens erfolgt, die tödlich gewesen waren. Die Leiche war nach der Tat nicht mehr bewegt worden, soweit man das aus dem Blut am Fundort, den Totenflecken und der Kleidung des Toten schließen konnte. Nur das Zeitfenster des Todes blieb enttäuschenderweise recht weit gefasst. Von acht Uhr abends bis etwa Mitternacht.

»Eine Frage habe ich noch«, sagte Jansen, als sie zum Ende kamen. Er räusperte sich, als hätte er seine Stimme gerade erst wiedergefunden.

»Ja, bitte?«, fragte Tetzlaff gönnerhaft.

»Kann der … Ich meine, könnten die Schläge auch von einer Frau ausgeführt worden sein?«

»Wir leben im Zeitalter der Gleichberechtigung.« Er zwinkerte wieder. »Also: ja. Ein wenig Muckibude, ein bisschen Fitnesstraining, und selbst eine nicht allzu große Frau könnte die Tat mit dieser Tatwaffe verübt haben. Ob es wahrscheinlich ist?« Er zuckte lässig mit den Schultern. »Wissen Sie, was? Das überlasse ich lieber Ihrer Expertise.«

Pia dankte dem Rechtsmediziner für die prompte Obduktion des Leichnams. Er nahm ihre Dankesbekundung so freudestrahlend zur Kenntnis, als hätte sie ihm ehrerbietig gehuldigt. Trotz aller Sehnsucht nach seinem Vorgänger zollte Pia Tetzlaffs unnachahmlich positiver Haltung widerwillig Beifall.

Jansen sah nach der Obduktion weniger glücklich aus. Sie gingen schweigend nebeneinanderher zum Auto. Beim Verlassen des Gebäudes sog Pia tief die frühlingshafte Luft ein, die dezent durchsetzt war mit Abgasen und dem Geruch von frisch gemähtem Gras.

»Bist du bei jedem deiner Mordfälle im Sektionssaal dabei?«, fragte Jansen, als sie im Auto saßen.

»Nein, wir wechseln uns ab«, sagte Pia.

»Wie kann man dort nur tagtäglich arbeiten? Ich meine, jeder hat doch mal einen schlechten Tag. Man ist übermüdet, verkatert, hat Liebeskummer oder ist wegen irgendetwas anderem schlecht drauf. Und dann hängt man dort die vielen Stunden zwischen all den Leichen ab?«

»Ich bin mir nicht sicher, ob unser Dr. Tetzlaff schlechte Tage kennt«, erwiderte Pia stirnrunzelnd.

Jansen grinste. »Vielleicht ist er ein Android?«, mutmaßte er. »So wie in *Alien*? Er ist ein bisschen zu gut gelaunt, um wahr zu sein.« Allmählich kehrte die Farbe in sein Gesicht zurück. »Wo genau soll ich dich absetzen?«

»Vor dem Behördenhochhaus in der Possehlstraße«, sagte Pia.

»Zu Befehl, Captain.«

Bis auf seinen Hang zu markigen Sprüchen wurde Pia der Kollege aus Stüvensee immer sympathischer. Sie war sich nicht sicher, ob er die Hierarchiestufe, die in dieser Ermittlung zwischen ihnen bestand, so betonte, weil er Probleme damit hatte, oder ob er solche Bemerkungen einfach lässig fand.

Als sie aus dem Auto stieg, war es halb fünf am Nachmittag. Sie hoffte, dass sie Manfred Rist noch in seinem Büro antraf. Pia war für jeden Polizisten aus der näheren und weiteren Umgebung, der sie bereits in dieser Ermittlung unterstützte, mehr als dankbar. Nichtsdestotrotz wollte sie Rist um mehr Leute vom K1 Lübeck bitten. Wenn sich Alva Dohrmann nicht in Kürze unversehrt irgendwo meldete, war zu dem Tötungsdelikt in Stüvensee ein Vermisstenfall hinzugekommen.

Ihr Handy klingelte.

»Pia, wir haben den Beschluss!«

»Entschuldige, Broders, ich bin gerade erst in unser Büro gekommen. Den Durchsuchungsbeschluss?«

»Genau. Für Schönfelds Haus. Er erstreckt sich auf das

gesamte Haus, was auch die Einliegerwohnung von Rosina Peters mit einschließt.« Seine Stimme klang vor Aufregung und Tatendrang tief und energiegeladen.

»Wunderbar. Bekommt ihr es heute noch hin, oder machen wir es morgen früh?« Normale Durchsuchungsbeschlüsse durften nur tagsüber, nicht spätabends oder nachts, durchgeführt werden. Was Pia auch sinnvoll fand. Betroffene mit einem richterlichen Beschluss beispielsweise nachts um vier aus dem Bett zu schrecken erinnerte zu sehr an die Methoden totalitärer Regime. Das war nur in Ordnung, wenn wirklich Gefahr im Verzug bestand. Auch musste stets eine neutrale Person, zum Beispiel jemand vom Ordnungsamt, bei der Durchsuchung anwesend sein. Das erforderte ein Mindestmaß an Vorbereitung und Organisation. Immerhin drang die Polizei damit in die Privatsphäre von Leuten ein, die unter Umständen ohne Schuld in diese Lage geraten waren. Es war ein Eingriff, der manchmal nicht spurlos an den Betroffenen vorüberging.

»Wir machen es gleich. Wie heißt es so schön? Je schneller daran, desto schneller davon«, sagte Broders. »Alle hier sind ganz heiß darauf. Du kannst dich freuen.«

»Irgendwas Neues von Alva Dohrmann?«, fragte Pia, die keine wirkliche Freude fühlte. Nur Zeitdruck und eine ungeheure Anspannung und Sorge.

»Wenig. Eigentlich bloß Anrufe und E-Mails der üblichen Spinner, die sich wichtigmachen wollen. Du glaubst gar nicht, wo man Frau Dohrmann überall gesehen haben will. Den realistisch anmutenden Hinweisen gehen wir natürlich nach. Aber bisher ist nichts Vielversprechendes dabei. Die Frau und ihr Auto sind wie vom Erdboden verschluckt.«

»Ich hoffe, sie taucht bald unversehrt wieder auf«, brach es aus Pia hervor.

»Ist ja durchaus möglich. Die Fahndung nach ihr läuft noch nicht lange. Früher oder später bekommen wir einen brauchbaren Hinweis.«

»Das ist sehr optimistisch, Broders.« Und nach einer kurzen Pause: »Verdammt!«

»Pia, haben sie dir im Kloster denn gar nichts beigebracht?« Broders spielte auf ihren Klosteraufenthalt vor einiger Zeit an, bei dem sie nach einer Entführung ihr inneres Gleichgewicht hatte wiederfinden wollen.

Sie seufzte. »Was das Fluchen betrifft? Anscheinend nicht. Hältst du mich auf dem Laufenden?«

»Klar doch.«

»Gut.« Pia blickte durch die geöffnete Bürotür auf den Gang hinaus. Sie wollte Rist keinesfalls verpassen.

»Und etwas musst du noch wissen.«

»Was denn?«

»Egal, was passiert ist: Alva Dohrmanns Verschwinden ist nicht deine Schuld, Pia.«

»Danke, Broders.« Doch es fühlte sich anders an.

Burkhard Schönfeld wohnte am Ortseingang von Stüvensee in einer Seitenstraße. Um zum Eingang zu gelangen, musste man einen steril gepflasterten Vorplatz vor einer ausladenden Doppelgarage passieren. Doch von der Terrasse aus und aus den Fenstern im Obergeschoss schaute man weit über die Felder.

Broders fuhr bis direkt vor den Eingang vor. Neben ihm auf dem Beifahrersitz saß Dana Bremer in Uniform. Ihr war entweder viel zu warm, oder sie fühlte sich enorm unbehaglich. Zwei Streifenwagen folgten ihnen und parkten auf dem Vorplatz. So viel geballte Polizeipräsenz würde keinen Zweifel an der geplanten Durchführung ihres Vorhabens aufkommen lassen. Bei Rosina Peters rechnete Broders allerdings auch nicht mit nennenswertem Widerstand. Es sei denn … Dana hatte ihm gerade gesagt, dass die streitbare Ärztin und ihr ebenso streitbarer Ehemann in einem der Nachbarhäuser wohnten.

Die Arztpraxis hatte an diesem Tag nur bis vierzehn Uhr geöffnet gehabt. Nun war es Viertel vor sechs. Hoffentlich war Rosina Peters zu Hause.

Broders stieg aus und nahm die Stufen hinauf zum Vordereingang. Die von Buchsbäumen in Terrakottakübeln flankierte Treppe, die sandfarben geklinkerte Fassade, die weißen Sprossenfenster – alles schien hervorragend in Schuss zu sein. Broders klingelte. Als er schon die Hand ausstreckte, um ein zweites Mal zu läuten, öffnete sich die Tür.

Rosina Peters, in Jeans und einem dünnen hellblauen Pullover, stand vor ihm. Ihr Gesicht sah nicht mehr so verweint aus wie am Vortag. Sie wirkte jedoch erschöpft. »Oh.« Sie blickte erstaunt von Broders zu Dana. »Sie schon wieder.«

»Hallo, Frau Peters. Wir haben einen richterlichen Durchsuchungsbeschluss für das Haus Ihres Onkels.«

»Ah. Okay«, sagte sie gedehnt und nahm das Schriftstück zögernd entgegen. Sie las es jedoch nicht einmal flüchtig.

»Lassen Sie uns bitte eintreten. Es kommt auch gleich noch jemand vom Ordnungsamt dazu, als neutraler Zeuge.«

»Ich weiß nicht«, antwortete die junge Frau. »Wo wollen Sie denn überall rein?«

»In alle Räume, die Ihr Onkel bewohnt oder benutzt hat.« Er räusperte sich. »Der Durchsuchungsbeschluss schließt auch die Räume, die Sie bewohnen, mit ein.«

»Meine Wohnung? Also, ich habe ja nichts zu verbergen. Aber ihm hätte das bestimmt nicht gefallen …«, protestierte sie. »Er ist noch nicht einmal unter der Erde!«

›Er ist ja nun nicht mehr da‹ oder ›Es kümmert ihn ja nun nicht mehr‹ wären irgendwie unpassende Erwiderungen, fand Broders. »Er hätte sicher gewollt, dass wir den Schuldigen finden«, sagte er stattdessen. »Bei einer Mordermittlung zählt jede Stunde. Und es ist ein ganz normales polizeiliches Vorgehen in so einem Fall.«

»Hier finden Sie seinen Mörder jedenfalls nicht«, entgegnete Rosina Peters mit mehr und mehr erwachendem Widerspruchsgeist. Als Broders einfach abwartete, trat sie jedoch zur Seite, um die Beamten hereinzulassen.

»Es ist bestimmt in Ordnung, Rosina.« Dana Bremer legte ihr kurz die Hand auf den Oberarm.

»Pass bitte auf, dass die nichts kaputtmachen oder hier alles durcheinanderbringen«, forderte Rosina Peters Broders Kollegin mit vor Aufregung schriller Stimme auf.

»Wir gehen so behutsam wie möglich vor. Einige Aktenordner und so werden wir uns vielleicht ausleihen. Dann fallen wir dir hier nicht so lange zur Last. Vertrau uns. Das sind alles erfahrene Polizeibeamte.«

»Kann ich denn so lange hierbleiben?«

»Wir können erst mal in die Küche gehen und dir ein Glas Wasser holen. Ich begleite dich.«

Erleichtert sah Broders den beiden Frauen hinterher. Bremer machte ihre Sache gut. Er gab den Kollegen, die sich teilweise schon zusammengefaltete Umzugskartons unter den Arm geklemmt hatten, das Zeichen hereinzukommen. Die Spiele konnten beginnen.

Lulas Beine zuckten. Ihre Lider bewegten sich, sie stieß ein kurzes Jaulen aus. Die Hündin neben ihm auf dem Sofa schlief tief und fest. Sie lag wie hingegossen da, beanspruchte ziemlich genau ein Sitzkissen von Fabians Sofa. Ein Schlappohr mit den schwarzen Haaren an der Spitze war umgeklappt. Wovon sie wohl träumte? Von einer wilden Entenjagd?

Den Film, der über den Bildschirm flimmerte, kannte Fabian bereits. Er interessierte ihn nicht wirklich. Aber er war zu faul, um etwas anderes zu tun, als sich auf seiner verschlissenen und mit Hundehaaren übersäten Couch zu fläzen. Er streichelte das warme, seidige Fell seines Tieres und griff in die Chipstüte. Das Klingeln an der Haustür ließ ihn zusammenzucken. Lula stellte ein Ohr auf und öffnete die Augen.

»Schon gut, meine Süße. Keine Ahnung, wer da jetzt noch was von uns will.« Das Paket, das Ole zu ihm umgeleitet hatte, hatte der Nachbar vorhin bei ihm abgeholt. Ansonsten erwartete er niemanden mehr, und er hatte auch nichts bestellt. Er streichelte Lula noch mal beruhigend über den Kopf, doch sie rappelte sich auf und folgte ihm durch den langen Flur zur Haustür. Auch aus dem Hundezimmer erklang sporadisches Bellen.

Hinter dem Riffelglas zeichnete sich der dunkle Umriss eines einzelnen, nicht allzu großen Menschen ab. Doch Fabian war von jeher vorsichtig. Man wusste nie, wer da noch außer Sichtweite darauf lauerte, dass er die Tür aufmachte.

Er legte die Kette vor und öffnete die Haustür einen Spaltbreit.

17. Kapitel

»Fabian! Ein Glück, dass du da bist! Kann ich einen Moment reinkommen?«

»Rosina? Bist du allein?«

»Natürlich bin ich allein.«

Er schloss die Haustür, entfernte die Kette, öffnete die Tür wieder und ließ Rosina eintreten. »Was ist denn los? Ist schon wieder was passiert?«

Rosinas Haar sah strähnig aus, und sie war blass; ihre Augen waren rot gerändert. Sie hat gerade ihren einzigen Familienangehörigen verloren, rief er sich ins Gedächtnis. Auch wenn es seiner Überzeugung nach kein besonders liebenswerter Angehöriger gewesen war, so war ihr Onkel doch alles, was sie noch an Familie gehabt hatte. Und Fabian wusste nur zu gut, wie es sich anfühlte, plötzlich ganz allein auf der Welt zu sein.

»Geht es dir gut?«, setzte er bei ihrem Anblick etwas ratlos hinzu. Der Ärger über die unvermutete Störung verblasste, und er trat zur Seite. »Also gut, komm doch einfach einen Moment herein.«

»Danke!« Mit gesenktem Kopf kam sie näher. Sie trat sich umständlich die Füße ab.

»Ich kann dir allerdings nichts anbieten außer einem kalten Bier und ein paar Chips.«

»Ich will gar nichts essen oder trinken. Ich möchte nur nicht allein sein.« Sie folgte ihm ins Wohnzimmer.

Fabian warf noch einen Blick auf den Fernsehbildschirm.

Der Film erschien ihm nun, da er ihn nicht weitergucken konnte, interessanter denn je. Also schaltete er ihn nicht aus, sondern stellte nur den Ton ab. »Setz dich doch.« Und zu seinem Hund: »Du kannst dich auch wieder hinlegen, Lula. Nein, nicht aufs Sofa. Geh ins Körbchen!«

Mit einem Leckerli im Korb ließ die trächtige Hündin sich überzeugen.

»Ach, bitte lass sie doch ...« Rosina setzte sich und klopfte neben sich auf die Sitzfläche. Die Hündin hatte den Leckerbissen bereits verschlungen und ließ sich nun nicht zweimal bitten. Sie machte einen Satz, streckte sich wohlig seufzend neben Rosina aus und legte ihr den Kopf aufs Bein.

Fabian verzog das Gesicht. Er mochte es nicht, wenn sich jemand in die Erziehung seiner Hunde einmischte. Er verbiss sich jedoch einen Kommentar und holte stattdessen noch ein Bier aus der Küche. Umso schneller hatte er wieder seine Ruhe ...

Er öffnete eine Flasche und stellte sie vor seiner Nachbarin auf den Tisch. »Was ist denn los, Rosina?«

»Die Polizei ist gerade bei mir.«

»Was? Jetzt? Und warum bist du dann hier?«

»Die durchsuchen unser Haus. Stell dir das mal vor! Keine Ahnung, was sie zu finden hoffen.« Rosina trank ein paar Schlucke.

»Und da bist du einfach gegangen?«

»Ich durfte eh nichts machen. Soll ich etwa zuschauen, wie sie meine Sachen durchwühlen?«

»Deine Sachen auch?« Fabian trank ebenfalls. Die Vorstellung, dass Polizeibeamte in Rosinas Haus eingedrungen waren und es anscheinend auf den Kopf stellten, machte Burkhard Schönfelds Tod noch einmal auf erschreckende Weise real. Fabian stellte sich vor, wie sich jemand ungebeten durch sein Haus wühlte. Sein Privatleben war ihm heilig. Und wie würden erst seine Hunde auf so eine Durchsuchung reagieren? »Weißt du schon, wie es dann weitergeht?«, fragte er.

»Wie was weitergeht?«

»Alles. Bleibst du dort wohnen?«

Sie blickte ihn mit großen Augen an. »Darüber habe ich mir noch keine Gedanken gemacht, Fabi.«

»Ist wohl auch noch zu früh«, ruderte er zurück. »Erst mal kommt die Beerdigung und der ganze Kram. Das wird schlimm genug.«

»Ich weiß gar nicht, wie ich das alles schaffen soll«, wisperte sie.

»Du schaffst das.« Er wollte nicht anbieten, ihr zu helfen, obwohl er wusste, dass er es doch tun würde, wenn es hart auf hart kam.

»Ich bin nicht so stark, wie du vielleicht denkst«, sagte sie.

Beinahe hätte er aufgelacht. Er hielt sie für das unsicherste Wesen, das er kannte. Sie konnte gut mit den Hunden umgehen, liebte die Tiere offensichtlich, und sie war ein warmherziger Mensch. Aber auf sich aufpassen, das konnte sie wahrscheinlich nicht besonders gut. Er musterte Rosina, wie sie mit schräg gelegtem Kopf Lula streichelte und ihn dabei von unten herauf anlächelte. Ihr Blick war seltsam. Ein Schauder überlief ihn, ohne dass er wusste, warum.

Einen Moment saßen sie schweigend da. Auf dem Fernsehschirm versuchte Denzel Washington gerade, eine junge Frau von ihrem Zuhälter freizukaufen. Als der sich weigerte und ihn verhöhnte, eliminierte er ihn und seine Männer.

»Die haben mir ganz schön viele Fragen gestellt«, bemerkte Rosina unvermittelt.

»Ach ja?«

»Zum Beispiel über unseren *gemeinsamen* Abend.«

Er mochte nicht, wie sie das betonte. Als stünden sie in einer engeren Beziehung zueinander, als er es je beabsichtigte. »Und was hast du ihnen erzählt?«

»Die Wahrheit.« Sie blickte ihm in die Augen. »Was denn sonst?«

»Ja, was denn sonst? Hauptsache, wir erzählen beide das Gleiche.« Er grinste, doch es fühlte sich unecht an.

»Du musst dir keine Sorgen machen.«

»Ich mache mir keine Sorgen.« Oh doch, das tat er. Etwas auszulassen war noch keine Lüge. Aber es war auch nicht die ganze Wahrheit.

»Es war doch ein schöner Abend«, sagte Rosina langsam und nachdenklich. »Die Geburt der Hundewelpen und so …«

»Hat es dir gefallen?« Sein Herz klopfte, sein Mund war trocken. Erst jetzt wurden ihm die möglichen Missverständnisse, die sich ergeben konnten, so richtig bewusst.

»Ich kann mir kaum etwas Besseres vorstellen. Einer der schönsten Abende meines Lebens.« Sie lächelte ihn nochmals mit starrem Blick an. Falls es verführerisch sein sollte, so wirkte es überhaupt nicht. Er rückte ein kleines Stück von ihr ab.

Ihre weiche Hand patschte auf sein Bein. »Es ist gut, dass wir beide die ganze Zeit über zusammen waren«, sagte Rosina.

»Natürlich ist es das.«

»Während wir hier gemeinsam auf die Geburt der Welpen gewartet haben, während wir Yara geholfen haben, hat jemand meinen Onkel überfallen und ermordet.«

»Ich kann es immer noch nicht glauben, dass das wirklich passiert ist«, erwiderte Fabian matt. »Nicht hier in Stüvensee. Und was wollte dein Onkel überhaupt in Linn Aubachs Garten?«

»Vielleicht wollte er sie besuchen?«

»Wäre er da nicht einfach zur Vordertür hineingegangen?«

»Nicht, wenn ihn keiner sehen sollte.«

»Linn wohnt doch total einsam. Wer hätte ihn da schon sehen sollen? Und selbst wenn …«

»Du weißt doch, wie er war. Moral und Anstand und so.«

»Ist doch alles Quatsch«, entgegnete Fabian grob. »Er war Junggeselle und konnte tun und lassen, was er wollte.«

»Ich weiß.« Rosinas Hand lag immer noch unangenehm warm und schlaff auf seinem Knie. Er ließ sie dezent herunterfallen, indem er sich vorbeugte und in die Chipstüte griff. Als er wieder hochkam, war ihr Gesicht ganz dicht vor seinem.

»Fabi«, sagte sie leise.

Am liebsten wäre er vor ihr zurückgewichen. Sie roch nach einem zu blumigen Parfüm, von dem ihm flau wurde. Und ihre Augen starrten ihn unangenehm direkt an. Er steckte sich die Handvoll Chips in den Mund und kaute krachend.

»Lass die Dinger doch mal.« Sie griff nach seiner Hand.

»Was soll das werden, Rosina?«

»Wir sind füreinander da, oder?«

»Wir sind Freunde.«

»Mehr als Freunde.« Sie klang siegessicher.

»Gute Freunde.«

»Du bist ja immer noch hier, Krischan. Heute ist doch dein freier Abend«, sagte Carmen Lebrecht zu ihrem Sohn.

Seine Muskeln spannten sich an. »Bin ja gleich weg. Wollte nur noch die leeren Getränkekisten in die Garage bringen.«

»Holgi hat schon angeboten, das nachher für mich zu tun, wenn er geht.«

Krischan starrte seine Mutter böse an. »Der Typ soll sich nicht in alles einmischen. Wir beide schaffen das auch allein.«

»He, vorsichtig.« Carmen hob vor seinem Gesicht den Zeigefinger. »Sei nicht ständig so unhöflich. Holger Jansen ist ein netter Kerl. Und außerdem werde ich mich nicht immer darauf verlassen können, dass *du* Sachen für mich erledigst.«

Er starrte auf ihren krummen Finger mit dem noch krummeren, langen Fingernagel. Er konnte den Ansatz sehen, wo der Kunstnagel auf den echten geklebt war. Sie musste dringend mal wieder zu ihrer Freundin mit dem Nagelstudio.

»Der Typ ist doch nur hier, weil er dich in die Kiste kriegen will«, entfuhr es ihm. Der Arm seiner Mutter zuckte. Und sie hatte ganz ordentliche Bizepse vom Schleppen der Biergläser und Teller. Er war kurz davor, sich von seiner Mutter eine Ohrfeige einzufangen. Aber nein, das würde sie nicht wagen. Wenn sie wüsste, wie dringend er den Polizisten heute Abend loswerden musste … Sollte er sie einweihen? Nur ganz grob? Nein, das konnte er vergessen. Sie mochte diesen Bullen. Krischan war sich nicht so sicher, wem ihre Loyalität im Zweifelsfalle gelten würde. Ihm, ihrem Sohn, oder diesem aufdringlichen Gesetzeshüter. Unauffällig glitt sein Blick zur Uhr hinter dem Tresen. Nur noch zwanzig Minuten … *Shit*!

Missmutig schleppte er die Kisten in die Garage, wo sie am nächsten Vormittag abgeholt werden würden. Auch als er das zweite Mal hin- und herging, stand Jansens Wagen noch mitten auf dem Gästeparkplatz.

Wenn nur irgendwas in der Umgegend passieren würde, was Jansens Anwesenheit erforderte! Sollte er etwas fingieren? Einen anonymen Anruf, der den Polizisten weglockte?

Doch von seinem Handy aus konnte er das vergessen. Ebenso vom Festnetzanschluss des Wirtshauses … Nein, das war zu gewagt.

Doch Jansen musste fort sein, bevor René mit der Ware hier auftauchte. Oder konnten sie das quasi vor den Augen der Polizei abwickeln? Das hätte einen gewissen Reiz, Kokain, Amphetamine und Marihuana im Schuppen einzulagern, während ein Bulle zwanzig Meter entfernt an der Bar hockte und seiner Mutter schöne Augen machte. Krischan lachte unfroh auf. Doch da war immer noch Kojote, der plötzlich für eine Kontrolle auftauchen konnte. Wenn der Typ etwas davon mitbekam, wie das hier lief, konnte er gleich einpacken. Der hatte sich ja schon wegen dieser verhuschten Frau so aufgeregt, die sich bei ihnen im Gasthaus verlaufen hatte.

Die, die nun weg war.

Schnell schob Krischan den unangenehmen Gedanken beiseite. Er schloss gerade die Garagentür zu und drehte sich um, als er Jansen die Stufen herunterkommen sah. In sieben Minuten kam die Lieferung. Am liebsten wäre Krischan wie eingefroren stehen geblieben und hätte sich davon überzeugt, dass der Polizist auch wirklich abfuhr. Doch er musste ganz locker bleiben, so, als wäre ihm das alles vollkommen egal.

18. Kapitel

»He, Krischan!«, rief Jansen.

Nur kein Gespräch. Der Typ sollte nach Hause fahren, wo er hingehörte. »Hi, Holger. Tut mir leid, hab's ziemlich eilig. Termine …«

»Was denn für Termine?«, fragte Jansen aufgeräumt. »Macht ihr noch Party?« Wollte der sich plötzlich lieb Kind bei ihm machen? Oder steckte berufliche Neugierde dahinter? Witterte der Mann überall Verbrechen? Krischan brach der Schweiß aus.

»Nee, gar nicht.« Er wandte sich in Richtung des Hintereingangs. Weder ein Hinweis auf eine Party noch einer auf einen Job waren jetzt angebracht. Jede Kleinigkeit konnte Jansens Misstrauen wecken. Aus dem Augenwinkel sah er, dass René mit seinem aufgemotzten Wagen in den Feldweg hinter dem Parkplatz einbiegen wollte, doch dann vernehmlich Gas gab und weiterfuhr.

»Was ist denn das für ein Idiot?«, schimpfte Jansen. Zu Krischans Erleichterung öffnete er trotzdem sein Auto mit der Fernbedienung und stieg ein. Krischan sah ihm unauffällig nach, wie er rückwärtssetzte, wendete und dann schwungvoll den Parkplatz verließ. Zu seiner Erleichterung fuhr er in die andere Richtung als René. Wäre echt ungünstig, wenn er sich an dessen Fersen geheftet hätte. René wäre wahrscheinlich sogar blöd genug, sich ein Autorennen mit der Polizei zu liefern.

Die Erkenntnis traf ihn plötzlich, aber dafür mit aller

Klarheit: Einige der Leute, mit denen er zurzeit »Geschäfte« machte, waren dumm wie Toastbrot. Er wollte seine Freiheit nicht aufgrund ihrer Blödheit und Arroganz aufs Spiel setzen. Dies war eindeutig das letzte Mal, dass er etwas Illegales zur Verwahrung annehmen würde. Es war zwar leicht verdientes Geld, doch es war das Risiko und auch seinen Seelenfrieden definitiv nicht wert.

Das Leben ändert sich im Bruchteil einer Sekunde, dachte Vicky Bruhns. Und das grundlegend. Eben noch war alles so weit in Ordnung für sie gewesen. Nicht wahnsinnig toll, aber doch gut erträglich. Und dann passierte etwas, und nichts war mehr so wie zuvor.

Angst kroch ihren Rücken hinauf und ließ ihre Oberarmmuskeln steif und starr werden. Sie war zu den Mülltonnen gegangen, um den letzten Beutel Hausmüll hineinzuwerfen, bevor am nächsten Morgen die Müllabfuhr kam. Die Tonne war voll, also hatte sie auf dem Inhalt herumgedrückt. Sie hatte sich über den sperrigen Karton geärgert, der eigentlich in den Papiermüll gehörte, und ihn herausgezogen. Darunter sah sie textiles Gewebe. Es war feinmaschig, glänzend und neongrün. Das war unverkennbar eines von Oles Laufshirts. Ein Müllbeutel darüber war aufgeplatzt. Soßenreste und alter Joghurt hatten sich auf den Stoff ergossen. Mit spitzen Fingern packte Vicky einen sauberen Zipfel des Shirts und zog daran.

Das Stoffstück wurde lang und länger, bis sie erst einen Ärmel und dann das ganze Shirt in der Hand hielt. Ein Ärmel war zerfetzt, schmutzig und überzogen mit dunklen Flecken wie von …? Doch, das waren Blutspuren. Als Ärztin wusste sie, wie Blut aussah.

Vicky Bruhns erster Impuls war gewesen, das kaputte

Kleidungsstück zurück in die Tonne zu stopfen und am besten noch mehr Müll darauf anzuhäufen. Es war so schließlich untragbar und auch nicht mehr zu reparieren. Sie könnte es einfach vergessen, und alles wäre wieder wie vorher.

Doch sie erinnerte sich, dass Ole das Shirt vorgestern Abend getragen hatte. Es sah ihm gar nicht ähnlich, es danach in den Müll zu geben. Normalerweise landete die benutzte Wäsche in der Wäschetonne oder auf dem Kellerfußboden vor der Waschmaschine, egal, in welchem Zustand. Und warum hatte er ihr nicht erzählt, dass er gestürzt war? War ihm das unangenehm? Oder gab es einen anderen, einen viel schlimmeren Grund für das zerrissene, blutbefleckte Shirt? Einen Grund, der mit Burkhard Schönfeld zusammenhing? Und damit auch mit dieser unsäglichen Anwältin, dieser Linn »Ich bin die Klügste, Schickste und Geilste«?

Doch an diesem Abend war Vicky Bruhns nicht nach einem klärenden Gespräch mit Ole zumute. Sie musste sich zuerst beruhigen und in Ruhe über alles nachdenken. Ein, zwei Gläschen Wein würden ihr dabei helfen, sich zu entspannen.

Aber bis sie so weit war … Vicky Bruhns holte einen sauberen Müllbeutel und Haushaltshandschuhe aus dem Haus, zog die Handschuhe über und beförderte das zerfetzte Shirt in den dünnen Beutel. Sie drückte von außen die Luft aus der Plastikumhüllung und knotete sie sorgsam zu. Dann ging sie in die Garage und schob das wurstartige Bündel in eine Kiste mit Campingzubehör im obersten Lastenregal. Nur für alle Fälle.

Pia saß in ihrem Büro und las noch einmal die bisher vorliegenden Berichte und Zeugenaussagen, als Broders sich telefonisch bei ihr zurückmeldete. Sie hatte Rist vor einer guten halben Stunde beim Verlassen seines Büros abgefangen und ihm das Versprechen abgerungen, ihr den nächsten verfügbaren Kollegen – Mann oder Frau – für ihre Ermittlung in Stüvensee zuzuteilen. So weit, so schlecht, denn momentan beanspruchte er außer Broders und ihr noch alle Mitarbeiter des K1 für seine Ermittlung.

»Wie ist die Durchsuchung gelaufen?«, fragte sie.

»Gut. Wir haben einen Haufen Zeug mitgenommen und auch schon einen ersten Blick darauf geworfen. Zwei Computer und ein Laptop sind jetzt wie das Handy beim K6 und werden ausgewertet. Wir sind allerdings noch auf dem Polizeirevier in Stüvensee, Dana Bremer und ich.«

»Seid ihr schon auf etwas gestoßen, was uns vielleicht weiterbringt?«

»Wie man es nimmt. Wie wir wissen, besaß Schönfeld ein paar kleinere Mehrfamilien- und Einfamilienhäuser in der Umgegend. Die Vermietung scheint tatsächlich seine Haupteinnahmequelle gewesen zu sein. Er war sozusagen Privatier. Dementsprechend gibt es haufenweise Mietverträge, Nebenkostenabrechnungen, Abrechnungen mit wechselnden Versorgern, aber auch Unterlagen über Rechtsstreitigkeiten wegen allem Möglichen. Es herrschte anscheinend eine hohe Fluktuation bei seinen Mietern, und er hat sich wohl auch gern gestritten. Zum Beispiel mit Handwerkern, die er beauftragt, doch dann wegen angeblicher Mängel nicht voll bezahlt hat. Die kommen aber interessanterweise nicht aus der näheren Umgebung, sondern da hat er eher auswärtige Betriebe eingesetzt.«

»Mit so einem Verhalten macht man sich ja auch keine Freunde«, sagte Pia. »Sticht etwas hervor? Ein besonderer Rechtsstreit? Ein laufendes Verfahren?«

»Bisher noch nicht.«

»Gibt es auch etwas zu Linn Aubach, auf deren Grundstück er aufgefunden wurde?«

»In Schönfelds Unterlagen bis jetzt nicht. Vielleicht geben die Computer oder sein Smartphone da mehr her.«

»An den Inhalt seines Handys seid ihr immer noch nicht herangekommen? Habt ihr mal sein Geburtsdatum oder das von Rosina als PIN ausprobiert?«

»Klar. Aber nein, das funktionierte nicht. Da müssen Fachleute ran.«

»Mist! Das dauert. Doch es hätte ja klappen können.« Pia kritzelte ein Smartphone auf ihre Schreibunterlage. »Wart ihr auch in der Wohnung der Nichte?«

»Ja. Sie hat nach einer Viertelstunde das Haus verlassen, sodass Dana sie nicht mehr beaufsichtigen musste. Da sind wir auch in ihre Wohnung rein.«

»Wo ist Frau Peters denn hingegangen?«, hakte Pia nach. Das Dorf bot nicht so viele Möglichkeiten zum Aufenthalt. Kein Café, keine Geschäfte, keine Bücherei, außer dem Gasthof auch keine Kneipen.

»Das hat sie uns nicht gesagt. Es hat wohl auch keiner von uns daran gedacht, sie zu fragen, wo sie hingeht«, räumte Broders ein.

»Ist ja im Grunde auch ihre Privatsache. Aber wir holen das nach und sprechen sie darauf an. Zurzeit ist sie unsere Hauptverdächtige. Sie hat ein Motiv. Allein in Anbetracht der vielen Häuser, die ihr Onkel anscheinend besaß. Er war wohl ein wohlhabender Mann. Und nun ist sie eine wohlhabende und unabhängige Frau.«

»Aber sie hat ein Alibi.«

»Ich weiß. Hm.« Pia zeichnete kleine Hunde auf die Schreibunterlage. »Hat Schönfeld einen Terminkalender geführt?«

»Wir haben ein Wochenkalendarium auf seinem Schreibtisch gefunden. Für seinen Todestag war nichts eingetragen. Wir haben den Kalender trotzdem mitgenommen.«

»Vermutlich hatte er seine Termine auf dem Computer oder Handy gespeichert«, sagte Pia. »Habt ihr sonst noch etwas entdeckt, dem wir nachgehen sollten?«

»Dana hat einen Schuhkarton gefunden. Er befand sich ganz unten in seinem Kleiderschrank.«

Pia merkte auf. »Mit was darin?«

»Fotos.«

»Was für welche?«, fragte Pia mit neu erwachtem Interesse. »Broders, lass dir nicht alles aus der Nase ziehen!«

Er lachte auf. »Ich will doch wenigstens das Spannungsmoment auskosten. Immerhin bin ich schon ganz grau vor Aktenstaub. Meine Augen brennen. Meine Kehle ist wund …«

»Sind es Familienfotos?« Doch sie wusste, dass sich Broders die Erwähnung des Schuhkartons dann nicht bis zuletzt aufgespart hätte.

»Es sind hauptsächlich Frauen darauf. Nichts Unanständiges. Die meisten Bilder schon vergilbt und zerknickt. Aber es sind … viele Frauen.«

19. Kapitel

Krischan nahm ein uraltes Bündel Heu, das er extra für diesen Zweck im Schuppen auf einer Kiste lagerte, und schüttelte es kräftig über der Bodenluke aus. Staub und dünne Halme rieselten. Er nieste. Als die Staubpartikel sich abgesenkt hatten, zog er noch eine alte Kommode über die Luke und betrachtete dann sein Werk. Für jeden, der nicht Sherlock Holmes hieß, musste es so aussehen, als wäre da unten nichts als nackter Lehmboden. Außerdem hatte es den Anschein, als wäre monatelang niemand mehr hier drin gewesen. Zufrieden wischte er sich die feuchte Nase am Jackenärmel ab. Da hörte er ein feines Knacken, wie von einem dünnen Zweig, der brach.

Krischan erstarrte. Er reckte den Hals, um durch das halb blinde Schuppenfenster und die Spinnweben erkennen zu können, was draußen vor sich ging. Doch es war, im doppelten Wortsinn, aussichtslos.

René war vor etwa fünf Minuten, nachdem sie die letzte Lieferung in dem Gelass unter dem Schuppen verstaut hatten, wieder gegangen. Er hatte sich nochmals über die Verzögerung beschwert, die Jansens Anwesenheit vor dem Gasthof verursacht hatte. Angeblich hatte er es eilig gehabt. »Wichtige Geschäfte«, hatte René wie in rechtschaffener Entrüstung behauptet. Kleinkriminelle Drogendeals, hatte Krischans Verstand es sofort übersetzt. René war nur ein sehr kleines Licht am Drogenfirmament.

Wo er selbst dann auf dieser gedachten Leiter stand, wollte Krischan sich gar nicht erst ausmalen. Getreten wurde immer von oben nach unten. Dieser unangenehme Typ, Kojote, stand in der Hierarchie mindestens eine Stufe über René und damit deutlich über ihm selbst. Wenn der sich hier herumtrieb, konnte es wirklich unschön werden.

Krischan stand so still, dass er seinen rasenden Herzschlag spürte. Er hörte ein leises, aber doch deutlich wahrnehmbares Knirschen. Es war so verstohlen, dass klar war, dass der derjenige, der es verursachte, nicht von ihm gehört werden wollte. Dass sich jemand an den Schuppen heranschlich.

War Jansen zurückgekommen, weil er misstrauisch geworden war? Die Polizei oder Kojote? Eine Wahl wie zwischen Pest und Cholera. Für den Fall, dass es der durchgeknallte Oberbonze der ostholsteinischen Drogenmafia war, tastete Krischan nach etwas, mit dem er sich zur Not verteidigen konnte. Falls der Polizist gleich im Türrahmen stand, war das allerdings wenig hilfreich. Doch im Zweifelsfall entschied Krischan sich für die eigene körperliche Unversehrtheit.

Kojote war für seine Brutalität und Wutanfälle bekannt. Er sollte einmal einen Schüler krankenhausreif geprügelt haben, nur weil der für ein Selfie auf dessen Motorrad gestiegen war, erzählte man sich. Krischan hatte der Geschichte nicht so recht Glauben geschenkt, aber in seiner jetzigen Situation wollte er sich nicht darauf verlassen, dass sie nicht stimmte. Das Einzige, was er ohne weitere Bewegungen mit der rechten Hand erreichte, war eine alte Maurerkelle.

Seine Arme überzogen sich mit einer Gänsehaut, als die nur angelehnte Tür des Schuppens beinahe geräuschlos aufschwang. Krischan packte den Griff der Kelle fester.

»Hallo?«, brachte er mit kratziger Stimme heraus. »Wer ist da?«

»Was machst du hier, Krischan?«

Vor Erleichterung, seine Mutter nun im Türrahmen stehen zu sehen, bekam er weiche Knie. »Nichts«, antwortete er dümmlich. »Ich habe nur was gesucht.« Und dann, schon etwas sicherer: »Warum schleichst du dich so an? Ich wäre beinahe gestorben vor Schreck.«

»Das ist nur dein schlechtes Gewissen.« Sie stützte die Hände in die Hüften. »Und? Hast du gefunden, was du gesucht hast?«, fragte sie mit schmalen Augen. »Willst du mauern?« Sie klang spöttisch, doch da war ein drohender Unterton, der nicht zu überhören war.

»Nö.« Sein Verstand rotierte. »Ich dachte, wir hätten hier noch Tapetenkleister.«

»Erzähl mir keinen Mist. Ich habe euch zufällig hierhergehen sehen. Dich und diese kleine Ratte in dem lächerlichen Angeberauto.«

»Ich kann mich wohl treffen, mit wem ich will.«

»Aber nicht in meinem Schuppen. Und vor allem nicht, wenn du hier irgendeinen Scheiß auf meinem Grundstück abziehst.«

»Ehrlich, Ma. Es ist alles in Ordnung.«

Seine Mutter blickte sich wachsam um. Soweit Krischan es wusste, hatte sie den Kellerraum unter dem Schuppen längst vergessen. Ganz sicher sein konnte er sich da nicht, doch sie hatte den Raum nach seinem Unfall als Kind nie mehr erwähnt. Sie atmete tief ein und aus. »Ich verlass mich darauf, dass du dich für das Richtige entscheidest, Krischan. Du bist mein Sohn. Du bist alles, was ich habe«, sagte sie nach einem Moment des Schweigens. »Und was immer das ist, was du hier tust: Es muss endgültig aufhören.«

Er nickte mit trockenem Mund.

»Schaffst du das allein, oder benötigst du meine Hilfe?«

»Ich schaffe das«, antwortete er. Mit einem Mal brannten Tränen hinter seinen Lidern.

Sie musterte ihn aufmerksam. »Ich dachte, das wäre jetzt vorbei. Du hattest es mir versprochen. In so eine Situation wie mit Burkhard, jemanden anflehen zu müssen, damit er dich nicht anzeigt, werde ich nie, niemals wieder geraten. Hast du das verstanden?«

Er nickte.

»Was wollte die kleine Ratte also von dir? Bedrohen sie dich, weil du nicht mehr mitmachst?«

Krischan schluckte.

»Warte.« Carmen Lebrecht drehte sich um und blickte durch die Türöffnung hinaus, wohl um zu prüfen, ob sie tatsächlich allein hier waren. Dann schloss sie die Tür hinter sich. »Wir sind ganz *entre nous*«, bemerkte sie sarkastisch. »Rede mit deiner alten Mutter.«

»Ich habe denen gesagt, dass ich raus bin. Da habe ich dich nicht belogen. Aber die wollten als Entschädigung, dass ich ihnen bei einer letzten Lieferung helfe.«

»Wie sollst du ihnen helfen?«

»Ich tue dabei eigentlich gar nichts. Es ist nur so …« Verdammt, wie blöd das klingt!, dachte er. Als wäre er ein Volldepp. Wie hatte er sich nur auf den Mist einlassen können?

»Rede weiter, Krischan.« Sie zog ihr Handy hervor. »Sag mir die Wahrheit, oder Holger ist in zehn Minuten hier.« Diesen entschlossenen Gesichtsausdruck hatte er noch nie bei ihr gesehen. Ihm wurde flau vor Angst.

Krischan trat demonstrativ mit dem Fuß auf. Es klang wie erwartet hohl, und der Staub wirbelte auf. »Hier drunter ist doch dieser Hohlraum, Ma. Erinnerst du dich? Dieser Keller, in den nur eine Leiter hinunterführt«, erklärte er ihr. »Unter dem Stroh und dem Staub ist die alte Holzluke im Boden, durch die ich damals eingebrochen bin.«

Seine Mutter nickte. Sie schien den einen Meter siebzig

hohen und ungefähr zwei mal drei Meter großen Raum bis zu diesem Augenblick tatsächlich vergessen zu haben.

»Jetzt … lagert dort etwas Ware, bis René sie in ein paar Tagen wieder abholen kann. Dann bin ich für immer aus allem raus«, beteuerte er.

Carmen blickte ungläubig zu Boden und trat einen Schritt vor. »Versteh ich das richtig? Hier unter uns lagern beschissene Drogen? Und du glaubst, dass diese Leute, für die du das machst, dich danach in Ruhe lassen?«

Er hob ungelenk die Schultern. »Ich hatte keine Wahl.«

Sie starrte ihn an. »Wir haben immer eine Wahl, Krischan. Immer.«

»Aber was sollen wir denn nur tun?«

»Wir?« Carmen schüttelte leicht den Kopf und schaute auf ihr Handy. Ihre Augen waren schmal vor Wut. Sie kam ihm auf einmal vor wie eine Fremde. Wie gut kenne ich meine Mutter wirklich?, schoss es ihm in diesem Moment durch den Kopf. Würde sie hier und jetzt die Polizei anrufen? Oder jemand ganz anderes?

»Das riecht ja gut hier. Gibt es was zu feiern?« Vicky Bruhns betrachtete mit großen Augen den für fünf Leute gedeckten Tisch, die riesige, dampfende Auflaufform mit Lasagne und die Schüssel mit grünem Salat daneben.

»Wir hatten noch reichlich Bolognesesauce im Gefrierschrank. Da habe ich die mal verwertet. Ich dachte, was Gutes zu essen können wir alle heute Abend gebrauchen.« Ole Bruhns fühlte sich tatsächlich ganz schwach vor Hunger. Es war ein langer, aufreibender Tag gewesen.

»So spät abends sollten die Kinder eigentlich nicht mehr so schwer essen«, wandte Vicky ein.

»Die werden es schon verkraften. Außerdem habe ich ihnen Lasagne versprochen, wenn sie ihre Zimmer aufräumen.«

»Sag nicht, das haben sie tatsächlich getan?«, fragte Vicky in gespielter Fassungslosigkeit.

»Ohne Aufräumen keine Lasagne.« Er grinste.

»Das ist übelste Erpressung! Ich werde mich ans Jugendamt wenden«, murrte Friederike, die gerade hereingekommen war. Ein gern genommener Scherz im Hause Bruhns.

»Mein Zimmer ist fertig!« Oskar umrundete seine Schwester im Laufschritt und setzte sich auf seinen Tripp-Trapp-Stuhl. Den werden wir auch bald ausmustern, dachte Ole Bruhns. Die Kinder wurden so schnell groß.

»Oskar, du bist so ein Streber«, sagte Friederike. Sie war die Mittlere und musste sich sowohl gegenüber dem jüngeren Bruder als auch der älteren Schwester behaupten. Das war gewiss manchmal anstrengend.

Tilda kam als Letzte in die Wohnküche, voll geschminkt und gestylt, mit einem hochmütigen Ausdruck im Gesicht. Ihre Älteste war gerade ständig auf Krawall gebürstet. Die von ihr beanspruchte Rolle jenseits der altklugen, meistens vernünftigen Friederike und dem Sonnenschein Oskar.

»Papa, Mama! Friederike hat einfach alles unters Bett geschoben!«, rief Oskar.

»Petze! Du bist so eine Petze!«, giftete seine Schwester.

»Lasst uns jetzt essen.« Vicky griff nach dem Auffülllöffel. Alter vor Schönheit!«

Nachdem die Kinder fertig gegessen und den Esstisch verlassen hatten mit der nach Lebensalter unterschiedlich dringlichen Aufforderung, sich fürs Zubettgehen zurechtzumachen, hob Ole Bruhns die angebrochene Flasche Primitivo noch einmal an. »Noch ein Glas, Vicky?«

Sie ließ sich einschenken und trank mit geschlossenen Augen ein paar Schlucke.

Ole betrachtete sie. Er hoffte, dass sie sich allmählich entspannte und dass sich die Zornesfalte zwischen ihren Brauen milderte.

»Ich wollte dich noch was fragen, Ole«, sagte Vicky stattdessen.

»Und ich will dir was erzählen«, antwortete er, nicht bereit, sich von seinem Vorhaben abbringen zu lassen. Wofür hatte er die Lasagne gezaubert, den Wein aus dem Keller geholt, wenn nicht, um für gute Stimmung bei seiner Frau zu sorgen? »Wir werden … einen kleinen Familienzuwachs bekommen.«

»Wie? Ich verstehe nicht …«, stammelte Vicky. »Du meinst doch nicht etwa einen Hund, oder?«

»Nein, ich …« Er hatte erzählen wollen, dass sein sieben Jahre alter Computer ein jüngeres Geschwisterchen bekommen hatte. Doch warum sagte er nicht freiheraus, dass er sich einen neuen Gaming-Computer zugelegt hatte? Weil Vicky trotz seiner Bemühungen nicht gut gelaunt war? Weil sie – das traf es noch besser – mutmaßlich irgendeinen »Anschlag« auf ihn vorbereitete? Sie hatte ihn während des Essens mehrmals nachdenklich angestarrt, als sie wohl geglaubt hatte, er sähe es nicht. Hatte sie womöglich schon gemerkt, von welchem Konto er das Geld abgezweigt hatte? Nicht von seinem Spaß-Konto, nicht vom Haushaltskonto, die beide ziemlich erbärmlich aussahen, sondern von dem Konto, auf dem sie für den nächsten Familienurlaub sparten.

»Nein, es ist kein Hund«, sagte er stattdessen.

»Da bin ich aber froh« Sie blickte ihn immer noch irritiert an. »So etwas würdest du doch nicht ohne Absprache mit mir entscheiden, oder?« Ihr Ton war scharf und unnachgiebig.

»Nun mach nicht so ein Theater. Niemand hier würde ein Tier anschaffen, ohne es mit dir abzusprechen. Es sei denn, die Kinder bringen mal wieder Läuse mit nach Hause.«

Doch sie lächelte nicht. »Du bist manchmal so impulsiv«, klagte sie. »Schlimmer als die Kinder.«

»Was soll das denn jetzt heißen?«

»Dass du nicht vorausplanst. Du hast einen Wunsch und zack, muss er erfüllt werden, ohne Sinn und Verstand. Wie bei einem Kleinkind.«

Er erhob sich. »Das muss ich mir nicht von dir bieten lassen. Nicht diesen Mist!«

»Psst. Die Kinder …«

Seine Faust knallte auf den Tisch, dass die Teller klapperten. Vicky riss erstaunt die Augen auf. Sie sah beinahe ängstlich aus. Ole Bruhns fühlte eine gewisse Befriedigung, einen Kontrapunkt zu ihren Sticheleien gesetzt zu haben. Von dem neuen Computer würde er ihr heute bestimmt nicht erzählen, so mies, wie Vicky drauf war. Doch er hatte das Paket bereits bei Fabian abgeholt und in sein Arbeitszimmer gestellt. Lange konnte er das also nicht mehr hinauszögern.

Vicky stand wie ferngesteuert auf, räumte die Sachen vom Tisch hinüber auf die Küchenarbeitsplatte.

Als Vicky zurückkam und die Lasagne-Form anhob, blickte sie ihm kühl in die Augen. »Mir gibt deine mangelnde Impulskontrolle wirklich zu denken.« Sie schluckte. »Falls da irgendwas ist, was du mir sagen willst: Ich werde dir helfen, egal, was du getan hast.«

Eine gefühlte Ewigkeit wusste er nicht, was er darauf antworten sollte. »Was meinst du?«, fragte er irritiert.

»Du warst am Montag ungewöhnlich lange laufen«, erwiderte sie, die Auflaufform immer noch in beiden Händen haltend. »Gehört habe ich dich erst nach halb neun.«

»Ich habe noch bei jemandem reingeschaut.« Er stöhnte in gespielter Genervtheit. »Darf ich das etwa nicht?«

»Hast du ihn getroffen?«

»Wie bitte?«

»Du hast meine Frage schon richtig verstanden. Hast du Burkhard getroffen?«

»Was?«

»Oder, besser gefragt, warst du bei *ihr*?«

»Vicky, was soll das?«

»Und hast du Burkhard zufällig dort angetroffen?«

»Nein. Das habe ich nicht.«

»Du warst doch bei Linn!«

»Himmelherrgott! Wie kommst du darauf? Außerdem war sie an dem Abend schon verreist.«

»Was du nicht alles weißt!« Vicky schüttelte resigniert den Kopf. »Über diese Frau.«

»Du solltest etwas vorsichtiger sein mit dem, was du sagst. In Anbetracht dessen, was gerade in Stüvensee passiert, meine ich.« Er hörte selbst, dass seine Stimme bedrohlich klang. Doch das lag nur daran, dass sie diese Anschuldigungen gegen ihn erhob. Ole Bruhns streckte zur Besänftigung die Hand nach Vicky aus.

Sie ignorierte die Geste. »Also warst du dort?«

»Ich war bei keiner Frau.«

»Und wen hast du dann besucht?«

»Das ist unwichtig. Vicky, du musst mir einfach glauben.«

»Das ist nicht so einfach«, flüsterte sie. Nachdem sie nun das schmutzige Geschirr in die Küche befördert und dort achtlos stehen gelassen hatte, zog Vicky sich ins Wohnzimmer zurück. Doch etwas an ihrem Gang, der Art, wie sie den Kopf leicht geneigt hielt, sagte ihm, dass das Thema noch nicht für sie erledigt war.

20. Kapitel

Pia fuhr ihren Computer hoch. Neben den Berichten, die sie noch mal durcharbeiten wollte, befand sich auf ihrem Schreibtisch ein Tomate-Mozzarella-Baguette, das sie sich bei einem Bäcker gekauft hatte. Sie hatte seit dem Frühstück nichts mehr gegessen, und der Geruch nach Tomaten und Käse, der sich in ihrem Büro ausbreitete, ließ sie schlucken. Sie biss gedankenverloren in das Baguette und vertiefte sich in den ersten Bericht.

Mit Felix hatte sie vor einer guten Stunde telefoniert. Er schien auch vor seiner zweiten Nacht der Klassenreise noch in guter Stimmung zu sein. Sie meinte jedoch, ein leichtes Beben in seiner Stimme gehört zu haben, so, als traute er seiner eigenen Courage nicht so recht. Sie hoffte, dass er sich wirklich wohlfühlte. Doch solange sie nichts Gegenteiliges erfuhr, konnte sie genauso gut im Büro bleiben.

Je länger Pia in ihren Aufzeichnungen und Berichten las, desto deutlicher fühlte sie das Unbehagen, das sie beinahe seit Aufnahme des Falls begleitete. Manchmal nur diffus, kaum wahrnehmbar, dann wieder etwas stärker, sodass sich ihr Magen scheinbar verknotete. Etwas stimmte hier nicht.

Lag es an ihr? Lag es daran, dass sie die Verantwortung für diese Ermittlung trug? Das war auch in Barnebek so gewesen, als in einem alten Bauernhaus ein Totenschädel gefunden worden war. Der letzte Fall vor ihrer Entführung. Pia erinnerte sich genau: Da hatte sie sich angesichts ihrer neuen Verantwortung entschlossen und voller Energie gefühlt. Warum also haderte sie jetzt damit?

Eine Stimme in ihrem Kopf flüsterte ihr zu, dass die Erfahrung, selbst Opfer eines Verbrechens gewesen zu sein, die Hilflosigkeit und die Todesangst sie tiefgreifend verändert hatten. Im Alltag konnte sie ihre Ängste und Zweifel, die hässlichen Erinnerungen, ganz gut in Schach halten. Aber würde ihr das auch weiterhin gelingen, besonders unter Stress? War sie noch immer in der Lage, ihr Bestes zu geben, und darüber hinaus, um ein Verbrechen aufzuklären?

Fragen, die ihr nur der Versuch, genau das zu tun, beantworten konnte. Doch jeder Bericht, den sie las, verstärkte das Gefühl der Unzulänglichkeit. Sie fürchtete, dass sie ihre besonderen Fähigkeiten verloren hatte. Dass sie etwas Grundlegendes übersah. Pia bekam kein Gefühl für diesen Fall.

Da war einmal Burkhard Schönfeld, das Opfer. Wer war dieser Mann gewesen? Was für ein Typ Mensch? Und warum war er in Linn Aubachs Garten erschlagen worden? Was hatte er überhaupt dort gewollt? Weshalb war diese Frau kurz zuvor verreist und hatte ihr Haus für diese Zeit vermietet? Handelte es sich um einen Urlaub, der in keinem Zusammenhang mit dem Fall stand? Oder war es wegen des Stalkers gewesen, der angeblich ihr Haus beobachtet hatte? Das zeitliche Zusammentreffen war kaum ein Zufall … Oder doch?

Pia atmete erst mal tief durch, bevor sie die nächsten Unterlagen zur Hand nahm. Wo war die Zeugin Alva Dohrmann?

Dass im Verlauf einer Ermittlung, und zwar am zweiten Tag, eine wichtige Zeugin verschwunden war, belastete Pia schwer. Sie hatte immer noch nicht die geringste Ahnung, wo die Frau abgeblieben war.

Ihr ehemaliger Ausbilder hatte Pia seinerzeit etwas über das Vorgehen bei Ermittlungen eingebläut, dessen Wichtigkeit sie damals noch nicht so richtig verstanden hatte. »Das Erste zuerst und dann der Reihe nach …« Das klang simpel, konnte sich jedoch als kniffelig herausstellen. Wenn gerade zu Anfang einer Ermittlung Zeugen, Spuren oder Hinweise auftauchten, die laut und aufdringlich um Aufmerksamkeit schrien, war man als Ermittler versucht, die simplen ersten Dinge zu vernachlässigen. Besonders, wenn einem zu wenig Leute zur Verfügung standen.

»Das Erste zuerst.« Pia rief noch einmal den vorläufigen Bericht der Spurensicherung auf. Die Auffindesituation der Leiche, der Garten, die örtlichen Gegebenheiten in und um Linn Aubachs Haus. Alva Dohrmanns Aussage, was sie am späten Abend, an dem der Mord geschehen war, draußen im Garten und um das Haus herum beobachtet hatte. Pia las alles noch einmal Wort für Wort, konnte aber keine tiefere Bedeutung erkennen als beim ersten Mal.

Hatte Frau Dohrmann Burkhard Schönfeld vor dem Mord im Garten gesehen oder seinen Mörder? Eventuell sogar beide? Hatte sie viel mehr beobachtet, als sie ausgesagt hatte? Lag darin der Grund für ihr Verschwinden? Hatte sie überhaupt die Wahrheit gesagt oder war ihre Aussage eine falsche Spur, die sie gelegt hatte? Und falls ja, warum?

Und dann Linn Aubach, die Rechtsanwältin. Pia hatte bisher nur einmal mit ihr telefonieren können. Sie hoffte, dass sie sich wirklich bereits auf dem Weg nach Hause befand. Sie müsste im Laufe des morgigen Tages in Lübeck oder Stüvensee auf der Dienststelle auftauchen. Pia suchte trotzdem im Internet nach ihr.

Sie wurde auf verschiedenen beruflichen Plattformen fündig. Doch was dort zu sehen war, verriet ihr nicht viel mehr als das, was sie über die Frau ohnehin schon wusste. Linn Aubach spielte Golf, das zumindest ergab die Recherche an neuer Information. In der Bildersuche tauchten ebenfalls ein paar Treffer auf. Pia stutzte, klickte auf einige der Aufnahmen und hielt den Atem an.

Auf zwei der Fotos sah Linn Aubach der verschwundenen Alva Dohrmann recht ähnlich. So ähnlich, dass Pia zuerst instinktiv davon ausgegangen war, dass es sich um Alva handelte. Die beiden Frauen könnten Schwestern sein. Doch Alva Dohrmann zufolge waren sie einander noch nie begegnet. Sicherheitshalber las Pia sich die Aussage der Zeugin diesbezüglich noch einmal durch. Angeblich waren sie erst über die Hausanmietung miteinander in Kontakt gekommen. War die Ähnlichkeit der beiden Frauen ein Zufall? Eine *Das doppelte Lottchen*-Geschichte wie bei Erich Kästner war ja wohl äußerst unwahrscheinlich.

Vorstellbar hingegen war, dass ein Mensch bei mehreren Bewerbern für die Vermietung seines Zuhauses intuitiv jemanden auswählte, der ihm ähnlich war. Ähnlichkeit erzeugte ja angeblich einen unbewussten Vertrauensvorschuss.

Nachdenklich verspeiste Pia den Rest ihres Baguettes, ohne viel davon wahrzunehmen. Danach las sie noch einmal den vorläufigen Bericht der Spurensicherung vom Tatort. Ihr Smartphone auf der Schreibtischplatte vibrierte. In der Annahme, dass es Marten sei, der sich oft um diese Uhrzeit bei ihr meldete, sagte sie in vertraulichem Tonfall ins Telefon: »Du bist meine Rettung, Schatz!«

»Pia, jetzt verwirrst du mich«, antwortete Broders.

»Oh, ich hatte jemand anders erwartet. Das ist nicht gerade deine übliche Zeit.«

»Ich weiß, ich weiß. Doch ich komme hier nicht zur Ruhe.«

»Du bist aber nicht mehr auf der Dienststelle in Stüvensee?«

»Nein, ich bin zu Hause. Ralph ist jedoch nicht da, und so habe ich den Fall bei einem Glas Rotwein noch mal durchdacht …«

»So, so. Da sind wir ja schon zwei«, sagte Pia. »Zumindest was das Arbeiten angeht. Nicht den Wein. Ich lese auch gerade noch einmal die Berichte.«

»Und, hast du neue Erkenntnisse gewonnen?«

Pia erzählte ihm von der äußerlichen Ähnlichkeit zwischen Linn Aubach und ihrer Mieterin.

»Interessant. Aber ich weiß nicht, wie das von Bedeutung sein könnte.«

»Ich auch noch nicht. Und was hast du?«

»Burkhard Schönfeld, das Opfer. Der Typ ist für mich nicht stimmig.«

»Okay. Was genau ist nicht stimmig?«, fragte sie ihren Kollegen neugierig.

»Seinem Lebenslauf nach zu urteilen, also nach dem, was wir schon über ihn wissen, würde ich denken, dass er vielleicht schwul ist.«

»Ach ja?«

»Er hat nie geheiratet. Nur sporadische Beziehungen. Die letzte angeblich mit Carmen Lebrecht, der Wirtin des Gasthauses in Stüvensee. Aber es wirkt so … unambitioniert.«

»Unambitioniert?«, wiederholte Pia nachdenklich. »Was meinst du damit?«

»Er hat die meiste Zeit über allein gelebt, bis er seine Nichte nach dem Tod seiner Schwester bei sich aufgenommen hat.«

»Viele Menschen leben lieber allein.«

»Klar. Aber es passt nicht zu dem Typ Mensch, den er im Dorf dargestellt hat. Er war fünfundsechzig Jahre alt. Der Bürgermeister eines kleinen Ortes, der jeden kannte und in jedem Verein und jedem Komitee engagiert war. Schützenkönig 2010 und 2012, Jäger …«

»Irgendwie musste er seine Zeit ja füllen. Ich meine, er ist ja wohl keiner regelmäßigen Arbeit nachgegangen.«

»Anscheinend hat er sich hauptberuflich mit seinen Mietern gezofft und Leute verklagt.«

»Gibt es neben der Tatsache, dass er nur wenige Beziehungen zu Frauen hatte, einen weiteren Hinweis auf seine sexuellen Präferenzen? Und selbst wenn es so war, wie du vermutest: Wie hilft uns das weiter?«

»Ich weiß es noch nicht, Pia.«

»Was ist mit seinem Wohnhaus? Wie war da dein Eindruck?«

»Das Haus ist eher das einer Hete«, räumte Broders ein. Seine Bezeichnung für heterosexuell orientierte Menschen.

»Okay.«

»Und mir gehen die vielen Fotos von den Frauen nicht aus dem Kopf. Die passen natürlich auch nicht ins Bild.«

»Ja, das ist in der Tat seltsam. Ich werde sie mir morgen gleich als Erstes ansehen. Was sind das für Frauen? Schönfelds Freundinnen? Trophäen? Stalkingopfer? Oder sind es Fotos mit einem künstlerischen Anspruch?«

»Nein, eher nicht.«

»Sind irgendwelche bekannten Gesichter darunter?«

»Ich habe zumindest keine der Frauen erkannt.«

»Was denkst du, Broders?«, bohrte Pia nach.

»Viele Bilder wirken so, als hätte er sie ohne das Wissen der fotografierten Personen aufgenommen. Er hat sie zu einem bestimmten Zweck aufbewahrt. Ich weiß nur nicht, zu welchem.«

Pia blickte auf die Uhr. »Lass uns morgen während der Dienstbesprechung darauf zurückkommen. Vielleicht haben die anderen eine Idee.«

Sie verabschiedeten sich. Pia warf einen Blick auf ihren leeren Teller und trank den Rest aus der Wasserflasche. Dann stapelte sie die Akten auf der Tischplatte und fuhr den Rechner herunter. Sie kam einfach nicht weiter. Es war Zeit, für heute Schluss zu machen.

Als sie die Treppe zu ihrer Wohnung hinaufstieg, vibrierte Pias Smartphone erneut.

»Pia, wo bist du? Im Fitnessstudio?«

»Hi, Marten. Nein, ich steige gerade die Treppe zu meiner Wohnung rauf«, antwortete sie. War es schon so schlimm um ihre Kondition bestellt, dass sie auf dem Weg ins zweite Stockwerk schnaufte? Sie schloss die Wohnungstür auf und schälte sich aus Jacke und Sneakers. »Eine Minute, dann sitze ich auf dem Sofa und hab die Beine hochgelegt.«

»Keine Eile. Ich hatte ja keine Ahnung, dass du jetzt erst nach Hause kommst.«

»Der neue Fall … Und hier wartet heute auch keiner auf mich.«

»Schon erste Entzugserscheinungen, als Strohmutter?«

»Strohmutter? Ist das das Pendant zur ›Strohwitwe‹?« Sie musste lächeln.

»Genau. Wie geht es Felix auf der Klassenfahrt?«

Pia ließ sich aufs Sofa fallen. »Vorhin klang er recht gut. Aber ich traue dem Braten nicht. Ich hoffe, er ändert seine Meinung heute Nacht nicht noch.«

»Es wird schon alles gut gehen. Er ist so selbstbewusst und kontaktfreudig geworden. Ich staune jedes Mal, wenn ich ihn sehe, wie er sich weiterentwickelt hat.«

»Oh, ich hoffe, es geht nicht *so* schnell«, erwiderte Pia. »Meinetwegen darf er noch etwas länger mein Lütter bleiben.«

»Das wird er doch immer bleiben, Pia«, sagte Marten ungewohnt sanft.

»Wie ist es dir ergangen?«, fragte Pia, weil sie schlucken musste, und dieses Mal nicht vor Hunger.

»Hier geht alles seinen geregelten Gang. Aber ich freue mich schon darauf, wenn ich wieder in Schleswig-Holstein bin. Mir fehlt die frische Luft.«

»Sag nicht, du vermisst den pfeifenden Wind und den waagerecht fallenden Regen?«, neckte sie ihn, obwohl es die letzten Tage schön warm gewesen war. Eigentlich für die Jahreszeit schon wieder zu trocken, wenn man den Landwirten Glauben schenkte.

»Ich vermisse dich und Felix«, sagte Marten unvermittelt.

»Ich vermisse dich auch.« Sie spürte die Sehnsucht nach ihm beinahe körperlich, als sie es aussprach.

»Ich komme wahrscheinlich morgen schon zurück. Aber ich wollte vorher noch was mit dir besprechen.« Seine Stimme klang nun ernst.

»Was denn?« Ging es um die rätselhafte Überraschung, die er angekündigt hatte? Pia war davon ausgegangen, dass es sich um etwas Positives handelte. Aber vielleicht hatte sie sich da etwas vorgemacht?

»Sie haben mir ein Angebot gemacht. Ein ziemlich attraktives Jobangebot – hier in Wiesbaden.«

»Oh.« Pia richtete sich auf.

»Es geht um einen Job in der OE, der Operativen Einsatz-

und Ermittlungsunterstützung. Das hat mich schon immer interessiert.«

»Das klingt ja durchaus spannend«, sagte sie so ruhig wie möglich. Sie räusperte sich. »Was denkst du darüber?« Die altbekannten Zweifel, das Gefühl, dass das Leben mit Marten unwägbar sein würde, kehrten mit Macht zurück. Was sollte Felix mit einem Vater, der in Wiesbaden arbeitete? Wie sollte sie selbst damit umgehen?

»Findest du? Nun, ich wollte das Angebot ablehnen. Nur vorher …«

»Ja?«

»Ich lehne es bloß ab, weil ich mit dir und Felix zusammen sein will, Pia.«

»Bist du dir da ganz sicher?«

»Ich bin mir sicher. Ich frage mich nur, ob du dir auch sicher bist.«

Pias Herz klopfte hart gegen die Rippen. Er machte es an ihr fest? Das war schön und beängstigend zugleich. Sie würde die Verantwortung tragen, dass er einen guten Job ausschlug, um hier … ja, was eigentlich zu machen? »Was ist denn die Alternative für dich in Lübeck?«, fragte sie deshalb.

»Das steht jetzt nicht zur Debatte. Willst du auch mit mir zusammenleben? Richtig zusammenleben?«

Die Sekunden dehnten sich. Draußen fuhr ein Wagen mit Martinshorn die Adlerstraße hinunter.

»Ja, das will ich«, antwortete sie mit einem Beben in der Stimme. Sollte es wirklich so einfach sein, die Entscheidung, die sie seit Wochen vor sich herschob?

»Ich … Damit hatte ich jetzt gar nicht gerechnet«, bemerkte Marten. Auch seine Stimme klang auf einmal gerührt. »Bedingungslose Kapitulation?«

»Die hört sich bei mir anders an«, sagte Pia.

»Verstehe. So einfach machst du es mir nicht.«

»Bist du dir sicher, dass du den Job ausschlagen willst, Marten? Es klingt nach einer Riesenchance. So etwas bekommt man nicht allzu oft im Leben.«

»Willst du etwa schon einen Rückzieher machen? Ich bin mir sicher.«

»Du könntest es eines Tages bereuen. Und dann wäre es meine Schuld.«

»So wird es nicht sein, und das weißt du.«

»Okay.« Pia merkte, dass ihr eine Träne die Wange hinunterlief, und sie wischte sie eilig weg. Es war keine reine Freudenträne. Sie musste an Lars denken, den sie hatte heiraten wollen. Sein Tod lag zwar schon drei Jahre zurück, aber es fühlte sich auf einmal doch so an, als würde sie ihn verraten. Aber das konnte sie Marten jetzt nicht so sagen. Spielte sie nicht fair? Würde sie Marten enttäuschen, wenn sie ab und zu noch an Lars dachte? Wenn sie seinen Landrover, den sie von ihm geerbt hatte, weiterhin in der Scheune aufbewahrte, um hin und wieder eine Gedenk-Ausfahrt zu unternehmen? War das nicht vollkommen verrückt von ihr? Und warum zum Teufel war sie emotional so instabil?

Bei dem Wort »Teufel« musste sie plötzlich an Noah denken, den Novizen, den sie im Kloster Naumar während ihrer Auszeit kennengelernt hatte. Sie hatte auf einmal das Bedürfnis, doch mit jemandem über all das zu sprechen. Die Entscheidung für Marten und die Gedanken, wie es Felix damit ergehen würde, das war im Moment einfach zu viel für sie allein.

»Ich wünschte, ich wäre jetzt bei dir«, sagte Marten. »Ich merke doch, dass etwas nicht so ganz in Ordnung ist. Was ist es, Pia? Kannst du mit mir darüber reden?«

Die ehrliche Besorgnis in seiner Stimme ließ eine weitere

Träne rollen. »Ja. Wir müssen reden. Aber das tun wir, wenn du wieder hier bist«, erwiderte sie. »Es ist nichts Schlimmes. Nur Sentimentalität.«

»Hm. Also gut.« Er klang nicht überzeugt. »Ich bin bald zurück. Ich kann es kaum erwarten. Und ich bin unendlich froh, den Job in Wiesbaden leichthin absagen zu können, weil ich etwas viel Besseres in Aussicht habe.«

21. Kapitel

Es war acht Uhr morgens in Stüvensee. Pia hatte die sieben ihr zugeteilten Mitarbeiter wieder in dem improvisierten Besprechungsraum im kleinen Polizeirevier um sich versammelt.

»Schneewittchen und die sieben Zwerge«, hatte Broders beim Hereinkommen gewitzelt. Pia wünschte, sie hätte für die Ermittlungen mehr Leute zur Verfügung. Doch Rist beharrte darauf, dass es ihm momentan nicht möglich sei, ihr mehr Kollegen vom K1 zuzuteilen, gleichgültig, ob sie zu dem Mord nun zusätzlich einen Vermisstenfall zu lösen hatte oder nicht. Schwang da indirekt sogar der Vorwurf mit, dass sie das Verschwinden der Zeugin während ihrer Ermittlung zu einem gewissen Teil mit zu verantworten hatte?

Immerhin hatte sie Broders an ihrer Seite. Auf ihn konnte sie sich hundertprozentig verlassen. Und auch Holger Jansen und Dana Bremer waren anscheinend engagierte, fähige Polizeibeamte. Die anderen vier Polizisten, die ihr zur Verfügung standen, kannte Pia zwar noch nicht so gut, doch alle waren an diesem Morgen hellwach und motiviert bei der Sache.

Sie fasste noch einmal den bisherigen Stand ihrer Ermittlung zusammen: Burkhard Schönfeld, Bürgermeister des Ortes Stüvensee und Privatier, war, mit einem Spaten erschlagen, am Gartenteich hinter Linn Aubachs Kate aufgefunden worden. Der Fundort war auch der Tatort. Die Tatwaffe stammte aller Wahrscheinlichkeit nach aus Frau Aubachs Gartenschuppen. Die Fingerabdrücke auf dem Stiel des Spatens stimmten mit einigen aus dem Haus von Linn Aubach überein. Nicht jedoch mit den Fingerspuren von Alva Dohrmann, die ebenfalls in der Kate sichergestellt worden waren. Die Blut- und Gewebereste am Spatenblatt stammten vom Opfer. Diese Anhaftungen hatten sogar ihr kurzes Bad im Gartenteich bei den Koi-Karpfen überlebt. Da der Schuppen unverschlossen gewesen war, hatte der Täter den Spaten einfach dort herausnehmen und als Tatwaffe verwenden können – offenbar mit Handschuhen, um eigene Fingerabdrücke zu vermeiden. Der Tod Schönfelds war zwischen zwanzig Uhr und Mitternacht eingetreten. Eine Uhrzeit, zu der die wenigsten Menschen belastbare Alibis hatten.

Eine Besonderheit war, dass Linn Aubach ihr Haus kurz zuvor über ein Internetportal an Alva Dohrmann aus Lüneburg untervermietet hatte, während sie selbst für zwei Wochen an den Comer See gereist war. In der ersten Nacht nach Alva Dohrmanns Ankunft hatte diese angeblich am späten Abend jemanden auf dem Grundstück gesehen und gehört. Sie hatte aber nicht sagen können, um wen es sich dabei gehandelt hatte. Es konnten durchaus das Opfer und/oder der Täter gewesen sein. Demnach könnte Alva Dohrmann den Mörder gesehen haben.

Eine nützliche Beschreibung dieser Person gab es allerdings nicht. Die Zeugin hatte sich auf Pias ausdrückliche Bitte hin eher widerstrebend im Gasthof von Stüvensee einquartiert. So hätte sie am nächsten Tag für weitere Befragungen zur Verfügung gestanden.

Doch es war anders gekommen: Frau Dohrmann hatte abends noch im Restaurant des Gasthofes etwas gegessen, war danach aber nicht mehr gesehen worden. In ihrem Pensionszimmer hatte das Bett unbenutzt gewirkt. Die meisten ihrer Sachen waren aus dem Zimmer verschwunden. Ebenso war ihr Auto nicht mehr da, das auf dem Parkplatz des Gasthofs gestanden hatte. Alva Dohrmann konnte abgereist, aber auch entführt oder ermordet worden sein. Seitdem fehlte jedenfalls jede Spur von der Frau. Pias Hoffnung, sie würde rasch wieder auftauchen wie so viele Vermisste oder sich zumindest bei der Polizei melden, war nicht in Erfüllung gegangen. Alva Dohrmann war zur Fahndung ausgeschrieben. Ihr Handy konnte nicht geortet werden. Es hatte zwar ein paar Hinweise gegeben, denen man nachgegangen war, jedoch ohne Ergebnis.

Broders erläuterte anschließend, wie die Hausdurchsuchung am gestrigen Tag bei Schönfeld und Rosina Peters verlaufen war. Die Daten auf den sichergestellten Computern und dem Handy wurden bereits von der Kriminaltechnik ausgewertet. Die Kartons mit Akten und weiteren Papieren aus Burkhard Schönfelds Büro lagerten noch in einem verschlossenen Nebenraum, um nach Lübeck gebracht zu werden.

»Von ersten Auswertungen von Schönfelds Mobiltelefon wissen wir bereits, dass unser Opfer am Abend seines Todes einen Anruf von einem nicht identifizierbaren Prepaid-Handy bekommen hat«, sagte Broders. »Es war der letzte Anruf, den er erhalten und angenommen hat. Es hat sich jemand die Mühe gemacht, sich ein solches Telefon zu besorgen, um ihn anonym anrufen zu können. Dementsprechend ist zu vermuten, dass der Anruf direkt oder indirekt mit dem Mord an Schönfeld zu tun hat.«

»Um wie viel Uhr kam der Anruf? Und wie lange dauerte er?«, wollte Pia wissen.

»Um 22.44 Uhr ging er ein. Er dauerte nur zwei Minuten, einundfünfzig Sekunden.«

»Der Anrufer oder die Anruferin könnte Schönfeld veranlasst haben, zu Aubachs Haus zu fahren«, sagte Dana Bremer.

»Aber der Anruf hat ihn anscheinend nicht dazu gebracht, an der Tür zu klingeln wie ein normaler Besucher.«

»Sollte Schönfeld nicht eher misstrauisch geworden sein, wenn ihn jemand anonym anruft?«, fragte Dana.

»Nicht, wenn er nichts Böses ahnte«, antwortete Jansen. »Ab und zu rufen doch Leute mit unbekannter oder unterdrückter Nummer an.«

»Was ist mit sonstigen Anrufen, die Schönfeld von dem Handy aus geführt hat?«, erkundigte sich Pia. »Ist da etwas Interessantes dabei? Hatte er Kontakt zu Leuten, die zu unserem Kreis der Verdächtigen gehören?«

»Wie gesagt, wir sind noch bei der Auswertung«, erklärte Broders.

Pia unterdrückte ihre aufkommende Ungeduld. Die Zeit lief unerbittlich weiter und arbeitete gegen sie – und damit für einen Mörder. »Kannst du den anderen noch etwas über den Karton mit den Fotos unter Schönfelds Bett erzählen?«, forderte sie Broders auf.

»Sicher. Wir haben einen einfachen Schuhkarton gefunden. Ursprünglich war es eine Verpackung für Badelatschen, Größe 43. Schönfelds Schuhgröße. Jetzt befanden sich allerdings Fotos von Frauen darin, deren Identität uns bisher noch nicht bekannt ist. Die Fotos sind teils schon vergilbt, also dem Anschein nach etwas älter.«

Pia spürte, wie ihre Leute aufmerkten. »Ihr solltet sie euch alle ansehen«, forderte sie. »Vielleicht erkennt ja jemand von euch eine der Abgebildeten wieder? Vor allem ihr beide.« Sie nickte Dana Bremer und Holger Jansen zu. »Ihr kennt hier doch einige der Leute.«

»Ich schaue sie mir gleich nach der Besprechung an«, meinte Jansen.

»Was für Fotos sind das?«, fragte Milo Pawlik, einer der Pia neu zugeteilten Kollegen. Er war ein junger Kriminalpolizist aus Eutin.

Pia blickte Broders auffordernd an.

»Wie ich bereits sagte: Die Bilder sind anscheinend schon älter. Sie wurden analog auf einem Rollfilm aufgenommen und in einem Fotolabor entwickelt und abgezogen. So, wie man es früher gemacht hat, wie die Älteren von uns wohl wissen. Auf der Rückseite war jeweils ein Aufdruck. Das Labor, in dem die Fotos abgezogen wurden, existiert schon seit einigen Jahren nicht mehr. Ich zeige euch ein paar der Bilder.« Broders heftete vergrößerte Farbkopien der Fotografien mit Magneten an das Whiteboard.

Alle blickten auf die Porträts und Halb- oder Ganzkörperfotos von Frauen, deren Farben teils schon merklich verblasst und verfälscht waren.

»Auf manchen Fotos ist ein bisschen was von der Umgebung zu erkennen«, führte Broders aus. »Aber es sind beinahe immer Innenräume. Viele Fotos sehen so aus, als wären sie ohne das Wissen der Frauen gemacht worden. Keine guckt richtig in die Kamera. Sie sind zwischen dreißig und fünfzig Jahre alt, meistens eher jünger. Sie sind vollständig bekleidet, eher im Alltagslook. Weder sind sie auffallend hübsch noch besonders zurechtgemacht. Sie sehen alle aus wie die berühmte ›Frau von nebenan‹.«

»Haben die Frauen irgendeine Gemeinsamkeit? Erkennt jemand eine Art ›Beuteschema‹?« Pia blickte mit zusammengezogenen Augenbrauen auf die Fotos.

»Sie sind unauffällig in jeglicher Hinsicht«, antwortete Milo Pawlik.

»Viele von ihnen sind eher etwas fülliger«, merkte Dana Bremer an.

»Einige kann man durchaus als hübsch bezeichnen«, sagte Holger Jansen.

»Gegebenenfalls könnten wir sie Carmen Lebrecht zeigen. Als Wirtin kennt sie die meisten Leute hier«, schlug Dana Bremer vor.

»Nein, noch nicht«, erwiderte Pia. »Frau Lebrecht ist zu sehr involviert. Die Kenntnis über das Vorhandensein der Fotos ist erst mal nicht für die Öffentlichkeit bestimmt.«

»Dann können wir sie auch nicht veröffentlichen?«, hakte Dana nach.

»Mal abgesehen davon, dass ich die Existenz der Fotos vorerst geheim halten will, wäre eine Veröffentlichung auch datenschutzrechtlich schwierig«, antwortete Pia. »Fotos von Leuten im Zusammenhang mit einem Mordfall zu veröffentlichen, von denen wir nicht wissen, ob sie irgendwas mit den Geschehnissen tun haben – falls wir das später mal erwägen, müsste ich das mit dem Staatsanwalt abstimmen.«

»Immer dieser Datenschutz …«, beschwerte sich Broders.

Pia seufzte. »Wir halten uns an das Gesetz. Und wir werden den Täter finden und überführen, Datenschutz hin oder her.«

Mit diesen leicht pathetischen Worten schloss sie das Thema »Fotos« ab. Als alle Kollegen ihren Anteil an der Ermittlungsarbeit des gestrigen Tages für die anderen vorgetragen hatten, blickte Pia kurz auf ihr Handy. Gab es Neuigkeiten in Bezug auf Alva Dohrmann, oder war Linn Aubach inzwischen eingetroffen? Es sah nicht so aus. Also verteilte Pia mit dem beunruhigenden Gefühl der Zeitnot die neuen Aufgaben.

»Oh! Ist etwa was mit Oma?!« Die Frau, vor deren Wohnungstür Dana Bremer und Broders standen, sah sie mit einer Mischung aus Erstaunen und Misstrauen an.

»Nicht, dass wir wüssten. Sind Sie Frau Fock?«, fragte Broders.

»Steht doch draußen dran. Ich bin Manuela Fock.« Burkhard Schönfelds Mieterin war eine korpulente Mittzwanzigerin mit mehr Metall in Gesicht und Ohren als eine altmodische Nietenhose. »Und Sie sind?«, wollte sie wissen.

»Kriminalpolizei. Das ist meine Kollegin Frau Bremer, mein Name ist Broders. Dürfen wir reinkommen?«

»Polizei? Ist Erik etwa in Schwierigkeiten?«

»Wer ist Erik?«

»Mein Bruder. Kommen Sie doch endlich rein. Aber ich warne Sie: Die Rasselbande hat Hunger.«

Sie folgten Manuela Fock durch einen mit Kleinmöbeln und Spielzeug zugestellten Flur in eine Küche, deren Schränke und Geräte aus verschiedenen Jahrzehnten des vorherigen Jahrtausends stammten. Beinahe die gesamte Freifläche auf dem Boden wurde von einem ramponierten Laufstall und einem weißen Resopaltisch mit fünf Stühlen eingenommen. In dem Laufstall zankten sich zwei Kleinkinder um einen Kipplaster aus Plastik. Trotz der späten Morgenstunde trugen sie noch ihre Schlafanzüge mit Teddys darauf.

»Setzen Sie sich, sonst werden die Lütten unruhig.«

Broders beäugte kritisch den durchhängenden weißen Plastikstuhl, der ihm als Sitzgelegenheit angeboten wurde. »Danke, wir haben nur ein paar wenige Fragen.«

»An mich?« Sie drehte sich vom Herd um und deutete auf ihre Brust, genauer gesagt auf den tiefen Spalt zwischen ihren Brüsten, der im Ausschnitt des Tanktops beinahe bis zu ihrem Bauchnabel zu verfolgen war.

»Wie lange wohnen Sie schon hier?« Dana Bremer hatte Platz genommen und ihren Block gezückt.

»Knapp zwei Jahre. Und ich zahle immer pünktlich die

Miete. Per Dauerauftrag. Hat mein Vermieter sich etwa über mich beschwert?«

»Wieso denken Sie das?«, fragte Broders, der auf dem Stuhl balancierte und seine Hose vor kleinen klebrigen Händen in Sicherheit zu bringen versuchte, die sich durch die Gitterstäbe streckten.

Frau Fock rührte heftig in einem Topf auf dem Herd. »Es gibt Menschen, von denen erwartet man nichts anderes als Ärger.«

»Sie scheinen nicht gerade gut auf Herrn Schönfeld zu sprechen zu sein«, bemerkte Dana Bremer in vertraulichem Tonfall.

»Ich habe nichts gegen ihn.« Sie pustete auf einen mit Brei gefüllten Löffel und probierte. »Jedenfalls nichts Wirksames.«

»Sie mochten ihn nicht?«

»Er ist mir so egal wie … dieser Aschenbecher da.«

»Burkhard Schönfeld ist tot, Frau Fock«, informierte Broders sie, bevor die Frau sich durch irgendwelche unbedachten Bemerkungen in Schwierigkeiten brachte. Denn in denen steckte sie, so wie es hier aussah, bereits bis über beide Ohren.

»Echt jetzt?«, fragte sie. Es roch angebrannt. »Ich kann nicht sagen, dass mich das traurig macht. Sorry.«

»Wann haben Sie ihn zuletzt gesehen?«

»Das ist schon ein paar Wochen her.« Sie schob den Topf von der Kochplatte. »Ich gehe dem Mann ehrlich gesagt lieber aus dem Weg.«

»Warum?«

»Ich konnte nicht riskieren, dass mein Bruder ihm mal so richtig Bescheid gibt. Erik ist auf Bewährung, wissen Sie?«

»Erik Fock?« Dana Bremer schrieb den Namen in ihr Notizbuch.

»So heißt er meines Wissens.«

»Warum hätte Ihr Bruder Herrn Schönfeld ›Bescheid geben‹ sollen? In Bezug auf was?«

»Ach.« Sie winkte mit dem Löffel ab, sodass ein wenig Brei, weiß mit braunen Stückchen, auf dem PVC-Fußboden landete. »Der Alte dachte, er könnte mich einfach mal so anbaggern.« Sie lachte genervt auf. »Aber da hatte er sich so was von verrechnet.«

»Herr Schönfeld, Ihr Vermieter, hat sich … an Sie herangemacht?«, vergewisserte sich Dana Bremer mit zusammengezogenen Brauen.

»Das habe ich mir bestimmt nicht eingebildet. Aber Erik hat da ganz schnell für Klarheit gesorgt.«

»Wie hat Ihr Bruder denn für Klarheit gesorgt?« Sollte es letztlich so simpel gewesen sein?

»Sie haben nur geredet«, stellte sie sofort klar. »Erik passt auf mich auf. Wegen der Rasselbande habe ich sowieso keine Zeit für Männer. Die Zwillinge und ein Kleinkind …«

»Können Sie uns sagen, was Herr Schönfeld genau getan hat, um Sie ›anzubaggern‹?«, hakte Broders nach.

Manuela Fock musterte ihn. Dann sagte sie mit einem Schulterzucken: »Zuerst hat er mich immer nur so unangenehm angeglotzt. Doch eines schönen Tages kommt er hier an, um irgendwelche Gas-Zähler abzulesen.« Sie schnaubte. »Und als ich eine Sekunde nicht aufpasse und Kimberly aus dem Laufstall hebe, grabscht er mir an den Arsch.«

»Was?«, kam es von Dana Bremer.

»Es war ein heißer Nachmittag. Ich trug nur ein Shirt und einen String«, ergänzte sie.

»Und was passierte dann?«

»Ich habe ihn achtkantig rausgeschmissen. Er hat mir noch gedroht, von wegen Kündigung und auf die Straße setzen und so, wenn ich nicht ›netter‹ zu ihm bin. Ich habe es dann Erik erzählt.«

»Hat er es noch mal versucht? Oder sich anderweitig übergriffig verhalten?«, fragte Broders.

»Ich habe ihn einfach nicht mehr hier hereingelassen. Aber er hatte die Botschaft wohl auch so verstanden.«

»Wir müssen darüber noch mit Ihrem Bruder sprechen, Frau Fock. Dazu benötigen wir seine Adresse.«

»Seine genaue Adresse weiß ich nicht«, wich sie aus.

»Eben klang es so, als stünden Sie sich nahe.«

»Das tun wir auch.« Manuela Fock holte Teller aus dem Schrank und knallte sie auf den Tisch. »Er ist der Patenonkel von meinem kleinen Bela. Der, der im Kindergarten ist.«

»Also: Wie erreichen wir Ihren Bruder?«, beharrte Broders. »Wir können ansonsten auch über seinen Bewährungshelfer gehen«, bot er an.

Die Frau stöhnte, riss ein Stück von einer alten Pizzapackung auf dem Küchentresen ab und kritzelte etwas darauf. Dann reichte sie Broders einen Fetzen Pappe mit einer Nummer darauf. »Rufen Sie ihn an. Aber ich warne Sie: Erik ist sauber. Wenn Sie ihm etwas anhängen …«

»Wenn er unschuldig ist, hat er nichts zu befürchten«, erwiderte Dana Bremer.

Manuela Fock warf ihr einen Blick zu, als hätte sie gerade behauptet, draußen regne es Gummibärchen.

»Nun gut.« Broders stand auf, ohne den kippeligen Tisch mit den Tellern umzureißen. Eines der Zwillingsmädchen warf ein rosa Plastikpferd nach ihm. Die Schwester rüttelte brüllend an den Gitterstäben.

»Und was ist mit meinem Alibi?«, fragte Frau Fock amüsiert.

»Haben Sie eins?«

»Wann wurde er denn abgemurkst?«

»Woher wissen Sie, dass er getötet wurde?«

»Sonst würdet ihr euch doch nicht die Mühe machen.«

»Wo waren Sie am Montag von zwanzig Uhr bis Mitternacht?«

»Da muss ich gar nicht nachsehen. Hier natürlich.«

»Kann das jemand bezeugen?«

»Nur meine Rasselbande und dieser Typ von *The Walking Dead*. Falls das Fernsehgerät auch in die andere Richtung funktioniert und er mich gesehen hat.« Sie grinste. »Man darf ja noch träumen.«

»Wie bitte?«, fragte Broders.

»Ich schaue gerade eine Zombie–Serie. Fünfte Staffel. Das entspannt mich. Aber ich bin an dem Abend zigmal unterbrochen worden, weil die Kleinen nicht schlafen konnten.« Sie begleitete die Polizisten zur Tür. »Wie waren noch mal Ihre Namen, nur für den Fall, dass es doch Ärger gibt?«, wollte sie unvermittelt wissen.

»Broders und Bremer«, sagte Dana.

»Ich liebe Alliteration am Morgen«, kam es von der Frau, bevor sie die Tür hinter ihnen zuknallte.

»Alli… was?«, wollte Dana Bremer wissen, als sie die Treppe hinuntergingen.

»Alliteration: Stabreim, wie ›Haus und Hof‹ oder ›bei Nacht und Nebel‹.«

Dana Bremer nickte. »Stimmt. Da war was.«

»Unser Job ist voller Überraschungen«, sagte Broders.

22. Kapitel

Broders gab Erik Focks Namen an die Dienststelle in Stüvensee weiter. Die Kollegen sollten ein paar Hintergrundinformationen über ihn einziehen und seine Adresse herausfinden. Dann würden Dana Bremer und er ihn persönlich aufsuchen. Der Nächste auf ihrer Liste von Schönfelds Mietern war ein Mann namens Guido Matzen. Er wohnte in einem vernachlässigt aussehenden Mittelreihenhaus in einem Nachbarort von Stüvensee. Schönfelds Immobilien schienen sich nicht unbedingt in Bestzustand zu befinden. Praktischerweise lagen sie aber alle in der Nähe seines Wohnortes.

Matzen öffnete ihnen nach ein paar Minuten die Tür. Er sah verschlafen aus. Während sie eintraten, erzählte er ihnen, er sei Lkw-Fahrer und vergangene Nacht erst um kurz nach ein Uhr nach Hause gekommen. Er fuhr regelmäßig eine feste Tour nach Fulda.

»Was ist denn dort?«, fragte Dana Bremer.

»Das ist ein Übergabepunkt in der Mitte Deutschlands. Ich lösche da meine Ladung und nehme neue auf, die ich dann nach Norddeutschland zurücktransportiere. So kann ich die meisten Nächte wenigstens in meinem eigenen Bett schlafen.«

»Ach so. Tut mir leid, dass wir gestört haben.«

Er nickte gnädig. Zu seinem Vermieter fiel ihm nicht viel ein. Matzen hatte vor zwei Jahren den Mietvertrag unterschrieben und zahlte seitdem brav seine Miete. Wenn es Kleinigkeiten zu reparieren gab, erledigte er es für gewöhnlich selbst. Weil er nicht gern wartete, wie er sagte.

»Die Frau, die vor mir hier gewohnt hat, hat ziemlich gejammert«, berichtete er. »Die konnte wohl nichts selbst machen … Und der Typ hat sie einfach hängen lassen. Da ist sie weggezogen. Nun ja, ich war froh, dies hier so günstig zu kriegen. Des einen Leid ist des anderen Freud, sagt man doch …«

»Wie hieß Ihre Vormieterin?«

»Da fragen Sie mich echt zu viel. Sie hatte einen Wellensittich …«

Ihr Name würde in Schönfelds Unterlagen zu finden sein. »Wissen Sie, wohin sie gezogen ist?«, hakte Broders ohne viel Hoffnung nach.

»Nein. Ich interessiere mich nicht so für die Angelegenheiten anderer Leute.«

Broders nickte. »Auch eine Lebenseinstellung.«

Matzen kratzte sich am Kopf. »Aber den einen oder anderen sollte man wohl schon haben, der mal nach einem sieht«, räumte er ein, mit einem Mal zweifelnd.

»Ach ja?«

»Nebenan im Haus ist neulich eine ältere Frau gestorben. Fischer hieß die, glaube ich. Ja, Frau Fischer. Die lag angeblich eine Woche lang tot im Bett, bevor jemand sie gefunden hat.« Er schüttelte sich.

»Rechts oder links von Ihnen?«, wollte Dana Bremer wissen.

»Im Bett?«, fragte er entsetzt.

»Nein, das Haus.«

Matzen deutete mit dem Kopf zur linken Wand hinüber. »Nummer 2c. Es ist jetzt über eine Woche her, dass sie die entdeckt haben. Aber es ist immer noch ein dummes Gefühl, daran zu denken.«

»Warum lässt du auch die Geschichte in der 2c überprüfen?«, wollte Dana Bremer wissen. Broders hatte vom Auto aus bereits deswegen telefoniert. »Das Haus zählte doch gar nicht zu Schönfelds Mietobjekten. Burkhard Schönfeld gehörte nur die Nummer b.«

»Weil es ein Todesfall im Umfeld unseres Opfers ist. Es schadet nicht, darauf einen Blick zu werfen. Wer ist der letzte Mieter, den wir heute befragen?«

»Ein Ruschke, Fabian«, las Dana Bremer ab.

»Oh, nein!«, entfuhr es Broders.

»Kennst du ihn?«

»Ich war mit Pia schon bei ihm. Er züchtet Hunde.« Er blickte unwillkürlich auf sein Hosenbein und verschwieg den Rest der Geschichte wohlweislich.

»Ach, der ist das. Stimmt ja. Rosina Peters' Alibi. Willst du noch mal mit ihm reden? Hier steht, er hat seit über zehn Jahren ein Einfamilienhaus in Stüvensee von Schönfeld gemietet.«

»Nur, wenn ich gar nicht drum herumkomme.«

Pia wäre lieber mit den anderen draußen gewesen. Sie saß in der Dienststelle fest und koordinierte alles. Dabei ließ sie sämtliche beteiligte Personen, auf Broders' Anregung hin auch Erik Fock, durch INPOL, das Fahndungssystem der Polizei, laufen. Sie wollte wissen, ob jemand schon einmal polizeilich aufgefallen war.

Zwischendurch checkte sie regelmäßig ihr Handy. Noch immer kein Lebenszeichen von Alva Dohrmann. Und auch nach wie vor keine Nachricht von Linn Aubach. Pia erreichte sie immer noch nicht.

Stattdessen lief der Chat auf der Messenger-App von Felix' Schulklasse heiß. Nachrichten aufgeregter Eltern flogen hin und her, die die Rückkehr der Kinder am frühen Abend erwarteten.

Einige waren besorgt, dass die Kinder heute nicht mehr genug zu essen und vor allem zu trinken bekämen. Andere wiesen daraufhin auf das Vorhandensein von Wasserhähnen in der Jugendherberge und extra mitgenommenen Trinkflaschen hin. Ob auch alles Gepäck sicher wieder mit zurückkäme? Ein Kind war wegen Magen-Darm-Problemen vorzeitig abgeholt worden, und manche äußerten sich besorgt über die Aussicht auf einen allgemeinen Ausbruch von Brechdurchfall während der Busfahrt. Pia hörte förmlich die Helikopter über der Jugendherberge in Sandberg kreisen. Sie war entschlossen, sich nur über tatsächlich eintretende Zwischenfälle aufzuregen. Der übliche Wahnsinn …

Zwischendurch meldete sich Marten. Ein Lichtblick. Er war bereits in Wiesbaden aufgebrochen und würde am Nachmittag wieder in Lübeck sein.

»Willst du Felix mit vom Bus abholen?«, fragte Pia.

»Ich bin extra früher losgefahren, damit ich das auch sicher schaffe«, sagte er.

»Wenn es keine Vollsperrung oder Ähnliches gibt …«

»Bisher läuft es gut. Das klappt schon.« Marten klang zuversichtlich.

Pia sah, wie immer mehr Rückmeldungen zu ihrem Fall eintrafen. Sie hoffte, dass heute nichts Weltbewegendes mehr passierte, um das sie sich kümmern musste. »Ehrlich gesagt bist du mein Back-up für den Katastrophenfall«, erwiderte sie.

»Und der wäre?«

»Dass ich hier heute nicht rechtzeitig wegkomme, um Felix abzuholen. Nicht auszudenken, wenn er tapfer und erfolgreich von seiner ersten Klassenfahrt zurückkehrt und ich nicht am Bus stehe, um ihn abzuholen!«

»Pia, du wirst rechtzeitig loskommen. Du hast doch genügend Leute, die dich mal für zwei Stunden vertreten können. Und im schlimmsten Fall werde ich dich würdig vertreten. Versprochen.«

»Er freut sich schon sehr auf dich.«

»Und am wichtigsten ist wahrscheinlich eh, was es zu Hause für ihn zu essen gibt. Nach drei Tagen Jugendherberge.«

Pia wurde heiß und eiskalt zugleich. »Marten, sag nicht so etwas!«

»Du hast nicht daran gedacht?« Er klang amüsiert, aber auch eine Spur mitfühlend.

»Ich war nur froh, mir die letzten Tage mal keine Gedanken übers Essen machen zu müssen.«

»Und was hast du gegessen?«

»Ach, irgendwas, was mir über den Weg gelaufen ist.«

»Schon klar, Pia. Du hast bloß einmal am Tag irgendwo dran herumgeknabbert und ansonsten nur Kaffee getrunken.«

»Schuldig im Sinne der Anklage.«

»Zur Not gehen wir mit Felix zum Italiener.«

Pia malte Pizzastücke auf die Schreibunterlage. Es war erst halb eins, aber ihr Magen knurrte bei dem Gedanken an Essen. »Ich fühle mich gerade wie die schlechteste Mutter der Welt.«

»Wenn ein Mord passiert, ist dein Job halt anstrengend und zeitaufwendig. Doch zwischendurch gibt es ja auch immer mal ruhigere Phasen, in denen du Felix alle seine Lieblingsessen kochen kannst.«

Sie lachte auf. »Ruhige Phasen? Die Personaldecke bei

uns ist gerade mehr als dünn«, erwiderte sie, schon wieder ernster.

»Broders ersetzt doch mindestens drei Kollegen.«

»Wenn nicht gerade Hunde im Spiel sind ...«

Die Kollegen, die die Handwerksbetriebe aufgesucht hatten, mit denen Schönfeld gearbeitet hatte, kamen zurück in die Dienststelle. Sie berichteten von Missstimmungen bei einigen Handwerkern, die Schönfeld in den letzten Jahren beauftragt hatte. Es war, wie die Aktenlage schon angezeigt hatte, meistens um Reklamationen gegangen, die Schönfeld zum Anlass genommen hatte, nicht die volle Summe zu zahlen. Ein Betrieb, der wohl auch Probleme hatte, rechtzeitig seine Rechnungen zu versenden, war darüber in Konkurs gegangen.

»Ist derjenige sauer genug, um Schönfeld mit einer Schaufel zu erschlagen?«, fragte Pia im Konversationston.

»Wohl kaum. Er ist im Januar verstorben. Herzinfarkt.«

»Und die Witwe oder die Kinder?«

»Die gibt es nicht.«

»Dann scheint es wieder eine Spur zu sein, die im Nichts versandet.«

Als Pia am späten Nachmittag ihre Sachen zusammenpackte, um nach Lübeck zu Felix' Schule zu fahren, hatte sie das Gefühl, als wäre der Tag vergeudet gewesen. Die Einsatzbesprechung um fünfzehn Uhr hatte keine vielversprechenden neuen Spuren zutage gefördert. Und auch von Alva Dohrmann fehlte noch jede Spur. Gerade dieser Punkt machte ihr zu schaffen: eine wichtige Zeugin verloren zu haben, die sie selbst zum Bleiben aufgefordert hatte. Und sie hatte die Verantwortung für diese Ermittlung.

Broders hatte sich bereit erklärt, ihre »spezielle Klientel« aufzusuchen, Erik Fock und auch noch einmal Krischan Lebrecht. Beide waren bereits im Zusammenhang mit Drogen aktenkundig geworden, Fock zusätzlich wegen Körperverletzung im Rahmen einer Kneipenschlägerei. »Ich gehe erst später. Abends werden die jungen Männer doch erst richtig wach und laufen zur Höchstform auf«, hatte Broders unternehmungslustig verkündet.

Pia hatte ihn mit einem dankbaren Blick bedacht. »Aber du fährst nicht allein dorthin«, hatte sie angeordnet. Nicht, dass ihr liebster Teamkollege noch »unter die Räder geriet«. Es gab weit Schlimmeres als das, was ihm bei Ruschke passiert war. Nicht auszudenken …

»Nein, Jansen kommt mit mir. Der hat heute Abend auch noch nichts so Spannendes vor.« Die Männer hatten mit einem ironischen Heben der Augenbrauen Blicke getauscht.

»Dafür gehe ich morgen früh gleich mit Pawlik noch mal zu Fabian Ruschke«, hatte Dana Bremer schnell gesagt. »Wir werden ihn wegen seines Mietverhältnisses mit Schönfeld in die Mangel nehmen. Warum er nicht gleich gesagt hat, dass das Opfer sein Vermieter ist.«

»Wir haben ihn nicht danach gefragt«, bekannte Pia. Dana Bremer hatte offensichtlich ein schlechtes Gewissen, weil sie Broders an diesem Abend nicht begleitete. Solche Anwandlungen sollte sie sich schnellstens abgewöhnen.

Broders war sichtlich erleichtert gewesen, nicht noch einmal zu Ruschke fahren zu müssen. Als sich ihre Blicke getroffen hatten, war er sich mit der flachen Hand vor der Kehle entlanggefahren. Eine dezente Warnung, ja nichts von dem Zwischenfall bei Fabian Ruschke zu erzählen.

Doch das hätte Pia sowieso nicht getan, und das wusste er auch.

Sie blickte auf ihre Uhr. Es war Zeit, nach Lübeck zu fahren.

Pia stellte ihren Wagen in der Nähe ihrer Wohnung ab und lief sofort los zu Felix' Schule.

Die Eltern standen schon in Grüppchen vor dem Tor und erwarteten die Ankunft ihrer Kinder. Von Marten war aber noch nichts zu sehen, stellte sie mit einer gewissen Enttäuschung fest. Er hatte gesagt, dass er es mit etwas Glück und ohne Staus rechtzeitig zur Schule schaffen könnte.

Es dauerte nicht lange, da bog der große Reisebus um die Ecke und rollte langsam vor das Schultor. Er musste trotz des Feierabendverkehrs gut durchgekommen sein. Mit einem gewissen Sinn für Dramatik dauerte es beinahe fünf Minuten, bis sich die Türen des Busses öffneten. Zuerst erschien eine abgekämpft aussehende Frau Wagner. Danach strömten die Kinder heraus. Ein junger Lehrer folgte.

Pias Herz schlug heftig vor Wiedersehensfreude, als sie Felix erblickte. Er sprang mit dem Rucksack auf dem Rücken und seinem Plüschhund im Arm die Stufen herunter. Emily folgte ihm. Er winkte ihr noch einmal zu, als er auf dem Fußweg stand. Dann schaute er sich suchend unter den Eltern um. Pia lief auf ihn zu, und Felix flog ihr in die Arme.

»Na, mein großer Abenteurer! Ich freu mich so, dass du wieder da bist!« Sie drückte und küsste ihn.

»Mama, nicht vor den anderen Kindern!« Doch seine Wangen glühten, und er strahlte ebenfalls vor Freude. Allerdings roch er ein wenig nach … »Kaninchenstall«. Das traf es am besten. Und wenn sie sich nicht sehr täuschte, trug er noch exakt dieselben Kleidungsstücke wie bei seiner Abfahrt.

Felix erzählte aufgeregt, welche Kinder auf der Fahrt »gekotzt« hatten, wer so schlimm Heimweh bekommen hatte, dass er abgeholt werden musste, und dass das Essen bis auf die Grillwürstchen am letzten Abend gruselig gewesen sei.

»Und war es schön mit Emily? Habt ihr euch gut verstanden?«

»Ja.« Doch Felix' Gesicht verdüsterte sich kurz. »Nur zwei Jungs aus meiner Klasse waren doof zu mir.«

Pia wollte gerade nachhaken, als Emily und ihr Vater zu ihnen traten.

»Emily möchte Felix noch Tschüss sagen«, behauptete ihr Vater. Emily war damit beschäftigt, in ihrem Rucksack zu wühlen.

»Ich habe gerade gehört, dass ihr euch so toll verstanden habt«, sagte Pia zu dem Mädchen.

»Emily hat am Telefon von niemand anders erzählt als von Felix«, beteuerte ihr Vater.

»Tschüss, Emily!«, rief Felix. Doch er war schon auf etwas weit hinter dem Reisebus konzentriert, was außerhalb von Pias Blickwinkel lag.

»Tschüss, Felix!« Auch Emily war immer noch nicht ganz bei der Sache, wie es aussah.

»Wir müssen noch einen Moment hier warten, bis die Koffer ausgeladen sind«, erklärte ihr Vater. »Wie sieht Felix' Koffer aus? Soll ich ihn mitbringen?«

»Danke, das ist nicht nötig«, antwortete Pia.

»Na gut.« Jonas sah ihr in die Augen. »Ich komme direkt von der Arbeit, und die Kinder haben anscheinend auch wenig zu essen bekommen. Wollen wir noch eine Kleinigkeit zusammen essen gehen?«

»Ich werde gleich nach Hause fahren«, erwiderte Pia. »Wir sind schon verabredet.«

»Oh, schade.« Er trat noch näher. »Dann ein anderes Mal?«, fragte er etwas leiser.

Pia riss erstaunt die Augenbrauen in die Höhe.

»Marten!«, rief Felix aufgeregt. Pia konnte ihn gerade noch festhalten, sonst wäre er quer über die Straße auf ihn zugestürzt. »Mama, warum hast du nicht gesagt, dass Marten auch da ist?«

»Er wusste noch nicht, ob er es pünktlich schafft.« Mit einem Seitenblick sah sie das enttäuschte Gesicht von Emilys Vater. Hatte er sich tatsächlich etwas mehr von seinem Vorschlag versprochen?

Marten trat zu ihnen und hob Felix hoch. Er betrachtete ihn und grinste dann. »Du bist ja schon wieder gewachsen, Felix.« Doch aus dem Augenwinkel beobachtete er Pia und Emilys Vater. Der stand auch für ihren Geschmack einen Tick zu nah bei ihr, und das lag nicht allein an den vor dem Bus drängelnden Kindern und Eltern. Marten kam mit Felix auf dem Arm auf Pia zu und küsste sie demonstrativ. Dann sah er erwartungsvoll zu Jonas.

»Das sind Emily, Felix' neue Freundin, und ihr Vater«, erläuterte Pia mit einer Handbewegung, die beide einschloss. »Marten …« Sie zögerte, weil sie ihn beinahe als Felix' Vater vorgestellt hätte. Doch so einfach ging das nicht. Felix' Vater war offiziell und vor allem dem Glauben ihres Sohnes nach immer noch Hinnerk. Verdammt, war das kompliziert! Noch hatten sie keinen guten Weg gefunden, das unerwartete Ergebnis des Vaterschaftstests ihrem Sohn mitzuteilen, ohne dass seine gewohnte Welt zusammenbrach. Er hing an Hinnerk, und das konnte Pia nicht von einem auf den anderen Tag kaputtmachen.

»Marten ist auch Polizist!«, rief Felix stolz und enthob Pia so einer weiteren Erklärung.

»Freut mich«, sagte Jonas, doch es klang nicht so erfreut.

»Da ist mein Koffer!«, rief Felix.

Sie holte den kleinen blauen Rollkoffer mit den Dinosauriern aus dem Gepäckberg, der neben dem Reisebus anwuchs. Als sie sich mit dem Gepäckstück in der Hand zu den anderen umwandte, blickte Marten Jonas gerade prüfend an. Und so eine Prüfung, das wusste Pia aus eigener Erfahrung, ging einem durch Mark und Bein. Vom Wohlfühlfaktor eher Wurzelbehandlung als Wellness.

23. Kapitel

Oh mein Gott! Die Aufregung rieselte durch ihren Körper wie Bläschen in frisch eingeschenktem Champagner. Nicht, dass Tilda Bruhns oft Champagner trank. Manchmal gab es an »hohen christlichen Feiertagen«, wie ihr Vater es spöttisch nannte, in ihrer Familie ein Glas Prosecco. Nur einmal, bei der Konfirmation einer Freundin, hatte sie Champagner probieren dürfen.

Tilda stand am Deich und blickte dem Auto ihrer Freundin Jana nach, das in Richtung Grömitz verschwand. Wie gut, dass Jana dort in einer Kneipe jobbte und sie hierher hatte mitnehmen können. Marko hatte zwar angeboten, sie zu Hause abzuholen, doch das Risiko, in Stüvensee, also quasi vor aller Augen, zu ihrem Freund ins Auto zu steigen, hatte sie nicht eingehen wollen. Der teure Sportwagen würde bei ihren Eltern für Diskussionsstoff sorgen.

Marko und Tilda waren heute zum ersten Mal allein am Strand verabredet. Sie selbst hatte diesen Ort vorgeschlagen, weil es ziemlich unwahrscheinlich war, hier am Lensterstrand auf Freunde oder Bekannte zu treffen. Sie würden bestimmt niemandem begegnen, der es ihren Eltern weitererzählte. Denn das konnte Tilda gerade überhaupt nicht gebrauchen. Die beiden waren in letzter Zeit echt seltsam.

Sie war gespannt, was heute passieren würde. Marko und sie könnten von hier aus nach Lensahn in seine Wohnung fahren. Sie wollte wissen, wo er lebte. War es an diesem Abend endlich so weit? Würde sie, nein, wollte sie ihre

Jungfräulichkeit verlieren? Während des letzten Schuljahres war es ihr so vorgekommen, als wäre ihr Leben eine einzige öde Warteschleife. Tilda war beinahe die Letzte im Kreis ihrer Freundinnen, die »es« noch nicht getan hatte. Nur Marie war ebenfalls noch Jungfrau. Aber die wollte sich angeblich für die Ehe »aufsparen«. In welchem Jahrhundert lebte sie eigentlich?

Einerseits wollte sie es, andererseits auch nicht. Sie sollte lieber noch etwas abwarten. Sie kannte Marko ja erst seit vier Wochen. Und waren sie überhaupt richtig zusammen? Immerhin hatte er ihr seine Lederjacke geliehen. Nur, dass sie sie nicht tragen konnte, ohne tausend Fragen von ihren Eltern zu riskieren. So lag sie oben hinter ihren Pullovern in ihrem Kleiderschrank.

Die Jungen aus ihrer Schule oder von der Tanzschule, die für ein reguläres »Miteinander-Gehen« infrage kämen, interessierten Tilda einfach nicht. Bis sie Marko getroffen hatte, hatte sie schon gefürchtet, sie sei frigide oder vielleicht auch lesbisch, ohne es zu wissen.

Sie hatten sich auf einer Scheunenfete kennengelernt. Man könnte lapidar sagen, dass er sie angebaggert hatte … Tilda hatte ihn aber schon vorher hin und wieder gesehen und beobachtet. Er war ein schlanker, nicht allzu großer junger Mann mit dunklen Haaren, der eine ungeheure Präsenz ausstrahlte. Er war schon sechsundzwanzig Jahre alt, also eigentlich zu alt für sie. Da aber alle immer meinten, sie sei »reif für ihr Alter« oder auch altklug, passte Marko doch hervorragend zu ihr. Er stellte ihr die Fragen zu ihren Plänen und Wünschen, die ihr sonst niemand stellte. Er nahm sie ernst und eröffnete ihr eine völlig neue Sichtweise auf die Welt. Ihr Umfeld, die Meinung ihrer Eltern – all das kam ihr inzwischen engstirnig und provinziell vor.

Marko hatte keine Pläne, er hatte Visionen für die Zukunft. Er wollte lieber mit ihr auf Mauritius tauchen gehen oder auf Kamelen durch die Sahara reiten, als nach einem öden Studium bei einer Versicherung zu arbeiten. Wenn er sie in den Arm nahm und so wunderbar küsste, wurde Tilda ganz schwach vor Begehren. Sie hatte sich niemals vorstellen können, dass so etwas überhaupt möglich war. Und gegen Tauchen auf Mauritius hatte sie im Übrigen auch nichts einzuwenden.

Sie setzte sich auf die unterste Stufe der Treppe, die über den Deich hinweg zum Strand führte. Noch war es warm und der Himmel über dem Kiefernwäldchen auf der anderen Straßenseite blau. Es roch nach warmem Gras und Meer. Der Wind frischte zum Abend hin manchmal auf, doch unten am Strand, hinter den Dünen, konnten sie sich in eine Decke kuscheln und vielleicht ein kleines Lagerfeuer anzünden.

Tilda sah Marko schon von Weitem, wie er die lange Straße direkt auf sie zufuhr. Mit seinem Motorrad. Er hielt an und stieg ab und nahm den Helm ab. Verdammt lässig sah er aus, auch wenn Tilda vom Motorradfahren nicht so begeistert war. Aber niemand war perfekt, oder?

Sie lief ihm entgegen, und Marko zog sie in die Arme. »He, Babe, toll, dich zu sehen!«

Nach einer schwindelerregend zärtlichen Begrüßung stiegen sie eng umschlungen die Treppen hinauf und wieder hinunter. Hinter dem Deich führte ein sandiger Weg in Richtung Strand. Das Gelände war beidseitig mit hohem Dünengras und Ginsterbüschen bewachsen. Linker Hand standen mehr Bäume und Büsche, sodass es eher ein lichtes Wäldchen war.

Sie durchquerten noch eine Dünenkette und gelangten an den feinsandigen, hellen Strand. Um diese Uhrzeit waren sie bereits allein hier. So hatte Tilda es sich erhofft. Sie holte eine Picknickdecke aus ihrer großen Umhängetasche, und Marko breitete sie an einer geschützten Stelle nahe den Dünen aus. Hier hatten schon andere Strandbesucher ihre Sandburgen gebaut und einen kleinen Steinkreis für ein Lagerfeuer angelegt. Es fehlte nur noch ein bisschen Treibholz. Allerdings durfte man sich beim Feuermachen nicht erwischen lassen.

Tilda zog Chips und eine Flasche Rotwein aus der Tasche. Marko steuerte Zigaretten und ein Feuerzeug bei, das ihnen bei dem Feuerchen gute Dienste leisten würde. Als Tilda bemerkte, dass sie nicht nur ein Feuerzeug, sondern auch einen Korkenzieher vergessen hatte, suchte sie im Sand nach einem Stock aus hellem Treibholz, säuberte ihn und drückte den Korken damit in die Flasche.

»Patente Frau«, sagte Marko anerkennend. Sie setzten sich eng nebeneinander, tranken den Wein aus der Flasche und aßen die Chips dazu. Marko rauchte.

Nachdem die Flasche zur Hälfte geleert war, ließen sie sich auf die Decke sinken und knutschten ausgiebig. Tilda schmeckte Rotwein, Salz und Paprika sowie Zigarettenrauch in Markos Mund. Sie fühlte sich benommen, beinahe berauscht, was definitiv nicht nur an dem Wein liegen konnte.

Markos warme Hand fuhr unter ihr T-Shirt. Sie erschauerte und ließ ihn gewähren. Seine Finger hoben ein Körbchen ihres BHs, er strich über ihre Brustwarze.

»Komm, wir ziehen das aus«, sagte er.

»Nein, nicht hier am Strand … Das ist zu kalt.«

»Wir gehen unter die Decke.«

»Nein, noch nicht.«

Er zog sich in einer geschmeidigen Bewegung sein Shirt über den Kopf. Sie bewunderte seine Schultermuskulatur und sein sichtbares Sixpack, wenn er die Bauchmuskeln anspannte. Auf der Brust hatte er ein großes Tattoo, was sie mehr als cool fand. »Ist das ein Wolf?«, fragte sie.

»Nein. Ein Kojote.«

»Warum ein Kojote?«

Er drückte sie hinunter auf die Decke. »Warum *kein* Kojote?«, erwiderte er neckend. »Das ist mein Markenzeichen.«

Sie schloss die Augen, unentschlossen, wie sie sich den Fortgang der Ereignisse wünschte. Es war gut, aber es war nicht … perfekt.

Er spürte, dass sie abgelenkt war. »Was ist los, Kleine?«

Kleine? »Der Wind hat ganz schön aufgefrischt.« Sie richtete sich auf einen Ellenbogen auf.

»Und ich dachte, du bist ein Küstenkind.« Er strich ihr eine Haarsträhne aus dem Gesicht. »Ich bin vollkommen verrückt nach dir, Tilda. Du bist so schön. Wollen wir nicht zu dir nach Hause fahren?«

Nein, das ginge jetzt gar nicht. Und sie hatte sich auch gerade dagegen entschieden, den Dingen ihren Lauf zu lassen. »Ich mag es, hier am Wasser zu sein. Lass uns lieber ein Feuer anzünden«, erwiderte sie ausweichend.

Sein Gesicht verzog sich missmutig. Er sah sie mit zusammengezogenen Brauen an. Sein Blick unter dichten, gebogenen Wimpern, auf die so manche Frau neidisch werden könnte, machte sie beklommen. Das war ihr neulich schon aufgefallen. So lieb und fürsorglich Marko war, so verstörend wirkte er auf sie, wenn er schlechte Laune bekam. Doch dieses Mal verflog die Missstimmung zum Glück schnell wieder. Er grinste und sagte spöttisch: »Du bist eine richtige kleine Romantikerin, was? Wie alt bist du eigentlich?«

»Was tut das zur Sache?«, murmelte Tilda.

Er kniff die Augen zusammen, neigte den Kopf zur Seite und erhob sich mit der Geschmeidigkeit einer Raubkatze. »Das tut einiges zur Sache, glaub mir.«

Sie hatte ihm längst gesagt, dass sie siebzehn war, in drei

Monaten achtzehn. Doch anscheinend hatte er es schon wieder vergessen.

Er ging nun am Wassersaum entlang und suchte sichtbar gelangweilt nach Treibholz. Als er nach ein paar Minuten keine nennenswerten Resultate erzielte, stand Tilda ebenfalls auf. Der Rotwein zeigte schon seine Wirkung. Sie musste mal. Sie ging den Weg zwischen den Dünen zurück. Das Gelände dahinter war abgezäunt, doch auf der Hälfte des Weges gab es rechter Hand eine Art Weidegatter. Es war mit einem Kettenschloss versehen. Sie stieg hinüber. Dort konnte sie sich ungesehen hinhocken. Außerdem gab es da bestimmt auch Feuerholz.

Doch zunächst suchte sie eine sichtgeschützte Stelle, wo es keine Stranddisteln gab, die ihr in den Po piksen konnten. Der Abendwind pfiff inzwischen vernehmlich durch die Zweige der Kiefern und strich durch das Dünengras. Nach wenigen Metern war Tilda vom Weg aus nicht mehr zu sehen. Dort, hinter den gelb blühenden Ginsterbüschen, war eine gute Stelle. Und davor lag etwas Feuerholz … Sie hob einen Ast auf, der ihr trocken genug für ein Feuer zu sein schien. Daneben befand sich ein Haufen Zweige, die wohl jemand aufgehäuft hatte. Das war zumindest leicht gewonnenes Anmachholz.

Tilda stakste nun quer durch Gestrüpp und Brombeerranken. Inzwischen war sie so weit vom Strand entfernt, dass Marko sie nicht so leicht finden würde. Hoffentlich suchte er noch nicht nach ihr. Doch wer hatte die Zweige da vorne aufgeschichtet? Das Betreten dieses Dünengürtels war verboten. Und sie kannte kein Tier, das sich so etwas baute.

Der Wind hatte weiter aufgefrischt, sodass sie fröstelte. Ohne ein Feuer konnten sie nicht mehr lange bleiben. Tilda ging zu den Zweigen und beugte sich hinunter, um einen dickeren Ast herauszuziehen. Da sah sie – o Gott! – ein Bein in Jeans, mit einem Leinenturnschuh am seltsam abgeknickten Fuß!

Es dauerte den Bruchteil einer Sekunde, bis sie begriff. Tilda ließ den Ast fallen und schlug die Hände vor den Mund. Ihr Blick folgte dem Bein über verdrehte Hüften, einen blassen, bläulichen Hautstreifen unter einer schmutzigen Bluse bis hin zu einem Haarschopf mit Blättern und Käfern darin. Die Haare schienen ein Eigenleben zu führen. Erst jetzt nahm Tilda auch das Summen der Fliegen richtig wahr.

Mit Grauen sah sie, dass eine Ameisenstraße zu dem Gesicht führte, das sich unter den Haaren am Boden befinden musste. Tildas Erstarrung löste sich. Sie schrie so laut, wie sie noch nie geschrien hatte.

Bereits auf dem Weg nach Hause in Martens Auto merkte Pia, dass Felix zu müde war, um noch in die Pizzeria zu gehen. Wahrscheinlich hatte er die letzten Nächte in der Jugendherberge nicht besonders viel geschlafen. Doch er brauchte noch etwas Richtiges zu essen, bevor er sich nach einer warmen Dusche in sein frisch bezogenes Bett kuscheln konnte, in der Sicherheit seines Zuhauses. Doch der Füllstand ihres Kühlschrankes gab nicht mehr viel Nahrhaftes her. Sie könnten etwas bestellen, doch das dauerte vielleicht zu lange.

Pia überlegte fieberhaft, während sie Marten zu dem nächsten möglicherweise freien Parkplatz in der Adlerstraße dirigierte. Als dort auch nichts frei war, wendete er.

»Ich lass euch vor der Haustür raus. Geht schon mal hoch«, meinte er mit Blick in den Rückspiegel. Felix waren bereits mehrmals die Augen zugefallen.

»Aber du kommst doch mit rauf, Marten, oder?«, rief Felix.

»Natürlich. Ich bringe auch deinen Koffer mit. Geht schon mal vor.«

Oben angekommen, half Pia ihrem Sohn aus den schmutzigen Sachen. Es waren tatsächlich exakt dieselben, in denen er losgefahren war. Immerhin befanden sich dann die übrigen noch frisch gewaschen in seinem Koffer. Hoffentlich hatte er sich wenigstens die Zähne geputzt!

Felix bestand darauf, allein zu duschen und sich die Haare zu waschen. Als das Wasser im Badezimmer rauschte, ging Pia in die Küche und inspizierte ihre Vorräte.

Oje! Es sah mehr als mager aus. Doch wann hätte sie während der Ermittlungen im Fall »Schönfeld« und »Dohrmann« auch noch einkaufen gehen sollen?

Hackfleisch sei der Retter in der Not, sagte ihre Mutter immer. Doch es war nicht genug Zeit, etwas tiefgefrorenes Hack aus dem Gefrierschrank auftauen zu lassen, und aus der Mikrowelle aufgetaut mochte sie es nicht. Die obligatorischen Spaghetti waren noch vorrätig, ebenso Dosentomaten. Die letzten Zwiebeln machten zum Glück ebenfalls noch einen akzeptablen Eindruck, und Thunfisch in Dosen hatte sie auch da. Pia entschied sich für Spaghetti in Thunfisch-Sauce. Felix mochte das gern, und sie hoffte, Marten auch. Immerhin habe ich etwas Wein zum Abrunden der enormen Köstlichkeiten da, dachte sie spöttisch. Oder hinterher einen richtig guten Wodka.

Marten klingelte, als das Wasser für die Spaghetti schon kochte.

Sie öffnete ihm. »Du hast die Wahl: Möchtest du lieber kochen oder Felix aus der Dusche holen!«

»Ich entscheide mich für Felix. Wie lange duscht er denn schon?«

»So knappe zehn Minuten?« Sie hatte nicht auf die Uhr geschaut. »Er kann stundenlang unter der Dusche stehen und sich entspannt das warme Wasser auf die Brust prasseln lassen, wenn ich ihn nicht irgendwann stoppe.«

»Dann dürfte er ja so langsam wieder sauber sein.« Marten zwinkerte.

Kurz darauf saßen sie in Pias Küche und beobachteten staunend, welche Mengen Spaghetti Felix in sich hineinschaufelte. Dabei fielen ihm zum Ende hin bereits die Augen zu.

»Möchtest du ins Bett, Felix?«, fragte Pia und hielt ihn an der Schulter fest, bevor er mit dem Gesicht nach unten in die Tomatensauce fiel.

Ihr Sohn riss sich sichtlich zusammen. »Nein! Das ist noch viel zu früh!«, protestierte er. »Ich bin doch kein Baby mehr.«

»Wie viel hast du letzte Nacht geschlafen?«, wollte Marten wissen.

»Gar nicht«, antwortete er stolz.

»Dann hast du aber was nachzuholen«, sagte Marten. »Das geht mir genauso, wenn ich Nachtschicht hatte.«

»Na gut«, meinte Felix gedehnt. Doch er schien sichtlich erleichtert zu sein, seiner Müdigkeit gleich nachgeben zu können. Es mussten drei anstrengende Tage für ihn gewesen sein.

»Erst Marten, dann Mama«, ordnete er an, als es um das Gute-Nacht-Sagen ging. »Aber heute kein Vorlesen mehr.«

»Felix schläft tief und fest.« Pia kam zu Marten ins Wohnzimmer.

»Er war auch echt fix und fertig.«

Pia ließ sich neben ihrem Freund auf die Couch sinken. Normalerweise würden sie sich jetzt in den Arm nehmen. Sie wollte sich an ihn kuscheln. Schließlich hatten sie sich die ganze Woche über nicht richtig gesehen. Das kurze Zusammentreffen auf Wilfrieds Feier und danach im Fahrstuhl zählte in ihren Augen nicht. Doch Marten sah sie nur konzentriert von der Seite an.

»Was hast du?« Pia zog die Beine unter.

»Der Vater von Felix' Freundin, dieser Emily. Kennst du den Mann näher?«

Sie hätte wissen sollen, dass er da noch mal nachhaken würde, so, wie er ihn angeschaut hatte. »Nein. Emily ist neu in der Klasse. Ich habe ihren Vater bei der Abfahrt nach Sandberg zum ersten Mal gesehen.«

»Er tat ja so, als würdet ihr euch schon ewig kennen.«

»Tun wir aber nicht.« Sie erzählte Marten, wie Emily den Ausschlag für Felix gegeben hatte, überhaupt erst mitzufahren.

»Das ist toll für Felix. Aber der Vater hat dich seltsam angesehen«, beharrte Marten. »Will er sich mit dir treffen?«

»Er hat so etwas vorgeschlagen«, räumte Pia ein. »Aber ich habe abgelehnt. Vielleicht sucht er Kontakt zu anderen Eltern? Die Familie ist gerade hergezogen.«

»Ist er verheiratet oder alleinerziehend?« Martens Augen wurden schmal.

»Ich weiß es nicht.«

»Ein unangenehmer Typ«, stellte er fest.

»Wieso?«, neckte Pia ihn. »Weil er mich nett fand?«

»Nein, überhaupt nicht«, erwiderte Marten ruhig. »Jedenfalls nicht hauptsächlich.« Er verzog selbstironisch das Gesicht.

»Marten, so eifersüchtig zu sein, wegen nichts, das passt überhaupt nicht zu dir.«

»Du hast recht. Ich konnte den Mann nur aus mir noch nicht völlig verständlichen Gründen nicht ausstehen. Ich will dich bestimmt nicht kontrollieren.«

»Ob du es glaubst oder nicht …« Sie rückte zu ihm und brachte ihre Lippen nah an sein Ohr. »Das kannst du auch nicht. Denn ich tue, was immer ich will …«, flüsterte sie. »Genau jetzt. Und ich habe mein Opfer schon im Visier.« Sie hauchte einen Kuss auf seine Ohrmuschel und arbeitete sich dann weiter zu seinen Lippen vor. Marten zog sie zu sich heran und legte sie dann auf der Armlehne der Couch ab, sodass er sie von oben betrachten konnte. »O Gott, wie hast du mir gefehlt, Pia!«

»Du mir gar nicht«, wisperte sie mit einem Augenzwinkern.

Er tat so, als wollte er sie küssen, doch als sie die Augen schloss, um den erwarteten Kuss zu genießen, verharrte Marten in der Luft ein paar Zentimeter über ihr. »Werde bloß nicht frech«, sagte er.

»Doch. Wann immer ich will.«

Sie küssten sich intensiv und zärtlich zugleich, entschlossen, gleich hier auf dem Sofa zum ersten Mal für heute miteinander zu schlafen. Doch Pias Telefon machte ihnen einen Strich durch die Rechnung.

»Oh, verdammt! Nicht jetzt!«, rief sie aus.

»Aber das ist doch gar nicht die Dienststelle«, behauptete er und ließ nicht von ihr ab. »Du kannst später zurückrufen.

Pia richtete sich stöhnend auf. »Dem Klingelton nach zu urteilen, ist es Manfred Rist.«

»Was? Das erkennst du?« Er ließ sie los. Dann beugte er sich hinüber zum Tisch, um ihr ihr Telefon zu reichen.

Als das Gespräch beendet war, schüttelte Pia den Kopf und rieb sich nachdenklich die Stirn.

»Was ist los?«

»Wir haben noch eine Leiche«, sagte sie.

»Kann die nicht ein Kollege von dir übernehmen?«

»Nein.« Pia stand entschlossen auf. »Ich fürchte nicht.« Ihre schlimmste Vorahnung, ihren Fall betreffend, schien gerade wahr geworden zu sein.

Marten erhob sich ebenfalls. »Wo ist denn der Fundort? Wissen die schon, um wen es sich handelt?«, fragte er, ebenfalls sofort im Arbeitsmodus, wie es schien.

»Der Fundort ist ein Dünengürtel an der Küste, in der Nähe von Grömitz.« Pia sah Marten in die Augen. »Um wen es sich handelt, ist noch nicht bekannt. Aber es ist eine Frau. Und gefunden hat die Leiche ein Mädchen aus Stüvensee. Marten, ich weiß vermutlich, um wen es sich handelt.«

24. Kapitel

Die Spurensicherung und ein paar Streifenwagen waren bereits vor Ort. Man hatte den Parkplatz, den Strandzugang und den links an den Weg angrenzenden Bereich des Wäldchens abgesperrt. Ein Tatortzelt wurde gerade aufgebaut.

Wie oft hatte Pia ähnliche Szenarien schon am Fundort einer Leiche gesehen? Und wie oft würde sie noch zum Schauplatz eines Mordes gerufen werden? Es lag natürlich an ihr selbst. Ob sie weiter im K1 arbeiten wollte. Normalerweise brannte sie für ihren Job. Doch heute, in der Erwartung, gleich mit Alva Dohrmanns Leiche konfrontiert zu werden, empfand Pia Frustration, Wut und das Gefühl der Vergeblichkeit all ihrer Anstrengungen.

Eine junge Frau, eher noch ein Teenager, stand in eine Decke gehüllt an einem der Streifenwagen. Sie hielt einen Thermobecher in beiden Händen. Ein Polizist in Uniform war bei ihr. Die Frau war wahrscheinlich diejenige, die die Leiche entdeckt hatte. Weitere Außenstehende konnte sie jedenfalls nicht entdecken.

Sie schaute sich suchend um. Broders und Jansen waren noch nicht da. Sie hatte sie aber bereits über den Leichenfund informiert. Die beiden wollten nach ihren Befragungen noch herkommen. Dafür war Dana Bremer schon zur Stelle. Ihre Wangen waren vor Aufregung gerötet.

Pia sprach mit den Streifenpolizisten, die sehr schnell am Fundort gewesen waren und den ersten »Angriff«, wie es hieß, durchgeführt hatten. Dann ließ sie sich von einem der

Spurensicherungsleute in voller Tatortmontur auf dem festgelegten Pfad zum Fundort führen. Während die Brombeerranken an den Hosenbeinen ihres eilig übergezogenen Overalls rissen, versuchte Pia, sich zu wappnen.

Sie trat auf einen Haufen Zweige und Äste zu und blickte auf den toten Körper, der darunterlag. »Oh, verdammt!«, entfuhr es ihr bei dem Anblick.

Ihr Blick wanderte über schwarze Leinenschuhe und Jeans und Bluse zu dem dunkelbraunen Haarschopf. Glattes braunes Haar, das irgendwie zu leben schien, im Gegensatz zu dem erstarrten Körper. Das Gesicht konnte sie nicht sehen, denn die Tote lag auf dem Bauch.

»Wann kann sie umgedreht werden, sodass wir sie identifizieren lassen können?«, fragte Pia den Rechtsmediziner Tetzlaff, der so plötzlich an ihrer Seite erschienen war, als hätte sich ein weißer Waldgeist neben ihr materialisiert.

»Wir haben hier rund um die Leiche noch einiges an Spuren zu sichern«, sagte Schelling, der Kriminaltechniker, der sie hergeführt hatte. »Aber wir können dich rufen, wenn sie fortgebracht wird. Da kannst du schon mal einen Blick auf ihr Gesicht werfen.«

»Was denken Sie, wie lange die Frau schon hier liegt?«, fragte Pia Tetzlaff. Alva Dohrmann war seit beinahe achtundvierzig Stunden verschwunden. Da konnte das Gesicht eines Toten in freier Natur, noch dazu auf dem Erdboden lagernd, schon verändert sein. Besonders bei den zurzeit herrschenden frühsommerlichen Temperaturen. Doch erkennen würde sie sie.

»Noch viel zu früh, das zu sagen. Aber wenn Sie mich inständig bitten zu schätzen …« Er grinste überheblich. »Etwa vierundzwanzig Stunden.«

Seine unverändert gute Laune war schwer zu ertragen.

»Ich möchte, dass die Tote schnellstmöglich identifiziert wird«, sagte Pia. »Ich habe schon eine Vermutung, wer das sein könnte.«

Pia betrachtete die tote Frau, die wie ein gebrauchtes Spielzeug einfach weggeworfen worden war. »Schaut ihr euch auch die gesamte Umgebung genau an?«, forderte sie Schelling auf. »Wir müssen wissen, wie sie hergekommen ist. Ob sie vom Strand oder vom Parkplatz aus hierher gelangte. Entweder kam sie selbstständig, zu Fuß, oder es müsste Schleifspuren geben.« Pia blickte den Weg zurück. »Ich denke nicht, dass sie getragen wurde.«

»Nur Goliath könnte eine Leiche durch diesen Urwald hierher schleppen, ohne Spuren zu hinterlassen«, ergänzte der Kollege.

»Was sagen Sie zur möglichen Todesursache?«, wandte Pia sich an den Gerichtsmediziner.

»Also, Sie dürfen mich nicht darauf festnageln und so weiter, bla, bla: Aber offensichtlich wurden der Frau die Pulsadern aufgeschnitten, was dafürspricht, dass hoher Blutverlust die Todesursache war.«

»Verstehe.« Erst jetzt fiel Pias Blick auf eines der Handgelenke der Toten. »Ist es hier passiert?«

Tetzlaff zuckte mit den Schultern. »Der Waldboden nimmt Feuchtigkeit gut auf, und im dunklen Erdreich unter der Toten ist Blut erst mal schlecht zu erkennen. Lassen Sie mich meine Arbeit tun, dann wissen wir mehr.«

»Alles klar.« Sie riss sich vom Anblick der Toten los. »Hatte sie Papiere oder ein Handy bei sich? Irgendwas, an dem sich vorab ihre Identität feststellen lässt?«

»Wir haben nichts gefunden. Hier ist nur das, was sie unmittelbar am Körper trägt.«

Pia versuchte, sich zu erinnern, was für Schuhe und welche Kleidung Alva Dohrmann bei ihrer letzten Unterredung getragen hatte, aber sie konnte es nicht mehr genau sagen. Außerdem hatte Frau Dohrmann sich vielleicht vor ihrem Verschwinden irgendwann umgezogen. »Ich will unbedingt ihr Gesicht sehen, bevor sie abtransportiert wird«, erklärte sie nochmals und machte sich auf den Weg zurück zum Parkplatz.

Von dort ging Pia in Richtung Strand. Eine Möwe, die auf dem Boden saß, ignorierte Pias Anwesenheit, als sie nur wenige Schritte an ihr vorbeiging. Am Ende des Weges blieb Pia stehen und atmete tief durch. Die Weite dieses Küstenabschnitts lenkte sie einen Moment von den düsteren Bildern des Leichenfunds in ihrem Kopf ab. Der frische Abendwind vertrieb die düstere Vorahnung und für ein paar Sekunden auch die gedrückte Stimmung.

Pia war gespannt, was die junge Frau, die die Leiche entdeckt hatte, allein hierhergeführt hatte. Sie sollte aus Stüvensee sein. Und es gab von dort einfacher zu erreichende Orte, um am Strand spazieren zu gehen. Sie wollte als Nächstes mit ihr sprechen, fürchtete jedoch, dass das nur in Anwesenheit eines Elternteils möglich sein würde.

Vorher wollte sie sich noch rasch ein Bild der Umgebung machen, um ein Gefühl für diesen Fundort zu bekommen. Erst ein Gartenteich hinter einer Kate, und nun das? Gab es einen Zusammenhang? Es war unwahrscheinlich, dass es sich um zwei zufällig nacheinander auftretende Mordfälle handelte. Besonders dann, wenn es sich bei der zweiten Toten um eine mögliche Zeugin des ersten Mordes handelte.

Der vor ihr liegende Strandabschnitt sah auf den ersten Blick idyllisch und harmlos aus. Hatte hier ein gewalttätiger Übergriff, ein Mord stattgefunden? Wo war die Tat verübt worden? Direkt am Strand? Oder in dem Dünengebiet? Pia blickte sich um. Sie wollte nicht noch weitergehen. Andernfalls würde sie vielleicht mögliche Spuren beschädigen.

Die Sonne war bereits untergegangen, sodass die Lichtverhältnisse von Minute zu Minute schlechter wurden. In der Vergangenheit hatten hier einige Leute am Strand gelagert, Steine gesammelt und Zigarettenkippen hinterlassen. Das Meer hatte jede Menge Treibholz, Algen und auch Unrat angespült. Doch nichts von dem, was sie von hier aus sah, deutete auf den Mord hin, der sich vor Pias innerem Auge abspielte.

Womöglich hatte der auch ganz woanders stattgefunden, und die Tote war anschließend mit einem Auto hierhergebracht worden. Aber dann hätte der Täter sie über den Deich schleppen müssen. Das war ein Kraftakt. Die Gefahr, dass man dabei beobachtet wurde, war selbst nachts relativ hoch. Das Versteck für die Leiche war allerdings nicht schlecht gewählt. Dorthin kam wohl eher selten jemand. Vom Weg aus war nichts zu sehen gewesen. Doch sobald jemand verbotenerweise einen Hund von der Leine gelassen hätte – Hunde mit ihrem feinen Geruchssinn entdeckten eine Leiche meist sofort –, wäre die Tote wahrscheinlich gefunden worden. Es war ein kleines Wunder, dass kein Hundebesitzer der jungen Frau zuvorgekommen war. Und ihr Pech …

Sie hieß Tilda Bruhns, war Schülerin und siebzehn Jahre alt.

»Aus Stüvensee? Bruhns heißt auch die Ärztin, bei der Rosina Peters arbeitet«, bemerkte Broders. Jansen und er waren gerade eingetroffen.

»Tilda Bruhns ist die Tochter«, sagte Jansen. »Wir sollten schnellstmöglich ihre Eltern benachrichtigen. Soll ich das erledigen? Damit die sich keine Sorgen machen. Ich sage ihnen, dass wir ihre Tochter später nach Hause fahren.«

»Wie ist sie überhaupt hierhergekommen?«, erkundigte sich Pia.

»Wir werden es herausfinden.«

»Und ist die Tote nun Alva Dohrmann?«, fragte Holger Jansen mit einem skeptischen Blick in Richtung des Wäldchens. Das weiße Zelt der Spurensicherung leuchtete hell hinter verkrüppelten Kiefern. Ein Generator, der für den Strom sorgte, brummte.

»Wir wissen es noch nicht. Sie geben uns Bescheid, wenn sie die Tote wegbringen«, antwortete Pia. Sie blickte zu dem Streifenwagen. Inzwischen saß Tilda Bruhns auf dem Beifahrersitz. Bei ihr war der Pia unbekannte Polizist. Sie hatte den Kopf gegen die Scheibe gelegt und sah erschöpft aus.

»Broders, bitte begleite du die Zeugin nach Hause. Ich komme nach der Identifizierung nach. Ich würde gern mit dir die erste Befragung durchführen. Wenn Tilda Bruhns noch minderjährig ist, haben wir wahrscheinlich dabei Gesellschaft. Wenn sie nach Hause kommt, soll sie vor unserer Befragung mit niemandem reden.«

»Ich kümmere mich darum.«

Broders schien dem Auftrag nicht abgeneigt zu sein. Hier war viel zu viel Natur um ihn herum. Das war nicht die Umgebung, in der er gerne arbeitete. »Bleib du bitte noch hier, Holger«, sagte sie zu Jansen. »Du kennst in der Gegend mehr Leute als ich. Falls die Tote nicht Alva Dohrmann ist, hast du vielleicht einen anderen Tipp, um wen es sich handelt.«

Jansen nickte. Pia glaubte nicht, dass sie so viel »Glück« haben würden, dass es sich bei der Leiche nicht um die vermisste Urlauberin handelte.

Broders entfernte sich in Richtung des Streifenwagens, wo die junge Frau auf den Fortgang der Ereignisse wartete. Er ging mit ungewohnt ausgreifenden Schritten und nahm die Arme mit, als hielte er Nordic-Walking-Stöcke in den Händen. Vielleicht hatte er seine heutige Schrittzahl noch nicht erreicht?

Es kam dann doch anders, als Pia es geplant hatte. Nach zehn Minuten wurde sie informiert, dass es noch eine Weile dauern würde, bis der Leichenwagen kommen und man die Tote würde wegbringen können. Pia ließ deswegen ihren Kollegen Jansen vor Ort zurück und fuhr schon vorher zu Familie Bruhns nach Stüvensee. Sie wollte das Mädchen und seine Eltern nicht zu lange warten lassen. Immerhin handelte es sich bei der Zeugin um eine Minderjährige. Das Risiko, erst am nächsten Tag mit ihr zu sprechen, wenn die Erinnerungen schon verblasst und vielleicht verfälscht waren, wollte Pia nicht eingehen. Und Jansen war für die Aufgabe, die Tote zu begutachten, ja bestens geeignet. Er hatte auch Alva Dohrmann lange genug gesehen, um sie gegebenenfalls wiederzuerkennen.

Das Haus der Bruhns war ein teilweise mit wildem Wein beranktes Einfamilienhaus mit Satteldach und einem angebauten Carport. Der Rasen im Vorgarten sah ziemlich niedergetrampelt aus. An der einen Seite standen ein großes Trampolin und ein Fußballtor. Hier lebten unverkennbar Kinder.

Pia stieg aus, ging zu der blau gestrichenen Eingangstür und läutete. Durch ein breites Fenster neben der Tür konnte sie in eine hell erleuchtete Küche schauen. Auf der Fensterbank standen diverse Töpfchen mit wuchernden Kräutern. Pia erkannte Schnittlauch, Petersilie und Basilikum, die anderen waren ihr unbekannt.

Ein Mann in Laufklamotten, schwarz und neongelb, öffnete ihr die Tür. Er sah nicht verschwitzt aus, eher so, als hätte er sich gerade erst für sein Training umgezogen.

»Herr Bruhns?«

Er nickte.

»Pia Korittki, Kriminalpolizei. Mein Kollege müsste schon hier sein.«

»Ja, das ist er. Sie kommen wohl auch noch wegen dem, was Tilda passiert ist.«

»Stimmt. Es tut mir leid, dass wir Sie so spät damit noch behelligen müssen. Aber die erste Befragung ist sehr wichtig.«

»Meine Tochter ist verstört. Und sie hat nichts mit dieser Sache zu tun.«

»Das kann ich mir gut vorstellen. Es hilft ihr aber vielleicht, wenn sie uns alles Punkt für Punkt erzählen kann.«

»Keine Ahnung, ob das hilft.« Er trat jedoch zur Seite. »Kommen Sie herein. Sie werden jedenfalls schon erwartet.«

Er ging ihr voraus durch einen schmalen Flur, an dessen rechter Seite eine Buchentreppe ins Obergeschoss hinaufführte. Auf jeder Stufe lagen Dinge wie Schuhe, zusammengerollte Socken, Trinkflaschen, ein Schulrucksack, wie Pia im Vorbeigehen registrierte. Linker Hand, auf einer Flurkommode, stapelten sich Post, Schlüssel, Sonnenbrillen, flankiert von einem Kinderfahrradhelm. Über allem hing ein dezenter Geruch nach einem blumigen Deo, Schweiß, alten Turnschuhen und Pommes frites. Das Heim einer Familie.

Pia folgte dem Mann ins Wohnzimmer, wo Broders und die junge Frau einander auf zwei schlichten roten Sofas gegenübersaßen. Der Blick der Zeugin flog sofort zu Pia.

Sie setzte sich auf einen freien Hocker, von wo sie sowohl

Tilda als auch deren Vater, der im Fernsehsessel Platz nahm, im Blick hatte.

Pia informierte Tilda und Ole Bruhns, wie sie vorgehen würden. Das Mädchen sollte erst mal frei erzählen, was sich zugetragen hatte.

Tilda saß vornübergebeugt und hielt den Blick auf ihre Hände mit den schwarz lackierten Fingernägeln gesenkt. »Ich bin gegen sieben von einer Freundin zum Strand gefahren worden, um noch ein Stück am Wasser entlangzugehen. Ich hatte den ganzen Nachmittag Bio gelernt. Morgen schreiben wir nämlich eine Klausur.«

Ihr Vater blickte auf seine Armbanduhr. Es war inzwischen Viertel nach zehn.

»Kein Problem, Paps. Ich bekomme genug Schlaf!«

»Trotzdem. Ewig kann dich die Polizei heute ja nicht aufhalten.«

»Wir möchten nur einmal der Reihe nach hören, was heute Abend am Strand passiert ist. Ihre Aussage unterschreiben kann Tilda dann morgen auf dem Revier.« Das Mädchen hatte darum gebeten, beim Vornamen genannt zu werden. In Anbetracht dessen, was sie erlebt hatte, machte sie einen recht stabilen und selbstbewussten Eindruck.

»Darf ich jetzt weitermachen?«, fragte sie ihren Vater mit einem genervten Unterton in der Stimme.

»Natürlich.« Er verschränkte die Arme vor der Brust.

»Jana ist weitergefahren. Sie jobbt in Grömitz in einer Kneipe.«

»Dann brauchen wir ihren vollständigen Namen, ihre Adresse und den Namen der Kneipe«, sagte Pia. »Aber nicht sofort. Seid ihr, du und Jana, auf dem Hinweg jemandem begegnet? Und wie war das auf dem Parkplatz? Standen Autos dort, war jemand da?«

»Nein. Als Jana weggefahren war, war auf der Straße zum Strand und auf dem Parkplatz niemand außer mir.« Sie blickte auf und sah Pia in die Augen. »Ich war ganz allein.«

»Was passierte dann?«

Sie zuckte mit den Schultern. »Ich bin zum Strand und dort am Wasser entlanggelaufen.«

Pia schwieg, und auch Broders hielt die Stille aus, blickte die junge Frau nur ruhig an. Der Vater rutschte auf dem Sessel herum, streckte die langen Beine in der hautengen Kunststoffhose und räusperte sich.

»Was ist?«, wollte Tilda wissen. »Das ist doch nicht so ungewöhnlich, dass man am Strand spazieren geht.«

Wie man es nimmt, dachte Pia. Das Verhalten der jungen Frau war in ihren Augen schon ungewöhnlich. Zumindest die Tatsache, dass sie sich zu einem so weit entfernt liegenden Strandabschnitt hatte fahren lassen. »Hast du dich dort mit jemandem getroffen?«

»Nein. Ich mag nur den Strand dort.«

»Hm«, sagte Pia.

»Sie können ja Jana fragen!«

»Das werden wir. Und wie wolltest du zurückkommen?«

Tilda zögerte. »Da fährt ein Bus.« Sie sah zur Seite, mied den Blick ihres Vaters. »Oder ich wäre getrampt«, setzte sie leise hinzu.

»Also gut. Du hast dich zu einem recht weit entfernt liegenden Strand fahren lassen, um dort spazieren zu gehen. Und dann?«

»Dann musste ich mal«, fuhr sie fort. »Ich trinke immer viel Tee beim Lernen.«

»Deswegen also ist der Rooibostee schon wieder alle«, warf ihr Vater ein, wohl um der Stille nicht wieder zu viel Raum zu geben. Pia warf ihm einen warnenden Blick zu.

»Ich bin zu dem kleinen Waldstück hoch, damit mich keiner sieht. Und da … hab ich sie … die Tote dann gefunden …«, flüsterte sie.

Pia schüttelte irritiert den Kopf. »Du bist so tief in den Dünengürtel hineingegangen, nur um dich einmal zu erleichtern? Obwohl du allein dort warst und das Betreten verboten ist?«

»Ja, warum denn nicht?« Tilda blickte sie trotzig an.

»Ich möchte das gern richtig verstehen. Du hast eben gesagt, dass du ganz allein an diesem Strandabschnitt warst.«

Tilda sah auf ihre Hände. »Aber man weiß doch nie, wer plötzlich so auftaucht.«

»Also gut. Was passierte dann?«

»Ich habe es erst gar nicht begreifen können. Dass da eine Tote vor mir liegt. Ich habe noch nie einen toten Menschen gesehen! Doch dann … Ich habe voll die Panik bekommen«, bekannte sie. »Und laut aufgeschrien.«

»Was hast du dann gemacht?«

»Ich bin nach vorn zum Parkplatz gelaufen. Ich wollte nur da weg. Aber ich hatte ja kein Auto. Dann habe ich die Eins-Eins-Null gewählt. Und die Frau von der Einsatzleitstelle hat mich überredet, dort auf die Polizei zu warten.«

»Das war doch der Wahnsinn!«, ereiferte sich ihr Vater. »Wie konnte die das tun? Ein junges Mädchen? Das war viel zu gefährlich!«

»Ich konnte doch sowieso nicht von da weg. Und die tote Frau lag wohl schon etwas länger dort, Papa«, erwiderte Tilda gereizt.

»Und woher willst du das wissen? Außerdem heißt es, dass Mörder wieder zum Tatort zurückkehren.«

Seine Tochter verdrehte die Augen.

»Hast du die Tote erkannt? Ist dir etwas an ihr aufgefallen?«, lenkte Pia das Gespräch wieder in andere Bahnen.

»Nur die vielen Insekten, die da waren. Es krabbelte und summte.« Sie schüttelte sich. »Erkannt habe ich die Frau nicht. Es war doch eine Frau, oder? Das Gesicht war zum Glück nicht zu sehen. Wissen Sie schon …« Sie blickte nervös von Pia zu Broders.

»Nein«, antwortete er. »Wir wissen noch nicht, wer sie ist.«

»Hoffentlich niemand von hier.«

Pia nickte, schloss gedanklich jedoch noch eine weitere Person in diesen Personenkreis mit ein. Sie stellten Tilda noch ein paar Fragen, doch es kam nichts Neues mehr dabei heraus. »So weit habe ich alles verstanden«, sagte Pia dann. Sie sah zu Broders, der das Gespräch als Tonaufzeichnung aufgenommen hatte, wie sie es vorher mit Tilda besprochen hatten. »Hast du auch alles?«

Ihr Kollege hatte zurückgespult und ein Stück abgehört. Er nickte.

»Damit können wir dich für heute in Ruhe lassen.« Pia erhob sich.

Tilda saß einen Moment wie versteinert da. Dann erhob sie sich mit dem Stöhnen einer Neunzigjährigen nach einer Hüft-OP. Ihre Blässe und das Zittern ihrer Lippen straften die zur Schau gestellte, lässige Genervtheit Lügen.

»Wenn dir noch etwas einfallen sollte, was du eben vielleicht vergessen hast, kannst du mich jederzeit anrufen.« Pia reichte ihr eine Visitenkarte.

Tilda sah nicht darauf, sondern steckte sie in die Gesäßtasche ihrer Jeans.

Ole Bruhns geleitete Broders und Pia zur Tür. »Ich hoffe, dass diese unglückselige Angelegenheit damit erledigt ist«, bemerkte er. »Tilda tut zwar recht cool, doch das Erlebnis war ein Schock für sie.«

»Achten Sie bitte darauf, ob und wie sie es verkraftet. Vielleicht braucht sie Hilfe«, antwortete Pia. »Dass wir sie in Zukunft in Ruhe lassen, kann ich Ihnen leider nicht versprechen. Es handelt sich wahrscheinlich um einen Mordfall. Ihre Tochter ist eine Zeugin. So ganz entlassen ist sie also noch nicht.«

»Aber Sie haben sie doch gehört: Sie weiß gar nichts.«

Pia ließ das unkommentiert.

»Wo ist eigentlich Tildas Mutter? Lebt sie auch in diesem Haus?«, fragte Broders.

»Natürlich! Vicky muss jeden Moment kommen. Sie ist heute auf dem Elternabend unserer zweiten Tochter, Friederike.«

»Ist sie nicht niedergelassene Ärztin?«, hakte Broders nach, obwohl Jansen das ja bereits bestätigt hatte.

»Das stimmt.« Bruhns musterte den Polizeibeamten mit neu erwachtem Interesse. »Sind Sie von hier?«

»Ich war neulich aus beruflichen Gründen in der Praxis Ihrer Frau.«

»Da ging es sicher um Rosina, das arme Mädchen. Die Arzthelferin. Ihr Onkel ist ja ebenfalls tot.« Ole Bruhns zog die Augenbrauen zusammen. »Hängen diese beiden Geschichten zusammen? Was meinen Sie?«

»Wir sind noch ganz am Anfang unserer Ermittlungen«, erwiderte Pia.

Als sie draußen vor Pias Wagen standen, bemerkte sie, dass sie einen Anruf verpasst hatte. Angespannt rief sie Jansen zurück. »Was gibt es Neues?«, fragte sie ein wenig atemlos.

»Ich konnte die Tote identifizieren.« Er klang seltsam monoton.

»Und? Wer ist es?« Pia hasste es, wenn man sie auf die Folter spannte.

»Es ist *nicht* Alva Dohrmann.«

»Oh, Gott sei Dank!« Pia blies die Luft aus, die sie angehalten hatte. »Bist du dir sicher? Ihr Äußeres war bestimmt schon verändert.«

»Leider bin ich mir sicher.« Er atmete schwer.

Sie hob die Augenbrauen. »Du kennst das Opfer?«

»Es ist Linn Aubach«, antwortete er. Der Nachname ging in einer Art unterdrücktem Schluchzer unter.

»Wie bitte?« Im ersten Moment atmete Pia auf, weil es sich bei der Toten nicht um ihre Zeugin handelte, die sie zum Bleiben überredet hatte. Doch die Erleichterung verflog so schnell, wie sie gekommen war. Linn Aubach! Pia hatte mit ihr telefoniert, und die Anwältin war auch nur auf ihre Bitte hin zurückgekommen. »Du bist dir da ganz sicher?«, hakte Pia nach. Die Frauen waren sich ja ziemlich ähnlich gewesen.

»Ja, das bin ich«, antwortete er gepresst. »Ich muss hier weitermachen. Ich melde mich.« Er unterbrach das Gespräch.

»Pia, nun sag doch, was los ist.« Broders blickte sie fragend an.

»Unsere Tote ist nicht Alva Dohrmann. Es ist Linn Aubach. Ist das nicht seltsam?«

»Mir ist schon Seltsameres untergekommen.«

»Ich hatte mit ihr telefoniert, als sie noch in Italien war. Sie wollte zurückkommen. Und sie hatte gesagt, dass sie sich bei ihrer Rückkehr sofort bei mir meldet.«

»Das hat sie offensichtlich nicht getan, Pia. Doch angekommen sein muss sie. Wie hätte sie sonst jemand hier ermorden können?«

25. Kapitel

Pias Telefon klingelte erneut. Beinahe froh über die Ablenkung meldete sie sich sofort. »Das hilft mir weiter«, sagte sie nach einigen Sekunden nachdenklich. »Sehr gute Arbeit, Schelling!« Sie steckte ihr Telefon wieder ein. Stirnrunzelnd blickte sie Broders an.

»Ist die Tote wiederauferstanden?«, fragte ihr Kollege. »Das wäre wirklich zu schön, um wahr zu sein.«

»Nein. Aber Tilda hat uns anscheinend nicht die ganze Wahrheit gesagt.«

»Tilda, du weißt, warum wir noch einmal mit dir reden müssen?«, fragte Pia. Ole Bruhns hatte sie nur unter Protest ein weiteres Mal hereingelassen. Er setzte sich wie ein Wachhund neben seine Tochter aufs Sofa.

Tilda hatte das erneute Auftauchen der Polizei eher stoisch zur Kenntnis genommen. »Nein. Das weiß ich nicht.«

»Möchtest du allein mit uns reden?« Bei einer Minderjährigen zwischen vierzehn und achtzehn Jahren hatten die Eltern das Recht, bei einer Vernehmung durch die Polizei anwesend zu sein. Sie durften aber auch auf dieses Recht verzichten. Falls Tilda das wünschte …

Sie blickte kurz zu ihrem Vater hinüber, zuckte dann mit den Schultern. »Nein, es gibt nichts, was er nicht hören darf.«

»Also gut. Wir haben Grund zu der Annahme, dass du

uns nicht ganz die Wahrheit gesagt hast, was den Ablauf des Abends betrifft.«

»Aber es *ist* die Wahrheit.«

»Wenn es nur nicht die ganze Wahrheit war, ist jetzt ein guter Zeitpunkt, deine Aussage entsprechend … zu erweitern«, baute Pia ihr eine Brücke.

»Ich weiß nicht, was Sie meinen!«

»Wenn ein Spurensicherungsteam seine Arbeit macht, Tilda, dann finden die eine ganze Menge Zeug. Auch Dinge, die nicht unmittelbar mit einem Verbrechen zu tun haben. Aber die eine Geschichte erzählen. Die auf einen bestimmten Ablauf der Ereignisse hindeuten. Und du solltest vielleicht wissen, dass die Kollegen nicht nur die Umgebung der Leiche in dem Wäldchen abgesucht haben, sondern zum Beispiel auch ein Stück vom Strand und den Parkplatz. In den Mülleimern haben sie ebenfalls nachgesehen …«

Tilda schaute Pia trotzig an. »Am Strand liegt leider oft eine Menge Müll herum. Keine Ahnung, was Ihre Leute da gefunden haben wollen … Ich bin nur spazieren gegangen.«

»Und du hast dort am Strand niemanden gesehen?«

»Ich habe ehrlich gesagt nicht besonders darauf geachtet, wer da noch so war … Ich war total in Gedanken versunken, wegen Bio, und ich habe dabei Musik gehört.«

Tilda Bruhns war geschickt. Doch warum glaubte sie, sich Hintertürchen offenhalten zu müssen? Das war beinahe verdächtiger als das, was Schellings Leute entdeckt hatten.

»In dem Fall müssen wir morgen noch einmal gemeinsam mit dir an diesen Strand fahren«, entgegnete Pia. »Und du zeigst uns an Ort und Stelle, wo genau du entlanggelaufen bist und wo du das Wäldchen betreten hast.«

»Also wirklich. Das ist doch Quälerei!«, protestierte Ole

Bruhns aufgeregt. »Das können Sie nicht von meiner Tochter verlangen.«

»Das wäre wirklich nicht besonders schön«, räumte Pia ein. »Aber wenn es dir hilft, dich zu erinnern, Tilda, wo du vom Strand ins Wäldchen gegangen bist und wer dort höchstwahrscheinlich genau zu dieser Zeit gepicknickt hat …«

»Das können Sie doch gar nicht wissen!«, entfuhr es Tilda.

Pia und Broders ließen das ein paar lange Sekunden so im Raum stehen.

»Tilda?«, fragte ihr Vater.

»Ich habe nichts Falsches getan«, sagte sie trotzig. »Gar nichts.«

»Das behauptet auch niemand«, erwiderte Pia sanft. »Alles, was wir hören wollen, ist die Wahrheit. Und jetzt ist der richtige Zeitpunkt dafür.«

Tildas Gesichtsausdruck änderte sich von aufgebracht zu resigniert. Sie holte Luft. Die Tür flog auf, und eine Frau in Jeans und einer bunt gemusterten Tunika kam hereingestürmt.

»Friederike hat mir gerade gesagt, die Polizei sei hier?« Sie sah von einem zum anderen.

Pia erhob sich und erklärte ihr die Situation. Tildas Mutter ging zu ihrer Tochter und nahm sie in den Arm. Sie versuchte, sie zu trösten, was Tilda eher steif über sich ergehen ließ.

»Sehen Sie nicht, wie erschöpft sie ist?«, fragte Vicky Bruhns anschließend. »Können Sie sie nicht morgen weiter befragen?«

»Da habe ich Schule, Mama.«

»Ach, die Schule …« Sie wischte den Einwand mit einer raschen Handbewegung weg.

»Ich habe aber stundenlang für die Bioklausur morgen gelernt. Ich will die nicht allein nachschreiben müssen!« Ihre Stimme war kurz davor, sich zu überschlagen.

»Nur die eine Sache noch. Dann lassen wir dich in Ruhe, Tilda«, beharrte Pia ernst.

Die Ärztin schaute von ihr zu Broders. »Ich kenne Sie doch! Sie waren bei mir in der Praxis.«

»Das ist richtig«, antwortete Broders.

»Ich will, dass Sie jetzt gehen.«

»Vicky. Tilda steckt vielleicht in Schwierigkeiten«, sagte Ole Bruhns beschwörend. »Lass sie doch bitte ausreden.«

»Stimmt das?«, fragte Vicky Bruhns.

»Bisher wollen wir nichts als eine ehrliche Auskunft«, gab Broders zurück.

»Tilda, stimmt das?«, wiederholte sie.

»Ich möchte jetzt doch kurz mit Frau Korittki allein reden.«

Endlich saßen sie nur zu zweit in dem unaufgeräumten Wohnzimmer. Es strahlte eine lässige Gemütlichkeit aus. Pia setzte sich aufrecht hin. Sie war müde, und sie musste trotzdem konzentriert bleiben.

»Sagen Sie mir, was Sie gefunden haben«, forderte Tilda.

»Nein, das werde ich nicht. Nur so viel: Ich vermute aufgrund eines Gegenstandes, der am Strand sichergestellt wurde, dass du nicht allein dort warst. Und das wird sich gegebenenfalls auch nachweisen lassen.«

»Das ist gemein!«

Pia rührte der Konflikt der jungen Frau. Gleichzeitig wollte sie endlich die Wahrheit wissen. »Wen versuchst du zu schützen?«

»Ich will niemanden schützen!« In Tildas Stimme schwang Panik mit.

»Ich bin seit etlichen Jahren bei der Kriminalpolizei. Meiner Erfahrung nach wird es, egal, was es ist, sowieso herauskommen. Das ist bei Mordermittlungen so. Es treten auch immer viele Dinge zutage, die gar nichts mit dem Fall zu tun haben. Und so lange es möglich ist, wird das, was du sagst, vertraulich behandelt.«

»Das ist aber großer Mist.«

»Warum?«

»Ich war dort verabredet. Mit einem Mann. Doch das dürfen meine Eltern nicht wissen. Und auch sonst niemand.«

»Warum denn? Was ist schon dabei?«

»Aber *er* möchte nicht, dass das herauskommt.«

War der Mann schon etwas älter, vielleicht sogar verheiratet? Und dann traf er sich mit einer siebzehnjährigen Schülerin abends an einem einsamen Strand? Um Rotwein mit ihr zu trinken? Und wohl nicht nur das. Es wäre ein einleuchtendes Motiv dafür, dass er das Treffen geheim halten wollte. Wie ärgerlich für denjenigen, wenn seine Verabredung in dieser Situation über eine Leiche stolperte ... Und wie rücksichtlos von ihm, danach von ihr zu verlangen, dass sie schwieg. Und wie weltfremd. »Warum möchte er das nicht, Tilda?«

»Weil ich noch nicht volljährig bin.«

»Das ist grundsätzlich erst einmal kein Verbrechen.«

»Aber er will das trotzdem nicht.«

»Ist der Mann, den du getroffen hast, verheiratet?«

»Nein!« Tilda klang entsetzt. »So eine bin ich nicht.«

»Vielleicht hat er es dir nur nicht gesagt?«

Sie schnaubte. »So einer ist *er* nicht.«

»Okay, was für einer ist er dann?«

»Er heißt Marko.«

»Und weiter?«

»Meister, glaube ich …«

»Glaubst du das, oder weißt du es?«

»Ich bin mir nicht sicher.« Ihre Wangen röteten sich.

»Hat er ein Auto? Kennst du das Kennzeichen?«

»Er war mit dem Motorrad da. Aber die Nummer weiß ich nicht.«

»Wo wohnt er?«

»In Lensahn.«

»Hast du seine Adresse, Tilda?«

»Nein. So lange kennen wir uns doch noch gar nicht.«

»Seine Handynummer?«

»Rufen Sie ihn bloß nicht an!«

»Du solltest mir besser seine Nummer geben, Tilda. Herausfinden werden wir sie sowieso.«

»Oh, nein. Bitte!«

Pia runzelte die Stirn. Der Aufruhr der jungen Frau erschien ihr übertrieben. Sie machte ansonsten einen eher vernünftigen Eindruck.

»Er hat doch gar nichts damit zu tun!« Tilda flehte sie nun förmlich an. »Marko hat die tote Frau nur aus großer Entfernung gesehen. Und dann ist er weggefahren … Und vorher hat er mich inständig gebeten, ihn nicht zu verraten. Ich habe es ihm *versprochen*!«

»Tilda, in einer Mordermittlung geht das so leider nicht.«

Sie schlug die Hände vors Gesicht und begann, lautlos zu weinen.

»Marko Meister ist ein guter, alter Bekannter von uns«, sagte Dana Bremer, nachdem Pia berichtet hatte, was sie bei den Bruhns herausgefunden hatten. Nach der Befragung von

Tilda waren Broders und Pia noch zum Polizeirevier in Stüvensee gefahren. Obwohl es schon weit nach elf Uhr war, waren Dana Bremer, Holger Jansen und zwei weitere Kollegen auch noch dort. Der Fund von Linn Aubachs Leiche hatte die Mordermittlung im Fall »Schönfeld«, soweit das überhaupt möglich war, noch dringlicher gemacht.

»Inwiefern ein guter Bekannter?« Normalerweise bedeutete das, dass derjenige vorbestraft oder doch zumindest schon öfter aktenkundig bei der Polizei geworden war. Doch Pia konnte das nicht so ganz mit der recht pfiffigen Tilda und dem Familienidyll bei den Bruhns in Einklang bringen.

»Früher hatten wir öfter mit Marko Meister zu tun. Dann hat er wegen diverser Verstöße gegen das Betäubungsmittelgesetz und Körperverletzung eine Jugendstrafe verbüßt, und es wurde ruhiger um ihn. Nun ist er wieder da – und bisher bleibt er auch unter dem Radar.«

»Meister war oder ist ein Dealer?«

»Ja, und kein kleiner. Er wird im Milieu ›Kojote‹ genannt.«

»Netter junger Mann.« Pia ließ sich auf einem der Tische im Konferenzraum nieder. Das war eine unerfreuliche Entwicklung. Tildas Weigerung, Meisters Namen zu nennen, wurde vor dem Hintergrund der Informationen auf einmal nachvollziehbar. Wäre sie in Gefahr, wenn Marko Meister erführe, dass sie sich nicht an ihr Schweigeversprechen gehalten und ihn »verraten« hatte? Und könnte die Polizei sie dann überhaupt schützen? Natürlich nicht. Drogenkriminalität war keine One-Man-Show. Selbst wenn sie Meister längerfristig aus dem Verkehr zögen, was unwahrscheinlich war, konnte trotzdem einer seiner »Kollegen« auf die Idee kommen, sich an Tilda zu rächen.

Pias erster Impuls, sofort zu Marko Meister zu fahren und

ihn zur Rede zu stellen, verblasste. Wenn sie das Mädchen nicht in Gefahr bringen wollten, mussten sie schlauer vorgehen. Pia wusste nicht, ob Meister etwas mit dem Mord an Linn Aubach oder Burkhard Schönfeld zu tun hatte. Bisher gab es bis auf seine Anwesenheit am Fundort von Aubachs Leiche keinerlei Hinweise darauf. Es sei denn, er hätte gewollt, dass jemand, zum Beispiel Tilda, die Leiche entdeckte. Doch das schien Pia recht weit hergeholt zu sein. Andererseits, Meister war kriminell, oder er war es zumindest mal gewesen, und die Kreise hier auf dem Land waren klein.

Es war halb zwei Uhr nachts, als Pia die Treppe zu ihrer Wohnung hinaufstieg. Sie schloss leise auf, zog sich aus, wusch sich Hände und Gesicht und putzte sich die Zähne. Dann warf sie noch einen Blick ins Kinderzimmer, wo Felix friedlich schlief, und ging ins Schlafzimmer.

Marten war noch wach. »Komm her.« Er zog sie in die Arme.

»Warum schläfst du noch nicht? Du musst nicht auf mich warten.«

»Ich konnte nicht einschlafen. Der Artikel war zu spannend.« Er deutete auf eine Zeitschrift, die neben ihm lag.

»Die Tote ist bereits identifiziert«, sagte Pia. Sie wusste, dass Marten einerseits alles vertraulich behandelte, was sie ihm erzählte, andererseits Verständnis dafür hatte, dass sie das zu Hause nicht sofort aus dem Kopf bekam – nicht nach einem neuen Leichenfund.

»Das ist gut.« Er sah ihr in die Augen. »Ist es denn deine verschwundene Zeugin?«

»Nein.« Sie schüttelte den Kopf. »Die ist es nicht. Ist es schlimm, dass ich erleichtert bin, dass sie es nicht ist, obwohl es ja nur bedeutet, dass eine andere Frau ermordet worden ist?«, fragte sie ihn.

»Nein. Du fühlst dich für die Zeugin verantwortlich. Es wäre aber auch nicht deine Schuld gewesen, wenn ihr etwas passiert wäre, Pia. Nicht in dem Maße, wie du denkst.«

»Das ist leicht gesagt …«

»Nein. Wenn du sie sofort nach Hause hättest fahren lassen, eine wichtige Zeugin in einem Mordfall, wäre das für die Ermittlung nachteilig gewesen. Das konntest du nicht riskieren.«

»Ich hätte für ihre Sicherheit sorgen müssen.«

»Du konntest nicht ahnen, dass sie überhaupt in Gefahr ist.«

»Es stand zu befürchten, dass sie den Täter vielleicht doch gesehen hat.«

»Dann hätte sie es der Polizei sofort mitteilen müssen. Das ist ihre Verantwortung, nicht deine.«

»Aber angenommen, sie hat ihn nicht gesehen, aber der Täter denkt, dass sie ihn gesehen hat.«

»Das ist natürlich möglich. Dann wäre das eine schwierige Situation für sie. Vielleicht ist sie ja deshalb einfach ohne ein Wort weggefahren? Oder auch nur, um sich langwierigen Fragen zu entziehen und Abstand zu gewinnen. Ich glaube nicht, dass sie tot ist. Dein Täter scheint seine Opfer ja nicht gerade vor der Welt zu verstecken.«

»Mein letztes Opfer lag unter Zweigen in einem Wäldchen an einem Naturstrand«, sagte Pia zweifelnd.

»Vergraben?«

»Nein, nur mit Ästen leicht bedeckt.«

»Das ist kein Versteck. Der nächste Hund, der von Herrchen oder Frauchen von der Leine gelassen wird, musste die Leiche finden.«

»Leider war die unglückliche Finderin eine Schülerin, siebzehn Jahre alt, die ein Rendezvous am Strand hatte, von dem keiner wissen sollte.«

»Warum sollte keiner davon wissen?«

»Nun, der Mann hat ihr wohl nahegelegt, ihn nicht zu erwähnen, und sich dann aus dem Staub gemacht.«

»Klingt nicht gerade vertrauenerweckend.«

»Aber es kommt noch schlimmer: Inzwischen wissen wir, um wen es sich handelt. Der Mann ist nicht nur ein paar Jahre älter als sie, er ist auch ein polizeibekannter und brutaler Drogendealer, der schon mal eine Jugendstrafe verbüßt hat.«

»Jugendakten sind doch unter Verschluss.«

»In dem Fall kommt mir zugute, dass auf dem Dorf jeder jeden kennt. Er hat auch einen beeindruckenden kriminellen Spitznamen aus dem ›Reich der Prädatoren‹.«

»Weiß deine Schülerin das?«

Pia hob die Schultern. »Ich habe die Hintergrundinformationen zu ihrem Freund erst nach ihrer Befragung erfahren. Aber sie ahnt offensichtlich, dass sie in Gefahr ist, wenn der Mann erfährt, dass sie uns von ihm erzählt hat.«

Marten stieß einen Fluch aus.

»So ist es! Nur lass Felix das bitte nicht hören«, setzte sie mit einem schwachen Lächeln hinzu.

»Ich mache mir Sorgen um Tilda«, sagte Vicky Bruhns mit Nachdruck.

Ole drehte sich zu ihr um und stützte sich stöhnend auf den Unterarm auf. Vicky Bruhns wurde klar, dass er wohl wirklich schon geschlafen hatte. Wie konnte er das in dieser Situation?

»Ich mache mir auch Sorgen«, antwortete er, noch ein

bisschen benommen. »Aber sie wird schon darüber hinwegkommen. Wir werden ihr dabei helfen. Sie ist ein starkes Mädchen.«

»Oder sie hält sich nur für stark.«

»Was meinst du damit?«

»Was ich gesagt habe. Ist sie stark, oder sucht sie nach Stärke?«

»Was um Himmels willen meinst du damit?« Ole schaltete das Nachttischlicht ein.

Sie suchte nach den richtigen Worten. Es war zu kompliziert. Alles wuchs ihr über den Kopf. Ihr war schwindelig, obwohl sie sich in ihrem Bett befand.

Er beugte sich zu ihr. »Vicky, was hast du denn?«

Sie konnte es ihm nicht sagen. Und sie konnte Ole auch nicht nach seinem blutigen Shirt fragen, das sie im Müll gefunden hatte. Wenn sie ihm vertraute, müsste sie das doch können! Und warum hatte sie ihm nicht von ihrer Sorge in Bezug auf Tilda erzählt? Zumindest daran ging jetzt kein Weg mehr vorbei. »Ich habe Tilda neulich mit jemandem gesehen«, bemerkte sie.

»Und mit wem?« Ole klang jetzt wesentlich konzentrierter.

»Es war in Neustadt«, antwortete sie. »Ich war beim Frisör gewesen. Tilda kam aus einem der Geschäfte und stieg in einen Wagen.«

»Ja, und?«

»Es war so ein scheußlich aufgemotzter Sportwagen. Und der Mann am Steuer …«

»Was war denn mit dem?« Ole wirkte leicht gereizt.

Vicky Bruhns schüttelte nur den Kopf. »Ich hätte nie gedacht, dass Tilda sich mit so einem abgibt.«

»Warum hast du sie nicht gefragt, wer das war?«

»Ich wollte es ja …« Doch anstatt ihre Tochter noch am selben Tag auf den Mann anzusprechen, hatte sie abgewartet. In der Praxis war so viel los gewesen. Sie hatte das Unangenehme, die drohende Konfrontation, einfach beiseitegeschoben und sich eingeredet, dass schon alles in Ordnung sei. »Warum hat Tilda mit der Kommissarin allein gesprochen? Ob es wegen dieses Mannes war?«

»Das hoffe ich doch nicht.« Ole klang auf einmal verunsichert.

»Ich fürchte, dass sie uns etwas verheimlicht.«

»Okay. Wenn du dir solche Sorgen deswegen machst, reden wir morgen mit Tilda darüber«, erwiderte Ole nach einer kleinen Pause. »Deswegen herumzurätseln nützt überhaupt nichts. Das ist die einzige Möglichkeit.« Er schaltete das Licht aus.

Vicky Bruhns lag in der Dunkelheit und lauschte den Atemzügen ihres Mannes, die nach einigen Minuten wieder vollkommen regelmäßig waren. Ole war eingeschlafen.

26. Kapitel

Pia parkte vor dem Polizeirevier in Stüvensee. Sie öffnete die Fahrertür und blinzelte in die Morgensonne. In der vergangenen Nacht war sie gegen halb zwei nach Hause gekommen, doch eingeschlafen war sie erst nach drei Uhr. Wie anders ihr Leben war, wenn sie es mit Marten teilte! Am Morgen hatte er sie quasi gerettet, indem er ihr geholfen hatte, Felix rechtzeitig auf den Weg zur Schule zu bringen. Doch hatte sie überhaupt ein Recht auf dieses Glück? Und war es nicht ein Trugschluss zu glauben, dass es so oder so ähnlich bleiben würde?

Pia schüttelte den Gedanken an nahendes Unglück ab, das das bestehende Glück schon noch ausgleichen würde, indem sie entschlossen auf die Tür der Polizeistation zuging. Der typische Behördengeruch, der ihr sogar auf diesem kleinen Revier entgegenschlug, half ihr, sich auf die vor ihr liegenden Aufgaben zu konzentrieren: zwei gewaltsame Todesfälle, eine Vermisste, eine Jugendliche, die sich möglicherweise in Gefahr befand.

Die gute Nachricht des Morgens war, dass zwei ihrer Kollegen vom K1, Michael Gerlach und Juliane Timmermann, sie ab sofort von Lübeck aus unterstützen sollten. Da sie es inzwischen mit zwei gewaltsamen Todesfällen an der Ostsee zu tun hatten, fürchtete ihr Chef wohl schlechte Presse. Und das wäre kurz vor Beginn der Hochsaison gar nicht gut.

Ihre Kollegen erwarteten sie in dem provisorischen Besprechungsraum. Eigentlich war er zu klein für die anstehenden Aufgaben, aber dank des guten Wetters konnten sie zumindest die Fenster wieder weit aufreißen und hatten frische Luft.

Pia stellte sich vor ihre Leute. Alle blickten sie erwartungsvoll an. Die Luft schien vor Tatendrang zu vibrieren. Das war gut! Für einige war eine so große Ermittlung eine neue Erfahrung. Hoffentlich waren sie sich auch des Ernstes der Lage vollständig bewusst.

Jansen kam mit einem Tablett mit zwei Thermoskannen und einer bunten Sammlung Porzellanbechern herein und stellte es mitten auf den Tisch. »Hier sieht der eine oder andere so aus, als könnte er einen Kaffee nötig haben.« Er schenkte Pia einen Becher ein, gab Milch dazu und reichte ihn ihr. Obwohl sie Filterkaffee nicht besonders mochte, nahm sie ihn mit einem dankbaren Nicken entgegen. Hauptsache Koffein.

In der nächsten Stunde ließ sie ihre Leute nacheinander berichten, was sich seit ihrer letzten Besprechung Neues ergeben hatte. Im Vordergrund stand der Mord an Linn Aubach, aber auch Broders und Dana Bremers Vernehmungen im Fall Schönfeld, die sie schon vor dem Leichenfund am Strand durchgeführt hatten, wurden erörtert.

Die Fakten, den zweiten Mord betreffend, waren noch dürftig. Die Todesursache war nach der ersten inoffiziellen Einschätzung des Rechtsmediziners das Öffnen der Pulsadern. Der Zeitpunkt des Todes, ebenfalls grob geschätzt, die Nacht vor dem Auffinden der Toten.

»Dann muss sie ja quasi aus Italien hier angekommen und sofort ermordet worden sein«, überlegte Dana Bremer. In ihrer Stimme schwang einige Skepsis mit.

»Wie ist sie überhaupt hergekommen?«, fragte Pawlik.

»Am Telefon hat Frau Aubach mir gesagt, sie würde von Mailand aus nach Hamburg fliegen. Sie war am Comer See, ziemlich weit im Norden von Italien. Da Linn Aubachs Wagen nicht an ihrem Haus stand, hatte sie ihn möglicherweise am Helmut-Schmidt-Airport in Hamburg in einem Parkhaus oder auf einem der Langzeitparkplätze abgestellt. Wir werden prüfen, ob der Wagen sich noch dort befindet. Ansonsten müssen wir ihn suchen.«

»Sie hatte weder Papiere, Flugtickets noch etwas Ähnliches bei sich«, ergänzte Jansen. »Keine Brieftasche, kein Handy. Nur die Kleidung, die sie am Leibe trug. Ihr Gepäck ist ebenfalls noch nicht aufgefunden worden.«

»Vielleicht hat ihr der Täter schon am Flughafen aufgelauert?«, vermutete Dana Bremer. »Er kidnappte sie. Und das Auto und ihr Gepäck …« Sie verstummte. »Es ist seltsam.«

»Er könnte ihr auch an oder in ihrem Haus aufgelauert haben«, schaltete Broders sich ein. »Zum Beispiel direkt bei ihrer Ankunft. Bevor sie sich bei uns melden konnte.«

»Oder der Täter hat sich woanders mit Linn Aubach verabredet. Beispielsweise an dem Strand, an dem sie gefunden wurde«, sagte Pia. »Es spricht jedenfalls einiges dafür, dass sie ihren Mörder kannte … Ihm vielleicht sogar vertraute. Wir müssen schnellstmöglich in ihr Haus. Ich besorge uns einen Durchsuchungsbeschluss.« Pia machte sich eine Notiz.

»Du denkst, dass sie dem Täter so sehr vertraute, dass er oder sie ihr einfach mal so die Pulsadern aufschneiden konnte?«, fragte Jansen skeptisch.

»Da müssen wir das Obduktionsergebnis abwarten«, antwortete Pia. »Ich nehme eher an, dass sie vor dem Mord betäubt oder gefesselt wurde.« Sie ließ die Vorstellung, wie der Mord verübt worden war, einen Moment so im Raum stehen. Jedem der Kollegen musste jederzeit bewusst sein, dass sie einen gefährlichen Menschen jagten, der sich mit allen ihm zur Verfügung stehenden Mitteln gegen seine Überführung und Festnahme zur Wehr setzen würde. Das auch nur einen Moment zu vergessen konnte lebensgefährlich sein. Sie hatte sich selbst schon oft genug in ernsthafter Gefahr befunden.

Pia blätterte durch ihre Unterlagen und erläuterte die ersten Ergebnisse der Spurensicherung, die sie schon zur Verfügung gestellt bekommen hatte. Als sie zu dem Indiz kam, das dazu geführt hatte, dass Tilda eingeräumt hatte, nicht allein am Strand gewesen zu sein, ging ein Raunen durch den Raum.

»Ein knochenbleicher Stock aus Treibholz mit frischen Rotweinanhaftungen an dem einen Ende?«, fragte Dana Bremer ungläubig.

»Er lag Schelling zufolge am Strand an einer Stelle, wo der platt gelegene Sand nur notdürftig wieder aufgewühlt worden war. Offensichtlich war der Stock zum Öffnen einer Rotweinflasche benutzt worden.« Pia kannte die Technik aus Jugendtagen, als sie noch Strandpartys gefeiert, aber nicht an Korkenzieher gedacht hatten. Schelling hatte sich offensichtlich ebenfalls an diese Praktik erinnert.

»Mit wem war Tilda Bruhns denn am Strand? Und wieso hat sie es nicht gleich gesagt?«, wollte Milo Pawlik, der Kollege aus Eutin, wissen.

»Der Mann, mit dem sie sich dort getroffen hat, wollte wohl partout nicht in den Fokus der Polizei geraten. Sein Name ist Marko Meister. Er ist polizeibekannt, sagte Dana Bremer mir gestern schon. Kennt ihn noch jemand von euch?«

Die Kollegen, die nicht in der Stüvenseer Dienststelle arbeiteten, schüttelten den Kopf.

Jansen erzählte noch einmal, was Pia im Wesentlichen

schon von Dana Bremer gehört hatte. Nun wussten zumindest alle im Raum Bescheid.

»Sympathisch. Für wie gefährlich haltet ihr ihn? Ist er auch in Sachen Auftragsmord unterwegs?«, fragte Milo Pawlik.

Jansen wiegte den Kopf. »Das wäre uns neu. In letzter Zeit ist er unter dem Radar geblieben. Aber möglich ist das natürlich trotzdem.«

»Also interviewen wir Marko Meister.«

»Sobald wir ihn zu seiner Anwesenheit am Fundort der Leiche befragen, haben wir ein Problem«, erwiderte Pia. »Er vermutet dann zu Recht, dass Tilda Bruhns uns seinen Namen verraten hat. Und wir können sie nicht effektiv vor einem möglichen Racheakt schützen.«

»Können wir ihn nicht aus einem anderen Grund aufsuchen?«, schlug Jansen vor. »Wenn wir uns ein bisschen umhören, finden wir schon etwas.« Er grinste unternehmungslustig.

»Gute Idee. Aber nicht heute oder morgen. Nicht so bald nach dem Leichenfund«, sagte Pia. Die Entscheidung, was Tildas Sicherheit anging, verursachte ihr ein flaues Gefühl im Magen.

Nach anderthalb Stunden Besprechung hatte Pia ihre Leute mit zahlreichen neuen Aufgaben versehen. Marko Meisters Befragung hatte sie erst einmal zurückgestellt. Die Gefährdung einer minderjährigen Zeugin stand momentan in keinem Verhältnis zu dem zu erwartenden Ergebnis. Der Zeitpunkt, zu dem Meister am Strand gewesen war, lag weit nach der vermuteten Tatzeit. Und dass er der Täter war und einen Tag nach dem Mord und dem Deponieren der Leiche ein

Rendezvous an genau diesem Strand hatte, schien Pia nicht sehr wahrscheinlich zu sein.

»Was ist mit mir?«, wollte Broders wissen, da er als Einziger nicht mit einem Auftrag bedacht worden war. Sie saßen inzwischen allein im Besprechungsraum vor dem weit geöffneten Fenster. Eine Amsel tirilierte laut auf einem Zweig.

»Dich brauche ich bei mir.« Pia ließ die Schultern kreisen, um die Verspannung darin zu lösen. »Wir stürzen uns heute auf Linn Aubachs Kontakte und Beziehungen.«

»Du denkst wahrscheinlich das Gleiche wie ich«, sagte Broders.

Pia lächelte schwach. »Und das ist?«

»Dass Linn Aubach möglicherweise von Anfang an das eigentlich beabsichtigte Opfer war. Immerhin ist sie diejenige, die ihren eigenen Angaben zufolge in ihrem Haus gestalkt wurde. Das könnte sogar bedeuten, dass Schönfeld nur zur falschen Zeit am falschen Ort und im Weg gewesen war.«

»Und die verschwundene Alva Dohrmann?«

Broders hob die Schultern. »Vielleicht ist sie einfach so untergetaucht? Wir haben noch keinerlei Verbindung zwischen ihr und den Leuten in Stüvensee festgestellt. Außer ihrem spontanen Entschluss, zwei Wochen an der Ostsee zu verbringen, natürlich.«

»Was ist mit der Ähnlichkeit der beiden Frauen?«

»Die spricht doch für diese Theorie. Linn Aubach fühlte sich in ihrem Haus beobachtet und bedroht. Sie könnte geahnt oder gewusst haben, wieso. Die Polizei vor Ort hatte ihr nicht geholfen, als sie das Stalking durch einen ihr angeblich unbekannten Mann angezeigt hat. Also beschloss sie, eine Weile nach Italien zu gehen. Raus aus der Schusslinie.«

»So weit, so gut. Oder besser: nachvollziehbar«, sagte Pia. »Doch ab hier wird es seltsam. Sie vermietet ihr Haus während ihrer Abwesenheit an eine ihr ähnlich sehende Frau. An Alva Dohrmann. Vielleicht brauchte sie nur jemanden, der die Fische füttert, und Frau Dohrmann war ihr sympathisch?«

»Das wäre die nette Variante«, bemerkte Broders. »Die weniger nette ist, dass sie Alva Dohrmann wegen ihrer Ähnlichkeit ausgewählt hat. Sie wollte denjenigen, der sie gestalkt und wohl auch bedroht hat, täuschen. Wenn Frau Dohrmann etwas passiert wäre, hätte die Polizei endlich gehandelt.«

Pia nickte. »Alva Dohrmann war möglicherweise ein Köder. Das fürchte ich mittlerweile auch.«

»Dann frage ich mich aber, wie Linn Aubach es geschafft hat, ihr Haus an eine Frau zu vermieten, die ihr ähnlich sieht?«

»Sie könnte eine Anzeige aufgegeben haben, in der sie ihr Haus als Ferienhaus anbietet. Alva Dohrmann meldete sich, und Linn Aubach stellte auf einem Foto oder im Videochat zufällig die Ähnlichkeit fest. Also wählte sie Frau Dohrmann aus.«

»Das wäre eine Möglichkeit.« Broders nickte.

Pia erhob sich mit neuer Energie. »Wir setzen bei Linn Aubachs Arbeitskollegen an und arbeiten uns dann weiter vor zu ihrem Privatleben. Und wenn du brav bist, gibt's als Belohnung einen schönen Besuch im Institut für Rechtsmedizin.«

Broders stöhnte. »Ich wusste, die Sache hat einen Haken.«

Sie fuhren zuerst zu der Anwaltskanzlei in Neustadt, wo Linn Aubach gearbeitet hatte, und informierten ihre Chefin über ihren Tod. Die Presse hatte bereits über eine Tote am Strand berichtet, aber wer das Opfer gewesen war, war der Öffentlichkeit noch nicht bekannt.

Doch außer Erstaunen und zurückhaltend geäußertem Bedauern über das plötzliche Ableben der Mitarbeiterin und Kollegin steuerten die Leute dort wenig Hilfreiches bei. Dass ein Zusammenhang zwischen ihrem Tod und einem von Linn Aubachs Fällen bestehen könnte, wurde nach kurzem Nachdenken als abwegig abgetan. Pia nahm sich vor, auf diese Frage später noch einmal zurückzukommen. Zunächst wollten Broders und sie sich einen Überblick über Frau Aubachs Kontakte verschaffen.

Die meisten Menschen wurden von ihnen nahestehenden Personen umgebracht. Doch da Linn Aubach weder einen Lebensgefährten noch Familie gehabt hatte, an die sie sich wenden konnten, mussten sie woanders weitersuchen.

Als sie aus der Tür traten, war in der Ferne Donnergrollen zu hören. Von der Ostsee zogen dunkle Regenwolken heran. Die Wärme des Vormittags würde sich gleich in einem Gewitter entladen. Schon auf dem Weg zum Auto fielen die ersten schweren Regentropfen. Broders und Pia bogen in die Seitenstraße und liefen den Bürgersteig entlang. Nach fünfzig Metern erreichten sie ihren Wagen und stiegen eilig ein.

»Boah, das waren Schritte auf mein Konto«, sagte Broders außer Atem. Sie waren keine Sekunde zu früh. Der Regen prasselte heftig auf die Frontscheibe und das Autodach.

»Klappt es gut mit dem Schrittzähler?«, erkundigte Pia sich.

»Nun ja. Er zählt meine Schritte …«

»Fühlst du dich schon fitter?«

»Habe ich mich je unfit gefühlt?«

Pia zuckte mit den Schultern und legte den Gurt an. »Was hältst du von Linn Aubachs Arbeitsumfeld?«

»Dagegen ist das K1 eine Kuschelgruppe«, kommentierte Broders den unterkühlten Empfang in Frau Aubachs Sozietät.

»Sie waren jedoch durch die Bank besser angezogen als wir«, stellte Pia neidlos fest.

»Gut gekleidet, aber schlecht informiert«, schimpfte Broders. »Die müssen sich dort doch auch mal was aus ihrem Privatleben erzählen.«

»Vielleicht hatte Linn Aubach nicht viel zu berichten?«

»Oder aber unsere Leute finden in ihrem Haus Hinweise auf sehr düstere private Geheimnisse.«

Jemand klopfte gegen das Seitenfenster. Durch die regennasse Scheibe erkannte Pia den jungen Mann, der ihnen als Linn Aubachs Assistent vorgestellt worden war. Sie ließ trotz des Regens die Scheibe herunterfahren. Wasser lief dem Mann in Strömen aus den gegelten Haaren über das glatt rasierte Gesicht. »Ich muss Ihnen noch was sagen.«

»Wollen Sie nicht einen Moment einsteigen, Herr Roland?«, fragte Pia.

Der junge Mann sah über die Schulter zurück zum Hauseingang. Er nickte und riss die rückwärtige Autotür auf. Auf der Rückbank zog er ein gebügeltes Stofftaschentuch hervor, mit dem er sich das Gesicht abtrocknete. »Ich wollte da oben nicht vor allen Leuten mit Ihnen reden«, bekannte er.

»Wir hätten auch in einen Nebenraum gehen können.«

Er schnaubte. »Da hätten die sich erst recht gefragt, was ich Ihnen erzähle.«

»Sie kannten Linn Aubach wahrscheinlich ziemlich gut, wenn Sie direkt mit ihr zusammengearbeitet haben.«

»Besser als die anderen. Aber sie war eher der Typ, der nicht viel über sich selbst erzählt. Meistens habe ich geredet.« Er lächelte reumütig.

»Wir suchen Leute, die sie auch privat kannten. Wir fragen uns, ob es in ihrem Privatleben ein Motiv gibt, ihr den Tod zu wünschen.«

»Kaum vorstellbar, oder?«, gab Linn Aubachs Kollege zurück.

Pia zuckte mit den Schultern. Ihre Arbeit hatte sie eines Besseren belehrt. Sie ließ ihm Zeit, seine Gedanken zu sortieren.

»Sie hatte eine gute Freundin«, sagte er schließlich. »Ich habe sie ein paar Mal gesehen. Auf der Straße taten die beiden so, als würden sie sich kaum kennen. Die Frau hat gemeinsam mit ihrem Mann eine Apotheke in Neustadt, wissen Sie? Sie ist recht bekannt dadurch. Ihr Name ist Monique. Monique Kämmerer. Frau Aubach hat oft privat mit ihr telefoniert. Ich kam nicht umhin, manchmal zuzuhören«, bekannte er freimütig.

»Was denken Sie, wie gut die beiden miteinander befreundet waren?«, fragte Broders, der wieder zu Atem gekommen war.

»Das ist jetzt furchtbarer Klatsch …« Der Mann sah zur Seite. »Aber Monique hat Linn wohl des Öfteren in Stüvensee besucht. Auch über Nacht. Es war wohl nicht ganz unkompliziert, weil Monique Kämmerer ja verheiratet ist.«

»War es eine Freundschaft, oder hatten die beiden eine Liebesbeziehung?«, hakte Broders nach.

»Sie hat das mir gegenüber nicht thematisiert. Doch mein Eindruck war, dass es sich eher um eine Liebesbeziehung handelte.«

Linn Aubach war aber auch mal mit ihrem Kollegen Holger Jansen zusammen, erinnerte sich Pia. Möglicherweise war sie bisexuell gewesen. Oder hatte der Eindruck Roland getrogen, und es hatte sich doch um eine reine Frauenfreundschaft gehandelt? Aber gleichgültig, was es war. Ein Treffen mit Monique Kämmerer erschien Pia durchaus lohnenswert.

Sie dankten dem Mann, der sich eilig verabschiedete. Er

lief durch den Regen in Richtung eines nahe gelegenen Cafés, wahrscheinlich für eine verfrühte Mittagspause, um eine Begründung zu haben, warum er den Arbeitsplatz verlassen hatte.

»Was hältst du davon?«, wollte Pia wissen, während sie den Motor anließ.

»Hübsches Kerlchen. Wenn er recht hat, haben wir ein klassisches Eifersuchtsmotiv: Dann war es vielleicht der Ehemann dieser Apothekerin.«

27. Kapitel

Die genannte Straße in Neustadt war nicht lang. Sie fanden die Apotheke auf Anhieb und hielten auf der anderen Straßenseite. Da es immer noch schüttete, liefen Broders und Pia zum Eingang und traten trotzdem ziemlich nass ins Innere des Ladengeschäfts.

Eine melodische Glocke ertönte.

Pia fragte nach Monique Kämmerer.

»Steht vor Ihnen«, sagte die Frau hinter dem Tresen und musterte sie. »Und Sie sind?« Sie war eine aparte Erscheinung mit locker hochgesteckten weißgrauen Haaren und einer Brille mit leuchtend blauem Gestell.

Pia stellte Broders und sich vor. »Wir möchten Sie gern einen Augenblick allein sprechen«, erklärte sie. Ihr ernster Tonfall suggerierte schon, dass sie keine guten Neuigkeiten brachten.

Monique Kämmerer erstarrte. Ihr Gesicht rötete sich, und sie blickte Pia prüfend an. Dann seufzte sie und warf einen Blick über ihre Schulter. »Finja, kommst du bitte mal nach vorn und löst mich ab?«, rief sie halblaut.

Eine rothaarige junge Frau kam aus dem hinteren Bereich des Ladens. »Was ist denn, Monique? Ich wollte eigentlich noch ein paar Salben herstellen.«

»Ich muss kurz mal weg. Es dauert nicht allzu lange. Ich bin in …«, sie blickte Pia an, »… zehn Minuten zurück.«

»Es könnte einen Moment länger dauern«, erwiderte Broders.

»Robert müsste auch in einer Viertelstunde wieder hier sein. Schaffst du das so lange?«

»Natürlich, geh nur«, gab die Rothaarige zurück. »Und was soll ich Robert sagen?«

»Gar nichts. Oder: Ich musste was besorgen.« Sie sah die Polizisten an. »Ich hol nur rasch meine Tasche und einen Schirm.«

Der kräftige Gewitterschauer war in ein leichtes Tröpfeln übergegangen. Monique Kämmerer führte sie zu einem nahe gelegenen Café, in dem sie um diese Uhrzeit noch die einzigen Gäste waren.

Die Apothekerin sah nervös auf ihre Vintage-Armbanduhr. Unter dem Kittel, den sie in der Apotheke angehabt hatte, trug sie ein Wickelkleid in pastelligen Blautönen, das bestimmt eine höhere dreistellige Summe gekostet hatte. Es harmonierte hervorragend mit ihren blassblauen Augen.

Es gab keine Möglichkeit, die schlechten Nachrichten schonend zu verpacken. Nachdem sie alle Kaffee bestellt hatten, sagte Pia: »Es tut mir sehr leid. Aber ich muss Ihnen mitteilen, dass Linn Aubach gestern Abend tot aufgefunden wurde. Wir haben gehört, dass Sie mit ihr befreundet waren.«

»Linn … ist tot?« Monique Kämmerer fasste sich an den Hals, berührte leicht den Stein einer filigranen Halskette. Beinahe augenblicklich verlor ihr Gesicht alle Farbe.

»Es tut uns leid«, sagte auch Broders.

»O Gott! So plötzlich … Was ist ihr passiert? Aber das erklärt es zumindest«, stieß die Apothekerin zusammenhangslos hervor.

»Was erklärt was?«

»Dass Linn sich nicht bei mir gemeldet hat. Sie wollte früher aus Italien zurückkommen, wegen des Todesfalls hinter ihrem Haus und … Oh nein! Steht das in irgendeinem Zusammenhang? Das mit dem Toten in ihrem Garten und was mit ihr ist?« Ihre Stimme überschlug sich bei dem letzten Satz beinahe. »Was ist mit Linn passiert?«

»Sie wurde an einem Strand bei Grömitz tot aufgefunden. Viel mehr wissen wir bisher auch nicht.«

»Am Strand …« Monique Kämmerer runzelte die Stirn.

»Fühlen Sie sich in der Lage, uns ein paar Fragen zu beantworten, oder möchten Sie das Gespräch lieber bei sich zu Hause fortsetzen?«, fragte Broders.

Auch Pia sah, dass die Frau kurz davor war, die Fassung zu verlieren.

»Hier, auf jeden Fall hier«, stieß sie hervor. »Ich muss gleich zurück. Das ist alles …« Sie stützte die Stirn in eine Hand, und ihre Schultern zuckten. »Ist sie etwa auch … ermordet worden?«

»Wir können zu den Umständen ihres Todes noch nicht viel sagen. Nur, dass es sich um einen nicht natürlichen Tod handelt.«

»Nicht natürlich? War es ein Unfall? Oder hat Linn … O Gott!«

»Hatte Linn Aubach eine Verbindung zum Lensterstrand Kannte sie da in der Nähe jemanden? Ist sie öfter dorthin gefahren?«

Frau Kämmerer schüttelte verwirrt den Kopf.

»In welchem Verhältnis standen Sie zu ihr?«, erkundigte sich Pia mit sanfter Stimme.

»Wir haben uns geliebt«, antwortete sie. Tränen kullerten über ihre Wangen.

»Und wie lange bestand diese Liebesbeziehung schon?«

Monique Kämmerer zuckte mit den Schultern. »Drei, dreieinhalb Jahre.«

»Weiß Ihr Mann davon?«

»Dass ich verheiratet bin, wissen Sie also auch schon?« Der erste Anflug von Widerstand regte sich.

»Robert Kämmerer, oder? Weiß er es?«

»Nein, ich denke nicht.«

»Zu wem hatte Linn noch privat Kontakt? Wir waren bisher nur in ihrer Sozietät und haben mit ihren Arbeitskollegen gesprochen.«

»Ach, die …« Monique Kämmerer tat die gesamte Kanzleibelegschaft mit einer Handbewegung ab. »Linn hatte nicht viele Leute, die ihr nahestanden«, sagte sie nachdenklich. »Sie blieb lieber für sich. Und sie lebte noch nicht furchtbar lange in Stüvensee. Sie ist in einem Nachbarort aufgewachsen. In manchen dieser Dörfer müssen ja schon die eigenen Großeltern konfirmiert worden sein, damit man richtig dazugehört.«

»Aber es gab doch sicher weitere Freunde, Freundinnen?«

Der Latte Macchiato wurde von einem jungen Mann mit einem Vollbart serviert.

Monique Kämmerer rührte nervös in ihrem Glas. »Ich werde darüber nachdenken. So spontan weiß ich niemanden. Wir konnten ja schlecht zusammen ausgehen oder Freunde treffen«, fügte sie hinzu. Ihr Gesicht war vor Schmerz verzogen.

»Hat sie mal Burkhard Schönfeld erwähnt?«

»Ja, manchmal. Das ist doch der Bürgermeister von ihrem Dorf. Sie hat ihm das Haus, in dem sie wohnt, vor der Nase weggeschnappt. Aber letztlich hat er ihr sogar geholfen, indem er ihr Handwerker vermittelt hat.«

»Wie war ihr Verhältnis zu Schönfeld? Glauben Sie, er hat heimlich einen Groll gegen sie gehegt wegen des Hauses?«

»Kann ich mir kaum vorstellen. Der Typ soll zwar stockkonservativ gewesen sein, aber Linn kam mit allen möglichen Menschen zurecht. Sie war immer … diplomatisch. Er war ihr nützlich; wieso sollte sie sich schlecht mit ihm stellen?«

»Hat sie den Namen Alva Dohrmann mal erwähnt?«

»Nein.« Sie schüttelte langsam den Kopf. »War das eine Mandantin von ihr?«

Pia überging die Frage. »Hatte Linn Aubach Ihres Wissens Feinde?«

»Feinde? Wie theatralisch!«, antwortete Monique Kämmerer spöttisch.

»Nicht in Anbetracht der Tatsache, dass Frau Aubach möglicherweise ermordet wurde«, entgegnete Pia ruhig.

»Entschuldigen Sie bitte. Ich stehe irgendwie neben mir. Ich bin eigentlich gar nicht so.«

»Können Sie sich an Vorkommnisse erinnern, die Linn Aubach Sorgen bereitet haben?«, hakte Broders nach und näherte sich damit dem Stalkingthema.

»Vorkommnisse?«, wiederholte Monique Kämmerer. »Sie meinen den Typen, den sie nachts in ihrem Garten gesehen haben will?«

»Was wissen Sie darüber?«

»Ach, das begann vor ein, zwei Monaten oder so. Da rief sie mich spät abends zu Hause an. Das war natürlich schwierig für mich, wegen Robert. Aber sie war ganz aufgeregt. Sie behauptete, dass jemand unerlaubt in ihrem Garten war.«

»Was genau hat sie Ihnen erzählt?«

»Sie hat abends im Wohnzimmer gesessen und gelesen. Und auf einmal hatte sie das Gefühl, dass jemand durchs Fenster zu ihr hereinsieht. Sie war daraufhin aufgestanden und hat das Licht im Zimmer ausgemacht. Dann stand sie wohl eine Weile im Dunkeln. Nach ungefähr fünf Minuten soll jemand hinter dem Windschutz der Terrasse hervorgekommen und weggegangen sein.«

»Hat sie Ihnen gegenüber einen Verdacht geäußert, wer das war?«

»Zuerst dachte Linn, dass sich Jugendliche aus dem Dorf einen Scherz erlaubt haben. Doch es ist noch ein paar Mal so oder so ähnlich vorgekommen. Letztlich ist Linn sogar zur Polizei gegangen.« Sie schnaubte verächtlich. »Sie wissen bestimmt schon, dass ihr Ex-Freund Polizist ist. Er konnte oder wollte ihr nicht helfen. Es müsse erst etwas passiert sein, sagte er. So sei das nun einmal. Und nun ist etwas passiert«, schloss sie aufgebracht.

»Hat Linn Aubach nicht doch mal einen Verdacht geäußert, wer das noch gewesen sein könnte, außer einigen Jugendlichen aus dem Dorf?«

Monique Kämmerer blickte wieder aus dem Fenster. Es hatte endgültig aufgehört zu regnen. Die Menschen trauten sich wieder auf die Straße. Ein junges Paar betrat lautstark diskutierend das Café. »Ich muss jetzt weg«, erklärte die Apothekerin.

»Wir sind gleich fertig für heute. Bitte überlegen Sie noch einmal.«

»Linn ist in Gedanken all ihre Fälle durchgegangen. Mehrfach. Ob es vielleicht ein unzufriedener Mandant sein könnte. Aber sie fand nichts Konkretes. Ich glaube, da war auch nichts.«

»Wirklich nicht?«, fragte Broders. »Keinerlei Drohbriefe? Hetze im Internet in den sozialen Medien? Geschmiere an Hauswänden und auf Autos? Unzufriedene Mandanten sind zu allerhand fähig.«

»Linn war gut in dem, was sie tat.«

»Manchmal reicht das nicht. Und manchmal passiert es auch gerade dann …«

»Ich glaube nicht an Mandanten, die nachts in ihrem Garten auf sie lauern. Ihre private Adresse ist gar nicht bekannt.«

»Die lässt sich herausfinden. Mir ist schon Merkwürdigeres zu Ohren gekommen«, erwiderte Broders.

»Was ist mit Ihrem Mann, Frau Kämmerer?«, hakte Pia nach.

»Robert? Der weiß nichts, und der tut so etwas auch nicht.«

»Vielleicht müssen wir auch noch mit ihm reden.«

Frau Kämmerer starrte nach draußen auf die Straße. Pias Telefon läutete. Es war ihr Kollege Gerlach aus Lübeck. »Entschuldigt mich bitte einen Moment«, sagte Pia und erhob sich. »Hast du was für mich?«, fragte sie ihren Kollegen nach einer knappen Begrüßung.

»So ist es. Es geht um Alva Dohrmann.«

»Was ist mit ihr?«

»Ich bin noch einmal alle Anrufe und Nachrichten durchgegangen.«

Pias Herz begann zu pochen.

»Heute Morgen hat jemand die Frau angeblich in einem Supermarkt entdeckt.«

Pias Schultern sackten herab. »Von solchen Anrufen hatten wir schon so einige. Meinst du, an der Sache ist etwas dran?«

»Ich habe den Mann eben zurückgerufen. Er hat Alva Dohrmanns Foto gesehen und klang so, als wäre er sich ziemlich sicher«, antwortete Gerlach. »Er ist von Beruf Fotograf. Der hörte sich wirklich nicht nach einem Spinner an, der sich wichtig machen will.«

»Wo befindet sich dieser Supermarkt?«

»Das ist etwas seltsam.«

»Nun sag schon!«

»In Hvide Sande. Das ist in …«

»Dänemark«, ergänzte Pia.

Dana Bremer parkte vor dem *Dorfkrug* von Stüvensee. Sie stellte den Motor aus, und die Scheibenwischer standen still. Die Konturen der Fassade und der davorstehenden Linden, die sie durch die Windschutzscheibe sah, lösten sich in vage Farbflecken auf.

Heinz Broders, den sie inzwischen sehr schätzte, war mit Pia Korittki nach Neustadt gefahren. Holger Jansen hatte etwas anderes zu tun, und so begleitete Milo Pawlik sie. Sie kannte ihn bisher nur aus den Dienstbesprechungen. Er war ein lebhafter, etwas ungestüm wirkender Kriminalkommissar im ersten Berufsjahr. Neben ihm fühlte sich Dana, die gerade ihren dreißigsten Geburtstag gefeiert hatte, wie eine altgediente Beamtin.

Ihre gemeinsame Aufgabe bestand darin, nochmals Carmen Lebrecht und ihren Sohn zu befragen. Ein wenig fürchtete Dana Bremer sich vor der Wirtin. Es war etwas anderes, Heinz Broders von der BKI Lübeck zu unterstützen, als quasi alleinverantwortlich wichtige Befragungen in einem Mordfall durchzuführen. Was, wenn sie einen folgenschweren Fehler beging? Dass es hier buchstäblich um Leben und Tod ging, war ihr erst so richtig klar geworden, als sie einen Blick auf Linn Aubachs Leiche geworfen hatte.

Schönfeld war in ihren Augen ein älterer Mann gewesen, der jederzeit auch eines natürlichen Todes hätte sterben können. Aber Linn? Wenn es Linn Aubach traf, konnte es eigentlich jeden treffen.

Dana schämte sich ein wenig für diesen Gedanken. Doch dann dachte sie an all jene, die ihr gesagt hatten, sie würde es bei der Polizei niemals schaffen. Unter anderem ihr Bruder, ihr damaliger Freund und einige seiner Kumpels. Sie ballte eine Hand zur Faust. Dies war eine Gelegenheit, sich zu beweisen und zu zeigen, dass sich alle gründlich geirrt hatten.

»Bin gleich da!«, klang es aus der Küche. Carmen Lebrecht trat durch die Schwingtür hinter den Tresen. Als sie Dana Bremers und Pawliks ansichtig wurde, kniff sie die Augen zusammen. Dana und sie kannten einander flüchtig. Milo Pawlik mit seinem akkuraten Haarschnitt und dem »neutralen« Gesichtsausdruck war der Beruf wahrscheinlich an der Nasenspitze anzusehen. Sie wirkten jedenfalls nicht wie ein Paar, das sich im Gasthof ein zweites Frühstück genehmigen wollte.

»Guten Morgen, Frau Lebrecht«, sagte Dana Bremer daher etwas steif. »Wir haben ein paar Fragen an Sie.«

»Es geht um Linn Aubachs Tod, oder?« Die Wirtin stützte die Hände in die Hüften. Sie sah Pawlik und sie an, als hätten sie beide den Tod der Anwältin zu einem guten Teil persönlich zu verantworten.

»Es hat sich bereits herumgesprochen?«, fragte Milo Pawlik.

»Natürlich.« Sie zuckte mit den Schultern. »Wollt ihr mit nach hinten kommen? Solche Themen sind nichts für meine Gaststube.«

Sie waren in ihrer Funktion als Ermittler also tatsächlich *personae non gratae*. Dana Bremer war dieser Aspekt ihrer Arbeit in ihrem persönlichen Umfeld neu. Es erinnerte sie an ihren Vater. Als Besitzer eines Elektrofachgeschäfts war er allgemein anerkannt gewesen. Doch wenn er ausnahmsweise mal persönlich Ware bei Bekannten ausgeliefert hatte, hatten einige ihn tatsächlich auf einmal herablassend behandelt. Sie hatten ihn zur Hintertür geschickt oder Zeitungspapier auf dem Boden ihrer Wohnung verteilt, damit seine Schuhe nicht ihre Fußböden beschmutzten. So oder so ähnlich kam Dana sich jetzt vor, als sie Carmen Lebrecht durch einen schmalen, dunklen Flur folgte. Im Hinblick auf Alva Dohrmanns Verschwinden erschien ihr das verwinkelte Gebäude mit einem Mal unheimlich.

»Habt ihr zumindest schon eine Spur von der Frau, die sich ein Zimmer bei mir genommen hatte?«, fragte Carmen Lebrecht, als hätte sie ihre Gedanken erraten. Sie stieß eine Tür zu einem kleinen, fensterlosen Aufenthaltsraum auf und deutete auf vier Stühle an einem quadratischen Tisch.

»Leider nein«, antwortete Pawlik. »Haben Sie vielleicht etwas von Alva Dohrmann gehört?«

»Natürlich nicht. Dann hätte ich mich sofort bei der Polizei gemeldet. Bei mir ist noch nie ein Gast ... verschwunden.«

»Nicht einmal ein Zechpreller?«

Carmen Lebrecht sah Pawlik genervt an. »Die Leute vergessen hin und wieder, ihre Getränke zu bezahlen. Besonders, wenn sie etwas zu tief ins Glas geschaut haben. Aber im Restaurant und bei meinen Fremdenzimmern ist mir das noch so gut wie nie untergekommen.«

»Also gut.« Dana Bremer musste sich konzentrieren. Carmen Lebrecht, die seit etwa zwanzig Jahren im Dienstleistungsgewerbe arbeitete, würde die Gesprächsführung sonst komplett an sich reißen.

»Woher wissen Sie von Linn Aubachs Tod?« Sie zog ein Notizbuch hervor.

»Holger und ich haben gestern Abend noch telefoniert.«

»Holger Jansen? Unser Kollege? In was für einem Verhältnis stehen Sie zu ihm?« Pawlik fragte das mit der Selbstverständlichkeit eines Außenstehenden, der nichts über die Beziehungsverflechtungen in diesem Dorf wusste.

»Er ist ein Freund. Wir kennen uns schon ewig.«

»Nur irgendein Freund? Und da hat er Sie gestern Abend, als er spät von der Arbeit kam, gleich angerufen und Ihnen von Linn Aubachs Tod erzählt?« Milo Pawlik ließ eine beträchtliche Portion Ungläubigkeit in seine Stimme einfließen. Dana Bremers Annahme, sie müsste ihn bei dem Gespräch lenken, verkehrte sich gerade ins Gegenteil.

»Wir sind lose miteinander befreundet. Er wollte mir nur helfen.« Sie starrte Dana Bremer an. Diese bemühte sich, dem Blick ungerührt standzuhalten. Carmen Lebrecht war nur ein paar Jahre älter als ihr Kollege. Vielleicht vier oder fünf. Da war nichts dabei. Und Jansens Privatleben ging sie nichts an.

»Wie lange sind Sie beide schon miteinander befreundet?«, insistierte Pawlik unerschrocken.

»Ich verstehe nicht, was das mit Ihrem Fall zu tun hat. Aber wenn Sie es unbedingt wissen wollen: Es war irgendwann im Februar, nach der Trauerfeier für seine Mutter. Holger und eine frühere Nachbarin und Freundin seiner Mutter kamen nach der Beerdigung zu mir in den Gasthof, um noch einen Kaffee zu trinken. Er hat mich gefragt, ob ich Butterkuchen dahätte. Holger sah sich wohl gezwungen, Esther Fischer, die alte Klatschbase, einzuladen, weil sie als Einzige außer ihm in der Kapelle erschienen war. So viel zur Dorfsolidarität … Holgers Mutter war allerdings auch eine Außenseiterin. Er redet nicht viel über sie, aber ich glaube, sie war ein bisschen … schwierig. Holger war an dem Tag jedenfalls ziemlich fertig. Er hatte niemanden, mit dem er sich aussprechen konnte …« Ein weiterer, vorwurfsvoller Blick traf Dana. »Ich war einfach für ihn da. So kam eines zum anderen.«

»Ich habe von der Trauerfeier erst später erfahren«, sagte Dana Bremer. Sie erinnerte sich zwar an den Tag, an dem Holger Jansen sich freigenommen hatte. Doch er hatte ihr nichts von alldem erzählt.

Carmen zuckte mit den Schultern, ließ es so im Raum stehen.

»Würden Sie sagen, Jansen und Sie sind ein Paar?«, hakte Pawlik nach, nun mit dem Einfühlungsvermögen einer Planierraupe.

»Haben Sie Kinder? Natürlich nicht! Dann würden Sie das nicht fragen.«

»Hätte Ihr Sohn etwas dagegen?«, beharrte Pawlik.

»Krischan hat immer etwas dagegen.«

»Hatte er auch etwas gegen Ihre Beziehung mit Burkhard Schönfeld?«, wollte Dana wissen, von Pawliks Mut herausgefordert. Er sollte hier nicht der Einzige sein, der es wagte, den Finger in die vermeintliche Wunde zu legen. Die kurze Affäre der beiden war im Dorf allgemein bekannt.

Carmen Lebrecht sah sie mit ihren stark geschminkten Augen eindringlich an. Dana Bremer hoffte, dass sie nicht sichtbar errötete, doch ihr wurde warm unter dem Blick der Wirtin. »Meinem Sohn hängt ihr nichts an, verstanden?«

28. Kapitel

»Wir hängen niemandem etwas an«, antwortete Pawlik der Wirtin betont ruhig.

»Ach ja?«, gab sie aufgebracht zurück.

»Wir versuchen herauszufinden, wer in Stüvensee und am Lensterstrand Menschen ermordet hat. Erst Burkhard Schönfeld, dann Linn Aubach«, sagte Dana Bremer. »Und es wäre hilfreich, wenn Sie einfach unsere Fragen beantworten würden. Hier oder auf dem Polizeirevier. Ganz wie Sie wollen.« Und beim Sie würde sie in diesem Zusammenhang auch bleiben, und wenn Carmen Lebrecht sich auf den Kopf stellte.

»He, ich kann den Laden nicht einfach abschließen und weggehen. Ich bin bereit.« Sie verschränkte die Arme vor der Brust.

Dana stellte ihr Fragen zu Linn Aubach, zu dem, was im Dorf über sie erzählt wurde, erkundigte sich auch nach Carmen Lebrechts Alibi für die vermutete Tatzeit. Die Frau gab an, bis halb elf am Abend im Gastraum gewesen zu sein. Bis der letzte Gast gegangen war. Danach war sie angeblich in ihrer Wohnung gewesen. Auf die Frage, wo sich ihr Sohn zu der Zeit aufgehalten hatte, antwortete sie, dass er ebenfalls zu Hause gewesen sei.

»Können Sie sich einen Grund vorstellen, warum jemand Linn Aubach nach dem Leben getrachtet hat?«

»Abgesehen davon, dass Sie eine eingebildete Ziege war?«, erwiderte Carmen Lebrecht unverblümt. »Oh, Verzeihung, jetzt mache ich mich wohl verdächtig.«

»Keine Sorge …«, sagte Pawlik.

»Ich könnte mir vorstellen, dass einer von ihren sauberen Mandanten sie auf dem Kieker hatte. Wer sich mit Verbrechern einlässt …« Sie starrte Pawlik an.

»Hat sie mal jemanden oder einen bestimmten Fall erwähnt?«, fragte Dana Bremer.

»Mir gegenüber?« Die Wirtin tippte sich auf die Brust. »Nein, hat sie natürlich nicht. Wir haben eigentlich gar nicht miteinander geredet. Sie war früher mal mit Holger zusammen, wissen Sie das? Es ist zwar schon eine Weile her, aber ganz vergessen kann ich es auch nicht. In Bezug auf Linns Vorlieben gab es allerdings Gerede …«

»Was denn für Gerede?«

»Es hieß hinter vorgehaltener Hand, dass sie auf einmal Frauen bevorzugt. Also, es soll ja jeder nach seiner Fasson glücklich werden. Doch in so einem kleinen Ort …«

»Was ist in so einem kleinen Ort?«, wollte Pawlik mit schmalen Augen wissen.

»Da gibt es wohl immer jemanden, dem das nicht passt.«

»Wer war das in diesem Fall?«

»Zum Beispiel Siegfried Engel. Kennst du Siegfried?«, fragte sie Dana direkt. Diese nickte. »Siegfried und auch Burkhard, die konnten einander ja nicht ausstehen. Aber in der Frage, wie eine Frau sich zu verhalten hat, da waren sie sich mehr als einig. Das wollten sie in ihrem Dorf nicht. Tut mir leid. Wenn man eine Kneipe betreibt, hört man so einiges, und auch vieles, was einem nicht passt. Doch man kann nicht jeden rausschmeißen, der eine andere Meinung vertritt als man selbst, oder?«

»Wie hat Jansen das damals aufgenommen, als Linn auf einmal eine Frau liebte?«, erkundigte sich Dana Bremer. Er hatte nie mit ihr über Linn Aubach gesprochen.

»Das stand in keinem zeitlichen Zusammenhang. Linn und er waren da schon lange nicht mehr zusammen. Es war also nicht so, dass sie ihn gegen eine Frau ausgetauscht hat. Und er ist Gott sei Dank auch anders drauf. Aber warum stellt ihr mir all diese Fragen? Fragt ihn das doch selbst.«

»Natürlich. Danke, Frau Lebrecht«, sagte Dana. Die Richtung, die dieses Gespräch genommen hatte, hinter dem Rücken eines Kollegen über ihn zu sprechen, behagte auch ihr nicht. »Wir wollen jetzt noch ein paar Worte mit Ihrem Sohn wechseln.«

Carmen Lebrecht lamentierte, dass das noch gar nicht Krischans Zeit sei und vor allem nicht ihre Aufgabe, ihn zu wecken. Doch dann ging sie hinauf in den zweiten Stock und sagte ihm doch Bescheid, dass die Polizei ihn sprechen wolle. Während sie auf ihren Sohn warteten, ließ sie Dana Bremer und Pawlik dann doch im Gastraum Platz nehmen. Allerdings im rückwärtigen Teil, wo sie von der Tür und den Fenstern zum Parkplatz aus nicht zu sehen waren. Stattdessen bot der Ecktisch ganz hinten eine wenig inspirierende Aussicht auf einen leicht verwahrlosten Hinterhof. Auf der mit Unkraut übersäten Kiesfläche parkten zwei Autos, ein älterer Golf und ein Nissan. Vermutlich gehörten die Mutter und Sohn. Der provisorische Parkplatz ging in eine ungepflegte Wiese mit ein paar Obstbäumen darauf über.

Carmen Lebrecht brachte ihnen überraschenderweise eine Thermoskanne mit Filterkaffee, Zucker, Kondensmilch und ein paar Tassen. Sie stellte alles wortlos vor ihnen auf den Tisch.

Krischan Lebrecht benötigte nur acht Minuten, sah bei seiner Ankunft am Tisch aber so aus, als wäre er direkt vom Bett in seine Kleider gestiegen.

»Oh Mann! Das mit Linn ist ja echt ein Ding«, kommentierte er die Anwesenheit der beiden Polizeibeamten. Er setzte sich ihnen gegenüber und schenkte sich ebenfalls eine Tasse Kaffee ein. »Sie lag tot am Strand? Echt krass. Meine Ma hat es mir gerade erzählt.«

»Wie gut kannten Sie Frau Aubach?«

Er trank einen Schluck Kaffee, verzog den Mund. »Ich kannte sie kaum. Was soll ich sagen? Wir hatten eigentlich nichts miteinander zu tun.«

Auf die Frage, wer Linn Aubach den Tod hätte wünschen können, ließ Krischan Lebrecht sich nicht zu Spekulationen hinreißen. »Ich weiß es wirklich nicht«, beteuerte er. »Genauso wenig wie bei unserem Herrn Bürgermeister. Ehrlich.« Er löffelte Zucker in seinen Kaffee und rührte energisch. Sein Augenlid zuckte.

Bremer und Pawlik stellten ihm Fragen in alle möglichen Richtungen, doch es kam nichts dabei heraus, was einen Ermittlungsansatz ergab. Auf sein Alibi angesprochen, sagte er das Gleiche wie seine Mutter. Dabei blickte er Dana starr in die Augen. Sie wurde das Gefühl nicht los, dass Milo Pawlik und sie hier gründlich verschaukelt wurden.

»Ich denke, wir sind für heute so weit durch, Pawlik, oder hast du noch was?«, fragte sie ihren Kollegen mit einem bedeutungsvollen Seitenblick.

»Nein, alles bestens.«

Krischans Schultern sanken ein paar Zentimeter nach unten. »Freut mich, dass ich helfen konnte«, meinte er mit einem falschen Lächeln.

»Tut uns leid, dass wir Sie aufgehalten haben. Aber wir müssen jeden befragen, der die Opfer kannte«, sagte Dana, um ihn weiter in Sicherheit zu wiegen.

»Verstehe, verstehe. Ist ja auch eine Sch… schlimme Situation«, antwortete Krischan. Sein Blick schweifte ab in Richtung Garten.

»Keine Sorge. Wir werden den Schuldigen finden«, versicherte Pawlik ihm.

»Das hoffe ich doch«, erwiderte er etwas zu monoton. »Wer will schon mit einem Mörder in einem Dorf leben?«

»Sie gehen demnach davon aus, dass der Täter aus dem Ort stammt?«, hakte Milo Pawlik freundlich-interessiert nach.

Krischan starrte ihn irritiert an. »Die Polizei nicht?«

»Wir ermitteln in alle Richtungen.«

»Dass Linns Mörder von sonst woher kommen kann, das glaube ich gern. Sie war ja Anwältin und hat mit allen möglichen Leuten zu tun gehabt. Aber Burkhard Schönfeld? Der hat doch sein ganzes Leben nur hier in der Gegend verbracht, die Leute genervt und Geld gescheffelt. Wo, wenn nicht hier, soll der sich Feinde gemacht haben?«

»Er hat die Leute genervt? Ein interessanter Hinweis«, bemerkte Pawlik.

»Finden Sie?«, gab Krischan gleichgültig zurück. »Wenn Sie das noch nicht wissen, wissen Sie nichts!«

»Was sollten wir wissen?«, insistierte Pawlik, nun offenbar doch bei seinem Ermittlerstolz gepackt.

»Fragen Sie doch mal seine Mieter. Was die so von ihm gehalten haben.«

Milo Pawlik sah seine Kollegin an. »Das tun wir.«

Sie erhoben sich. »Komm, wir müssen los.« Dana machte eine Kopfbewegung, die Pawlik bedeutete, ihr umgehend zu folgen.

»Der lügt doch, wenn er den Mund aufmacht«, sagte Dana Bremer, als sie außer Sicht- und Hörweite am Auto standen.

»Da bin ich mir nicht so sicher. Wir hatten doch gerade erst mit ihm angefangen. Warum wolltest du auf einmal so schnell gehen?«

»Ist dir nicht aufgefallen, wie nervös der war?«

»Doch. Und die Wirtin auch – irgendwie.«

»Sie waren beide nervös.« Dana kaute auf ihrer Lippe. »Nur, warum?«

»Viele Leute haben ein schlechtes Gewissen, wenn sie es mit der Polizei zu tun bekommen. Irgendeine kleine Missetat haben so einige auf dem Kerbholz. Und da wollen sie in unserer Gegenwart nicht zu viel sagen, damit wir ihnen nicht auf die Schliche kommen.«

»Daran sind wir doch gar nicht interessiert«, erwiderte Dana Bremer. »Wir fragen ja nur das ab, was mit unserem Fall zusammenhängt.«

»So weit denken die gar nicht.«

»Der junge Mann war *zu* nervös«, beharrte sie.

»Okay. Aber was willst du tun?«

»Ich möchte ihn überwachen lassen.«

Pawlik lachte auf. »Dazu haben wir kaum die Leute. Wir haben schließlich schon zwei Mordfälle am Hals.«

»Ich weiß.« Dana Bremer fühlte etwas Feuchtes an der Unterlippe, wischte sich mit dem Handrücken über den Mund und sah rote Blutschlieren. Sie hatte sich aus Versehen vor Anspannung auf die Lippe gebissen.

»Sonst sprich mit Pia Korittki darüber. Es sollen uns doch noch zwei ihrer Leute aus Lübeck unterstützen.«

»Das dauert doch alles zu lange.« Dana sah über ihre Schulter. »Pass auf. Du fährst jetzt vom Hof. Mach ruhig ein bisschen Getöse dabei. Fahr am besten zur Dienststelle, trink dort einen Kaffee und komm dann zurück.«

»Und was machst du?«

»Ich gehe in ein paar Minuten noch mal unauffällig in den Gastraum hinein. Ich möchte wissen, was die beiden da drinnen bereden.«

»Hör mal, das ist nicht gerade gute Polizeiarbeit.«

»Wer sagt das?«

»Das wäre vor Gericht gar nicht verwertbar.«

»Ich brauche doch nur einen kleinen Hinweis, was bei denen so los ist.«

»Und wenn sie dich erwischen?«

Sie lachte auf. »Dann behaupte ich, ich hätte was vergessen. Meine Lesebrille.« Sie klopfte auf ihre Tasche.

»Was?«

»Sie liegt auf der Fensterbank, dort, wo wir gesessen haben. Es ist nur so ein Zwei-Euro-Teil, aber das weiß ja niemand. Doch ich gehe davon aus, dass mich niemand erwischt.«

»Das finde ich nicht gut«, erklärte Pawlik steif.

»Niemand kann mir verbieten, etwas zu vergessen. Du musst nur ohne mich vom Parkplatz fahren und mich später wieder einsammeln. Schaffst du das?«

Pawlik fuhr mit laut knirschenden Reifen vom Parkplatz. Hoffentlich bemerkten die Lebrechts die Abfahrt, jedoch nicht, dass nur eine Person im Wagen saß! Dana Bremer vermutete, dass man Letzteres durch die Tüllvorhänge und Topfpflanzen auf den Fensterbänken wohl sowieso nicht gut sehen konnte.

Sie rief sich die Räume im Inneren des Gebäudes ins Gedächtnis. Wie oft war sie schon dort gewesen, und wie wenig Beachtung hatte sie ihrer Umgebung geschenkt! Der Gastraum nahm die gesamte rechte Seite des Gebäudes ein, mit Fenstern nach vorn zum Parkplatz und nach hinten. Wenn sie jetzt quer über diesen Parkplatz lief, konnte man sie von drinnen sehen.

Dana ging am Parkplatzrand entlang, im Sichtschatten einiger Sträucher. Der Zickzackkurs, den sie dabei beschrieb, würde seltsam anmuten. Hoffentlich erwischte sie niemand! In echter Gefahr war sie hier am helllichten Tag wohl nicht. Doch sie hielt ihr Diensthandy in der Hand. So konnte sie jederzeit Hilfe rufen. Theoretisch zumindest.

Es war ein unausgegorener, ja idiotischer Plan, einzig aus dem Frust darüber geboren, dass sie mit ihrer bescheidenen Fragetechnik nichts Nützliches von den Lebrechts in Erfahrung hatten bringen können. Was wollte sie erreichen? Hauptkommissarin Korittki imponieren?

Dana Bremer hatte die Hausecke erreicht. Beim Verlassen der Büsche schlug ihr ein dorniger Zweig ins Gesicht. Tränen traten ihr in die Augen. Der Parkplatz und die Dorfstraße waren menschenleer. Sie lief geduckt an der Vorderseite des Gasthofs entlang, kam sich lächerlich dabei vor. Vor dem Eingang angekommen, sah sie noch mal nach links und hastete dann die Treppe hinauf. Die Tür stand noch offen. Dana huschte rasch hinein. Als sie Schritte aus dem Gang zur Küche hörte, die rasch näher kamen, verschwand sie so leise wie möglich auf der Damentoilette.

In dem rechteckigen Spiegel über dem Waschbecken erkannte sie ihr Gesicht kaum wieder. Rote Striemen, ein winziger Riss in der Unterlippe und Haarsträhnen, die ihr wirr ins Gesicht hingen. Sie strich sich das Haar zurück. Wenn sie schon erwischt werden würde, wollte sie wenigstens halbwegs professionell dabei aussehen.

Als nach ein paar Minuten niemand mehr zu hören war, öffnete sie die Tür zum Flur. Es wäre doch nichts dabei, wenn sie sie hier sähen. Ich musste eben noch mal auf die Toilette, versicherte Dana Bremer sich.

Ein lautes Scheppern und Klappern erklang aus dem Gastraum. Da war etwas zu Boden gefallen. Dann war ein Wimmern und Schluchzen zu hören. Was war da drinnen los? Unschlüssig, ob sie hineingehen und sich einmischen sollte, stand sie reglos da. Damit hatte sie nicht gerechnet. Aus dem Obergeschoss rannte jemand die Treppe herunter. Hastig zog Dana Bremer die Tür zu den Damentoiletten wieder ran, jedoch nicht ganz zu. Ein paar Sekunden später trampelte Krischan Lebrecht an ihr vorbei. Er hatte zusammengerollte Decken unter dem Arm.

»Ich kümmere mich darum!«, rief er mit vor Wut verzerrter Stimme in den Gastraum. »Hast du verstanden, Ma?« Ohne eine Antwort abzuwarten, kehrte er auf dem Absatz um und stürmte den Gang hinunter, der zum Hinterausgang führte.

Dana Bremer zog ihr Diensthandy hervor und versteckte sich in einer der Toilettenkabinen. Dann sagte sie Pawlik, dass er zurückkommen und die Rückseite des Gasthofs im Auge behalten solle. Krischan Lebrecht sei auf dem Weg nach draußen. »Vielleicht will er auch noch verschwinden«, flüsterte sie.

Ihr Kollege klang nicht gerade begeistert, doch er sagte ihr zu, die hintere Ausfahrt zu überwachen.

»Lass dich bloß nicht von ihm erwischen! Wir müssen wissen, was der vorhat. Sonst hätte ich mir den Stress sparen können!«, wisperte sie noch.

Nach einer kleinen Wartezeit folgte Dana Krischan Lebrecht den Gang hinunter. Vorsichtig öffnete sie die Hintertür und überblickte mit pochendem Herzen den Hinterhof. Sie sah gerade noch die Staubwolke, die Lebrecht beim Losfahren mit einem alten Golf aufwirbelte. Er steuerte aber nicht die Straße an, sondern nahm einen Sandweg, der auf die Obstwiese führte.

Dort hinten war ihres Wissens nicht mehr viel. Dana war schon als Kind und Jugendliche in diesem Gasthof gewesen. Freunde und Bekannte ihrer Eltern hatten hier Hochzeiten und die Taufen und Konfirmationen ihrer Kinder gefeiert. Nach dem Festessen war sie mit den anderen Mädchen und Jungen und in ihrem besten Kleid draußen herumgestreunt. Das war das Schönste gewesen!

Damals hatte es dahinten noch ein eingezäuntes Areal für Hühner gegeben, einen Ziegenbock, der angepflockt gewesen war und niemanden an sich herangelassen hatte, und einen finsteren Stall oder Schuppen, voller Spinnweben. Dahinter war »*Lands End*«. Das Grundstück wurde von einem tiefen Graben – oh ja, sie wusste, wie tief! – und einem Stacheldrahtzaun begrenzt. Zumindest mit einem Auto war von dort kein Weiterkommen mehr. Dana bezweifelte, dass sich das Areal in den letzten zwanzig Jahren wesentlich verändert hatte. Was also wollte Krischan Lebrecht mit seinem Auto und ein paar Wolldecken dort?

29. Kapitel

Dana Bremer berichtete Pawlik am Telefon, was sie beobachtet hatte. Eventuell benötigten sie Verstärkung. Danach lief sie, sich möglichst hinter Büschen und Bäumen verbergend, in Richtung des Schuppens. Ihre Hände ballten sich zu Fäusten, als sie Lebrechts Auto mit geöffnetem Kofferraumdeckel danebenstehen sah. Der Motor lief. Die Umwelt verpestete die kleine Kröte also auch noch. Aber was tat er da drinnen?

Er kam gerade heraus. Schnell duckte Dana sich hinter ein altes Ölfass, dort, wo früher der Ziegenbock Angst und Schrecken verbreitet hatte. Sie war schon so dicht an den Schuppen herangekommen, dass sie Lebrechts keuchenden Atem und ein paar leise ausgestoßene Flüche hören konnte.

Krischan schleppte eine Sporttasche zum Wagen. Dana Bremers Puls beschleunigte sich weiter. Sollte sie einen Volltreffer gelandet haben?

Lebrecht blickte immer wieder nervös um sich, sodass sie einfach nicht weiter an ihn herankam. Wenn der kein schlechtes Gewissen hatte, dann hatte es gar keiner! Sie zog wieder ihr Handy hervor, um Pawlik über die neue Lage zu informieren. Er und die Kollegen mussten Lebrecht unbedingt aufhalten, wenn der versuchte, das Grundstück zu verlassen. Doch dieses Mal ging Milo Pawlik nicht ans Telefon.

Als Krischan die Schuppentür hinter sich abschloss, wusste Dana Bremer, dass sie handeln musste. Sie konnte sich nicht darauf verlassen, dass ihr Kollege noch rechtzeitig zur Stelle sein würde. »Verdammt, verdammt, verdammt …«, fluchte sie fast lautlos. Ihre Handflächen waren feucht.

Beim Ziehen ihrer Waffe begann ihr Herz, heftig zu klopfen. Theoretisch war sie dazu ausgebildet, doch war sie wirklich bereit, auf jemanden zu schießen? Noch dazu auf einen irregeleiteten jungen Mann aus der Nachbarschaft? Denn das war Krischan in ihren Augen …

Als er auf die Fahrertür zuging, trat sie vor.

»Halt, stehen bleiben und Hände hoch, wo ich sie sehen kann! Polizei!«

Er zuckte zusammen. Dann drehte er sich langsam zu ihr um. »Das ist nicht Ihr Ernst«, sagte er erst ungläubig, dann beinahe amüsiert.

Wut kam in ihr auf. Sie ging entschlossen auf ihn zu, die gesicherte Waffe mit beiden Händen auf ihn gerichtet. »Nimm gefälligst deine Pfoten hoch, so, dass ich sie sehen kann«, wiederholte sie ihre Forderung laut.

Er blickte sich suchend um. Seine Rechte tastete zum Türgriff des Wagens.

»Hände hoch, umdrehen!«, schrie sie ihn an.

Lebrecht gehorchte ihr immer noch nicht. Dana brach der Schweiß aus. Eines wusste sie mit einem Mal ganz genau: Sie wollte keinesfalls schießen. War es da nicht der pure Wahnsinn, dass sie eine geladene Pistole auf einen Menschen richtete?

»Tu, was sie sagt, Krischan!«, erklang eine aufgeregte Stimme aus Richtung des Gasthofs.

Krischan wurde blass. »Mama!«

Der Rest der Festnahme verlief wie im Lehrbuch.

»Ein Drogenversteck beim Gasthof von Stüvensee?«, fragte Pia ungläubig. »Wo denn dort?«

»Die Drogenpakete waren ganz hinten auf dem Grundstück versteckt. Sie befanden sich unter einem alten Schuppen in einem Kriechkeller«, berichtete Broders. »Krischan Lebrecht, der Sohn der Wirtin, und auch der gesamte Drogenfund, sind auf dem Weg nach Lübeck. Unsere Kollegen von der Drogenfahndung können es kaum erwarten.«

»Wie sind Bremer und Pawlik überhaupt dahintergekommen?«

»Das scheint auf Dana Bremers Initiative zurückzugehen.« Broders erläuterte Pia, wie es zu der Festnahme gekommen war.

»Alle Achtung, gute Arbeit!«, sagte sie. »Die Kollegin macht sich.« Sie lächelte, doch dann verzog Pia in Vorahnung von Schwierigkeiten das Gesicht. »Ich werde jetzt mal unten im Drogendezernat vorstellig. Krischan Lebrecht ist möglicherweise auch in unsere Mordfälle involviert. Die sollen ihn nicht allein befragen.«

»Ich freue mich schon, wie ihr euch um die Beute balgt«, erwiderte Broders. »Darf ich dabei sein?«

Pia blickte auf ihre Uhr. »Das geht leider nicht. Du bereitest für heute um sechzehn Uhr eine Einsatzbesprechung in Stüvensee vor. Wir müssen die neue Lage bewerten und entsprechend reagieren. Ich komme so schnell wie möglich zu euch.«

Die Zusammenarbeit mit den Kollegen vom Drogendezernat verlief glücklicherweise kollegial und lösungsorientiert. Im Grunde hatte Pia da auch nichts anderes erwartet. Die unterschiedlichen Interessen mussten beurteilt und gegeneinander abgewogen werden. Die Drogenfahnder waren zwar nicht begeistert, dass sie sozusagen mit dem K1 »teilen« mussten. Letztlich jedoch hatten sie diesen Fund ja der laufenden Mordermittlung zu verdanken.

Krischan Lebrecht bestand auf der Anwesenheit eines Anwalts, war dann aber relativ zügig bereit, zu kooperieren und seine Verbindungsleute zu nennen. Er war wohl tatsächlich nur ein kleiner Fisch, der sich gegen eine geringe Bezahlung bereit erklärt hatte, Drogen zu verstecken, bis sie weiterverteilt wurden.

Er nannte einen gewissen René, dessen Nachnamen er angeblich nicht kannte, als seinen Verbindungsmann. Den Drogenfahndern schien der Mann allerdings bekannt zu sein. Und dann, zu Pias Erstaunen, fiel auch der Spitzname »Kojote« alias Marko Meister, und sie sog erstaunt die Luft ein.

»Wir müssen hier unterbrechen.« Pia erhob sich und ging mit den beiden Kollegen vor die Tür. Sie erzählte ihnen kurz, wie das alles mit ihrem Mordfall und der minderjährigen Schülerin Tilda Bruhns zusammenhing.

»Immerhin können wir Marko Meister jetzt befragen, ohne zu verraten, dass das Mädchen uns seinen Namen genannt hat«, sagte Pia. »Lebrecht hat ihn verraten.«

»Es besteht also die Möglichkeit, dass Marko Meister in zwei Tötungsdelikte verwickelt ist?«, fragte einer der Drogenfahnder. Er sah mit seinen langen Haaren, der lässigen Kleidung und den Halsketten aus wie seine eigene Klientel. Doch Pia wusste, dass er ein hervorragender und engagierter Polizist war.

»Das werden wir herausfinden. Die beiden Opfer, Burkhard Schönfeld und Linn Aubach, könnten ihm auf die Schliche gekommen sein. Aber …«, Pia krauste die Stirn, »ich halte seine Täterschaft für nicht sehr wahrscheinlich.«

»Wir versuchen, ihn heute noch festzunehmen. Aber mit der Vernehmung wird es vor morgen früh eh nichts mehr«, erwiderte der andere Kollege. »Wir müssen ihn erst mal erwischen. Ich hatte schon ein paar Mal mit Meister zu tun. Wahrscheinlich weiß der längst, dass wir Lebrecht geschnappt haben. Entweder taucht er unter, oder er schlägt mit einem gewieften Anwalt bei uns auf. Wenn du dazukommen willst …«

»Ja, das möchte ich allerdings«, antwortete Pia. »Schickt ihr mir noch die genaue Uhrzeit? Ich muss jetzt zurück zu meinen Leuten. Viel Erfolg noch mit Herrn Lebrecht.«

»Viel Spaß an der Ostsee!«, kam es flapsig zurück.

Auf der Fahrt nach Stüvensee rief Pia Marten an und gab ihm Bescheid, dass es auch heute Abend später werden würde. Es war schon das zweite Mal in Folge. Zum Glück war Marten da, um auf Felix aufzupassen. Trotzdem tat es ihr leid. Zu ihrer Erleichterung nahm Marten die Nachricht gut gelaunt auf. Er erinnerte sie lediglich an ihre Verabredung am Samstagnachmittag.

»Ich weiß nicht, ob ich das unter diesen Umständen schaffen werde«, entgegnete Pia.

»Der Fall hat Vorrang«, räumte Marten bereitwillig ein. »Aber vielleicht kannst du es ja trotzdem einrichten?«

Was hatte er nur vor?

Der Anruf aus Dänemark erreichte Pia, als sie vor der Polizeistation von Stüvensee stand und gerade eintreten wollte. Die dänischen Kollegen hatten eine Frau festgenommen, die sich ohne Kenntnis des Besitzers in dessen Ferienhaus einquartiert hatte. Nachbarn waren abends Lichter hinter den Fenstern aufgefallen. Sie wunderten sich, dass das Haus bewohnt war, obwohl es doch gerade leer stehen sollte. Daraufhin hatten sie den Hauseigentümer informiert, der seinerseits die Polizei eingeschaltet hatte. Die hatte dann festgestellt, dass es sich bei der illegalen Bewohnerin um die von der deutschen Kriminalpolizei gesuchte Alva Dohrmann handelte.

Pia dankte dem dänischen Kollegen, der sie angerufen hatte. Sie war erleichtert, dass ihre Zeugin am Leben und wohlauf war. Gleichwohl fand sie bedenklich, was Frau Dohrmann getan hatte. Sie hatte unruhig und unausgeglichen gewirkt, aber Pia hatte es für eine Nachwirkung des Leichenfundes gehalten. Nun war davon auszugehen, dass doch mehr dahintersteckte.

Jetzt musste nur noch ein Rücktransport nach Deutschland organisiert werden. Pia war froh, eine offizielle Fahndung zur Vernehmung in die Wege geleitet zu haben. So konnte Frau Dohrmann ihr nicht ein zweites Mal entwischen.

Beschwingt von den neuen Ereignissen, betrat sie die Stüvenseer Polizeistation. Sie rief ihre Leute im Besprechungsraum zu der von ihr anberaumten Einsatzbesprechung zusammen. Zuerst verkündete sie die Neuigkeit Alva Dohrmann betreffend.

Danach berichtete Dana Bremer, was zu Krischan Lebrechts Festnahme geführt hatte. »Meine Lesebrille habe ich inzwischen auch wieder«, schloss sie mit roten Wangen.

»Warum hattest du nicht gleich eine Wanze dort versteckt?«, neckte Broders sie.

Die Kollegin errötete noch mehr. »Nächstes Mal vielleicht.«

»Es hat ja auch so funktioniert.« Pia nickte der jüngeren

Kollegin anerkennend zu. »Wirklich gute Arbeit! Aber nun zum Thema zurück.« Sie blickte aufmerksam in die Runde. »Wir haben es immer noch mit zwei Tötungsdelikten zu tun. Burkhard Schönfeld und Linn Aubach wurden ermordet. Die Morde liegen zwei und vier Tage zurück, und wir kennen weder das Motiv noch den Täter.«

In der nächsten Stunde gingen sie die möglichen Motive und Verdächtigen noch einmal durch, zunächst in Bezug auf den Mord an Burkhard Schönfeld. Wenn ein Zusammenhang zwischen den beiden Verbrechen bestand, was wahrscheinlich war, kamen mehrere Schlussfolgerungen infrage:

Burkhard Schönfeld konnte das beabsichtigte Opfer gewesen sein. Motive dafür gab es einige, auch wenn keines völlig überzeugte. Weiterhin war es möglich, dass Linn Aubach umgebracht worden war, weil sie in Bezug auf den Mord an Schönfeld entweder etwas gewusst oder beobachtet hatte, was den Täter hätte überführen können. Allerdings war sie zum Zeitpunkt der Tat in Italien gewesen. Während ihrer Abwesenheit hatte die ihr ähnlich sehende Alva Dohrmann in ihrem Haus gewohnt.

Als Nächstes erörterten sie, ob Linn Aubach das eigentliche Ziel des ersten Mordanschlags gewesen sein könnte und Schönfeld möglicherweise auf ihrem Grundstück bloß ein zufälliges Opfer gewesen war. Burkhard Schönfeld, der sich in ihrem Garten herumgetrieben hatte, war dabei vielleicht nur im Weg gewesen? Dagegen sprach, dass Schönfeld einen anonymen Anruf erhalten hatte, kurz bevor er zu Linn Aubachs Haus gegangen war. Wer, wenn nicht der Täter, sollte ihn so dorthin gelockt haben?

»Vielleicht sollte Burkhard Schönfeld auch als angeblicher

Täter herhalten und war deshalb auf Frau Aubachs Grundstück gerufen worden? Damit er kein Alibi hat und im Garten ein paar Spuren hinterlässt?«, sagte Milo Pawlik.

»Aber Schönfeld wurde erschlagen, nicht Linn Aubach«, wandte Broders ein.

»Und wenn es eine Verwechslung war, die später vom Täter korrigiert wurde?«, fragte Pawlik.

»Es ist spät abends passiert. Es war stockdunkel«, ergänzte Jansen.

»Die Theorie hinkt an mehreren Stellen«, gab Broders zu bedenken. »Welcher potenzielle Mörder würde jemanden anlocken, um ihn als Täter hinzustellen? Das wäre doch ein möglicher Zeuge der Tat. Und dass er dann rein zufällig an Linn Aubachs Stelle den Bürgermeister erschlägt, dem er vorher eine SMS geschickt hat – nein, das kann ich mir nicht vorstellen.«

Sie diskutierten verschiedene Varianten dieser Theorie.

Als sie nicht weiterkamen, sagte Pia: »Schönfelds Gesicht wurde nach der Tat mit Seerosenblättern bedeckt. Dieses Detail dürfen wir nicht außer Acht lassen. Es muss etwas zu bedeuten haben.«

»Als der Täter sah, dass er den Falschen erschlagen hat, bekam er Gewissensbisse. Deshalb hat er das Gesicht des Toten bedeckt. Damit der ihn nicht so vorwurfsvoll anstarrt«, schlug Pawlik vor.

Pia schüttelte den Kopf. »Das ist eher unwahrscheinlich. So ergibt das noch keinen Sinn. Wir brauchen mehr Informationen.« Sie schrieb eine Liste mit den nächsten Schritten auf das Whiteboard und verteilte die neuen Aufgaben. Die Hauptverdächtige im Fall Schönfeld war Pias Ansicht nach wie vor Rosina Peters. Sie hatte ein überzeugendes Motiv. Eigentlich sogar zwei. »Ich werde mir nach der Besprechung ihr

Alibi noch mal genauer anschauen.« Pia setzte ihren Namen neben den von Rosina Peters. »Und zwar heute noch, wenn sie von der Arbeit kommt. Broders begleitet mich.«

»Warum noch einmal Frau Peters?«, wollte Broders wissen, als sie das Polizeirevier verließen. »Traust du mir eine ordentliche Befragung nicht mehr zu?«

»Das ist nicht der Grund, und das weißt du. Die alles entscheidende Frage, die wir uns stellen müssen, ist doch: Wem nützt das, was passiert ist? Rosina Peters ist diejenige, die offensichtlich von Burkhard Schönfelds Tod profitiert. Und mit dem Mord an ihm fing alles an. Wir sollten unsere Augen nicht vor dem Offensichtlichen verschließen.«

»Ist das ein Kalenderspruch?«

»Nein, die Weisheit stammt von mir.«

»Und was ist mit Rosina Peters' Alibi?«

»Was hältst du denn davon?«, gab Pia die Frage zurück.

Er zuckte mit den Schultern. »Die Beteiligung der Hunde gefällt mir nicht«, stieß er zähneknirschend hervor. Dabei überzeugte er sich von der klinischen Reinheit seiner dunkelgrauen Hose.

Pia gluckste.

Broders schaute sie tadelnd an. Dann sagte er: »Rosina Peters und Fabian Ruschke könnten auch gemeinsame Sache machen. Sie scheinen einander ja zu mögen. Oder wenigstens mag sie ihn.«

»So was ist in der Theorie gut, besonders, wenn man sich dann gegenseitig ein Alibi gibt. Aber in der Praxis ist es doch meistens zu riskant. Wer will für den Rest seines Lebens davon abhängig sein, dass ein anderer eine Lüge aufrechterhält?«

»So weit denken viele nicht.«

»Ich habe eher den Eindruck, dass unser Täter ganz schön weit gedacht hat. Der- oder diejenige sitzt jetzt irgendwo in Stüvensee in seiner oder ihrer Bude und lacht sich über uns kaputt.«

Broders warf einen Blick über seine Schulter. »Die Dummen und die zu Schlauen, die machen meiner Erfahrung nach Fehler. Aber so ein normalbegabter, hochmotivierter Gelegenheitstäter ...«

»... der kann einen ziemlich lange zum Narren halten«, bestätigte Pia.

30. Kapitel

Rosina Peters öffnete ihnen erst nach dem zweiten Klingeln. Sie verdrehte andeutungsweise die Augen, als sie Broders und Pia sah. Kleine, aber unübersehbare Veränderungen ließen vermuten, dass Schönfelds Nichte sich das protzige Haus zu eigen zu machen gedachte.

Im Eingangsbereich standen dort, wo letztes Mal noch olivgrüne Gummistiefel und Herrenschuhe dominiert hatten, kleine Ballerinas, Sandalen und Leinenschuhe im Schuhregal. Auf der Küchenarbeitsplatte befand sich nun eine große, herzförmige Schüssel mit Süßigkeiten. Zwei der schwarzen Lederstühle waren mit kuscheligen Schaffellen bedeckt. Vor dem Fenster hing eine Girlande aus pastellfarbenen Stoffwimpeln, und die Granitplatte des Esstischs war mit bunten Sets und Wiesenblumen im Glas dekoriert.

»Bitte setzen Sie sich doch«, sagte Rosina Peters. Sie knetete nervös die Hände, doch ihre Augen leuchteten. Sie schien sich in der Rolle der Gastgeberin in diesem Haus zu gefallen, und sei es auch nur für zwei Kriminalbeamte, die ihr Fragen zu einem Mord stellen wollten. »Möchten Sie Kaffee oder Tee? Ich kann auch Cappuccino machen.« Sie deutete auf einen Kaffeevollautomaten, der brandneu aussah.

»Ich nehme gern einen Cappuccino«, antwortete Broders, bevor Pia für sie beide ablehnen konnte. Sie hatte manchmal solche Anwandlungen, die er nicht verstand. Das hier würde länger dauern. Da konnten sie es sich auch ein bisschen angenehm machen. Er wählte einen Stuhl mit Fell, bevor sie sich zufällig daraufsetzte, weil er am nächsten stand.

»Für mich dann bitte auch einen«, sagte Pia ergeben. Sie machte ein Gesicht, als stieße ihr der Filterkaffee vom Polizeirevier noch sauer auf. Da hatte Broders sich vorhin wohlweislich an Limonade gehalten.

»Ein schönes, großzügiges Haus.« Pia sah sich mit einem Becher Cappuccino in der Hand um, dessen Milchschaum steif wie Bauschaum war. »Sie haben bisher mit Ihrem Onkel hier gewohnt?«

»Ja, bis zu seinem Tod.« Frau Peters senkte den Blick. »Es ist schon komisch, jetzt so allein hier zu sein. Ziemlich einsam. Ich vermisse ihn.«

»Das kann ich verstehen. Es tut mir leid.« Pia sah sie forschend an. »Haben Sie sich denn gut verstanden?«

Rosina Peters zuckte mit den Schultern. »Nun ja, meistens schon. Er war recht streng. Aber er war immer gut zu mir.«

Broders spitzte die Ohren. Wenn Pia die Fragen stellte, konnte er umso genauer hinhören. Menschen, die ungefragt etwas betonten, versuchten manchmal, komplett gegenteilige Umstände zu vertuschen. Wie seine Nachbarin Frau Schäfer, die lautstark herumposaunt hatte, sie liebe ihren Mann über alles – um ihn am nächsten Tag zu verlassen. War Schönfeld also so gut und hilfreich zu seiner Nichte gewesen oder unter Umständen das komplette Gegenteil?

»Ich kann mir vorstellen, dass es bei zwei Generationen in einem Haus schon mal zu Konflikten kommen kann«, bemerkte Pia vorsichtig.

»Bei uns aber nicht«, antwortete Rosina Peters abwehrend. »Einige im Dorf mochten meinen Onkel nicht. Das haben Sie ja bestimmt schon mitbekommen.« Sie blickte sie beide nacheinander an. »Hat die Polizei jetzt einen Verdacht, wer es war?«

»Noch nichts Konkretes«, wiegelte Pia ab. »Ist Ihnen nach dem Schock noch etwas dazu eingefallen, nachdem Sie jetzt etwas Zeit hatten, über alles nachzudenken?«

»Mir? O Gott, nein! Ich kann immer noch nicht richtig glauben, dass er tot ist. Andauernd denke ich, er kommt jeden Moment zur Tür herein.«

Jetzt klingt sie genau wie Frau Schäfer, dachte Broders. Vielleicht hatte sie ein schlechtes Gewissen und fürchtete deshalb, ihr Onkel könne zurückkehren? Dann würde er all die Dinge im Haus bemerken, die sie beinahe unverzüglich verändert hatte. Burkhard Schönfeld war noch nicht einmal unter der Erde.

»Warum mochten ihn manche im Dorf denn nicht?«, hakte Pia beharrlich nach.

»Ich glaube, weil er immer seinen Willen durchsetzen wollte. Er hat nie klein beigegeben. Er konnte kein Nein akzeptieren. Niemals. Aber meistens lag er ja auch richtig damit. Ich meine, wenn es den Leuten nicht gefallen hätte, dann hätten sie ihn wohl nicht wieder zum Bürgermeister gewählt.«

»Hat er das bei Ihnen auch versucht?«

»Was?«

»Seinen Willen durchzusetzen.«

»Ich wüsste nicht, in Bezug auf was«, gab Rosina Peters spröde zurück.

»Wie Sie Ihr Leben führen? Zum Beispiel, was die Wahl Ihrer Freunde angeht?«

»Da hat er sich eigentlich nicht eingemischt.«

»Wo hat er sich denn dann eingemischt?«

Rosina wurde rot. »Er wollte nur, dass ich anständig bleibe. Mich nicht benehme wie so einige junge Leute im Dorf, die irgendwann ausflippen und nicht mehr wissen, wo sie herkommen.«

»Denken Sie da an jemand Bestimmtes?«

Sie sah unsicher von einem zum anderen. »Zum Beispiel Krischan Lebrecht. Von dem sagte mein Onkel immer, dass es kein gutes Ende nehmen würde mit ihm. Er hat versucht, ihm zu helfen, aber es war hoffnungslos.«

»Wie zu helfen?«

»Nur mit ihm zu reden. Er war doch mal mit seiner Mutter befreundet. Doch letztlich ... Das hat nicht geklappt. Schon wegen Krischan.«

»Wie gut kennen Sie Krischan Lebrecht?«

»Eigentlich gar nicht. Haben Sie ihn nicht vorhin ...«

Der Fund im Schuppen und die Festnahme hatten sich natürlich schon im Dorf herumgesprochen. Aber Pia ging nicht darauf ein. »Mit wem im Ort sind Sie befreundet, Frau Peters?«, fragte sie stattdessen.

»Aber ...« Sie blickte Broders an. »Das wissen Sie doch schon. Ich bin ab und zu bei Fabi. Fabian Ruschke. Auch wegen seiner Hunde. Ich mag Hunde! Vielleicht werde ich nun selbst bald einen haben. Aus dem neuen Wurf.«

»Hat Ihr Onkel Ihnen die Hundehaltung vorher nicht erlaubt?«

»Er war nicht so dafür«, gab sie zu.

Manchmal sind es für sich betrachtet Kleinigkeiten, die ein Mordmotiv ergeben, nachdem sie sich bei jemandem im Geiste aufsummiert haben, dachte Broders. Bevormundung, wirtschaftliche Abhängigkeit und dann das Verbot, sich einen süßen Welpen ins Haus zu holen?

»Sie waren bei der Geburt der Hundewelpen dabei, habe ich gehört«, sagte Pia mit freundlicher Stimme. »Das war sicher ein Erlebnis.«

»Sie fragen damit doch nur noch mal nach meinem Alibi«, erwiderte Rosina Peters hellsichtig.

»Weil es wichtig ist, Frau Peters. Schildern Sie uns bitte noch einmal ganz genau den Verlauf des Abends, an dem Ihr Onkel ermordet wurde.«

Leicht erschrocken sah die junge Frau Broders an. Der nickte ihr beruhigend zu.

Rosina Peters wiederholte ihre Schilderung, wie der Abend, an dem Schönfeld getötet worden war, verlaufen war. Angefangen mit der Ankündigung Ruschkes, dass seine Hündin wohl an diesem Tag werfen würde, und Rosinas Frage, ob sie dabei sein dürfe. Sie war nach der Arbeit noch mal zu Hause gewesen, hatte einen Korb mit Fressalien und Wein gepackt und war dann gegen zwanzig Uhr zu Ruschkes Haus geradelt.

Nun, da Broders wusste, wie nah die Häuser beieinander standen – man musste quasi nur einmal über die Hauptstraße gehen und dann einen Feldweg hinunter –, wunderte er sich, warum sie nicht zu Fuß gegangen war. Auf seine diesbezügliche Frage antwortete Rosina Peters nur, dass sie es eben gewohnt sei, in Stüvensee überallhin mit dem Rad zu fahren. Gehen sei so mühsam.

Sie betonte, dass ihr auf dem Weg dorthin ihr Nachbar Ole Bruhns entgegengekommen war. Auch das wussten Broders und Pia bereits.

»Es hat dann ja wohl etwas gedauert, bis alle Welpen da waren«, bemerkte Pia. »Um wie viel Uhr war das noch?«

»Um ein Uhr ungefähr.«

Es deckte sich mit Ruschkes Angaben und denen im Wurfabnahmeprotokoll.

»Was haben Sie denn in der Zwischenzeit gemacht?«

»Wir haben erst geredet und gegessen. Zwischendurch hat Fabian natürlich immer mal wieder nach der Hündin geschaut, und dann haben wir noch eine DVD geguckt.«

»Hat er allein nach der Hündin gesehen?«

»Ja, so war es. Yara war nervös.«

»Und wie hieß der Film?«

»Irgendwas mit einer italienischen Hochzeit.«

Pia krauste die Stirn. »Das können Sie doch sicher genauer sagen.«

»Ich habe mich nicht sonderlich für den Film interessiert. Ich war ja wegen der Hunde da.«

»Für wie lange ist Ruschke denn zwischendurch aus dem Zimmer gegangen?«, erkundigte sich Broders.

»Sie meinen doch nicht, dass er meinen Onkel getötet hat? Er war immer nur kurz draußen. Das müssen Sie mir glauben.«

»War er eher fünf oder fünfzehn Minuten weg?«, hakte Pia unbarmherzig nach.

Peters sah auf ihre weichen Hände, die vor ihr auf der Tischplatte lagen. Sie zerpflückte eine heruntergefallene Blüte. Ihre Fingerspitzen waren gelb vor Blütenstaub. »Ich weiß es nicht mehr.«

»Haben Sie auch mal den Raum verlassen?«

Sie schüttelte den Kopf.

»Mussten Sie nicht mal zur Toilette gehen?«, fragte Pia.

»Doch, auf dem Klo war ich mal. Zwei, drei Minuten …«

»Hm.«

Unruhig sah Rosina Peters von einem zum anderen.

»Und wo waren Sie gestern Abend?«

Sie blickte Pia aufgebracht an. »Ich weiß, dass es Ihnen nicht gefällt, aber ich war die ganze Zeit hier. Und ich war ganz allein.«

»Was mir gefällt und was nicht, tut nichts zur Sache«, gab Pia ruhig zurück. »Es geht um ein weiteres Alibi.«

»Ich weiß. Linn ist tot.«

»Mochten Sie sie?«

»Eigentlich nicht.«

»Warum nicht?«

»Müssen Sie auf alles eine Antwort haben?«

»Sie haben ein Motiv, den Tod Ihres Onkels betreffend: Sie profitieren von seinem Ableben. Und da die beiden Tötungsdelikte vermutlich zusammenhängen ... leider ja. Das wäre besser.«

»Linn war nur arrogant und wusste alles besser. Als sie mal bei Frau Dr. Bruhns war wegen angeblicher Herzbeschwerden, hat sie mich behandelt wie eine Dienstmagd.«

»Das klingt nicht nett«, sagte Pia.

»Bin ich verdächtig?«, wollte Rosina trotzig wissen. Sie machte eine ausholende Armbewegung. »Etwa wegen all dem hier? Weil ich erbe? Das bedeutet mir nicht viel.«

»Schaffen Sie sich den Welpen an?«, erkundigte sich Broders mit einem freundlichen Lächeln.

Pia sah ihn irritiert an.

»Auf jeden Fall.« Rosina Peters nickte bekräftigend. »Fabian gibt mir wahrscheinlich eine Hündin aus Yaras Wurf. Und er schaut sich die Leute genau an, denen er seine Hunde verkauft. Er ist da sehr gewissenhaft. Und ich könnte meinen Hund dann tagsüber, wenn ich arbeite, bei ihm lassen.« Sie blickte aus dem Fenster und wieder zu Broders. »Glauben Sie etwa, dass er ... etwas mit dem Mord zu tun hat?«, fragte sie leise.

»Es kommt darauf an, wie lange er Sie an dem Abend allein gelassen hat, Frau Peters. Sie geben ihm ein Alibi.«

»Bisher hat er allerdings auch kein wirkliches Motiv«, ergänzte Broders. »Selbst ohne ein Alibi.« Broders hoffte, das würde sie zum Reden ermuntern, denn irgendetwas beschäftigte Rosina Peters offensichtlich.

»Etwas war schon ein bisschen komisch.« Sie blickte wieder auf ihre Hände.

»Was denn?«

»Fabian sagte zuerst, ich dürfe dabei sein, wenn die Welpen geboren werden. Doch als ich anfangs, bevor es losging, einmal im Hundezimmer war, hat Yara mich angeknurrt. Deswegen meinte er, ich solle lieber erst wieder hereinkommen, wenn alle Welpen da seien. Yara sei doch ziemlich nervös, weil es ihr erster Wurf war und so. Während der Geburt habe ich deswegen die DVD angeschaut.«

»Moment. Sie waren die ganze Zeit über im Wohnzimmer und haben DVDs geschaut, und er war allein im Hundezimmer?«, fragte Pia in schneidendem Tonfall. Wozu hatten sie die ganze Zeit mit der Frau geredet, wenn sie jetzt quasi das Gegenteil behauptete?

»Er kam zwischendurch ja immer mal kurz zu mir und hat mir gesagt, wie viele schon da sind.«

Broders' Herz klopfte bei dieser Offenbarung schneller.

»Warum sagen Sie uns das erst jetzt?«, fragte Pia.

»Weil … Fabian niemals seine Hündin allein lassen würde, während sie wirft. Niemals! Er hat die Geburt überwacht, und ich durfte nicht dabei sein, weil Yara so nervös war. Aber ich bin mir zu einhundert Prozent sicher, dass er während der Geburt der Welpen nicht aus dem Haus gegangen ist.«

Broders führte sich die Lage des Hundezimmers vor Augen. Es gab eine Terrassentür, die nach draußen in den Zwinger führte. Fabian Ruschke hätte sein Haus leicht durch das Hundezimmer verlassen und zu Linn Aubachs Kate hinüberlaufen können. Wenn er denn seine Hündin während der

Geburt alleine gelassen hätte. Das einzuschätzen fiel Broders schwer.

»Sie hatten demnach auch sehr viel Zeit für sich allein«, stellte Pia fest.

»Wie sollte ich denn wissen, wann Fabian wieder hereinkommt? Das wäre doch gar nicht planbar gewesen.«

Das galt es zu überprüfen. Sie hatte jedoch recht. Für ihn wäre es leichter gewesen, sich auf diese Weise ein Alibi zu verschaffen.

»Es ist gut, dass Sie uns das erzählt haben«, sagte Broders. Trotz ihres Motivs konnte er die junge Frau nicht als die Spatenmörderin ihres Onkels sehen.

»Ein ganz neuer Aspekt in der Ermittlung«, stellte Pia nüchtern fest.

Rosina Peters zupfte an den Ärmeln ihrer Strickjacke. »Wissen Sie, als ich das erste Mal ins Hundezimmer kam, bevor die Welpen da waren und als Yara mich angeknurrt hat, da habe ich etwas Seltsames gehört.«

»Was denn?«

Rosina wiegte nur leicht den Kopf.

»Bitte schildern Sie es uns.«

»Ich … kann mich auch täuschen.«

»Das werden wir berücksichtigen.«

»Es war wie ein leises Fiepen. Und es kam aus dem Nebenraum.«

»Und was denken Sie, was das war?« Broders versuchte, sich seine Anspannung nicht anmerken zu lassen.

»Die Welpen«, sagte Rosina leise. »Sie waren zu dem Zeitpunkt vielleicht alle schon geboren.«

31. Kapitel

»Das war Absicht«, erklärte Pia, als sie sich von dem Haus entfernten. »Rosina Peters hat Fabian Ruschkes Alibi ganz gezielt torpediert.«

»Aber ihr eigenes fällt damit ja auch in sich zusammen«, gab Broders zu bedenken.

»Nicht unbedingt. Ihr Argument, dass sie nicht vorhersehen konnte, wann Fabian Ruschke wieder zu ihr kommt, ist nicht zu widerlegen. Er hingegen konnte ihr sagen, dass sie nicht ins Hundezimmer gehen darf wegen einer nervösen Hündin im Geburtsstress. Der Trick dabei könnte sein, dass die Welpen zu dem Zeitpunkt, als Rosina kam, schon längst auf der Welt waren. Soweit ich weiß, dauert eine Geburt bei Hunden mehrere Stunden. Vor allem, wenn fünf Welpen geboren werden. Womöglich sind die schon am Vortag zur Welt gekommen? Und während er angeblich allein Geburtshilfe leistet, läuft er zu Linn Aubachs Haus, ermordet Schönfeld, kommt zurück, holt die Welpen alle wieder ins Hundezimmer, und Rosina Peters bezeugt, dass er die ganze Zeit zu Hause war.«

»Aber hätte die Hündin ohne ihre Welpen nicht verzweifelt gebellt oder laut gewinselt, während er weg war?«

»Hm, stimmt. Wahrscheinlich. Dann waren die Welpen eben nur in dem Zeitraum nicht bei der Mutter, als er Rosina kurz nach ihrem Eintreffen zu ihr hereinließ. Da war noch eine weitere Tür im Hundezimmer, erinnerst du dich? Dort könnte er die Welpen währenddessen untergebracht haben.

Aus dem Zimmer hatte Rosina ja angeblich auch das Fiepen gehört. Verständlich, dass die Hündin in der Situation knurrte und nervös war. Fabian Ruschke schickte Rosina Peters daraufhin aus dem Raum, holte die Welpen wieder rein, und dann konnte er irgendwann das Haus für eine halbe Stunde verlassen.«

»Ziemlich gewagt.«

»Aber so könnte er es bewerkstelligt haben.«

»Wollen wir gleich zu Fabian Ruschke rübergehen?«, fragte Broders, nachdem er die Argumentation durchdacht hatte.

Pia blickte die menschenleere Dorfstraße hinunter. Hinter der Biegung konnte sie ein Stück des neuen Reetdachs von Linns Kate über blühenden Hartriegelsträuchern sehen. Eine getigerte Katze sonnte sich auf der Mauer, die Burkhard Schönfelds Anwesen umgab. Aus dem Garten der Bruhns' erklang Kinderlachen. Das pure Idyll …

»Nein. Das wäre zu früh. Und ich denke nicht, dass Fluchtgefahr besteht. Er fühlt sich sicher. Er hat die Hunde, die er nicht so ohne Weiteres verlassen wird. Und wir haben noch keinen ausreichenden Grund, ihn vorläufig festzunehmen. Doch wir werden seine anstehende Vernehmung gut vorbereiten. Er hat jetzt zwar kein hieb- und stichfestes Alibi mehr, und er hat diesbezüglich wohl eine falsche Aussage gemacht, aber uns fehlt noch sein Motiv.«

»Und wie finden wir es heraus?«

»Unsere Leute sprechen ja noch mal mit allen Beteiligten. Dabei kann durchaus noch etwas Nützliches herauskommen. Jemand hier im Umfeld von Burkhard Schönfeld und Linn Aubach muss etwas wissen.« Pia blickte auf ihr Smartphone. »Ich hatte einen Anruf von Gerlach. Vor fünf Minuten! Anscheinend waren wir in Schönfelds Haus in einem Funkloch.«

»Hoffentlich nicht noch eine Leiche«, murmelte Broders.

Pia rief Gerlach zurück. Während des Telefonats runzelte sie die Stirn, nickte dann mehrmals. »Alva Dohrmann soll heute Abend noch in Lübeck ankommen«, sagte sie, nachdem sie das Gespräch beendet hatte.

»Das ist doch gut.«

»Ja, ist es. Aber die Sache hat einen Haken: Sie bringen sie direkt in die Psychiatrie.«

»Frau Dohrmann, ich bin froh, Sie zu sehen.« Pia versuchte, sich den Schrecken, der sie bei Alva Dohrmanns Anblick durchfuhr, nicht anmerken zu lassen.

»Wo bin ich?«

»In Lübeck. In einem Krankenhaus«, antwortete Pia in beruhigend klingendem Tonfall.

»Warum in einem Krankenhaus? Mir fehlt nichts!«, protestierte die Frau atemlos und mit hoher Stimme.

Pias Blick streifte ihr fettiges, streng zurückgekämmtes Haar, das fleckige Gesicht. Sie trug ein Krankenhaushemd und einen Morgenmantel darüber. Ihre Kleidung sei schmutzig gewesen, hatte man Pia erklärt. Alva Dohrmann hatte angeblich einen psychischen Zusammenbruch erlitten. »Es geht Ihnen nicht gut, Frau Dohrmann. Hier wird man Ihnen helfen. Erinnern Sie sich, wo Sie waren, bevor Sie hierherkamen?«

»Natürlich!«

»Und wo war das?«

»In Hvide Sande. Da hat es mir gefallen. Warum haben die mich dort weggeholt? Ich habe nichts getan.«

»Sie haben sich illegal in einem Ferienhaus in Dänemark einquartiert. Nachbarn haben abends Licht bei Ihnen gesehen und die Eigentümer verständigt. Deswegen kam die Polizei.«

»Ich mochte die Nachbarn nicht. Die waren zu neugierig.«

»Warum sind Sie Hals über Kopf aus dem Gasthof in Stüvensee verschwunden? Wir wussten nicht, ob Ihnen nicht auch etwas passiert ist. Außerdem sind Sie Zeugin in einem Mordfall. Wir haben nach Ihnen gefahndet, Frau Dohrmann. Ich habe mir Sorgen um Sie gemacht«, setzte Pia hinzu.

»Das wollte ich nicht.«

»Was ist passiert? Warum sind Sie weggelaufen?«

Alva Dohrmanns Gesichts verschloss sich. »Ich will nach Hause!«

»Sie können bestimmt bald nach Hause. Aber vorher müssen Sie mir ein paar Fragen beantworten. Warum sind Sie, ohne Bescheid zu sagen, überhaupt nach Dänemark gefahren?«

»Das … das weiß ich nicht mehr so genau.« Alva Dohrmann kniff die Augen zusammen. »Ich weiß nur noch, dass ich schreckliche Angst hatte abends in diesem Gasthof.«

»Ist dort etwas passiert, was Ihnen Angst gemacht hat?«

Sie lachte auf. »Passiert? Ich bin im Dunkeln bedroht worden, von irgendeinem Kerl! Der hat mir gesagt, ich soll verschwinden. Das habe ich dann auch gemacht.«

»Warum haben Sie nicht die Polizei gerufen? Sie sind in eine Mordermittlung involviert.«

Alva Dohrmann schüttelte nur störrisch den Kopf.

Pia atmete tief durch. Das Verhalten der Frau zerrte an ihren Nerven. Sie wollte wissen, was mit ihr passiert war. Doch ihre Zeit mit der Patientin war limitiert. Alva Dohrmann würde zwar mindestens für eine Nacht hierbleiben, das hatte der zuständige Richter bereits bestimmt. Doch lange ließ man sie heute nicht mehr bei ihr bleiben. Frau Dohrmanns Zustand erlaubte das angeblich nicht.

Pia versuchte es anders. »Sie haben mir erzählt, dass Sie in Linn Aubachs Haus in Stüvensee spät abends jemanden auf dem Grundstück gesehen haben.«

»Dort, wo der tote Mann am Teich lag? Das war schrecklich. Aber ich hatte keine Schuld. Ich konnte nichts mehr für ihn tun!«

»Nein. Das konnten Sie nicht. Er war schon länger tot.«

»Er hat mich so angesehen!«

»Wie hat er Sie angesehen?«

»Ich konnte seinen Blick nicht ertragen. Nicht schon wieder!«

»Was meinen Sie? Wovon sprechen Sie?«

»Mein Vater … Ich habe ihm die Augen bedeckt. Damit er mich nicht mehr so ansieht.«

»Was haben Sie getan?«

»Ihm die Augen abgedeckt. Mit diesen großen Blättern. Jetzt fällt es mir wieder ein.« Die Seerosenblätter auf dem Gesicht des Toten stammten also von ihr. Ein Rätsel weniger zu lösen.

»Ich hätte ihm helfen müssen!«, fuhr Alva Dohrmann in weinerlichem Tonfall fort. »Alle haben das gesagt.«

»Wer hat das gesagt?«, hakte Pia irritiert nach.

Die Frau sank noch mehr in sich zusammen. Das strähnige Haar fiel ihr über das Gesicht. »Meine Mutter«, murmelte sie. »Sie war so böse mit mir.«

Pia runzelte die Stirn. »Was hat Ihre Mutter damit zu tun?«

»Sie konnte ohne meinen Paps nicht leben!«, schluchzte Alva Dohrmann. »Er ist gestorben, weil ich so unfähig war!«

»Es geht hier nicht um Ihren Vater, Frau Dohrmann. Es geht um den toten Mann, den Sie in dem Garten an der Ostsee gefunden haben.«

»Wirklich?« Nun klang sie gleichgültig.

»Sie haben meinem Kollegen und mir erzählt, dass Sie, als Sie in Linn Aubachs Ferienhaus waren, abends jemanden auf dem Grundstück gesehen haben. Können Sie die Person beschreiben?«

»Ich habe nur etwas Weißes gesehen.« Sie wiegte sich vor und zurück. »Wie einen Geist.«

»Es war ein Mensch. Er könnte sich etwas Weißes übergezogen haben«, schlug Pia vor.

Frau Dohrmann nickte vage.

»Hatte die Person etwas Besonderes an sich, an dem Sie sie wiedererkennen würden?«

Alva Dohrmann schüttelte abwehrend den Kopf.

»Erinnern Sie sich an irgendwas, den Menschen im Garten betreffend, was uns weiterhilft?«

»Ich will nach Hause!«

»Bitte, versuchen Sie, sich zu erinnern.«

Alva Dohrmann begann zu weinen.

Nachdem Pia müde und hungrig die Klinik verlassen hatte, rief sie als Erstes Marten an. »Tut mir leid, dass ich mich so spät melde. Ist bei euch alles in Ordnung?«, erkundigte sie sich.

»Uns geht es gut, Pia. Ich habe Felix vorhin abgeholt, wir haben uns einen schönen Nachmittag gemacht, und nun schläft er schon eine ganze Weile. Und ich aale mich auf deinem Sofa, esse deine Chips, trinke dein Bier und schaue einen mittelmäßigen Film.«

»Es ist dir also tatsächlich gelungen, Felix ins Bett zu bringen?« Ein Lächeln schlich sich auf ihr Gesicht.

»Das war zugegebenermaßen die Herausforderung des Abends. Dagegen ist die Arbeit beim LKA wie Kekseessen.«

»Ich komme gerade aus der Psychiatrie.«

»Ach, wirklich?«

»Die Vermisste ist wieder aufgetaucht.« Pia schilderte ihm rasch die Hintergründe. »Die gute Neuigkeit ist, dass ich mit ihr sprechen konnte. Die schlechte Neuigkeit ist, dass mich die Befragung bei den Ermittlungen nicht viel weitergebracht hat. Ein Detail konnte ich klären.«

»Morgen ist auch noch ein Tag, Pia.«

»Ich weiß.«

»Was kann ich sagen oder tun, damit du dir wenigstens ein paar Stunden Schlaf gönnst, bevor du weitermachst?«, fragte er.

»Ich habe bisher etwas Wichtiges übersehen. Deshalb muss ich all unsere Berichte noch einmal aufmerksam durchlesen.«

Marten schwieg.

»Ich weiß«, räumte sie ein. »Heute Nacht werde ich den alles entscheidenden Hinweis, den wir bisher übersehen haben, wahrscheinlich nicht mehr finden. Wenn er denn überhaupt schon schriftlich festgehalten wurde. Einige meiner Leute haben bis vorhin noch gearbeitet.«

»Kann ich dich mit einer Schultermassage und einem weichen Bett locken?«, fragte er mit einem verführerischen Unterton.

»Marten, das ist unfair.«

»Du brauchst morgen all deine Kraft. Ich unterstütze dich nur, wo ich kann.«

Er hatte ja recht. So war sie zu nichts mehr zu gebrauchen.

»Ich benötige wohl wirklich ein paar Stunden Schlaf, damit ich wieder klar denken kann.« Sie hoffte, dass mit dem Schlaf auch die Zweifel verschwinden würden. Das an ihr nagende Gefühl, dass dieser Fall eine Nummer zu groß für sie war. Dass sie den Mörder von Burkhard Schönfeld und Linn Aubach nicht würde überführen können.

32. Kapitel

Am nächsten Morgen hingen die Wolken tief über den Dächern Lübecks. Im Radio warnte man vor Gewittern mit Starkregen und Hagelschauern am Nachmittag. Marten und Pia bereiteten vor der geöffneten Balkontür das Frühstück vor. Trotz der frühen Stunde zog kein kühler Luftzug herein.

»Es ist verdammt schwül«, sagte Pia. »Ich bin froh, gleich aufs Land rauszufahren.«

»Wirklich?« Marten füllte Espresso in zwei Becher und gab Milchschaum dazu. »Kannst du dir auch vorstellen, eines Tages nicht mehr mitten in der Stadt zu wohnen?«

Pia stutzte. »Ist das eine Fangfrage?«

»Nein, reines Interesse.«

»Hm.« Sie stellte Felix' Müslischale auf seinen Platz. Als sie sich an den Tisch setzten, antwortete Pia: »Marten, ich weiß, du hast es schon länger angekündigt. Doch ich fürchte, ich kann unseren gemeinsamen Termin heute Nachmittag vielleicht nicht einhalten. Nicht, wenn ich nicht bald Durchbruch bei den Ermittlungen erziele.«

»Das habe ich mir schon gedacht. Glaubst du, ich weiß nicht mehr, wie es ist, mittendrin zu stecken? Ich merke ja, was bei dir los ist. Und ich vermisse es zuweilen sogar.« Er lächelte reumütig. »Also: halb so wild. Ich kann unseren Termin um ein paar Tage verschieben.«

»Sag mir doch einfach, worum es geht.«

»Ich werde dir die Überraschung doch nicht verderben.«

»Vielleicht mag ich keine Überraschungen …«

Er sah ihr in die Augen. »Mag nicht jeder gute Überraschungen? Mach dir nicht so viele Gedanken, Pia. Fahr einfach nach Stüvensee, und erledige deine Arbeit. Ich kümmere mich heute um alles Weitere.«

»Felix wird um zehn von Hinnerk abgeholt. Er muss ein paar Sachen mitnehmen.«

»Kein Problem.«

»Und ... ihr versteht euch?«

»Felix und ich verstehen uns wirklich gut.«

»Das meinte ich ausnahmsweise mal nicht.«

»Du sprichst von Hinnerk und mir?« Nun huschte ein Schatten über Martens Gesicht. »Ich werde mir Mühe geben.«

»Ich verlasse mich darauf.«

»Das kannst du, Pia.«

Mit dem Gefühl drohender Katastrophen, und sei es auch nur, was ihren Fall betraf, verließ Pia das Haus.

Bei der Dienstbesprechung auf dem Polizeirevier in Stüvensee trugen alle beteiligten Kollegen die Ergebnisse des gestrigen Nachmittags und Abends zusammen. Broders setzte die anderen über ihre Vernehmung von Rosina Peters ins Bild. Darüber, wie die Frau von einem Moment auf den anderen Fabian Ruschkes Alibi zerstört hatte. Noch bei der Erinnerung daran bekam Pia eine Gänsehaut.

Sie berichtete, was ihre Befragung von Alva Dohrmann ergeben hatte. Pias Hoffnung, dass sich bei den anderen noch etwas Neues ergeben hatte, was ihnen weiterhalf, erfüllte sich nicht.

»Was willst du tun?«, fragte Broders, nachdem sie die Kollegen mit neuen Arbeitsaufträgen versorgt hatte. Die Fenster des Reviers standen weit offen, doch auch in Ostseenähe wehte kein Lüftchen. Die Stimmung war gedrückt, beinahe unheilvoll. Dagegen konnte heute nicht einmal die Amsel vor dem Fenster mit ihrem Gezwitscher etwas ausrichten.

»Wenn unsere Zeugen oder Tatverdächtigen nur auch so singen würden«, sagte Broders. Er spürte Pias Besorgnis, konnte jedoch anscheinend selbst gerade nichts sonderlich Aufmunterndes beitragen. Und das sollte schon etwas heißen.

»Einer wird. Verlass dich drauf«, sagte sie düster.

»Und was genau hast du vor?«

»Unter anderem Fabian Ruschkes Vernehmung sehr gut vorbereiten.«

»Du weißt aber, dass es Unschuldige gibt, die bei der richtigen Vernehmungstaktik alles gestehen?«

Nachmittags um drei standen Pia und ihr Kollege Holger Jansen vor Fabian Ruschkes Haus, um ihn mit aufs Polizeirevier zu nehmen. Pia hatte beschlossen, den Mann zu überraschen. Sie wollte ihn allerdings nicht in Lübeck, sondern auf dem Revier in Stüvensee befragen. So wirkte es noch nicht sonderlich offiziell. Wenn sie Druck erhöhen wollte, blieb ihr immer noch die Option, Ruschke nach Lübeck ins Kommissariat bringen zu lassen.

Pia rechnete bei diesem Besuch nicht mit Widerstand, doch darauf verlassen konnte sie sich nicht. Ein Polizist, der sich seiner Sache zu sicher war, war schnell ein toter Polizist. Die Entscheidung, sich von Holger Jansen begleiten zu lassen, hatte sie bewusst getroffen. Mit ihm hatte sie jemanden an ihrer Seite, dem die Leute hier eher vertrauten als Broders oder ihr selbst. Außerdem hatte sie dabei berücksichtigt, dass

Broders den Hunden ganz sicher nicht noch einmal begegnen wollte.

Sie standen vor Ruschkes Tor und warteten auf eine Reaktion auf ihr Klingeln. Ein falsches Alibi war ein guter Grund, einen in einen Mordfall Involvierten noch einmal gründlich zur Sache zu vernehmen. Aber ihnen fehlte in diesem Fall noch ein Motiv. Wenn Fabian Ruschke mit Rosina Peters unter einer Decke steckte, wenn sie gemeinsam von ihrem Erbe hatten profitieren wollen, hätte sie ja wohl kaum sein Alibi widerrufen. Oder sie hatte sich einen besonders perfiden Plan zurechtgelegt.

Die Sonne war hinter einem dichten grauen Himmel verschwunden, der am Horizont ins Gelbliche überging. Es war schwül, beinahe gewittrig. Endlich summte es, und Jansen stieß das Tor auf. Sie folgten dem sandigen, leicht gewundenen Weg, der unter dichten Bäumen entlangführte, zum Haus.

Pia fühlte eine unangenehme Spannung zwischen den Schulterblättern, und auch Jansen hatte einen Teil seiner sonstigen Lockerheit eingebüßt. Er räusperte sich mehrmals und nestelte an seinem Holster herum.

»Wir gehen es ganz ruhig an«, sagte Pia in gedämpftem Ton. »Es steht nichts Besonderes an. Eine weitere reine Routinebefragung.«

»Alles klar.« Holger Jansen warf ihr noch einen hektischen Blick zu. Beide stellten sie sich seitlich der Tür in Position – außerhalb der Schusslinie. Eine im ländlichen Stüvensee beinahe lächerlich anmutende Sicherheitsmaßnahme.

Pia hörte entfernt mehrere Hunde bellen. Das Geräusch wurde lauter. Mindestens zwei befanden sich nun direkt hinter der Tür. Diese öffnete sich erst einen Spalt, dann ganz. Vor ihnen stand Tilda Bruhns, die einen Hund am Halsband hielt.

Ein weiteres Tier blieb hinter ihr, bellte aber aus Leibeskräften.

Nachdem Tilda es geschafft hatte, die Hunde zur Ruhe zu bringen, sah sie erstaunt und ein wenig gehetzt von Pia zu Jansen.

»Hallo, Tilda«, begrüßte Pia sie, nicht minder überrascht. »Wir möchten Fabian Ruschke sprechen. Ist er zu Hause?«

»Nein, der hat einen Termin in Kiel. Oskar und ich passen so lange auf seine Hunde auf. Wegen der Welpen, wissen Sie?«

»Weißt du, wann er zurückkommt?«

»So gegen achtzehn Uhr, meinte er. Kann ich ihm etwas ausrichten?«, fügte sie wohlerzogen hinzu.

»Nein, das ist nicht nötig.« Ihr zu sagen, dass sie ihr Auftauchen bei ihm zu Hause am besten gar nicht erwähnte, würde natürlich Misstrauen wecken. Und Pia war sich nicht sicher, wo Tildas Sympathien in dieser Angelegenheit lagen.

Der kleine braunweiße Hund, den das Mädchen nun losgelassen hatte, kam auf sie zu und schnupperte an ihrer Hand. Pia streichelte ihn.

»Eigentlich trifft es sich gut, dass du gerade hier bist«, sagte sie beiläufig. »Ich würde auch mit dir gern noch kurz reden.«

Tilda verzog das Gesicht, doch dann zuckte sie lässig mit den Schultern. »Oskar!«, rief sie ins Haus hinein. »Nimmst du mir Coco und Lula mal ab?«

»Wir können doch mit den beiden im Garten spielen, solange meine Kollegin mit deiner Schwester spricht«, schlug Jansen dem etwa fünfjährigen Jungen vor, der nun hinter seiner Schwester auftauchte. Oskar strahlte. Tilda würde zugänglicher sein, wenn Pia allein mit ihr redete. Sie folgte der jungen Frau ins Haus.

So ärgerlich Ruschkes Abwesenheit auch war, Pia hatte

tatsächlich noch mit Tilda sprechen wollen. »Ist es dir recht, wenn ich dir etwas über Marko Meister erzähle, was wir herausgefunden haben, oder möchtest du, dass ein Erziehungsberechtigter dabei ist?«

»Oh, Himmel, nein! Ich bin doch kein Baby mehr.«

»Du stehst auch nicht unter Verdacht oder hast sonst irgendwelche Schwierigkeiten zu befürchten. Wir brauchen nur ein paar Informationen.«

»Es ist in Ordnung. Wirklich.«

»Marko Meister ist gestern Abend noch von Kollegen vom Drogendezernat vorläufig festgenommen worden.«

Tilda riss die Augen auf. »Was?! Das glaube ich nicht. Hat er etwa meinetwegen Probleme?«, fragte sie schockiert.

»Nein, du bist außen vor. Wie gesagt, es geht um Drogengeschäfte.«

Falls es sie beruhigte, dass sie nichts damit zu tun hatte, zeigte sie es nicht. »Drogengeschäfte? So was tut Marko nicht«, stieß sie hervor.

»Hast du nie etwas bemerkt?«, fragte Pia.

»Nein! Wie denn auch?«

»Er hatte womöglich recht viel Geld, bedenkt man, dass er arbeitslos war.«

»Er hat gejobbt. Und ein Teil des Geldes ist von seiner Oma, hat er gesagt.«

»Hat er dir mal Drogen angeboten?«

Tilda wurde rot. »Nur Gras. Aber ich mag schon nicht rauchen, deshalb wollte ich es nicht ausprobieren. Also, nicht nur deswegen … Und Marko hat mich nicht dazu gedrängt. Im Gegenteil: Er fand es toll, dass ich so standhaft bin.«

Das ist ja allerliebst, dachte Pia. Laut sagte sie: »Eine gute Seite hat das Ganze. Genau genommen sogar zwei.«

»Ach ja? Da bin ich aber gespannt.« Tildas Tonfall war

sarkastisch, doch die Röte, die ihr in die Wangen gestiegen war, zeigte, dass ihr die Sache naheging. Wahrscheinlich war es ihr unangenehm, und vielleicht war sie auch wütend. Bestimmt fühlte sie sich von ihrem Freund getäuscht.

»Zum einen weißt du jetzt wenigstens über ihn Bescheid.« Pia sah Tilda prüfend an.

Diese nickte mit gesenktem Blick. »Ja, ist angekommen.«

»Zum anderen konnten und können wir ihn nach Herzenslust vernehmen, ohne dass er auf die Idee kommt, du hättest uns verraten, dass er ebenfalls am Strand war, als du die Tote gefunden hast.«

»Das weiß ich zu schätzen«, murmelte Tilda.

»Kontakte zu Kriminellen zu haben ist immer ein Risiko, Tilda«, fuhr Pia eindringlich fort. »Selbst wenn Marko Meister überführt und verurteilt wird, wenn er sogar ins Gefängnis muss, was alles andere als sicher ist, bist du womöglich in Gefahr.«

»Wieso?« Sie sah mit zusammengekniffenen Augen aus dem Fenster. »Ich habe damit doch gar nichts zu tun.« Draußen warf Oskar Stöckchen, und die beiden Nederlandse Kooikerhondjes jagten mit wehenden Ohren hinterher. Jansen stand mit den Händen am Gürtel und einem versonnenen Lächeln daneben und beobachtete das Treiben.

»Mit Verrätern ist man in diesen Kreisen im Allgemeinen nicht zimperlich«, sagte Pia.

»Ich bin keine Verräterin!«

»Du und ich, wir wissen das. Aber die …« Pia überlegte. »Du wirst doch selbst mit deinen Eltern darüber reden?«

Tilda stöhnte auf. »Echt jetzt? Na gut. Versprochen.«

»Und ich habe eine Bitte.«

»Was denn noch?«

»Erzähl Fabian Ruschke nicht, dass wir hier waren. Wir

kommen einfach heute Abend noch mal vorbei, um mit ihm zu reden.«

»Geht klar.« Sie deutete mit dem Kopf hinaus. »Aber was ist mit Oskar? Der ist eine kleine Plaudertasche.«

»Denkst du, es ist sinnvoll, wenn ich darüber mit ihm rede?« Pia wusste, dass Felix in dieser Hinsicht verständig war. Doch Oskar konnte sie nicht einschätzen, und er mochte Fabian Ruschke wahrscheinlich recht gern. Da war es nicht schwer zu erraten, wem seine Sympathien galten.

Tilda überlegte. »Doch, das kann klappen. Er hat gerade so eine Phase, wo er auch Polizist werden will. Polizist oder Rennfahrer.«

Was für eine Alternative!

Tilda überließ es Pia, den Weg hinaus in den Garten zu finden. Gern hätte sie noch einen Blick in das Hundezimmer geworfen, um den Zugang von dort nach draußen in Augenschein zu nehmen. Aber das konnte sie auch vom Garten aus tun. In dem Zimmer befanden sich wahrscheinlich die Hündin Yara und ihre Welpen.

Oskar ließ sich nur ungern von seinem Spiel abbringen.

»Ich mach so lange für dich weiter«, bot Jansen an.

Der Junge trottete mit gesenktem Kopf hinter Pia her zu einem liegenden Baumstamm, auf den sie sich setzten.

»Deine Schwester meint, du kannst ein Geheimnis für dich behalten, Oskar.«

»Was denn für ein Geheimnis?«

»Wir wollen Fabian überraschen. Nun ist er nicht da. Wenn du ihm nicht sagst, dass wir hier gewesen sind, dann können wir die Überraschung heute Abend nachholen.«

»Du meinst, ich soll *lügen*?«

»Nein. Nur nicht gleich alles erzählen.«

»Aber das ist Lügen.«

»Es kommt darauf an«, entgegnete Pia und fühlte sich schlecht dabei.

Er runzelte die Stirn. »Warum willst du das?«

»Wir müssen ihm noch ein paar wichtige Fragen stellen. Und am besten ist es, wenn er vorher nicht lange darüber nachdenkt, sondern uns einfach sagt, was los ist.«

»Ich will aber nicht, dass Fabi sauer auf mich ist.«

»Warum sollte er das sein?«

»Weil ich ihm nichts gesagt habe.«

»Ich kann mir nicht vorstellen, dass er deswegen sauer auf dich wäre«, erwiderte Pia vorsichtig. »Und er weiß bestimmt, was er an dir hat, wenn du ihm öfter mit den Hunden hilfst.«

Oskar kaute auf seiner Unterlippe herum. Tränen traten ihm in die Augen. »Ich mag die Hunde gern. Fabi soll nicht weggehen.«

»Aber warum sollte er denn weggehen wollen?«, fragte Pia alarmiert. Schmiedete Ruschke bereits Fluchtpläne? Aber die würde er kaum mit einem kleinen Jungen teilen. Es sei denn, Oskar hatte rein zufällig etwas davon mitbekommen.

»Er muss vielleicht raus aus dem Haus«, antwortete Oskar nun zu Pias Erstaunen.

»Warum?«

»Der, dem es gehört, will nicht mehr, dass er hier mit den Hunden wohnt.«

»Wer ist das denn?« Doch Pia kannte die Antwort bereits.

»Der, der tot ist«, stieß er hervor. »Unser Nachbar. Fabi hat sich mit ihm gestritten. Ich saß oben im Kletterbaum. Sie wussten nicht, dass ich da bin. Da habe ich alles gehört …«

»Euer Nachbar, der Herr Schönfeld, hat Fabian Ruschke also dieses Haus hier gekündigt?«

Oskar nickte mit tränenverschleiertem Blick. »Fabi war erst wütend und dann ganz traurig. Er weiß nämlich nicht, wo er sonst hinsoll mit seinen Hunden. Mit so vielen Hunden nimmt ihn doch keiner als Mieter, hat er gesagt. Und er hat kein Geld, um sich ein eigenes Haus zu kaufen.«

»Da findet sich hoffentlich noch eine Lösung.« Pias Herz raste.

»Ich will aber nicht, dass Fabi weggeht.«

»Vielleicht muss er das ja nun gar nicht mehr.«

»Meinst du?« Oskars Miene hellte sich ein kleines bisschen auf.

»Und du denkst an unser Geheimnis?«

»Ja, ist aber auch egal. Ich muss sowieso gleich nach Hause. Ich habe gleich noch Fußball-Training«, erwiderte Oskar.

Okay, so erledigte sich die Sache natürlich von selbst. Doch mit Oskar zu reden war eine der besten Ideen seit Langem gewesen. Nun gab es neben dem torpedierten Alibi auch noch ein mögliches Motiv.

33. Kapitel

Gegen siebzehn Uhr machte Pia sich bereit, zurück nach Lübeck zu fahren. Es gefiel ihr nicht, die Kollegen in dieser Phase der Ermittlungen allein in Stüvensee zu lassen. Doch sie wollte die geplante Vernehmung von Ruschke in Ruhe in ihrem eigenen Büro vorbereiten. Aus dem vagen Verdacht gegen ihn war durch die drohende Kündigung ein begründeter geworden. Um das abzusichern, musste sie mit den Kollegen von der IT über deren neueste Erkenntnisse sprechen, die sie aus Burkhard Schönfelds und Linn Aubachs Computern gewonnen hatten. Womöglich gab es Beweise für die drohende Kündigung des Mietverhältnisses mit Fabian Ruschke. Vorher rief Pia Dana Bremer und Jansen noch in den Besprechungsraum des Stüvenseer Polizeireviers.

Die Kollegen wussten bereits, was am Nachmittag passiert war und wie sich die Situation dadurch geändert hatte. Pia wies Dana Bremer und Holger Jansen an, gegen neunzehn Uhr zu Fabian Ruschke zu fahren. »Sagt ihm, dass er euch zu einer Vernehmung begleiten soll. Es wird dann zwar spät werden, aber wir warten damit nicht bis morgen früh.«

»Und wenn er sich weigert?«, fragte Dana Bremer.

»Sollte er nicht freiwillig mitkommen, nehmt ihr ihn, ohne großes Aufsehen zu erregen, vorläufig fest. Es besteht Fluchtgefahr. Außerdem könnte er in seinem Haus Beweise vernichten. Ich glaube jedoch nicht, dass eine Festnahme nötig sein wird. Er soll hier ja nur auf seine Vernehmung warten. Ihr beide bleibt bitte bei ihm.«

Jansen nickte sofort, doch Dana Bremers Blick war zweifelnd.

»Ist das wirklich notwendig?« Dana biss sich auf die Lippe. »Ich meine, dass wir Ruschke festnehmen, wenn er nicht mitkommen will.«

»Es hat sich eine neue Lage ergeben. Er hat jetzt ein Motiv, und er hat kein Alibi mehr. Außerdem hat er uns diesbezüglich angelogen. Ich werde nicht riskieren, dass Ruschke uns entwischt, weil er zufällig doch erfährt, dass wir heute schon bei ihm zu Hause waren.« Sowohl Oskar als auch Tilda Bruhns stellten trotz ihres Versprechens ein gewisses Risiko dar. Und auch andere Dorfbewohner mochten von der Dorfstraße aus beobachtet haben, dass die Polizei Fabian Ruschke einen Besuch hatte abstatten wollen. So ein Ort hatte überall Augen, Ohren und vor allem Münder, die redeten.

Als Pia in Lübeck vom Parkdeck zum Polizeihochhaus ging, hörte sie in der Ferne leises Donnergrollen. Diese Gewitterstimmung hielt seit Tagen an, doch so richtig entlud sie sich nicht. Es war in diesem Frühjahr bisher viel zu trocken gewesen. Die Böden brauchten dringend Regen, jedoch keine Sturzbäche, sondern eher tagelangen, feinen Landregen. Pia lächelte. Die Umgebung ihrer Ermittlung färbte schon auf ihr Denken ab.

Hinter dem hohen Gebäude hatte der Himmel nun die Farbe von angetrockneter Sahne angenommen. Die Luft stand still.

Pia fuhr mit dem Fahrstuhl hinauf zu einem Kollegen von der IT. Der hatte ihr bereits am Telefon gesagt, dass er sich schon einmal grundlegend durch die Dateien von Schönfelds Computer gearbeitet hatte.

»Kannst du mir eine aktuelle Liste von Schönfelds Mietparteien geben?«, fragte Pia. »Wir haben bisher nur die aus seinen Akten.«

»Ja, so eine Liste haben wir erstellt.« Er reichte ihr ein paar eng beschriebene Seiten. »Ich schicke dir das auch noch mal als PDF. Und so einiges andere ebenfalls. Schönfelds Buchführung ist einigermaßen übersichtlich.«

Pia überflog die Liste. »Wie viele Mietobjekte hatte er überhaupt?«

»Das wechselte. Er fing klein an, mit zwei Häusern in Stüvensee, die er geerbt hatte. Doch dann hat er mehr und mehr hinzugekauft. Hauptsächlich kleine Wohnungen in ländlich gelegenen Mehrfamilienhäusern in der Umgebung. Er hat die Objekte jedoch auch wieder abgestoßen, wenn sie nicht mehr lukrativ für ihn waren.«

»Und die Mieter?«

»Als Mieterinnen hat er alleinstehende Frauen bevorzugt, oft alleinerziehend und in unsicheren finanziellen Verhältnissen lebend.«

»Wie bitte? Das klingt nicht gerade nach einem Erfolgsrezept.«

Der Kollege zuckte mit den Schultern. »Kommt darauf an, was er damit bezweckte. So konnte er quasi machen, was er wollte. Die Frauen waren mehr oder weniger auf ihn angewiesen. Manchmal hat auch das Sozialamt die Miete übernommen. Das war dann eine sichere Bank für ihn.«

Pia zog die Augenbrauen zusammen. Sie erinnerte sich an die Besuche ihrer Kollegen bei zwei von Schönfelds Mietern. Manuela Fock passte in das Schema, Guido Matzen weniger.

»Es muss uns ja nicht gefallen«, sagte Pias Kollege. »Aber es hat anscheinend funktioniert. Er wurde dadurch immer vermögender. So hat er sich später auch sein Haus an der

Nähe der Hauptstraße in Stüvensee bauen können. Dort stand vorher sein Elternhaus. Ich habe Unterlagen und ein altes Foto gefunden. Es war ziemlich heruntergekommen.«

»Steht ein Mieter namens Fabian Ruschke auf der Liste?« Die Mieter waren nach Einzugs- und Auszugsdaten sowie Mieteinnahmen und Adressen geordnet, nicht nach Alphabet.

»Ja, da war was. Schau, hier. Er bewohnt ein einzelnes Haus in Stüvensee.«

»Genau. Ich war heute dort. Nur leider war Ruschke nicht da. Habt ihr auch etwas über eine bevorstehende Kündigung von Ruschkes Mietverhältnis gefunden?«

»Nein, nichts.« Der IT-Spezialist überlegte. »Aber jetzt, wo du es sagst: Schönfeld scheint überlegt zu haben, das Haus abreißen zu lassen und das Grundstück mit einem Mehrfamilienhaus neu zu bebauen. Das ging aus seinen E-Mails hervor.«

»Dann wäre Ruschke mit großer Sicherheit draußen gewesen«, bemerkte Pia.

»Warum ist das interessant?«

»Kannst du dir vorstellen, dass der drohende Verlust des Zuhauses, eines gemieteten Einfamilienhauses, ein Mordmotiv sein kann?«, fragte sie ihn.

»Alles kann ein Mordmotiv sein, wenn damit starke Emotionen verbunden sind und für denjenigen viel davon abhängt.«

»Und viele kleine Hundebabys«, murmelte Pia.

Auf dem Weg zurück in ihr Büro holte Pia sich einen Becher Kaffee. So spät trank sie den nur, wenn sie wusste, dass sie sich mindestens die halbe Nacht um die Ohren schlagen würde. Sie hatte Marten schon auf der Fahrt von Stüvensee nach Lübeck vom Auto aus angerufen und ihm gesagt, dass er heute Abend nicht auf sie warten solle.

»Kein Problem. Unseren Termin habe ich verschoben«, hatte er in geheimnisvollem Tonfall geantwortet.

»Oh, tut mir leid.«

»Wir werden es schon bald nachholen. Du hast doch eine heiße Spur. Sonst würdest du nicht im Büro bleiben und dir meine Frozen Margaritas entgehen lassen.«

Richtig, es war ja Wochenende! Marten hatte anscheinend Getränke eingekauft. »Das mit den Margaritas ist unfair!«

»Das holen wir auch nach.«

Sie hoffte es.

An ihrem Schreibtisch sitzend, griff Pia nach dem Stapel mit den Berichten. Zwar kannte sie das alles bereits so gut wie auswendig, aber manchmal übersah man im Eifer des Gefechts doch etwas. Und nun hatte sie einen bestimmten Fokus. Außerdem wollte sie Schönfelds sämtliche Mietverhältnisse näher beleuchten.

Als Erstes zog sie den Bericht von Broders und Dana Bremer hervor, die bei einer Mieterin namens Manuela Fock gewesen waren. Pia las die Schilderung ihres Kollegen mit einem Stirnrunzeln, das sich vertiefte, je weiter sie kam. Sie hatte das alles schon bei einer Besprechung gehört, doch in der Einsamkeit ihres Büros wirkte es anders auf sie. Das nüchterne Beamtendeutsch konnte nicht darüber hinwegtäuschen, dass Schönfeld seine Mieterin ihren Angaben zufolge sexuell belästigt und ihr anschließend gedroht hatte. Doch Manuela Fock schien recht wehrhaft zu sein, und sie hatte außerdem noch einen Bruder.

Pia blätterte durch die Papiere, die Dana Bremer und Broders über Erik Fock zusammengetragen hatten. Er war 2019 wegen Körperverletzung zu einer Bewährungsstrafe verurteilt worden. Während seiner Befragung hatte er die Aussage seiner Schwester, Burkhard Schönfeld betreffend, bestätigt. Der Polizei gegenüber hatte er deutlich gemacht, was er von Schönfelds Übergriff gehalten hatte. Angeblich hatte er ihm kurz nach dem Übergriff aufgelauert und mit ihm »Tacheles geredet«. Schönfeld hatte daraufhin seine Übergriffe gegenüber Manuela Fock eingestellt, ihren Bruder aber auch nicht angezeigt.

Pia suchte nach weiteren Hinweisen auf sexuelle Übergriffigkeiten seitens Schönfeld, fand jedoch keine. Frustriert darüber, dass auch diese Spur sie erst einmal nicht weiterführte, überflog sie noch einen Bericht von Broders und Dana Bremer über die Befragung des anderen Mieters, die am selben Tag stattgefunden hatte. Der Mieter hieß Guido Matzen. Er wohnte in einem Haus in der Nähe von Stüvensee. Laut Bericht handelte es sich bei dem Mietobjekt um ein Mittelreihenhaus aus den Sechzigerjahren. Die Nummer 2b. Der Lkw-Fahrer hatte nichts an seinem Vermieter auszusetzen gehabt. Kleine Reparaturen erledigte er allerdings selbst. Seinen Angaben zufolge hatte seine Vormieterin sich aber ebenfalls über Schönfeld beklagt. Wiederum eine Frau. Jedoch stand da nichts von sexuellen Übergriffen oder Drohungen. Sie hatte sich nur über nicht durchgeführte Reparaturen beschwert.

Pia stutzte, als sie von einer anderen Frau las, die im Nachbarhaus, in der Nummer 2c, eine Woche lang tot in ihrem Bett gelegen haben sollte, bevor sie gefunden worden war. Esther Fischer? Pia kniff die Augen zusammen. Der Name war während dieser Ermittlung schon einmal aufgetaucht. In einem anderen Zusammenhang … Nur, in welchem?

Sie blätterte rasch durch die Berichte, überflog die Namen, verschüttete in der Hektik beinahe den Kaffee ... Da war er: Der Name Esther Fischer war in einer Befragung von Carmen Lebrecht, der Wirtin des *Dorfkrugs* in Stüvensee, genannt worden. Dana Bremer und Milo Pawlik hatten die Vernehmung durchgeführt. Auch wenn der Nachname Fischer recht geläufig war, so war er in Verbindung mit dem eher seltenen Vornamen Esther doch ungewöhnlich genug. Schnell las Pia Frau Lebrechts Aussage noch einmal durch.

Sie war anscheinend genau so zu Papier gebracht worden, wie Carmen Lebrecht gesprochen hatte. Pia hörte die Frau beim Lesen förmlich reden. Den genauen Wortlaut schriftlich festzuhalten machte die Aussage im Zweifelsfall vor Gericht glaubwürdiger.

Auf Pawliks Frage, wie lange sie und Holger Jansen schon miteinander befreundet waren, hatte Carmen Lebrecht geantwortet: »Es war irgendwann im Februar, nach der Trauerfeier für seine Mutter. Holger und eine frühere Nachbarin und Freundin seiner Mutter kamen nach der Beerdigung zu mir in den Gasthof, um noch einen Kaffee zu trinken. Er hat mich gefragt, ob ich Butterkuchen dahätte. Holger sah sich wohl gezwungen, Esther Fischer, die alte Klatschbase, einzuladen, weil sie als Einzige außer ihm in der Kapelle erschienen war.«

Und Esther Fischer war vor ungefähr zwei Wochen gestorben, rief Pia sich ins Gedächtnis. Das hatte Schönfelds Mieter, Guido Matzen, über seine Nachbarin ausgesagt.

Carmen Lebrechts Aussage ging folgendermaßen weiter: »So viel zur Dorfsolidarität ... Holgers Mutter war allerdings auch eine Außenseiterin. Er redet nicht viel über sie, aber ich glaube, sie war ein bisschen ... schwierig. Holger war an dem Tag jedenfalls ziemlich fertig. Er hatte niemanden, mit dem er sich aussprechen konnte … Ich war einfach für ihn da. So kam eines zum anderen.«

So waren die beiden sich also nähergekommen, dachte Pia. Irgendwann im vergangenen Februar. Sie erinnerte sich, dass Jansen ihr gegenüber mal seinen Vater erwähnt hatte. Er war Berufssoldat gewesen. Entweder war er vor der Mutter gestorben, oder aber die beiden hatten sich getrennt. Sonst hätte er doch sicher an der Trauerfeier für seine Frau teilgenommen?

Pias Magen knurrte vernehmlich. Dass sie im Büro nichts zu essen hatte, wusste sie sicher. Doch Broders hatte eine Art Notvorrat in seinem Schreibtisch. War dies ein Notfall? Wohl kaum … Sie versuchte, sich wieder auf die Arbeit zu konzentrieren. War es unter anderem der Gedanke an Essen, der sie dazu brachte, Carmen Lebrechts Nummer zu wählen? Bratkartoffeln, Schnitzel und ein Glas kaltes Bier tauchten vor Pias innerem Auge auf. Sie hatte die Wirtin sofort am Apparat.

»Ich möchte Sie gar nicht lange stören«, verkündete Pia, nachdem sie sich vorgestellt hatte. »Ich habe nur gerade Ihre Aussage gelesen, und dabei ist eine Frage aufgetaucht.«

»Welche denn?«

»Es geht um die Trauerfeier für die Mutter meines Kollegen Holger Jansen. Sie erwähnen da eine Frau namens Esther Fischer. Wie gut kennen Sie sie?«

»Nur vom Sehen. Sie wohnt im Nachbarort.«

»Inzwischen ist sie verstorben.«

»Oh. Tut mir leid, das zu hören.«

»Ich frage mich, weshalb sie bei der Beerdigung von Jansens Mutter dabei war. Wissen Sie, wie das Verhältnis von Jansens Mutter zu Frau Fischer war?«

»Sie war wohl früher mal die direkte Nachbarin von Holgers Mutter. Später hat sie sie sogar manchmal in dem Heim besucht, in dem Frau Jansen untergebracht war. Sie war erst zweiundsechzig, als sie starb.« Carmen Lebrecht stieß hörbar Luft aus. »Aber sollte Ihnen Holger das nicht besser selbst sagen?«

»Ich kann ihn gerade nicht erreichen«, schwindelte Pia.

»Mir hat er erzählt, er müsse heute Nacht arbeiten.«

»Das ist richtig. Ich rufe allerdings aus Lübeck an. Entschuldigen Sie bitte die Störung.« Pias Wangen glühten. Das war suboptimal gelaufen. Und das Geheimnis um Esther Fischer war auch immer noch nicht vollständig gelöst. Sie trommelte nervös auf die Schreibtischplatte. Dann suchte sie in den Miet-Unterlagen, wer vor Guido Matzen im Haus mit der Nummer 2b gewohnt hatte.

Seine Vormieterin hieß Lisa Brettschneider. Nach einigen Recherchen hatte Pia eine Nummer ausfindig gemacht, die sie umgehend wählte. Sie erfuhr, dass sie es mit einer jüngeren Frau zu tun hatte und dass sie mit dem Mietverhältnis richtiglag. Lisa Brettschneider hatte es allerdings nur zwei Jahre dort ausgehalten und war dann mit ihrem Kind weggezogen.

»Warum sind Sie so schnell wieder ausgezogen? Lag es an nicht ausgeführten Reparaturen?«

»Nicht nur. Ich musste da weg!« Sie klang aufgebracht.

»Warum?«

»Weil der Vermieter ein Arsch war!« Ein Feuerzeug klickte.

»Was hat er getan?«, erkundigte sich Pia.

»Ich frage mich, warum ich Ihnen das erzählen soll. Als ich mich damals beschwert habe, hat auch keiner reagiert.«

»Das tut mir leid. Aber hier geht es um zwei ungeklärte Mordfälle.«

»Der Typ ist tot?«, erkundigte sich Lisa Brettschneider mit bebender Stimme.

»Ihr ehemaliger Vermieter? Ja.«

Die Frau blies Rauch aus. »Das Schwein wollte, dass ich mit ihm penne. Dafür hat er angeboten, mir mit der Miete entgegenzukommen.« Sie lachte bitter auf. »Als ich ihm sagte, er könne sich gehackt legen, wurde er richtig sauer. Er hat sogar meinen Sohn angebrüllt und ihm angedroht, ihn zu schlagen. Und er wollte ständig unter irgendwelchen Vorwänden in meine Wohnung rein. Zum Schluss hat er gesagt, er würde dafür sorgen, dass ich auf der Straße unter einer Brücke lande … Und das hat er auch meinem Jungen erzählt!«

»Das ist furchtbar.«

»Zum Glück habe ich dann über eine Arbeitskollegin einigermaßen schnell etwas Neues gefunden. Nicht so günstig und auch kleiner, ohne Garten, aber das war mir egal. Wissen Sie: Die Frau, die vor mir in der Wohnung war, die hat er wohl richtiggehend fertig gemacht.«

»Wie hieß Ihre Vormieterin?«

»Das weiß ich nicht mehr. Sie hat sehr lange dort gewohnt – und ist darüber wohl Alkoholikerin geworden. Hat sich um den Verstand gesoffen. Sie kam dann in ein Heim … Mithilfe einer Ärztin aus dem Ort, meine ich.«

Pia merkte auf. »Wer hat den Umzug organisiert?«

»Das war wohl ihr Sohn, glaube ich. Mit dem habe ich jedenfalls vor meinem Einzug einmal kurz gesprochen. Er hat noch was in der Wohnung in Ordnung gebracht. Die war in einem schlimmen Zustand.«

»Können Sie mir den Mann beschreiben?«

»Eher weniger.«

»Versuchen Sie es bitte.«

Pia hörte sie rauchen, während sie wohl überlegte.

»Mittelgroß, so braunes Haar. Ach ja, er hatte damals einen Zopf.«

Pia bedankte sich und beendete das Telefonat. Die Beschreibung hatte ihr eine Gänsehaut verursacht. Das lief jetzt alles in eine ganz falsche Richtung. War Jansens Mutter früher mal Schönfelds Mieterin in der 2b gewesen? Das würde erklären, wieso die Nachbarin in der 2c, Esther Fischer, sie gekannt hatte und auf ihrer Beerdigung gewesen war.

Erneut griff Pia zu der Liste der Mieter. Sie ging sie zweimal durch, doch Jansens Mutter war nicht zu finden. Es war überhaupt niemand aufgeführt, der vor Lisa Brettschneider in der 2b gewohnt hatte. Erleichtert ließ Pia das Blatt sinken. Die beiden Frauen konnten sich von sonst woher kennen. Oder Esther Fischer ging tatsächlich »hobbymäßig« auf Trauerfeiern. Und Männer mit einem Zopf gab es schließlich viele.

Pia lehnte sich in ihrem Bürostuhl zurück und schloss die Augen. Sie versuchte, die bohrende Leere in ihrem Magen zu ignorieren. Entweder hatten die Kollegen einen Mieter versehentlich nicht aufgeführt. Doch das glaubte sie eigentlich nicht –, oder Burkhard Schönfeld selbst hatte die Unterlagen über das frühere Mietverhältnis in der 2b vernichtet. Nur, warum?

Inzwischen war es auffallend still im siebten Stockwerk des Polizeihochhauses. An einem Samstagabend versuchten die meisten Kollegen, wenn es irgend ging, nicht mehr zu arbeiten, sondern die Zeit bei ihrer Familie oder ihren Freunden zu verbringen. Gesünder war das allemal. Nur im äußersten Notfall, bei einer hochaktuellen Ermittlung, wenn zum Beispiel Gefahr im Verzug war, arbeitete man bei der Mordkommission auch am Wochenende durch. Für solche Fälle standen sogar Feldbetten bereit, um sich zwischendurch mal eine

Stunde ohne großen Zeitaufwand hinlegen zu können. Doch so weit wollte Pia es heute nicht kommen lassen. Es reichte, wenn sie sich noch den gesamten Samstagabend um die Ohren schlug.

Die doppelte Erwähnung von Esther Fischer hatte sie auf eine seltsame Spur gebracht. So ein Mist, dass sie die Frau nicht mehr befragen konnte! Und dann hatte die alte Dame offenbar auch noch eine Woche lang tot in ihrem Bett gelegen, bevor man sie gefunden hatte … Woran war sie eigentlich gestorben?

Pias Gedankengänge waren mehr als unerfreulich. Um diese Uhrzeit waren die Bilder, die ungefragt in ihrem Kopf erschienen, sogar ein bisschen unheimlich. Aufgrund der schwarzen Wolken schien es bereits zu dämmern. War das eben schon wieder ein Donnergrollen gewesen? Oder war es der Fahrstuhl?

Pia setzte sich aufrecht hin und lauschte. Vielleicht kam Broders oder ein anderer Kollege noch zu ihr ins Büro? Doch die hätten sich bestimmt angekündigt. Der Fahrstuhl konnte genauso gut weiter nach oben fahren. Aber das tat er nicht …

Dann hörte sie, wie sich eine Tür schloss, und Schritte, die sich näherten.

34. Kapitel

Im Büro legte Pia ihre Dienstwaffe grundsätzlich immer ab. Es kam ja niemand in das Gebäude, der sich nicht unten ausweisen und einen vernünftigen Grund für seinen Besuch nennen konnte.

Die Entscheidung, leise aufzustehen und sich hinter die Bürotür zu stellen, war eine, die sie in Bruchteilen einer Sekunde fällte. Lieber hundert Mal zu oft auf das Bauchgefühl hören als einmal zu wenig. Das war etwas, was man Frauen in Selbstverteidigungskursen riet und Polizisten beim Sicherheitstraining lehrte. Sich erst einmal absichern, dann nachfragen.

Die Schritte stoppten vor ihrer Bürotür. Der Moment der Stille, der danach eintrat, kam Pia minutenlang vor, doch es konnten höchstens ein oder zwei Sekunden sein. Sie hielt die Luft an. Die Klinke wurde heruntergedrückt, die Tür schwang auf … und der aromatische Duft nach Curry verbreitete sich in Sekundenschnelle im Raum. Marten tauchte hinter dem Türblatt auf, und Pia trat schnell vor.

»Habe ich dich erschreckt?«, fragte er, während er das Paket mit Essen in einer Hand balancierte.

»Nein, natürlich nicht.«

»Was machst du dann hinter der Tür?«

»Touché. Aber du kommst gerade recht.«

»Das ist keine Überraschung, Pia. Das weiß jeder, der dich auch nur ein bisschen kennt: Wenn du arbeitest, denkst du nie daran, dir rechtzeitig etwas zu essen zu organisieren.«

»So schlimm bin ich nun auch wieder nicht.«

»Schlimmer.« Er stellte das Essen ab.

Pia stürzte sich darauf und entfernte die Verpackung. »Thai-Curry!«, sagte sie mit einem theatralischen Aufstöhnen.

»Und Mango-Lassi.«

»Was ist mit den Margaritas?«, fragte sie.

»Du bist noch im Dienst!«

»Der Fall wird gerade immer seltsamer.«

»Zuerst die Nahrungsaufnahme«, ordnete Marten an.

»Du hast ja so recht.« Pia griff nach dem Besteck. »Wenn ich dich nicht schon lieben würde …«

Nachdem sie gegessen hatten, schilderte Pia in groben Zügen, was sich Neues in ihrem Fall ergeben hatte. Marten war sowieso einigermaßen im Bilde. Trotzdem war es nicht hundertprozentig in Ordnung, ihn einzubeziehen. Er war zwar ein Polizei-Kollege, und sie würde ihre Hand dafür ins Feuer legen, dass er nichts von dem weitergab, was sie besprachen. Außerdem brauchte sie einen Sparringspartner, um ihre Gedanken zu ordnen. Und Broders, ihr Teamkollege, hatte sich gerade telefonisch mit ziemlich heftigen Rückenschmerzen in den Feierabend verabschiedet.

Dennoch, Marten gehörte nicht zu ihrem Team. Er hatte einen verantwortungsvollen Posten in Wiesbaden in Aussicht, fiel ihr wieder ein. Und er liebte Herausforderungen genauso wie sie. Sie konnte nicht ernsthaft erwarten oder erlauben, dass er Felix und ihr zuliebe auf seine Karriere verzichtete.

»Ich kann mir auch vorstellen, dass dieser Ruschke der Täter ist«, sagte Marten schließlich. »Versetzen wir uns mal in seine Lage: Er lebt von seiner Hundezucht, oder? Wie viele Tiere hat er?«

»Ungefähr acht mit den Welpen. Ich bin aber nicht sicher, ob ich alle gesehen habe. Es könnten auch mehr sein.«

»Wenn Schönfeld ihm gekündigt hat, um ein schickes Mehrfamilienhaus auf das Grundstück zu bauen, wo hätte er dann mit seinen Hunden hinziehen sollen?«

»Irgendein verlassener Schuppen findet sich auf dem Land doch immer«, entgegnete Pia.

»Das war vielleicht vor fünf oder zehn Jahren noch so. Inzwischen kannst du jede Hütte an der Ostsee gut verkaufen oder vermieten. Jedenfalls in Ostholstein.«

»Da ist was dran.«

»Der Junge saß im Kletterbaum und hat mitangehört, wie Fabian Ruschke sich mit Schönfeld deswegen stritt? So eine Kündigung nenne ich einen starken Beweggrund. Und es sind ja wohl nicht nur sein Zuhause und sein Lebensunterhalt, die in Gefahr wären.«

»Nein, ich vermute, er liebt seine Hunde.«

»Dann war auch so etwas wie seine Familie in Gefahr«, stellte Marten fest.

»Möglicherweise hat ihn das zu erwartende Erbe seiner Freundin Rosina zusätzlich motiviert«, überlegte Pia.

»Er hat ein überzeugendes Motiv.«

Nachdem Marten gegangen war, machte Pia sich endlich daran, die Vernehmungstaktik für Fabian Ruschke festzulegen. Broders konnte heute Abend nicht dabei sein. Also musste sie auf jemand anders zurückgreifen. Mit einem anderen Kollegen, mit dem sie weniger eingespielt war, würde es schwieriger werden. Umso genauer musste die Befragung geplant werden.

Sollte sie Dana Bremer die Chance geben? Oder eher Holger Jansen? Bevor seine Verwicklung in den Fall nicht geklärt war, musste sie Jansen leider heraushalten. Was zu Problemen führen würde. Pia wollte es besser gleich klären. Sie überlegte kurz und hatte dann eine Idee. Pia wählte die Rufnummer der Familie Bruhns in Stüvensee. Vicky Bruhns war beinahe sofort am Apparat.

»Entschuldigen Sie bitte die Störung«, sagte Pia. »Korittki, Mordkommission Lübeck.«

»Sie arbeiten auch am Samstag?«

»Ich habe doch noch ein paar wichtige Fragen an Sie«, erwiderte Pia. »Es dauert nicht lange.«

»Na gut. Um was geht es denn?«

»Sie sollen vor ein paar Jahren mal dabei geholfen haben, dass eine Frau Jansen in ein Heim umsiedelt. Sie wohnte womöglich neben einer Esther Fischer, falls Ihnen das etwas sagt.« Pia hoffte, dass sie richtiglag. Doch so viele Ärztinnen gab es in dem Ort wahrscheinlich nicht.

»Ach, herrje, ja. Woher wissen Sie das?«

»Das kann ich Ihnen nicht sagen. Aber es könnte mir bei meiner Ermittlung weiterhelfen.«

Viktoria Bruhns schien zu überlegen. »Ich bin an die ärztliche Schweigepflicht gebunden.«

»In Ihrem Dorf läuft wahrscheinlich ein zweifacher Mörder unerkannt herum.«

»Sie machen es einem wirklich nicht leicht, Frau Korittki. Hören Sie: Was ich Ihnen erzähle, ist in dem Ort, in dem Frau Jansen gewohnt hat, allgemein bekannt. Von mir haben Sie es aber nicht.«

»Natürlich nicht.«

Vicky Bruhns seufzte. »Frau Jansen war schwere Alkoholikerin. Es ging einfach nicht mehr so weiter. Daher diese Entscheidung. Aber warum fragen Sie danach? Das ist schon ein paar Jahre her. Inzwischen ist sie tot.«

»Ja, ich habe davon gehört. Waren Sie auf der Trauerfeier?«

»Ich kann nicht zu allen Beerdigungen gehen, wenn meine Patienten versterben. O Gott, wie herzlos das klingt! Als würden meine Patienten sterben wie die Fliegen … Aber nachdem Frau Jansen ins Heim gekommen war, habe ich auch den Kontakt zu ihr verloren. Dort wurde sie von einem anderen Arzt betreut.«

»Hat Frau Jansen Ihnen gegenüber je ihren Vermieter erwähnt?«

»Nein. Zumindest erinnere ich mich daran nicht.«

»Wer könnte sonst noch Kontakt zu ihr gehabt haben?«

»Das waren jetzt aber schon eine Menge Fragen. Warum wenden Sie sich damit eigentlich nicht gleich an Ihren Kollegen?«

»Überlassen Sie die Entscheidung bitte mir. Ich frage Sie.«

»Schon gut. Frau Jansen hat sehr zurückgezogen gelebt. Die Einzige, die mir einfällt, ist die Gemeindeschwester, die für sie zuständig war. Uta Moor. Die kannte Frau Jansen bestimmt recht gut.«

»Haben Sie eine Rufnummer für mich?«

Vicky Bruhns lachte auf. »Nein. Und ich warne Sie. Die ist ein Unikum. Wenn Sie mit ihr reden wollen, müssen Sie sich schon in Bewegung setzen, Frau Korittki. Die gute Uta hat glaube ich gar kein Telefon.«

Vicky Bruhns hatte Pia zumindest eine Adresse nennen können, wo Uta Moor ihres Wissens wohnte. Pia beschloss, die Gemeindeschwester sogleich aufzusuchen. Sie konnte auf dem Weg zurück nach Stüvensee bei ihr vorbeischauen. Doch auf dem Weg dorthin verlor Pias Navigationsgerät mehrmals die

Straße. Zu allem Übel zog von der Ostsee her Nebel auf. Nicht mehr lange, und sie würde quasi nichts mehr sehen können.

Pia fuhr besonders aufmerksam weiter, bis sie einen unbefestigten Feldweg fand, der, den Informationen auf ihrem Navi nach zu urteilen, vielversprechend aussah. Uta Moor wohnte in einem stillgelegten alten Bahnhof im Nirgendwo.

Pia hielt vor dem schlichten Backsteingebäude. Den Wald rundherum konnte sie nur noch schemenhaft erkennen.

Sie stieg aus dem Wagen und lief auf die Tür zu. Aus einem danebenliegenden Fenster fiel ein schwacher, flackernder Lichtschein nach draußen. Als sie näher trat, erkannte sie hinter dem Haus zugewucherte Gleise und durch Nebelschwaden hindurch ein mit Graffiti besprühtes Bahnhofsschild. Sie klopfte an die Tür.

»Ja bitte?« Eine kleine weißhaarige Frau mit rundem Gesicht öffnete ihr. Sie trug Jeans und eine Art Poncho mit einem Aztekenmuster darüber.

Pia zeigte ihr die Polizeimarke. »Korittki, Kripo Lübeck. Bitte entschuldigen Sie, dass ich Sie so spät noch störe. Darf ich trotzdem einen Moment reinkommen?«

»Worum geht es?«, kam es reserviert zurück.

»Ich ermittle in zwei Mordfällen. Es geht um eine ehemalige Patientin von Ihnen. Ich benötige eine Auskunft.«

»Von wem haben Sie überhaupt meine Adresse?«, fragte die alte Frau misstrauisch, nachdem sie die Polizeimarke begutachtet hatte.

»Von einer Ärztin. Dr. Viktoria Bruhns.«

Der Gesichtsausdruck der Frau wurde etwas zugänglicher. »Ich habe lange nichts mehr von ihr gehört. Seitdem ich in Rente bin. Schade eigentlich. Aber ich gebe grundsätzlich keine Informationen über Patienten heraus. Auch nicht im Ruhestand.«

Das würde eine Geduldsprobe werden. Pia fröstelte demonstrativ. »Darf ich trotzdem einen Moment zu Ihnen reinkommen?«

»Sie sollten lieber wieder zurückfahren, solange Sie es noch können.« Sie blickte über Pias Schulter gen Himmel. »Bevor die Suppe noch dichter wird.«

»Das werde ich nicht tun. Es ist zu wichtig.« Vielleicht machte die Aussicht, die Kommissarin bei diesem Wetter sonst womöglich die ganze Nacht beherbergen zu müssen, sie auskunftsfreudiger …

»Na, meinetwegen«, sagte Uta Moor ergeben. »Kommen Sie. Aber versprechen Sie sich nicht zu viel davon.«

Pia folgte ihr einen dunklen Flur hinunter. »Sie leben ganz allein hier?«

»Ich habe drei Katzen.«

Etwas huschte an Pias Fuß vorbei. Sie hoffte, dass es nur ein Kätzchen gewesen war.

Der ehemalige Warteraum des Bahnhofs diente als Wohn-/Esszimmer mit Küchenzeile. Ein breites Fenster ging in Richtung des ehemaligen Bahnsteigs hinaus. Das flackernde Licht, das Pia von draußen gesehen hatte, war von mehreren Kerzen verursacht worden, die in Windlichtern auf allen horizontalen Flächen standen.

»Ich habe gerade Tee gekocht. Möchten Sie einen?«

»Gern«, flunkerte Pia. Vielleicht würde sie mit einem angebotenen Becher Tee in der Hand weniger schnell wieder hinauskomplimentiert werden.

Die ehemalige Gemeindeschwester schenkte ihr aus einer bauchigen braunen Teekanne ein, die auf einem Stövchen auf dem Tisch stand.

Pia nahm den henkellosen Tonbecher mit der heißen Flüssigkeit darin vorsichtig entgegen. »Danke!«

»Probieren Sie lieber erst.«

Pia tat, als nippte sie an dem Gebräu. Es roch ein bisschen nach Heu. »Was für ein Kräutertee ist das?«

»Frauenzeug. Tut Ihnen auch gut.« Sie musterte Pias schlanke Figur mit strengem Blick.

»Ich weiß, dass Sie sich um eine Frau Jansen gekümmert haben«, sagte Pia, ohne auf die Blicke oder den Frauentee einzugehen.

»Wenn Sie es schon wissen … Das ist lange her«, kam es leicht amüsiert zurück. »Weshalb interessieren Sie sich dafür?«

Pia unterdrückte einen Seufzer. »Frau Jansen ist tot.«

»Ja, ja, der Alkohol …« Sie nickte und kippte sich einen großzügigen Schluck Rum aus einer Flasche auf dem Tisch in ihren Becher. »Das ist ein stiller Killer.«

»Hatte Frau Jansen Kinder?«

»Einen Sohn. War wohl nicht beabsichtigt. Armer Kleiner.« Sie schüttelte den Kopf. Dann hob sie die Flasche. »Möchten Sie auch einen dazu?«

»Nein, danke. Ich bin im Dienst«, murmelte Pia.

»Wenn Sie in diesem Bahnhof auf den allerletzten Zug warten müssten, würden Sie auch trinken.«

»Mag sein. Und der Vater des Jungen?«

»War nicht zugegen. Jedenfalls nicht mehr, seit der Lütte sieben oder acht Jahre alt war. Und seitdem war Frau Jansen auch einer meiner ›schwierigen Fälle‹.«

»Wieso schwierig? Wegen des Trinkens?«

»Unter anderem. Der Hausverwalter, der hatte es anscheinend auf sie abgesehen. Die Arme hat es nicht geschafft, sich gegen den zu wehren … und der Kleine hat viel zu viel davon mitbekommen.«

»Der Hausverwalter? Wie hieß der Mann?«

»Keine Ahnung. Ich meine, es war der Hausverwalter oder sonst jemand, der sich dort bei ihr wichtig gemacht hat.«

Pia fühlte sich mit einem Mal wieder hellwach. »Könnte es auch ihr Vermieter gewesen sein?«

»Möglich. Ist zu lange her.« Uta Moor goss noch etwas Rum in ihren Becher.

»Wie heißt denn der Sohn?«

»Das weiß ich auch nicht mehr. Tut mir leid. Ich merke mir keine Namen.«

»War der Vater des Jungen vielleicht bei der Bundeswehr?«

Sie lachte rau auf. »Ich sagte doch schon: Es gab keinen Vater. Auch keine anderen Verwandten. Die arme Frau und ihr Kind waren anscheinend ganz allein auf der Welt.«

Entlastete diese Aussage Holger Jansen gerade? Er hatte ihr von seinem Vater erzählt! War das mit dem Namen Jansen vielleicht doch nur ein Zufall? Handelte es sich bei der Mieterin gar nicht um Holgers Mutter? Pia wünschte es sich. Aber da war ja auch noch die Frau auf der Trauerfeier für Jansens Mutter. Es wäre zu schön gewesen, wenn diese Spur eine Sackgasse – oder in diesem Fall ein totes Gleis – wäre.

»Was genau gehörte eigentlich zu Ihren Aufgaben als Gemeindeschwester?«

»Ich habe mich um einsame Alte, Kranke, überforderte Mütter im Kindbett und so weiter gekümmert.«

»Und bei Frau Jansen?«

»Als es ganz schlimm wurde, bin ich jede Woche zu ihr hingefahren, um nach dem Rechten zu sehen. Manchmal war sie betrunken, manchmal hatte sie einen schlimmen Kater. Ab und zu hatte sie blaue Flecken auf den Armen. Sie behauptete immer, die Treppe hinuntergefallen zu sein. Ziemlich fantasielos. Und der Junge bekam Probleme in der Schule.«

»Was genau war dort los?«, fragte Pia.

Uta Moor ließ sich auf einen der Stühle sinken. »Sie hat es mir mal erzählt, als sie wohl gefühlsmäßig ganz unten angekommen war. Es ist lange her, aber ich erinnere mich, als wäre es gestern gewesen. Sie war verzweifelt und voller Selbsthass. Ein Mann kam angeblich regelmäßig in ihre Wohnung und zwang sie zum Beischlaf. Er war brutal, hat sie bedroht, hat mit Rausschmiss aus der Wohnung gedroht, hat sie mir erzählt. Deswegen dachte ich ja an den Hausverwalter ... Und er hat wohl auch ihren Sohn geschlagen, wenn der deswegen geweint hat. Das hat dann das Jugendamt auf den Plan gerufen. Aber das ganze Ausmaß der Misere ist mir erst später klar geworden. Ich habe mir damals eingeredet, dass es auch alkoholbedingte Horrorfantasien gewesen sein können. Dass da eigentlich gar nichts dran war.«

»Und was denken Sie heute?«, hakte Pia eine Spur zu scharf nach. Warum hatte die Gemeindeschwester nichts unternommen? Der Gedanke an das, was passiert war, auch dem Kind, verursachte Pia einen schmerzhaften Stich in den Magen.

»Man mischt sich doch ungern in solche Beziehungssachen ein.«

»Dieser ›Hausverwalter‹ hat Frau Jansen angeblich zum Beischlaf gezwungen, indem er sie erpresst hat! Das war ja wohl keine ›Beziehungssache‹.«

»Für Außenstehende ist das schwer zu beurteilen. Die Frau wollte ja nicht so richtig reden. Und dann war es zu spät.« Uta Moor leerte den Rest Rum in ihren Becher und stellte die Flasche vor Pia auf den Tisch. Der Pirat auf dem Etikett grinste sie hämisch an.

Nachdem Pia das Labyrinth aus Forst- und Feldwegen und dichter werdendem Nebel hinter sich gelassen und wieder festen Asphalt unter den Reifen hatte, rief sie Broders an.

»Du verdächtigst einen Kollegen?«, rief der entsetzt, nachdem sie ihn ins Bild gesetzt hatte. »In einem zweifachen Mordfall?!«

»Es ist zu gravierend, um einfach darüber hinwegzugehen.«

»Pia, das kann nicht sein. Du musst dich täuschen!«

»Mag sein. Doch ich werde dem nachgehen. Und ich fürchte, ich irre mich nicht. Im Gegenteil. Er könnte *uns* alle getäuscht haben.«

»Aber das ist unmöglich! Ich kenne den doch schon so lange.«

»Das ändert leider nichts an den Tatsachen. Sollte die Gemeindeschwester recht haben, dann hat jemand Jansens Mutter jahrelang drangsaliert und sexuell belästigt, wenn nicht mehr. Und er hat als Kind und Jugendlicher darunter gelitten. Er kam deswegen sogar in eine Pflegefamilie, und die Mutter wurde schwer alkoholkrank. Und nun ist sie tot, und drei Monate später wird Schönfeld ermordet.«

»Es ist aber noch nicht sicher, dass Burkhard Schönfeld der Mann war.«

»Nein, doch die Aussagen von Manuela Fock und Lisa Brettschneider haben wir auch noch.«

»Verdammt, Pia. Das gefällt mir nicht.«

»Mir doch auch nicht. Aber wir müssen es zumindest überprüfen.« Sie sah vor sich rote Bremslichter aufleuchten und wurde noch langsamer. »Weißt du, was mich am meisten stört, abgesehen von Uta Moors Aussage und denen der beiden Mieterinnen?«

»Keine Ahnung! Seine seltsamen Stiefel?«

»Dass keinerlei Unterlagen über das Mietverhältnis einer

Frau Jansen in der 2b, einem von Schönfelds Vermietungsobjekten, zu finden sind.«

»Das ist doch einfach zu erklären: weil es schon einige Zeit her ist, dass die Frau da gewohnt hat, natürlich.«

»Von den anderen Mietobjekten sind die Daten anscheinend lückenlos.«

»Dann sind die Unterlagen vielleicht verlegt worden? Das kommt doch vor.«

»Und da ist noch etwas, was gegen Holger Jansen spricht: Von einem Kollegen erwarte ich, dass er es uns gleich zu Beginn sagt, wenn er zu einem Mordopfer mal eine Beziehung hatte. Warum hat er das nicht getan? Er hätte gar nicht an den Ermittlungen beteiligt sein dürfen.«

»Das wiegt natürlich schwer«, sagte Broders.

»War Holger Jansen bei der Hausdurchsuchung bei Schönfeld eigentlich mit dabei?«, wollte Pia wissen.

»Ja, war er«, gab Broders widerstrebend zu.

»War er auch mal allein in dessen Arbeitszimmer? Oder hatte er auf dem Polizeirevier ungestörten Zugriff auf die gesammelten Unterlagen?«

Ein Stöhnen war die Antwort.

»Was hast du?«

»Mir ist gerade etwas eingefallen. Alva Dohrmann hatte doch ausgesagt, dass sie an dem Morgen vor dem Leichenfund am Teich einen frischen, großen Schuhabdruck gesehen hatte.«

»Ich erinnere mich. Ungefähr Größe 45.«

»Die Spurensicherungsleute haben aber nichts dergleichen gefunden. Das bedeutet entweder, dass Alva Dohrmann gelogen hat, dass sie den Abdruck selbst beseitigte – doch warum hätte sie ihn dann überhaupt erwähnen sollen? – oder dass es jemand anders getan hat.«

»Und derjenige muss nach Alva Dohrmann, aber vor unseren Leuten vom K6 am Tatort gewesen sein«, ergänzte Pia.

»Und da kommt eigentlich nur einer infrage …«

»Broders, ich bin gleich in Stüvensee auf dem Revier. Wir müssen eine Entscheidung treffen.«

»Ich informiere Rist und die anderen Kollegen in Lübeck. Keine Alleingänge, Pia. Wir melden uns bei dir.«

35. Kapitel

Ihr Navigationsgerät sagte Pia, dass sie in sechs Minuten vor dem Revier in Stüvensee sein würde. Doch wegen des Nebels musste sie langsamer fahren. Sie hoffte, dass ihr die Sichtverhältnisse nicht noch ein verunglücktes Fahrzeug vor dem Kühlergrill bescherten. Schon jetzt tastete sie sich mit vierzig Stundenkilometern vorwärts und fuhr quasi gegen eine weiße Wand. Die Welt dahinter schien verschwunden zu sein. Bis ihre Kollegen aus Lübeck eine Entscheidung getroffen hätten, würde bestimmt noch eine halbe Stunde vergehen. Bis Hilfe käme, wenn überhaupt, noch viel länger.

Auf der Fahrt die Dorfstraße entlang sprangen Pias Gedanken hin und her wie Flipperkugeln. Wenn sie richtiglag, musste sie Dana Bremer möglicherweise warnen. Oder brachte sie sie damit erst recht in Gefahr? Würde die Kollegin ein Pokerface bewahren können, wenn sie von dem Verdacht gegen Jansen wusste? Würde Holger Jansen merken, wenn sie seine Kollegin alarmierte? Pia war sich nur in einem Punkt sicher: Vorausgesetzt, Jansen war tatsächlich der Täter, dann hatte er nach zwei Morden, noch dazu als Polizist, nicht mehr viel zu verlieren. Eine lange Haftstrafe wäre für ihn doppelt schlimm. Um seine Haut zu retten, würde er vermutlich über Leichen gehen.

Und wenn sie sich täuschte? Auch Ruschke hatte ein Motiv. Er hatte kein Alibi mehr. Doch die verschwundenen Unterlagen aus Schönfelds Büro über ein langjähriges Mietverhältnis mit Jansens Mutter wogen schwer. Und Pia hatte

Jansen unwissentlich einen Sündenbock auf dem Präsentierteller serviert. Fabian Ruschke saß ihretwegen in Stüvensee auf der Polizeistation und wartete auf seine Vernehmung.

Pia bog in die kleine Ortschaft ein.

Bei allem Risiko musste sie Dana Bremer warnen! Wenn sie selbst in deren Lage wäre, würde sie das auch von ihren Kollegen erwarten.

Dana Bremer war nach dem ersten Freizeichen am Telefon.

»Sag nichts zu mir. Hier ist Pia. Tue so, als wäre ich ein Freund von dir«, beschwor sie ihre Kollegin ohne Umschweife mit gedämpfter Stimme.

»He, Sebastian«, kam es nach einer winzigen Verzögerung.

»Bist du allein im Raum?«

»Nein.«

»Ist Jansen bei dir?«

»Äh ... ja, finde ich auch.«

Pia sprach noch leiser. »Es hat sich ein Verdacht gegen Holger Jansen ergeben. Unter Umständen könnte er unser Täter sein.«

»Kino wäre großartig. Tolle Idee! Warte mal kurz.«

Pia hörte, wie sie den Raum verließ.

»So, ich bin draußen«, sagte Dana Bremer mit unterdrückter Stimme. »Die Lage hier ist angespannt. Holger hat Fabian Ruschke gerade in die Arrestzelle eingesperrt. Als ich kurz nicht da war, soll Ruschke angeblich handgreiflich geworden sein. Ich kann mir das gar nicht vorstellen!«

»Ist jemand verletzt?«

»Fabian Ruschke hat anscheinend Schmerzen. Das alles gefällt mir nicht. Aber Holger sagt, wir warten auf dich. Du entscheidest.«

»Verstehe. Lass dir nichts anmerken. Ich bin gleich da.

Und die Lübecker Kollegen sind bereits informiert.« Pia hörte ein Geräusch im Hintergrund.

»Okay. Ich freu mich. Ciao«, sagte Dana Bremer mit einem Zittern in der Stimme. Es knackte. Die Verbindung war unterbrochen.

Was war da los? Hatte Dana Bremer freiwillig aufgelegt? Prinzipiell hatte ihre Kollegin das aber gut gemacht. Jansen hatte hoffentlich keinen Verdacht geschöpft.

Pia fuhr am Polizeirevier vorbei in eine Seitenstraße. Sie parkte den Wagen so, dass er vom Revier aus nicht zu sehen war. Sie informierte ihren Vorgesetzten über die neue Lage. Dass Holger Jansen Fabian Ruschke, ohne Rücksprache zu halten, in eine Arrestzelle gesperrt hatte, war kein gutes Zeichen. Dana Bremer hatte mittlerweile offensichtlich Angst vor ihm.

Das Eintreffen ihrer Kollegen aus Lübeck abzuwarten fiel Pia schwer. Aber wenn sie jetzt einfach das Polizeirevier betrat, konnte sich eine schwierige Lage entwickeln. Sie musste warten, dass Verstärkung kam.

Um ihre Ungeduld zu beherrschen und die Gedanken zu ordnen, rief Pia als Nächstes Marten an. Sie gab ihm eine kurze, aber präzise Zusammenfassung der jüngsten Entwicklungen.

Auch er konnte zunächst nicht glauben, dass der Täter ein Kollege von ihnen sein könnte. »Möglicherweise hast du recht«, sagte er schließlich. »Ich rufe Rist an und frage, ob ich helfen kann. Mitten in der Nacht bekommt er vielleicht nicht genug Leute zusammen.«

Pia blickte auf die Uhr. Es war kurz vor zweiundzwanzig Uhr. »Das ist doch nicht dein Fall, Marten«, wandte sie ein.

»Ich bin weiterhin beim LKA Kiel. Wenn dein Boss meine Hilfe annimmt, mache ich mich sofort auf den Weg.«

Dana Bremer war in den Wachraum zurückgekehrt und saß wie in Schockstarre an ihrem Platz. Die Stimme ihrer Kollegin Pia klang noch in ihrem Ohr. »Es hat sich ein Verdacht gegen Holger Jansen ergeben. Unter Umständen könnte er unser Täter sein.« Hatte sie das richtig mitbekommen? Aber das war doch nicht möglich!

Sie schaute unwillkürlich zu ihrem Kollegen hinüber. Er sah von seinem Handy auf. Ihre Blicke trafen sich. Jansens Gesicht war ausdruckslos. Trotzdem hatte sie das Gefühl, dass er sie belauerte. Ruhig und emotionslos, wie ein Jäger seine Beute.

Ihr Hals war wie zugeschnürt, doch nach diesem Blickwechsel musste sie irgendetwas sagen. Sie räusperte sich. »Das war nur ein Kumpel.« Sie hoffte, dass Jansen das Zittern in ihrer Stimme nicht bemerkte.

»Ein Kumpel oder ein neuer Lover?«, fragte er lächelnd. Doch die Beiläufigkeit war nur gespielt. Er beobachtete sie immer noch.

Die richtige Antwort wäre gewesen: »Was geht dich das an?«, aber Dana Bremer wollte ihn nicht provozieren. »Nein, wirklich nur ein Kumpel von mir«, antwortete sie. »Wir wollen zusammen ins Kino gehen.«

»Einen Sebastian hast du noch nie erwähnt.« Er erhob sich langsam.

»Echt nicht? Kann schon sein. Wir hatten uns eine Zeit lang aus den Augen verloren.«

»Verstehe.« Jansen legte den Kopf schief. »Und da geht ihr vor lauter Wiedersehensfreude gleich zusammen ins Kino? Machen das nicht nur Liebespaare?«

Dana brach der Schweiß aus. »Nö, ist 'n Actionfilm. Da knutscht man doch nicht.«

»Welcher denn?«

»Was meinst du?« Sie zwang sich, ruhig sitzen zu bleiben.

»Welchen Film wollt ihr euch anschauen?« Er bleckte die Zähne, doch diesmal war es kein Lächeln.

Die Angst machte sie dumm. Sie hatte einen Blackout. Ihr fiel partout kein Actionfilm ein, der gerade im Kino lief. Dana Bremer stand von ihrem Platz auf. »Sebastian sucht den Film aus.« Sie ging in Richtung Ausgang. »Und ich muss mal für kleine Mädchen.«

»Klar doch. Wird ein langer Abend.«

Sie schaffte es, in normalem Tempo den Wachraum zu verlassen. Dabei spürte sie Jansens Blick, der ihr folgte. Wenn sie nicht nach rechts in Richtung der Waschräume ginge, sondern nach links zur Tür hinauslief, würde er es sofort sehen.

»He! Hallo! Hilfe!«, hörte sie gedämpft Ruschke aus dem Zellentrakt rufen. Jansen war eben noch mal bei ihm gewesen. Danach hatte er äußerst zufrieden ausgesehen. Was war dort passiert? Doch wenn sie jetzt zu den Arrestzellen hinunterlief, um nachzusehen, wie es Fabian Ruschke ging, würde Jansen das auch merken. Sie hatte keine Wahl.

Mit steifen Gliedern ging Dana Bremer auf die Waschräume zu. Vor Aufregung konnte sie kaum den Eingang für Frauen identifizieren, so durcheinander war sie. Sie hatte gelernt, mit den verschiedensten Gefahrensituationen umzugehen. Sie war weder feige noch übermäßig ängstlich. Aber eine Gefahr aus den eigenen Reihen, dort, wo sie sich doch eigentlich sicher fühlen sollte, das überforderte sie gerade.

Sie betrat die Damentoilette und schloss sich in einer der beiden Kabinen ein. Dass dies eine verdammte Falle werden konnte, wurde ihr erst klar, als sie das Drehschloss zusperrte. Jeder Idiot mit einem Schraubenzieher würde von außen hier hereinkommen. Nur … sie kam von hier aus nicht weiter, denn es gab kein Fenster. Und … jetzt wurde ihr wirklich flau, sie hatte ihr Handy an ihrem Platz liegen gelassen. Sie hatte zu ihrer Verteidigung nichts als das Pfefferspray und die Handschließen am Gürtel. Sogar ihre Dienstwaffe befand sich ordnungsgemäß eingeschlossen in ihrem Schreibtisch. Mist!

Für Pia verging die Zeit nur quälend langsam. War sie verärgert oder erleichtert, dass Marten kommen wollte? Wahrscheinlich beides ein wenig. Wie lange sollte sie hier untätig sitzen? Sie hoffte immer noch, dass sie sich irrte. Auch wenn vieles dagegensprach. Doch wenn nicht … Eine Kollegin und ein Mann, den sie hatte festnehmen lassen, waren vielleicht in Gefahr. Was wog dagegen die Blamage, wenn sie sich geirrt hatte?

Pia stieg aus und holte ihre Schutzweste aus dem Kofferraum. Nachdem sie sie angezogen hatte, benetzten die feinen Nebeltropfen Haut, Haar und Kleidung. Pia prüfte ihre Dienstwaffe, das Pfefferspray und die Handschließen. Dann lief sie hinter einer Lorbeerhecke zur Rückseite des Polizeireviers.

Das flache Doppelhaus mit dem Satteldach war auch beim Näherkommen nur schemenhaft zu erkennen. Das Polizeischild und der beleuchtete Eingangsbereich waren noch recht gut zu sehen, während der Rest in Dunkelheit und Dunst versank. Drumherum schien es nichts mehr zu geben, als wäre hier nichts außer ihr und diesem Gebäude. Der komplette Ort war wie ausradiert. Es war ein seltsam zeitloses Bild. Als wäre die Polizeistation ein Raumschiff oder ein letzter Vorposten der Zivilisation.

Nun wünschte Pia, sie hätte sich die Räumlichkeiten in der Polizeistation noch genauer angeschaut. Dana Bremer hatte während des Telefonats wahrscheinlich vorne im Wachraum gesessen, denn dort brannte hinter den Vertikaljalousien Licht. Leider konnte man von draußen nicht hineinschauen. Pia wollte nicht einfach zur Vordertür hineinmarschieren und sich so den Vorteil des Überraschungsmoments nehmen. Außerdem war die Tür um diese Uhrzeit bestimmt abgeschlossen. Pia hatte für die Dauer der Ermittlungen zwar einen Schlüssel. Doch bis sie die Eingangstür aufgeschlossen hatte, hätte Jansen sie durch die Glaswand zum Eingangsbereich oder auf den Überwachungsmonitoren der Kameras längst gesehen.

Pia schlug einen großen Bogen um das Haus. Die Arrestzellen lagen im Untergeschoss, wie sie wusste. Dort gab es nur zwei winzige Fenster mit Glasbausteinen, die beinahe direkt unterhalb der Decke lagen. Doch es führte eine Außentreppe in den Kellerflur. Dorthin wandte Pia sich zuerst, indem sie nah an der Hauswand entlanglief. Als sie die Hausecke umrundete, sah sie, dass aus den zwei Fenstern des Besprechungsraums kein Lichtschein nach draußen fiel. Also hielt sich dort wahrscheinlich niemand auf.

Im dichten Nebel versank die Umgebung in dumpfer Stille. Einzig das Nebelhorn eines Schiffes war in weiter Ferne zu hören. Wenn sie eine der Thermopanescheiben zum Besprechungsraum einschlug, wäre der Lärm weithin zu hören. Außerdem wäre es selbst mit einem Hammer schwer. Die unscheinbare, dunkelgrün lackierte Kellertür war ihre einzige Chance. Sie war aus Metall, fensterlos und hatte ein normales Sicherheitsschloss. Pia zog den Schlüssel hervor, den sie von Dana Bremer erhalten hatte. Mit viel Glück öffnete der nicht nur die vordere Eingangstür.

Dana lauschte angespannt. Sie war schon viel zu lange auf der Toilette. Und sie verfluchte sich, weil sie so blöd gewesen war. Wie eine blutige Anfängerin hockte sie nun so gut wie schutzlos in der Kabine ohne Fenster. Pia hatte gesagt, dass sie gleich da sein würde. Dass die Lübecker Kollegen informiert seien …

Doch so neblig, wie es draußen war, konnte es durchaus noch etwas dauern.

Die Minuten vergingen quälend langsam. Was tat Jansen? Ihre erste Reaktion auf Pias Eröffnung war gewesen, die Anschuldigung vehement von sich zu weisen. Holger Jansen? Den kannte sie doch schon so lange. Das war ein Netter!

Aber sie hatte das Gefühl, gerade einen kleinen Ausblick auf seine andere Seite, vielleicht seine wahre Natur, geworfen zu haben. Es war ein verstörender Anblick gewesen, weil sich die Verwandlung in Sekundenschnelle vollzogen hatte. Dana hielt das Pfefferspray umklammert, wohl wissend, dass es Wahnsinn war, es in der engen Kabine anzuwenden. Damit würde sie nur sich selbst schädigen und zum hilflosen Opfer machen. Doch welche Möglichkeiten blieben ihr sonst noch?

Die Tür zur Damentoilette öffnete sich. Und obwohl Dana damit gerechnet hatte, hätte sie beinahe laut aufgeschrien.

»Dana? Ist alles gut bei dir?«, fragte Jansen mit Katzenpfötchenstimme.

»Ja. Ich habe nur Bauchkrämpfe«, stieß sie hervor. »Ich komme aber gleich raus. Es geht schon wieder.« Sie war erstaunt, wie gefasst sie klang.

»Lass doch die Spielchen«, erwiderte er. »Wir sind Kollegen. Wir können doch ehrlich miteinander umgehen. Oder etwa nicht? Du hast nicht deine Periode.«

»Wie bitte?«

»Sag mir nur, wer dich eben angerufen hat.«

»Das weißt du doch schon. Mein Kumpel Sebastian.«

»*Bullshit*!« Er schlug krachend gegen die Kabinentür.

»Holger! Lass mich in Ruhe. Ich komme gleich wieder raus, und wir können über alles reden.« Selbst in ihren Ohren klang das außerordentlich schwach.

»Das waren Kollegen, oder? Was hat derjenige zu dir gesagt?«

»Du irrst dich. Sebastian hat mir wirklich einen gemeinsamen Kinoabend vorgeschlagen.«

»Gleich verliere ich die Geduld mit dir, Dana! Soll ich dir eine Ladung Pfefferspray in die Kabine sprühen?« Sie sah eine Hand mit der Spraydose darin oberhalb der Kabinentür.

»Nein! Tu das nicht! Du hast ja recht. Es war Pia. Sie wollte was über Ruschke wissen. Wie es ihm geht.«

»Noch mal *Bullshit*!« Er ließ einen kleinen Sprühnebel auf sie niederregnen. Sofort begannen ihre Augen zu brennen, und ihr Hals kratzte.

»Verdammt! Hast du den Verstand verloren? Wir sind Kollegen!« Sie hustete und öffnete die Kabinentür, stieß sie hart nach vorn, in der Hoffnung, ihn damit aus dem Gleichgewicht zu bringen. Wegätzen lassen wie eine Kakerlake würde sie sich von ihm nicht! Ihr Kampfgeist war geweckt.

Sie traf ihn mit der Tür, doch er stieß einen mehr ärgerlichen als schmerzerfüllten Schrei aus. Um erlernte Kampftechniken anzuwenden, war es in dem Vorraum der Damentoilette zu eng. Eine wüste Rangelei war die Folge. Dana Bremer schlug Jansen das Pfefferspray aus der Hand. Er packte sie an den Haaren und zerrte daran. Sie versuchte, ihm ein Knie in den Unterleib zu rammen. Ihre Stirn schlug gegen den Waschbeckenrand, als er sie hinunterdrückte, während sie ihm noch mit einem Fuß ein Bein wegzuhebeln versuchte.

Er war zu kräftig, zu wild entschlossen … Er kämpfte

rücksichtslos wie ein Geistesgestörter und hatte sie schnell im Schwitzkasten. Sie keuchte, ihre Augen tränten, und ihr Kopf dröhnte von dem Aufprall. Ihr war schummrig. Alles drehte sich. Als Jansen ihre Handgelenke mit ihren eigenen Handschließen vor dem Körper fixierte, konnte sie sich schon nicht mehr wehren, weil sie sich auf den grau gefliesten Boden erbrach. Dann sackte sie in sich zusammen.

Pia steckte den Schlüssel ins Schloss der Kellertür und drehte ihn vorsichtig. Nach leichtem Widerstand ließ sich das Türschloss öffnen. Doch es gab keinerlei Möglichkeit für sie festzustellen, ob sich gerade jemand hinter dieser Tür befand.

Sie drückte sie behutsam auf, blickte in den Flur dahinter. Pia sah nichts als Dunkelheit und lauschte. Als sie auch nichts hörte, zwängte Pia sich durch die nur leicht geöffnete Tür hinein. Immerhin, sie war nun im Gebäude.

Im Lichtschein ihres Handys tastete sie sich den Flur entlang. Weiter hinten lag die Treppe, die hinauf zum Wachraum, zum Besprechungsraum, zu den Toiletten und einer Teeküche führte. In der anderen Richtung befanden sich hinter einer Biegung ein kleines Vorzimmer und zwei Arrestzellen. Pia schickte ihren Kollegen eine Textnachricht, dass sie sich nun in der Polizeistation aufhielt. Dann stellte sie ihr Mobiltelefon stumm.

Wenn sie sich versichern wollte, dass niemandem Gefahr drohte, musste sie die Treppe hinaufgehen. Pia zog ihre Waffe, stellte sich seitlich in eine Nische neben der Treppe. Als sie immer noch nichts hörte, ging sie leise hinauf. Im oberen Flur war ebenfalls niemand zu sehen. Waren Holger Jansen und Dana Bremer noch im Wachraum?

Doch es gab keine Möglichkeit, sich diesem Raum zu nähern, ohne dass man sie sofort erblickte. Eine Wand zwischen diesem Zimmer und dem Gang war verglast. Sie käme nicht einmal in die Nähe, ohne entdeckt zu werden. Außerdem gab es ihres Wissens vor dem Durchgang Kameras.

Wenn sie richtiglag mit ihrer Vermutung, war Jansen mit an Sicherheit grenzender Wahrscheinlichkeit bewaffnet. Hatte Broders nicht erwähnt, dass Holger Jansen ein hervorragender Schütze war? Auf eine Schießerei wollte Pia es nur im alleräußersten Notfall ankommen lassen. Sie musste unbemerkt die Lage erkunden, sich davon überzeugen, dass Dana Bremer und Fabian Ruschke keine Gefahr drohte.

Das Licht einer der Neonröhren flackerte. Das brachte Pia auf eine Idee. Der Hauptsicherungskasten befand sich im Kellergeschoss, in der Nische im Flur, in der sie eben gestanden hatte. Dana Bremer hatte ihn ihr bei ihrer »Schlossführung« am ersten Tag gezeigt.

Bevor Pia ihren Plan genauer durchdenken konnte, vernahm sie ein polterndes Geräusch, wahrscheinlich aus dem Wachraum. Das klang nicht gut.

Sie musste sich entscheiden: Sollte sie in diese Richtung laufen, Jansen direkt in die Arme? Oder zurück in den Keller gehen, in Richtung des Sicherungskastens und der Arrestzellen? Sie entschied sich für Letzteres. Keine Sekunde zu früh, denn als sie unten war, hörte sie, wie im Erdgeschoss eine Tür krachend aufschlug.

Pia atmete bewusst langsam aus und ein, um sich zu beruhigen. Die Idee mit dem Sicherungskasten war unsinnig. Jansen kannte sich hier viel besser aus als sie. Er wusste, wo sich die Taschenlampen befanden. Er würde bestimmt nicht so unvernünftig sein, einfach herunterzukommen, um die Sicherungen wieder einzudrehen, sollte das Licht oben ausgehen. Er wäre vorgewarnt.

Ohne einen Laut zu verursachen, ging Pia weiter in Richtung der Arrestzellen. Sie betrat den Vorraum, in dem grell das Deckenlicht brannte. Ihr Blick fiel in die linke Zelle. Fabian Ruschke stand ans Gitter gelehnt da. Er starrte sie überrascht an, öffnete den Mund, um etwas zu sagen, doch Pia schüttelte den Kopf und legte den Zeigefinger auf die Lippen. Ruschke nickte. Er fixierte sie aus geröteten Augen. Dann bewegte er leise, aber demonstrativ die Arme, und sie sah, dass er mit Handschließen ans Gitter gefesselt worden war.

Was sollte das? Das entsprach nicht den Vorschriften. Es war noch ein Punkt, der gegen Jansen sprach. Pia hörte ein Stöhnen und ein unheilvolles Schleifgeräusch aus Richtung der Treppe, das schnell näher kam. Sie verbarg sich hinter einem Aktenschrank und bedeutete Ruschke nochmals, sich ganz still zu verhalten und sie nicht zu verraten. Der nickte wieder. Das Versteck war nicht sonderlich gut. Mit ein klein wenig Glück würde sie zwar nicht sofort entdeckt werden, doch sie konnte von hier aus auch nicht sehen, was im Vorraum vor den Arrestzellen geschah. Bisher wusste Jansen vermutlich nicht, dass sie hier war. Noch hatte sie den Vorteil der Überraschung auf ihrer Seite. Pia hob ihre Pistole vor die Brust, presste sich an die Wand und wartete.

Das schleifende Geräusch wurde lauter. Dazu war schweres Atmen zu vernehmen, gefolgt von einem dumpfen Laut, als fiele ein Körper zu Boden. Pia bekam eine Gänsehaut. Jansen war ihr nun so nah, dass sie seinen Schweiß riechen konnte.

36. Kapitel

Holger Jansen ächzte und murmelte etwas vor sich hin. Was tat er da? War Dana in Gefahr? Da die Arrestzellen dieses Polizeireviers durch Gitter vom Vorraum abgetrennt waren, konnte Fabian Ruschke sehen, was dort passierte. Und Pia hatte Blickkontakt mit Ruschke. Als er Pia mit hochgezogenen Brauen intensiv anblickte und ganz leicht nickte, trat sie entschlossen vor.

»Stopp! Hände hoch! Ich richte meine Waffe auf dich!«, rief sie laut.

Holger Jansen stand über Dana Bremer gebeugt da, die reglos zu seinen Füßen lag. Auch ihre Handgelenke waren mit Handschließen gefesselt. Eine ungeheure Wut erfasste Pia. Sie waren Kollegen, sie alle drei. Was immer er vorhatte, es war ungeheuerlich!

Holger Jansen hob rasch den Kopf. Er sah Pia in die Augen. Sein Gesicht verzog sich vor Schreck und kurz darauf auch vor Wut.

»Nimm sofort die Hände hoch! Ich habe keine Skrupel, auf dich zu schießen!«, stieß sie hervor.

Ehe sie sich's versah, hielt er Dana Bremer seine Pistole an den Kopf. »Das würde ich lieber sein lassen, wenn die liebe Dana das hier überleben soll«, entgegnete er. »Ich drücke sofort ab. Wenn du keine Skrupel hast, auf mich zu schießen«, er lachte auf, »dann habe ich schon lange keine mehr.«

»Es ist aus, Jansen. Die Kollegen sind informiert. Alle sind auf dem Weg hierher.«

»Ach, wirklich?« Er grinste boshaft. »Du bist doch für deine Alleingänge bekannt. Und selbst wenn: Das dauert noch, bis die da sind – bei der Suppe da draußen. Hast du nicht den Verkehrsfunk gehört? Zwischen hier und Lübeck gab es reihenweise Unfälle.« Er stieß Dana mehrmals mit dem Fuß an.

Sie zuckte und stöhnte, öffnete die Augen und blinzelte orientierungslos.

»Komm hoch, Schätzchen!« Jansen zerrte an ihr, bis sie erst kniete und dann wankend vor ihm stand. Gott sei Dank lebte sie und war einigermaßen bei Bewusstsein! Doch die Pistole befand sich weiterhin an ihrer Schläfe.

»Du kommst hier nicht mehr raus, Jansen. So machst du es nur noch schlimmer«, sagte Pia.

»Schlimmer geht es sowieso nicht mehr!«, stieß er hervor. »Und es ist alles eure Schuld! *Deine* Schuld!« Die Pistole schwenkte kurz zu ihr, zielte ihr zwischen die Augen.

Pia blickte in die Mündung der Waffe. Die Erkenntnis, dass er genau jetzt abdrücken und ihrem Leben ein Ende setzen konnte, durchfuhr sie eiskalt. Felix!, dachte sie panisch. Das durfte nicht sein! Er sollte nicht allein bleiben. Doch da ist auch noch Marten, schoss es ihr durch den Kopf. Er würde sich gut um ihren gemeinsamen Sohn kümmern. Eine seltsame Ruhe überkam Pia. Sie blieb einfach stehen. Jansen konnte sie treffen, wenn er es wirklich wollte. In dem kleinen Raum gab es kein Entkommen.

»Du kannst aber auch nicht lockerlassen, was?«, fragte Jansen sie böse. Es schien ihn zu ärgern, dass sie so gefasst dastand.

»Lass Dana gehen. Das ist etwas zwischen uns beiden.«

»Dana brauche ich noch.«

»Wenn du sie gehen lässt, ist das nur zu deinem Vorteil«,

erwiderte Pia. »Das wird zu deinen Gunsten berücksichtigt werden.«

Wieder das unheimliche Auflachen. »Niemand hilft einem. Hast du das noch nicht gelernt? Besonders dann nicht, wenn man elf Jahre alt ist und die Mutter vom Vermieter vergewaltigt wird. Immer und immer wieder. Jahrelang. Mich hat er auch verprügelt. Nur deswegen hat sie sich um den Verstand gesoffen. Aber hat das jemanden interessiert? Nein! Niemanden! Hättet ihr mich hier einfach mein Ding machen lassen, du und die anderen, dann müsste ich das jetzt nicht tun. Burkhard Schönfeld hatte den Tod mehr als verdient. Und Linn ebenso.«

»Wieso Linn Aubach?«, fragte Pia.

»Die war als seine Anwältin doch sein Mietmaul. Wenn mal einer gegen ihn aufgemuckt hat, hat sie ihn rausgehauen. Ich war so ein Idiot: Ich habe mich ihr anvertraut, ihr gesagt, was Schönfeld meiner Mutter und mir angetan hat. Was glaubst du, was sie gesagt hat? Sie meinte, es sei doch schon so lange her, ich solle es einfach vergessen.« Sein Auflachen klang jetzt eher wie ein Weinen. »Vergessen? Als könnte man so etwas je vergessen! Sie wollte mir partout nicht helfen, gegen ihn vorzugehen. Im Gegenteil. Sie hat mich sogar ausgelacht. Gesagt, ich sollte langsam mal über diese alte Geschichte hinwegkommen. Und da sie leider von meinem Hass auf Schönfeld wusste, war sie eine Gefahr für mich. Sie hätte mich verraten können. Also musste sie auch sterben. Linn hatte es ebenso verdient.«

Jansen hielt seine Pistole nun wieder an Dana Bremers Schläfe gepresst. Er verlor mehr und mehr die Nerven. Das sah Pia an den Bächen von Schweiß, die ihm über das Gesicht liefen, an dem Zittern seiner Hand. Sie hörte es an seiner sich überschlagenden Stimme.

»Bitte, Holger!«, wisperte Dana.

»Ich knall sie ab, wenn du nicht abhaust, Pia. Schieb mir deine Pistole rüber. Aber langsam. Ich will alles sehen.« Seine Finger am Abzug krümmten sich leicht. Er war wie von Sinnen. Jansen könnte sogar, ohne es zu beabsichtigen, den Druckpunkt überschreiten.

»Schon gut!« Pia tat, was er gesagt hatte. Ihre Pistole schabte über die Tischplatte. Jansen beugte sich vor und steckte sich die Waffe mit der Linken in den Hosenbund. »Was hattest du überhaupt vor?«, fragte Pia ihn, nur um Zeit zu gewinnen.

Er war zu eitel, zu sehr von sich überzeugt, um sich die Chance entgehen zu lassen, mit seinem Plan anzugeben. »Ich hätte gesagt, Fabian Ruschke, unser ›Beschuldigter‹, hätte Dana in der Zelle angegriffen und ihr die Waffe abgenommen. Das hätte auch die Beule an ihrem Kopf erklärt, die ich ihr verpasst habe. Sie war einfach unvorsichtig. Und dann hätte er erst sie und danach sich selbst erschossen. Der liebe Ruschke konnte es nicht ertragen, dass aus ihm ein Mörder geworden war, dem eine lebenslange Haftstrafe drohte. Da wollte er lieber sofort Schluss machen. Und das alles wäre so schnell gegangen, ich hätte einfach nichts tun können.«

»Das hätte man dir niemals abgekauft.«

»Natürlich hätte man das!«, schrie er Pia an. Der Lauf der Pistole deutete abwechselnd auf Dana und auf sie.

Was hatte er nun vor? Jansen konnte versuchen, die Geschichte von der unglückseligen Schießerei in der Zelle auf drei Personen auszudehnen: Dana, Ruschke und sie. Nicht, dass er später je damit durchkommen würde. Doch sein von Panik und Hass umnebelter Verstand könnte ihm das durchaus vorgaukeln. Er dachte nicht mehr rational. Das machte ihn so gefährlich.

»Was guckst du so? Ich gehe niemals ins Gefängnis. Ich bin Polizist!«, schrie er sie an. »Weißt du nicht, wie sie mit Polizisten dort verfahren?!«

»Aber Dana hat dir doch nichts getan. Lass sie gehen! Nimm mich als Geisel.«

»Nein, Dana kommt mit mir, und zwar so lange, wie ich sie brauche.«

Danas Augen weiteten sich vor Schreck. Sie zerrte an den Handschließen. Sie war anscheinend wieder voll bei Bewusstsein und bekam alles mit.

»Ich würde ja gern noch mit dir plaudern, Pia, aber wir müssen jetzt gehen.« Jansen packte Dana fester und verließ, seine Kollegin wie einen Schutzschild vor sich haltend, den Raum vor den Arrestzellen. Er sah so aus, als würde er, ohne zu zögern, abdrücken, wenn sie sich ihm näherte. Daran, Pia mit in Ruschkes Zelle einzuschließen, dachte er nicht. Er wusste wohl auch, dass die Zeit drängte. Trotz des Nebels und des Verkehrschaos könnte sehr bald Verstärkung eintreffen.

Pia musste mit ansehen, wie er mit Dana als Geisel um die Biegung des Flurs herum verschwand. »Bleib, wo du bist, sonst ist sie tot!«, schrie er sie nochmals an.

Als er weit genug entfernt war, zog Pia ihr Handy hervor. Sie rief Rist an. »Wo zum Teufel bleibt ihr? Jansen verlässt mit Dana als Geisel das Gebäude«, flüsterte sie.

»Wir mussten runter von der Autobahn. Da sind ein paar Wagen aufeinander aufgefahren. Wir kommen jetzt über die Landstraße.« Rist klang hochgradig genervt.

Pia schilderte ihm kurz, was passiert war. »Wie lange braucht ihr noch?«

»Zehn bis zwölf Minuten.«

Pia stöhnte auf. »Das dauert zu lange!« Bis dahin war Jansen sonst wohin verschwunden! Ein durchgeknallter Polizist, der nichts mehr zu verlieren hatte, mit einer Kollegin als Geisel und bewaffnet mit zwei Pistolen.

Im Kellerflur des Polizeireviers war niemand mehr zu sehen. Pia hatte nicht gehört, dass die Tür nach oben zugeschlagen war. An Jansens Stelle würde sie auch versuchen, über die Kelleraußentreppe zu entkommen. Der Vordereingang lag zu sehr wie auf dem Präsentierteller.

»Hallo«, rief Fabian Ruschke drängend. »Helfen Sie mir. Machen Sie mich los!«

Pia zuckte zusammen. Sie hatte Ruschke in der Arrestzelle kurzzeitig vergessen. Sie schüttelte stumm den Kopf. Er musste noch eine Weile dort bleiben, wo er war.

Sie lief die Treppe hinauf, den Flur entlang in den Wachraum. Er lag hell erleuchtet, aber menschenleer da. Eines der Telefone blinkte. Pias Blick fiel auf den Waffenschrank im Hintergrund, doch sie besaß dafür keinen Schlüssel. Sie konnte sich keine Ersatzpistole besorgen.

Wohin war Jansen mit Dana verschwunden? Pia lief zum Vordereingang hinaus und versteckte sich hinter der Lorbeerhecke. Auch wenn Jansen über die Kellertreppe geflohen war, führte ihn der Weg am Eingang des Polizeireviers vorbei. Mit Dana als Geisel hatte er wahrscheinlich nicht den schulterhohen Zaun überwunden. Sie musste ihm folgen, sonst verlor sie ihn. Doch wenn er sie sah, würde er auf sie schießen, um sie auszuschalten. Und Dana Bremer wäre ebenfalls in Lebensgefahr.

Pia lief durch die Pforte zur Straße. Trotz des Nebels konnte sie erkennen, dass der Streifenwagen nach wie vor als einziger Wagen auf dem Parkplatz vor dem Polizeirevier stand. Jansen hatte ihn nicht als Fluchtfahrzeug benutzt. Pia hatte auch kein weiteres Auto starten gehört. Demnach war er anscheinend zu Fuß auf der Flucht.

Weit würde er so nicht kommen. Vor allem nicht, wenn er auch noch seine Kollegin gegen ihren Willen mitnahm. Es sei denn, er hatte irgendwo in der Nähe einen Wagen für sich bereitgestellt. Ein Plan B, falls Plan A, alles Fabian Ruschke in die Schuhe zu schieben, nicht funktionieren sollte.

Wohnte Jansen eigentlich in Stüvensee? Er könnte auch auf dem Weg nach Hause sein, um sich dort zu verbarrikadieren oder um seinen Privatwagen zu holen. Das eine Vorhaben klang so aussichtslos wie das andere. Doch ein verzweifelter Mensch griff nach jedem Strohhalm.

Pia tastete sich vor ins Nichts. Da Jansen auf der Flucht kaum die Chaussee entlanglaufen würde – sie würde das an seiner Stelle jedenfalls tunlichst vermeiden –, bog sie nach links. Sie wusste, dass die Straße in einem Bogen bergab zu einem Schulzentrum führte. Linker Hand sah sie schemenhaft die erleuchteten Fenster zweier Häuser, rechts konnte sie kaum mehr erkennen als die milchige Aura einer Straßenlaterne unter einem Baum. Und weiter hinten noch eine. Dahinter lagen ein Teich und eine Art Wildnis. Sehen konnte Pia die Umgebung nicht. Der Nebel hatte alles verschluckt.

Holger Jansen hatte sie aus der Kellertür hinaus- und die Treppe hinaufbugsiert. Dana Bremer fürchtete, dass ihr Horrortrip noch nicht so bald zu Ende sein würde. Sie hatte gehofft, das Polizeirevier wäre längst umstellt. Die Hoffnung hatte sich nicht erfüllt.

Nun stolperte sie mit einer Pistole im Rücken durch dichten Nebel. Sie versuchte, sich zu orientieren. Dana Bremer war diese Straße schon entlanggefahren und auch -gegangen, als es mal Probleme in der Schule gegeben hatte. Doch Jansen drängte sie nach rechts, wo sich ihres Wissens nur eine Wiese und Bäume befanden. Sie stolperte über unebenen Untergrund. Zweige streiften sie, Dornenranken zogen an ihren Hosenbeinen. Weglaufen war zwecklos, selbst im Nebel. Jansen war nicht nur gut in Form, er war auch ein hervorragender Schütze. Und das Schlimmste war, dass er anscheinend nichts mehr zu verlieren hatte. Aber Dana Bremer wollte nicht sterben! Nicht so, nicht heute und nicht hier.

Sie schrie auf, als sie mit dem Fuß an einer Baumwurzel hängen blieb, strauchelte und im nassen Gras landete.

»Los, aufstehen!«, zischte er und zerrte sie hoch.

»Wo willst du überhaupt hin?«

»Halt die Klappe. Lauf lieber!« Seine Stimme war vor Stress verzerrt.

»Ich kann nicht mehr.« Sie blieb stehen, beugte sich vornüber und keuchte. Es war keine Show. Die Panik schnürte ihr die Luft ab, und ihr dröhnte der Kopf bei jedem Schritt, den sie vorwärtshastete, mehr.

»Dana, ich verletze dich nur ungern, aber glaub mir, ich schieße auf dich, wenn du nicht tust, was ich dir sage. Also setz dich in Bewegung, und halt den Mund!« Sie spürte den Lauf der Pistole, der zwischen ihre Schulterblätter stieß.

Das Gelände wurde noch unwegsamer und ging nun leicht bergan. Das Wäldchen grenzte an ein Feld, erinnerte sie sich. Der Acker lag links neben der Landstraße, hinter einer Reihe von Einfamilienhäusern. Wenn man dort weiterfuhr, kam man zum Klärwerk und zu Gebäuden der Freiwilligen Feuerwehr. Hatte Jansen dort irgendwo ein Auto abgestellt? Wenn sie mit ihm in ein Fluchtfahrzeug steigen musste, war sie so gut wie tot. Also besser nicht dort ankommen!

Dana Bremer ging vor Jansen am Feldrand entlang, keuchte und stolperte beinahe bei jedem Schritt. Sie stieß mit dem Schienbein gegen einen heruntergefallenen dickeren Ast und stieg so unauffällig wie möglich darüber hinweg.

»Dahinten sind Leute«, sagte sie. Sie deutete mit dem Kopf in Richtung Straße, um Jansen von dem Hindernis abzulenken.

»Da ist niemand«, gab er zurück. Sie hörte einen überraschten Schrei und dann Jansens Aufprall auf den Boden.

Dana rannte los. Sie schlug Haken, doch sie sah so gut wie nichts. Sie konnte jeden Moment selbst an etwas hängen bleiben und stürzen oder gegen einen Baumstamm prallen. Noch ein paar Meter, dann würde der Nebel sie verschlucken … Dann hatte sie es geschafft!

Ein Schuss ertönte. Und noch einer. Ein Schlag traf sie hart in der Schulter und riss sie herum. Den wahnsinnigen, brennenden, alles übertönenden Schmerz und das warme Blut fühlte sie erst, als sie auf dem Ackerboden lag.

37. Kapitel

Schüsse durchschnitten den Nebel. Pia warf sich instinktiv zu Boden. Sie verortete das Geräusch irgendwo ein Stück vor sich. Zwar glaubte sie nicht, dass die Kugeln ihr gegolten hatten. Doch was war mit ihrer Kollegin?

Sie zog ihr Telefon hervor. »Rist, hier sind zwei Schüsse gefallen. Ich bin in dem Wäldchen an der Schule, ein Stück hinter dem Polizeirevier. Wo zum Teufel bleibt ihr?«

»Wir sind sofort da. Wo sind Jansen und die Geisel?«

»Etwa fünfzig Meter vor mir.« Sie hoffte, dass Dana noch lebte.

»Wir riegeln gerade die Straßen um Stüvensee ab. Der entkommt uns nicht. Bleib du, wo du bist!«

Ha, ha! Pia erhob sich. Dana Bremer war womöglich verletzt und brauchte ihre Hilfe. Außerdem würde sie Holger Jansen, wenn sie ihm weiter folgte, hoffentlich direkt in die Arme der Kollegen treiben.

Seine Bereitschaft, tatsächlich zu schießen, hatte den Einsatz noch einmal erhöht. Sie tastete sich vorwärts, lauschte auf jedes Geräusch. Nach einiger Zeit vernahm sie ein leises Wimmern.

»Dana?«, wisperte sie.

»Aaau … Hier!«

Sie fand ihre Kollegin am Boden liegend vor. »O Gott, Dana, bist du getroffen?«

»Ist … ist er noch hier?«

»Ich denke nicht. Wo hat er dich erwischt?«

»Verdammt, tut das weh! Da.« Sie deutete mit ihren gefesselten Händen zu ihrer rechten Schulter.

Pia fühlte etwas Warmes, Feuchtes, das höchstwahrscheinlich Blut war. Wut flammte in ihr auf. Jansen hatte ihre Kollegin angeschossen! »Ich muss kurz Licht machen.« Pia schaltete die LED-Leuchte ihres Handys an, schirmte sie mit der Hand ab, so gut es ging. Dana war in die Schulter getroffen worden. Knapp unterhalb des Schlüsselbeins, wie es aussah. Es musste höllisch wehtun, aber es waren hoffentlich keine großen Blutgefäße verletzt. Pia streifte eilig ihre Jacke ab, zog ihr Shirt über den Kopf und presste es auf die Wunde.

Dana Bremer stöhnte auf.

»Kannst du es einen Moment selbst so halten?«

»Meine Hände!«

Pia erinnerte sich an die Handschließen. Sie legte Dana sanft auf den Boden zurück, führte ihre Hände zu ihrer Schulter. »Drück den Stoff fest an. Hörst du? Ich rufe Hilfe.« Pia zog ihr Telefon wieder hervor. Das Display leuchtete auf. Es war blutverschmiert. Sie rief zuerst den Rettungsdienst, dann ihren Vorgesetzten an.

Nach etwa zehn Minuten sah Pia durch den Nebel hindurch Blaulicht. Sie hatte sich wieder die Jacke übergezogen und leuchtete mit dem Handy, um auf sich aufmerksam zu machen. Wenige Minuten später hatten Rettungskräfte den Weg zu Dana und ihr auf das Feld gefunden.

Nachdem ihre Kollegin stabilisiert worden war, folgte Pia den Rettungsassistenten und dem Notarzt mit der Trage bis zum Krankenwagen auf dem Schulgelände. »Wie ernst ist es?«, fragte sie leise.

»Keine Sorge. Sie hatte wohl noch Glück im Unglück. Wir passen gut auf sie auf. Wie heißt sie?«

»Dana Bremer. Die Wunde hat stark geblutet. Schafft sie es? Wird sie ihren Arm wieder bewegen können?«

Der Rettungsassistent legte Pia eine Hand auf den Oberarm. »Es war gut, dass Sie sofort bei ihr waren. Nun kümmern wir uns um Ihre Kollegin. Sie wird bestens versorgt.« Damit schlossen sich die hinteren Türen des Ambulanzfahrzeugs mit einem Knall hinter Patientin und Notarzt. Die übrige Besatzung sprang vorn hinein, und der Wagen jagte los. Das Blaulicht erhellte kurz den Nebel, wurde aber wie die Rücklichter und das erleuchtete Fahrzeug schnell von Dunst und Dunkelheit verschluckt.

Pia stand wie betäubt da. War sie noch rechtzeitig bei ihrer Kollegin gewesen? Hatte sie alles richtig gemacht? Es war so schnell gegangen.

Ein Wagen hielt mit quietschenden Reifen ganz in der Nähe. Aus dem Nebel tauchte eine vertraute Gestalt vor ihr auf. »Pia, ist mit dir alles okay?«, fragte Marten.

»Mir geht es gut. Doch meine Kollegin … Sie wurde angeschossen!«

»Ist sie gerade mit dem Rettungswagen weggebracht worden?«

»Ja. Ich hoffe, sie trägt keine bleibenden Schäden davon.«

Marten nahm Pia fest in den Arm. »Ich weiß, dass du getan hast, was du konntest. Der Rest liegt nicht mehr in deiner Hand.«

Der Platz neben der Schule füllte sich langsam mit Fahrzeugen.

»Wie hast du mich überhaupt so schnell gefunden?«, wollte Pia wissen. Sie machte sich von ihm los, weil sich nun weitere Kollegen näherten.

»Ich wusste, ich finde dich dort, wo die meiste Action ist«, sagte Marten.

»Rist wird mir den Kopf abreißen. Ich sollte vor dem Polizeirevier warten.«

»Das ist doch nichts Neues.« Er betrachtete sie. »Das mit dem ›Kopf abreißen‹ meine ich. Ohne das fehlt ihm was. Ist wirklich alles in Ordnung, Pia? Du bist nicht verletzt oder angeschossen oder so? Du zitterst.«

Pia zog die Jacke fester um sich. »Mir ist nur kalt. Ich habe mein Shirt als Wundkompresse benutzt.«

Wortlos legte Marten ihr seine Jacke zusätzlich um die Schultern.

Holger Jansen wurde von Pias und Danas Kollegen am Klärwerk in Empfang genommen. Als er das Aufgebot an Polizeikräften sah, das ihn erwartete, ließ er sich widerstandslos festnehmen.

Vicky Bruhns legte das schmutzige, mit Blut befleckte Laufshirt, das sie aus dem Karton mit den Campingsachen gezogen hatte, auf den Tisch.

Ole, der gerade mit zwei Bechern Kaffee in den Händen zu ihr kam, stutzte. »Wo hast du das denn her?«

»Was denkst du?«

»Was soll das? Ich verstehe das nicht.« Er setzte sich auf den Stuhl ihr gegenüber.

»Wirklich nicht?« Sie spürte, wie ihr Gesicht warm wurde. »Ich habe es aus dem Müll gefischt.«

»Warum ist der nicht längst abgeholt worden? Ich habe es doch unter …« Er presste die Lippen zusammen.

»Du hast es extra versteckt, nicht wahr? Unter einem Karton, der eigentlich nicht dort hineingehörte.«

»Bist du jetzt neuerdings bei der Müll-Polizei?«

»Warum hast du dieses Shirt vor mir versteckt?« Die Frage rutschte ihr aufgrund seines Tonfalls heraus. Doch so nahm das Gespräch mit ihrem Mann eine Richtung an, die sie nicht beabsichtigt hatte.

»Ich habe es nicht versteckt, sondern weggeworfen.« Er nahm es hoch. »Siehst du, hier? Es ist kaputt, zerrissen und voller Flecken. Ich dachte, es sei nicht mehr zu retten. Oder möchtest du es gerne flicken? Bist du neuerdings darauf aus, hausfrauliche Tätigkeiten zu verrichten? Ich hätte nichts dagegen, mal ein bisschen entlastet zu werden.«

Immerhin redeten sie endlich einmal wieder miteinander. Auch wenn es nicht erfreulich war. Vicky Bruhns versuchte, das Positive zu sehen. Das hatte sie sich im Zuge eines Selbstoptimierungsprogramms fest vorgenommen. Sie atmete tief durch, um sich zwischen Reiz und Reaktion zum Nachdenken zu zwingen. »Ich verstehe das«, sagte sie äußerst kontrolliert, wie sie fand. »Ich habe dir in letzter Zeit etwas zu viel von unserem Alltagskram aufgehalst. Das tut mir leid, und das werden wir ändern. Trotzdem möchte ich wissen, warum du dieses Shirt versteckt hast. Ich dachte …«

»Was dachtest du?«

Klang Ole etwa drohend? »Ich musste ja annehmen, dass du vielleicht etwas mit Burkhards Tod zu tun hast«, stieß sie unbehaglich hervor.

Er rückte ein Stück vom Tisch ab und starrte sie an.

»Was sollte ich denn sonst denken?«, verteidigte sie sich.

»Du ziehst wirklich seltsame Schlüsse, Vicky. Dachtest du tatsächlich, ich könnte einen Mord begangen haben? Und dann so blöd sein, ein blutbeflecktes Shirt in unserer Mülltonne zu entsorgen?«

»Nein, also, nicht wirklich, aber … Es war alles so seltsam. Ich wusste nicht, was ich denken soll. Du hast neuerdings Geheimnisse vor mir. Damit kann ich schlecht umgehen.«

Er trank vollkommen ruhig seinen Kaffee. »Da ist was dran.«

Vicky Bruhns wurde eiskalt. Sie hatte wohl gehofft, dass er es abstreiten würde. Oles Bereitschaft, es einfach so zuzugeben, konnte nur bedeuten, dass er dies hier als Überleitung zu einem ganz anderen Thema nutzen wollte. Dazu war sie nicht bereit! Am liebsten wäre sie rausgerannt, wie die Kinder es manchmal taten, und hätte ihre aufgewühlten Emotionen auf dem Trampolin abgearbeitet. Nur, dass sich das Springen auf dem Ding in ihrem Alter so anfühlte, als sortierten sich ihre Organe neu. »Bitte!« Sie hob abwehrend die Hand. »Ich will es gar nicht hören.«

Nun beugte er sich vor. »Aber du musst es irgendwann hören, Vicky. So, wie es zwischen uns läuft, kann es doch nicht weitergehen.«

»Hattest du was mit dieser Linn?«, fragte sie mit zittriger Stimme. »Hast du dich mit ihr getroffen?«

»Was? Das glaubst du? Nein, hatte ich nicht. Ich habe nicht mal daran gedacht. Linn war nicht mein Typ.«

»Und wer ist es dann?«

»Niemand. Keine andere Frau. Das ist nicht das Geheimnis. Willst du wissen, warum ich das Shirt vor dir versteckt habe?«

Sie nickte, weil sie ihrer Stimme gerade nicht traute.

»Ich bin beim Training gestürzt, und ich habe das zerrissene Shirt vor dir verborgen, weil es mir peinlich war. Es war mir peinlich, beim Lauftraining wie ein Kind einen Hang hinuntergepurzelt zu sein. Es war mir peinlich, dass mir danach alles wehtat – wie einem Hundertjährigen, der dem Jugendwahn verfallen ist. Und es war mir extrem peinlich, dass ich schon wieder dein Geld verschwendet und etwas kaputtgemacht hatte.«

»Was?«

»Du hast mich schon verstanden.«

»Nein. Ich verstehe das nicht. Das war das Geheimnis?«

»Oh, ich hatte noch mehr. Ich habe zum Beispiel einen neuen Gaming-Computer bestellt.«

»Ja und?«

»Aber stell dir vor: Ich wollte ihn nicht bei uns zu Hause anliefern lassen. Ich hatte Angst vor deiner Reaktion.«

»Das glaube ich dir nicht, Ole.«

»Doch, das solltest du besser tun«, erwiderte er grimmig.

»Als könnte ich mir erlauben, über dich zu urteilen. Wir machen das hier doch gemeinsam.«

»Aber es fühlt sich gerade nicht so an.«

Sie starrte auf ihren noch vollen Kaffeebecher. Normalerweise gab sie drei Löffel Zucker hinein, doch ihr war gerade nicht danach. Sie fühlte sich elend bei der Erkenntnis, was alles schiefgelaufen war. »Warum hast du mir nicht erzählt, dass du dir einen neuen Computer bestellt hast?«

»Was hättest du denn dann gesagt?«

Sie hob die Schultern. »Vermutlich hätte ich dich gefragt, ob das wirklich notwendig ist, was das Ding kostet, wie wir das bezahlen sollen und und und …«

»Genau.« Ihre Ehrlichkeit entlockte ihm immerhin ein schwaches Lächeln.

»So bin ich nun mal. Eine Krämerstochter durch und durch. Erinnere mich doch bitte das nächste Mal daran, dass ich gar nicht so sein will.«

»Und ich brauche den neuen Computer eigentlich gar nicht so dringend. Wahrscheinlich hatte ich nur das Gefühl, hier ständig zu kurz zu kommen. Alle kriegen andauernd irgendwas, nur ich nicht.« Er schüttelte den Kopf. »Vicky, das wollte ich dir schon länger erzählen: Ich möchte für das *Tough Mudder*-Rennen in England trainieren.«

»Was? Für dieses hirnlose Rennen durch den Matsch? Untersteh dich!«

Er sah sie verwirrt an.

»Das war ein Scherz, Ole. Ich mag es, dass du so sportlich bist.«

»Das hast du mir noch nie so gesagt.«

»Tut mir leid. Ich weiß. Ich bin wohl neidisch, weil ich den Hintern nie hochbekomme. Typisch Arzt: rauchen, trinken, ungesund essen ... und den Patienten dringend zu einem anderen Lebensstil raten.«

Er lächelte. »So schlimm bist du nun auch wieder nicht.«

»Verzeihst du mir?«, fragte sie.

»Unter einer Bedingung.«

»Und die wäre?«

»Heute Abend läufst du eine Runde mit mir mit.«

Sie verzog entsetzt das Gesicht. »Was? Vielleicht wäre es mir dann doch lieber, wenn du mir einen Mord verheimlicht hättest.«

38. Kapitel

»Wie geht es unserer Kollegin Dana?« Broders saß Pia an diesem Freitagnachmittag in ihrem gemeinsamen Büro im Polizeihochhaus gegenüber. Er hatte wegen seiner Rückenbeschwerden das große Finale in Stüvensee verpasst und war ein paar Tage krank geschrieben gewesen.

»Ich habe sie vorhin im Krankenhaus besucht. Die Ärzte sagen, sie wird sich höchstwahrscheinlich wieder vollständig erholen. Dana hat Glück gehabt.«

»Glück im Unglück«, erwiderte Broders und seufzte erleichtert.

Im Dienst absichtlich von einem Kollegen angeschossen zu werden … So ganz konnte Pia die Ereignisse immer noch nicht begreifen. Sie hatte ein schlechtes Gewissen deswegen. Was wäre passiert, wenn sie ihre Kollegin nicht eingeweiht hätte? Wäre Dana Bremer in dem Fall vielleicht gar nichts passiert? Dass Jansen dann möglicherweise auch noch Fabian Ruschke ermordet hätte, wie er es geplant hatte, war nur ein schwacher Trost.

»Ich verstehe immer noch nicht ganz, warum Holger Jansen es erst jetzt getan hat. Warum diese späte Rache?«, fragte Broders.

Pia sah aus dem Fenster des Besprechungsraums. Die Sonne strahlte vom Himmel und ließ die Ereignisse im Polizeirevier von Stüvensee und in dem Wäldchen unwirklich erscheinen. »Die Ereignisse, die dazu geführt haben, liegen drei Jahrzehnte zurück. Es ist schwierig, nach so langer Zeit noch herauszufinden, was damals wirklich passiert ist. Aber ich habe ja mit der Gemeindeschwester Uta Moor gesprochen, die ausgesagt hat, dass auch Holger Jansens Mutter viele Jahre von Burkhard Schönfeld sexuell ausgebeutet wurde. Sie dachte allerdings fälschlicherweise, es sei der Hausverwalter, nicht der Vermieter gewesen.«

»Nicht jeder kann sich so wehren wie Manuela Fock.«

»Jansens Mutter war alleinerziehend, arbeitslos und hatte wohl auch ansonsten jede Menge Probleme«, fügte Pia hinzu. »Burkhard Schönfeld hat ihre Schwierigkeiten ausgenutzt, um ihr seinen Willen aufzuzwingen.«

»Er hat bestimmt absichtlich Frauen in solchen Lebenssituationen als Mieterinnen ausgewählt. Frauen in einer Notlage waren seiner Meinung nach wohl leichte Opfer für sexuelle Übergriffe«, ergänzte Broders.

Pia nickte mit düsterer Miene. »Holger Jansen behauptet, Burkhard Schönfeld habe seine Mutter regelmäßig in ihrer eigenen Wohnung vergewaltigt. Immer donnerstagsabends soll er zu ihr gekommen sein. Schönfeld habe seiner Mutter damit gedroht, sie vor die Tür zu setzen, wenn sie das nicht mit sich machen lässt. Oder falls sie jemandem davon erzählt. Burkhard Schönfeld hat sowohl psychische als auch körperliche Gewalt ausgeübt, um von ihr zu bekommen, was er wollte. Frau Jansen war oder wurde irgendwann in dieser Zeit alkoholkrank. Holger Jansen hält Schönfeld dafür verantwortlich. Er hat sehr darunter gelitten. Außerdem hat Burkhard Schönfeld wohl auch ihn geschlagen.«

»Ich kann ja vielleicht noch nachvollziehen, warum seine Mutter ihren Peiniger nicht angezeigt hat. Aber warum hat Jansen selbst es nicht getan, als er älter wurde? Da wird man doch nicht gleich zum Mörder … Er hat sein Opfer mit einem Spaten erschlagen«, sagte Broders verständnislos.

»So genau werden wir das wohl nie wissen. Vielleicht wollte er es nicht gegen ihren Willen tun. Und wem hätte man wohl geglaubt? Dem angesehenen Bürger und späteren Bürgermeister oder dem Sohn der arbeitslosen Alkoholikerin?«

»Trotzdem … ein Spaten?«, beharrte Broders.

»Jansen behauptet, es hätte damals niemanden interessiert, was seiner Mutter angetan wurde«, fuhr Pia fort. »Angeblich müsste der eine oder andere Nachbar etwas mitbekommen haben. Oder auch die Gemeindeschwester, die später regelmäßig kam. Selbst als Burkhard Schönfeld Holger Jansen verprügelt hat, sodass er sich wegen der Blutergüsse am Po in der Schule nicht auf seinen Stuhl setzen wollte … Selbst als die Lehrer das gesehen haben, ist noch nichts passiert. Niemand wollte sich einmischen. Irgendwann wurde Jansen dann doch noch in die Obhut einer Pflegefamilie gegeben. Aber das war wohl erst, als seine Mutter so alkoholkrank war, dass die Situation zu Hause unhaltbar wurde. Sie kam dann in ein Heim, und dort blieb sie bis zu ihrem Tod vor ein paar Monaten.«

»Aber noch mal: Warum hat Holger Jansen sich erst jetzt gerächt? Das ist doch alles schon Jahrzehnte her. Was war der Auslöser für den Mord?«, hakte Pias Kollege nach.

»Der Tod seiner Mutter war der Auslöser«, erklärte sie. »Ein Grund, auf ihr Ableben zu warten, könnte gewesen sein, dass seine Mutter sein Motiv hätte erraten können. Wir wissen übrigens noch nicht, ob Jansen auch bei dem Tod der Nachbarin Esther Fischer seine Hände im Spiel hatte. Dazu schweigt er bisher beharrlich, aber ich halte es für möglich. Sie könnte ja ebenfalls zu viel gewusst haben.«

»Vielleicht wollte Holger Jansen es seiner Mutter auch zu Lebzeiten nicht antun, ihretwegen einen Mord zu begehen. Jansen kennt die hohe Aufklärungsquote bei Tötungsdelikten so gut wie wir«, meinte Broders nachdenklich.

»Doch eigentlich gehen ja die meisten Täter davon aus, dass man ausgerechnet sie niemals überführen wird«, sagte Pia.

Broders nickte. »Mörder halten sich in der Regel für schlauer als die Polizei. Viel schlauer! Und Jansen hatte ja sogar genaue Kenntnisse von unseren Ermittlungen. Er war bei den Besprechungen dabei und wusste stets, wie wir vorgehen würden. Er hat selbst ›ermittelt‹. Allein das Beseitigen seines Schuhabdrucks am Teich, kurz bevor seine Kollegen kamen …«

»Diese fehlende Spur hätte uns eigentlich früher auffallen müssen, Broders. Alva Dohrmann hatte uns davon erzählt. Wir haben zu lange nichts gemerkt«, bestätigte Pia und schwieg einen Moment nachdenklich. »Ich mochte Jansen anfangs nicht sonderlich. Doch als er sich als motivierter, fähiger Kollege entpuppte, habe ich mein Bauchgefühl beiseitegeschoben. Ich wollte nicht, dass persönliche Antipathien die Arbeit belasten. Bis ich ihn dann sogar recht nett fand.« Sie schüttelte in der Erinnerung daran den Kopf.

»Holger Jansen kann gut mit Frauen umgehen. Das habe ich dir ganz zu Anfang gesagt«, erinnerte Broders Pia ein wenig oberlehrerhaft. »Zuletzt hat er Carmen Lebrecht angebaggert. Das wäre wohl auch noch etwas geworden, wenn ihr Sohn Krischan nicht gewesen wäre.«

Krischan Lebrecht war ein anderes Thema. Zum Glück nicht ihres, sondern das des Drogendezernats. Was Pia daran erinnerte, dass sie bei Gelegenheit noch mal mit Tilda Bruhns' Eltern reden wollte.

»Hat Jansen sich auch schon über den Mord an Linn Aubach geäußert?«, fragte Broders nach ein paar Sekunden des Schweigens.

»Ursprünglich hatte Jansen geplant, der Polizei sowohl ein Opfer als auch eine Täterin zu präsentieren: Wir sollten denken, dass Linn Aubach Burkhard Schönfeld erschlagen hat. Jansen wollte sie ursprünglich erschießen und behaupten, das wäre in Notwehr geschehen; sie hätte sich tätlich gegen ihre Festnahme gewehrt. Es hat ihr das Leben gerettet, dass sie nicht zu Hause war, als Jansen auf ihrem Grundstück Burkhard Schönfeld getötet hat.«

»Was sollte denn seinem ursprünglichen Plan zufolge Frau Aubachs Motiv gewesen sein?«

Pia krauste die Stirn. »Jansen kannte Linn Aubachs Temperament, aber auch ihre Ängste. Er hat ihr vorgespielt, in ihrem Haus beobachtet zu werden. Der vermeintliche Stalker war er selbst. Er hat ausgesagt, sich sogar an ihren Kois vergriffen zu haben, um Linn einzuschüchtern. Sie hat dieses ›Stalking‹ dann ja auch zur Anzeige gebracht.«

»Und Burkhard Schönfeld war angeblich dafür bekannt, dass er jedem Rock hinterhergeschaut hat«, sagte Broders.

»Genau. Jansen hat Schönfelds schlechten Ruf in Bezug auf Frauen ausgenutzt. Es sollte so aussehen, als wäre er der Stalker und Linn Aubach habe ihn auf frischer Tat in ihrem Garten ertappt und im Eifer des Gefechts mit einem Spaten erschlagen.«

»Und warum war Schönfeld spät abends überhaupt auf ihrem Grundstück?«, wollte Broders wissen. »Das hatte doch bestimmt mit dem mysteriösen Anruf zu tun. Wie wurde er dorthin gelockt?«

»Jansen hat ihn von einer anonymen Nummer aus angerufen. Er hat behauptet, Schönfelds Nichte Rosina Peters werde gerade von Linn Aubach in ihrem Haus verführt.«

»Wie bitte?«

»Linn Aubach hatte doch eine Liebesbeziehung zu einer Frau. Jansen wusste das und angeblich auch das halbe Dorf. Jedenfalls hat diese Behauptung Burkhard Schönfeld umgehend zu Linn Aubachs Haus getrieben«, erläuterte Pia. »Als Mordwaffe hat Jansen einen Spaten aus dem Gartenschuppen ausgewählt. So fand die Polizei nur Frau Aubachs Fingerabdrücke darauf. Und am nächsten Morgen war Jansen bekanntlich als Erster am Tatort. Doch entgegen seiner Erwartung traf er dort nicht Linn Aubach an, sondern die ihm unbekannte Alva Dohrmann. Und dann kamen wir …«

»Ein perfider Plan.«

»Vielleicht war der Zeitpunkt von Frau Aubachs Reise nach Italien nur ein Zufall«, fuhr Pia fort. »Oder sie war die Herumschleicherei auf ihrem Grundstück leid. Möglicherweise fühlte sie sich sogar bedroht und wollte deshalb weg. Das können wir sie nicht mehr fragen. Ebenso wenig, ob die Ähnlichkeit zwischen ihr und Alva Dohrmann Zufall war oder beabsichtigt.« Hatte die Anwältin ihre Mieterin wissentlich in Gefahr gebracht? Hatte sie als Stalker vielleicht einen wütenden Mandanten in Verdacht gehabt? Oder einen abgewiesenen Liebhaber? Das würden sie wohl nie erfahren.

»Mit ihrer Reise hat sie Jansens Plan zumindest teilweise zunichtegemacht«, stellte Broders befriedigt fest.

»Von diesem Zeitpunkt an musste er improvisieren. Die Frau, die er als Täterin präsentieren wollte, war gar nicht im Lande. Und die, die zu dem Zeitpunkt dort wohnte, hatte keine Verbindung zu seinem Opfer. Und sie hatte ihn sogar gesehen. Die weiße Gestalt, das war Jansen in einem Maleroverall.«

Broders nickte. »Er weiß natürlich, wie man Spuren vermeidet.«

»Jansen hat uns trotzdem zu lange auf falsche Fährten gelockt.« Pia seufzte.

»Hat er sich auch schon zu dem Mord an Linn Aubach geäußert?«, fragte Broders.

»Er sagte, dass er sie töten musste. Es sei ›Notwehr‹ gewesen.« Pia schnaubte. »Jansen hat an unseren Besprechungen teilgenommen. Daher wusste er, an welchem Tag wir die Anwältin aus Italien zurückerwarteten. Es gibt täglich einen Direktflug von Mailand nach Hamburg. Er konnte abschätzen, um wie viel Uhr sie zu Hause ankommen würde. Jansen könnte sie bei ihrer Rückkehr auf ihrem Grundstück erwartet und überwältigt haben. Als Polizist hatte er auch das nötige Equipment dazu«, schloss Pia bitter. »Aber so weit sind unsere Vernehmungen mit ihm bisher nicht.«

»Er hat sie ermordet und dann zu dem Strand gebracht?«

»Das wissen wir noch nicht genau. Einfacher wäre es gewesen, sie mit vorgehaltener Waffe zu zwingen, ihn in ihrem Wagen dorthin zu fahren. Sie erst dort umzubringen hätte ihm eine Menge Mühen und Unannehmlichkeiten erspart. Ihr Auto ist inzwischen übrigens in einer Nebenstraße in Grömitz aufgefunden worden.«

»Grässlich, wenn Polizisten zu Tätern werden«, sagte Broders. »Mindestens zwei Tote und so viele andere, die ihr Leben lang unter den Verbrechen leiden werden. Wie geht es Alva Dohrmann? Hast du noch etwas von ihr gehört?«

»Sie wird in Lüneburg weiter behandelt werden. Das Auffinden des Toten am Teich scheint bei ihr Erinnerungen an ein altes, nicht verarbeitetes Trauma geweckt zu haben. Sie hat als Kind ihren Vater tot im Gartenteich gefunden – und ihre Mutter hat ihr lebenslang Vorwürfe deswegen gemacht. Alva Dohrmann hat die Augen des Toten bedeckt, weil er sie ihrer Meinung nach vorwurfsvoll angestarrt hat … und sich kurz danach angeblich nicht mehr daran erinnert. Ihr psychischer Zustand ist wohl auch der Grund dafür, warum zwischen dem Auffinden der Leiche und ihrem Notruf relativ viel Zeit vergangen ist.« Pia hob die Hände. »Ich gebe nur wieder, was ich gehört habe.«

»Hast du auch schon mit Rosina Peters gesprochen?«, erkundigte sich Broders.

»Ja. Sie war sehr kooperativ.«

»Was hat sie zu Fabian Ruschkes Alibi gesagt?«

»Warum sie es torpediert hat, meinst du? Ruschke hatte sie angeblich beschworen, der Polizei gegenüber auszusagen, dass sie beide während der gesamten fraglichen Zeit zusammen waren. Dabei war er die meiste Zeit über allein im Hundezimmer und sie im Wohnzimmer.«

»Vermutlich hatte er Angst, wegen der drohenden Kündigung in den Fokus unserer Ermittlungen zu geraten«, überlegte Broders. »Sind die Welpen wirklich an jenem Abend geboren worden?«

»Es sieht so aus. Wer weiß, was Rosina Peters im Nebenzimmer fiepen gehört hat?«

»Weshalb hat sie sich umentschieden? Sie hatte dadurch ebenfalls kein Alibi mehr.«

Pia hob die Schultern. »Vielleicht ist ihr klar geworden, dass Fabian Ruschke kein Interesse an ihr hat, und sie fühlte sich gekränkt. Vielleicht wollte sie der Polizei auch nur die Wahrheit sagen.«

Broders nickte nachdenklich. »Glaubst du, ihr Onkel hat auch ihr etwas angetan?«, wollte er nach ein paar Sekunden wissen.

»Sie sagt, dass er sie nie mit irgendwelchen Hintergedanken angesehen oder angefasst hat. Er war angeblich manchmal grob und jähzornig und hatte sie auch hin und wieder mal am Arm gepackt, wenn er wütend war … Doch in sexueller Hinsicht habe er ihr nie etwas angetan.«

»Dann hoffen wir mal, dass es wahr ist.«

39. Kapitel

Pia zog ihr Telefon hervor. »Für heute ist alles erledigt, Marten. Ich bin hier fertig«, sagte sie.

»Dann folgt jetzt die Überraschung«, antwortete er gut gelaunt.

»Was ist das denn nun für eine Überraschung?«

»Wenn ich es dir jetzt schon erzähle, ist es ja keine mehr. Bist du im Polizeihochhaus?«

»Ja, ich hatte eben noch was mit Broders zu besprechen.«

»Dann komme ich zu dir. Es dauert aber noch eine Dreiviertelstunde, bis ich da bin.«

»Was hast du denn vor?«

»Lass dich doch einfach mal überraschen.«

»Das fällt mir schwer.«

»Das weiß ich.«

»Ich will dich nicht enttäuschen, doch ich kann noch nicht wieder ans Heiraten denken«, sprudelte es leicht atemlos aus Pia hervor. Sie errötete. »Nicht, dass ich annehme, dass das die Überraschung sein sollte …«

Sein Tonfall wurde ernst. »Auch das weiß ich.«

»Du bist nicht … enttäuscht?«

»Ich kenne dich mittlerweile zu gut, Pia. Meine Überraschung ist eine wirklich schöne.«

Eine Welle der Erleichterung darüber, nicht alles vermasselt zu haben, schwappte über sie hinweg. »Und ich habe keine Ahnung, worum es gehen könnte?«

»Ich denke nicht, nein.«

»Okay. Jetzt habe ich Angst«, erklärte sie halb im Scherz. Aber nicht ganz.

»Du und Angst?« Marten lachte leise, und das Gespräch war unterbrochen.

»War das nicht eben Tilda Bruhns?«, fragte Carmen Lebrecht.

»Klar, wieso nicht?« Krischan wollte sich an seiner Mutter vorbeimogeln, doch sie stellte sich ihm in den Weg.

»Ich wusste gar nicht, dass ihr befreundet seid.« Normalerweise sah Carmen ihren Sohn nur mit Leuten, denen sie nicht im Dunkeln irgendwo begegnen wollte und die ihrer Meinung nach ungefähr so viel Grips hatten wie der ausgestopfte Fünfender über dem Kamin.

»›Befreundet‹ wäre echt übertrieben.«

»Hast du einen Moment Zeit für mich, Krischan?« Sie deutete auf die Eckbank nahe der Küche, die ihnen und den Angestellten des Gasthofs vorbehalten war. Noch war es leer im *Dorfkrug*. Carmen wollte die Gunst der Stunde nutzen, bevor sie wieder bis in die späten Abendstunden eingespannt sein würde.

»Na, meinetwegen. Ein paar Minuten hab ich Zeit.« Er rutschte in die Bank, stützte das Kinn in die Hände und setzte ein gelangweiltes Gesicht auf. »Tut mir übrigens leid, das mit Jansen«, sagte er, als sie ihm gegenüber Platz genommen hatte.

Erstaunt zog Carmen die Augenbrauen hoch. »Du mochtest ihn doch nicht.« Es hatte sich herumgesprochen, dass Holger Jansen, ihr Dorfpolizist, mutmaßlich für den Tod von Burkhard Schönfeld und Linn Aubach verantwortlich war. Carmen fürchtete den Abend, wenn die rechtschaffenen Bürger im Gasthof einfielen, um die Ereignisse genüsslich zu verhackstücken. Zum Glück hatte kaum jemand mitbekommen, dass sich zwischen Jansen und ihr etwas angebahnt hatte. Sie waren immer diskret gewesen. *Danke, Gott, für kleine Erleichterungen!*

»Na und?«, fragte Krischan. »Selbst wenn ich ihn nicht mochte: echt heftig, die ganze Geschichte. Natürlich tut es mir leid für dich.«

»Danke«, sagte sie. »Willst du was trinken?«

»Ma, wenn ich Durst habe, nehme ich mir was. Ich weiß, wo alles steht.«

»Ja, schon klar.« Sie beugte sich leicht vor und senkte die Stimme. »Hast du denn etwas geahnt? Also, nur, dass was mit Holger nicht stimmt. Nicht die Morde ...«

Krischan zuckte ungelenk mit den Schultern. »Ich fand ihn bloß unsympathisch. So von sich überzeugt und gönnerhaft, und außerdem ein Bulle.«

»Ach ja? Dafür hattest du ja deine Gründe. Die Polizei abzulehnen, meine ich.«

Krischan ging nicht auf den Seitenhieb ein. Früher hätte er sich provozieren lassen. Jetzt lehnte er sich nachdenklich zurück und erwiderte: »Außerdem war er zu jung für dich.«

»Na, vielen Dank! Umgekehrt hätte so ein Altersunterschied doch niemanden gekratzt.«

»Ich meine, er war dir überhaupt nicht gewachsen. Aber ich habe natürlich auch nicht geahnt, was genau mit ihm los war. Dann hätte ich es dir gesagt, okay? Mein Urteilsvermögen ist auch nicht so doll, wie ich dachte. Ich fand Holger immer noch besser als den davor.«

»Burkhard?« Sie verzog peinlich berührt das Gesicht. »Ja, das war ein völliger Fehlgriff. Zu alt für mich. Und er war fies. Ich bin ehrlich gesagt nicht besonders traurig, dass er tot ist.«

»Mama!«, rief Krischan in gespieltem Entsetzen und setzte dann vollkommen ernst hinzu: »Wenn er dir je was getan hätte, hätte ich ihn eigenhändig im Stüvensee ersäuft.«

»Hat er nicht. Und du siehst zu, dass du dir keine Gesetzesübertritte mehr leistest. Ist das klar? Ich will nicht, dass du dir deine Zukunft verbaust.«

»Ist doch wahrscheinlich schon längst geschehen.« Die Gedanken an den Mist, den er gebaut hatte, und die Konsequenzen, die noch folgen mochten, quälten ihn. Meistens gelang es ihm, das erfolgreich zu verdrängen. Doch nicht jetzt.

»Ich denke und hoffe, dass du noch einmal mit einem blauen Auge davonkommst«, sagte seine Mutter. »Und ich erwarte, dass du dich in Zukunft von den anderen beiden fernhältst, die dich da reinzogen haben. Zur Not kaufe ich dir ein Ticket nach Neuseeland. Ich will eine Zukunft für dich, Krischan.« Nun lächelte sie reumütig. »Sonst hätte sich die ganze Schufterei doch gar nicht gelohnt.«

Er schluckte. »Danke, Ma. Ich werde in Zukunft nichts Verbotenes mehr tun. Dafür musst du mich nicht nach Neuseeland schicken. Ich habe meine Lektion gelernt.«

»Das freut mich.«

»Deswegen war Tilda übrigens gerade hier.«

»Was hat sie damit zu tun?«

Krischan schob die Bierdeckel auf dem Tisch hin und her. »Du darfst es auf keinen Fall weitersagen.«

»He, als Wirtin kann ich Geheimnisse für mich behalten. Ansonsten käme ich in Teufels Küche.«

Er deutete mit dem Kopf zu dem Durchgang hinter dem Tresen. »Ich dachte, das da *ist* des Teufels Küche!«

Sie lachte auf.

Er liebte es, seine Mutter fröhlich zu sehen. Nicht die aufgesetzte Fröhlichkeit, die sie den Gästen angedeihen ließ, sondern wenn ihre Augen blitzten und wenn er fühlte, dass es echt war. »Tilda war mit dem einen Typen befreundet, mit Kojote«, erklärte er ihr. »Das ist der, der hinter den Drogen-Lieferungen stand, die ich im Schuppen versteckt hatte. Der hat Kontakt zu ein paar richtig dicken Fischen.«

»Kojote?«, murmelte sie.

»Es ist besser, wenn du seinen richtigen Namen nicht weißt. Jedenfalls wollte Tilda seinetwegen mit mir sprechen. Sie wollte hören, wie es bei der Polizei gelaufen ist. Für mich, aber vor allem für ihn. Sie hat jetzt echt Schiss vor ihm. Tilda hatte nie etwas mit dem Dealen zu tun. Die war immer krass ahnungslos. Und jetzt wäre sie froh, wenn Kojote für ein paar Jahre in den Bau ginge. Am besten, bis sie zum Studieren in einer anderen Stadt ist.«

»Was hast du zu ihr gesagt?«

»Dass sie darüber mit der Polizei reden soll. Ich glaube nicht, dass Tilda in Gefahr ist. Aber sicher ist sicher, oder?«

»Auf jeden Fall.« Carmen versuchte, die heimliche Genugtuung darüber zu unterdrücken, dass die Tochter der unfehlbaren Dr. Viktoria Bruhns auch mal in Schwierigkeiten steckte. Es war peinlich, so etwas überhaupt zu denken. Tilda schien ein nettes Mädchen zu sein. Die konnte nichts dafür, dass ihre Mutter den Pokal der Unfehlbarkeit vor sich her trug. »Wann ist Tilda denn mit der Schule fertig?«

»In einem Jahr.«

»Vielleicht will sie ja auch nach Neuseeland?«

»Spinnst du jetzt? Ich will nichts von der Frau.«

»Schon gut«, lenkte Carmen ein. »Was ich dir eigentlich sagen will, ist, dass es mir leidtut. Ich war immer so beschäftigt. Ich bereue, dass ich dich neulich im Schuppen so hart angegangen bin. Wir hätten lieber gemeinsam überlegen sollen, wie wir am besten mit der Situation umgehen. Ich hätte dich damit in Gefahr bringen können. Das ist mir aber heute erst klar geworden. Ich war nur so überrascht und so wütend und enttäuscht und ... furchtbar selbstgerecht«, fügte sie hinzu.

»Aber du hattest ja recht.«

»Mag sein. Doch das hohe Ross, auf das ich mich da geschwungen habe ... Ich habe selbst so einige Fehler gemacht im Leben. Und der jüngste ... Holger Jansen. Dass ich dir den Typen zugemutet habe!« Sie schüttelte den Kopf.

»Du hast mir gar nichts zugemutet, Ma.« Er sah ihr in die Augen. »Aber gut, dass wir mal geredet haben. Echt.«

»Alles in Ordnung zwischen uns?«, fragte sie hoffnungsvoll.

Er stand auf, beugte sich zu ihr hinunter und gab ihr einen Kuss auf die Wange. »Ist es, Ma. Ehrlich.«

»Wie läuft es mit deinem Fall?«, fragte Marten. Er hatte Pia an der Polizeistation von Stüvensee abgeholt. Sie ließen Pias Wagen stehen und fuhren mit seinem Auto weiter.

»Wir haben ein umfassendes Geständnis vom Täter. Letztlich konnte er es gar nicht erwarten, uns zu erzählen, wie schlau er alles eingefädelt hat.«

»Eitelkeit hat schon so manchen zu Fall gebracht.«

»Ein eitler Mörder ist aber gleichzeitig auch unerträglich. Widerlich, wenn er mit seinen Taten prahlt.« Pia versuchte, sich auf dem Beifahrersitz zu entspannen. Meistens, wenn sie mit Broders unterwegs war, fuhr sie selbst. Dann hatte sie das Gefühl, alles im Griff zu haben.

»Aber wenn er euch freiwillig alles erzählt, weil er sich für so schlau hält, ist es gut für eure Kriminalakte.«

»Das ist wahr. Wir fahren ja weiter nach Norden«, stellte sie wie beiläufig fest.

Marten lachte leise auf. »Pia, spar dir die Mühe. Ich verrate nichts. Genieße einfach die Fahrt.«

»Ist nicht so einfach«, murmelte sie.

»Schau, wie toll der Raps blüht.«

»Ich bin nicht der Überraschungstyp. Und auch nicht der Raps-Typ«, setzte sie hinzu. »Der ist mir zu grell.«

Er grinste. »Du hörst dich manchmal schon an wie Broders.«

»Nichts gegen Broders!«

»Niemals. Ich schätze ihn ebenso sehr wie du.«

Als Marten von der Autobahn abfuhr, blickte Pia neugierig aus dem Fenster. Sie kannte diese Ecke von Schleswig-Holstein recht gut, war schon oft hier herumgefahren. Doch sie hatte immer noch keine Idee, wohin die Fahrt ging.

»Mach die Augen zu«, forderte Marten, nachdem sie ein paar Kilometer Landstraße hinter sich gebracht hatten. Sie spürte, dass er bremste und abbog.

Eine Weile versuchte Pia, gedanklich zu verfolgen, wo sie gerade waren. Doch nach einer Weile verlor sie den Überblick und gab es auf. »Darf ich die Augen wieder aufmachen?«

»Lass sie auf jeden Fall zu!« Marten fuhr noch langsamer, bog mehrmals ab, dann wurde die Fahrt holprig. Endlich hielt er an und stellte den Motor ab. »Noch nicht die Augen öffnen«, sagte er.

»Ich kann es nicht mehr aushalten«, entgegnete Pia spaßeshalber. Das war einer von Felix' Sprüchen gewesen, als er kleiner gewesen war. Egal, ob es dabei um einen seiner Meinung nach zu langen Spaziergang oder das Warten auf die Bescherung zu Weihnachten gegangen war. Und so ähnlich fühlte Pia sich jetzt. Doch ihr fehlte dabei die kindliche Zuversicht, dass die ihr zugedachte Überraschung ihr auch gefallen würde.

Marten stieg aus und öffnete die Beifahrertür. »Bist du brav, oder muss ich dir die Augen verbinden?«

»Wage es nicht!«

»Also hast du dich fürs Bravsein entschieden.« Er nahm ihre Hand. Sie stieg aus. Kies knirschte unter ihren Füßen, als sie ein Stück gingen. Gras raschelte. Pia fühlte die Sonne warm in ihrem Gesicht und hörte den Wind in Baumkronen rauschen. Ansonsten war bis auf das Summen von Insekten und das Zwitschern der Vögel nichts zu vernehmen. Die Luft war angenehm frisch. Wo zum Teufel waren sie?

Immer wieder drückte Marten ihre Hand. Obwohl seine Stimme ruhig und ein bisschen spöttisch klang, spürte sie seine Aufregung. Und die übertrug sich auf sie.

Als sie glaubte, die Spannung nicht länger auszuhalten, blieb er stehen. Er legte ihr den Arm um die Schultern und drückte sie leicht. »Jetzt darfst du die Augen öffnen«, sagte er ihr leise ins Ohr.

Pia überlief ein kleiner Schauder.

40. Kapitel

Sie blinzelte. Verdattert schaute Pia auf ein kleines Bauernhaus, umgeben von einer Streuobstwiese, auf der das Gras kniehoch stand. Durch die Bäume hindurch schimmerten im Hintergrund grüne Wiesen, ein Rapsfeld und ein winziger Streifen Ostsee.

»Wo sind wir?«, fragte sie, weil ihr erst mal keine bessere Frage einfiel.

»Wir stehen vor dem Haus, von dem ich überlege, es zu kaufen. Vorausgesetzt, es gefällt auch dir und Felix.«

»Marten, du willst ein Haus kaufen?«, stotterte Pia.

»Ich möchte das schon sehr lange, aber allein ist es langweilig. Ich möchte es nur haben, wenn ich es mit euch teilen kann.«

»Marten, ich …«

»Psst, Pia.« Er sah ihr in die Augen. »Schau es dir zuerst an. Bitte!« Marten zog einen Schlüssel aus der Tasche und ging mit ihr auf die Eingangstür zu. Der Vorgarten war gärtnerisch ein wenig aus der Form geraten, doch man sah noch, wo sich die Beete befunden hatten. Das Haus stand anscheinend noch nicht allzu lange leer. Die Rahmen der Fenster und die Türen waren, untypisch für diese Art von Haus, anthrazitfarben und augenscheinlich alle neu. Auch das Dach schien gut in Schuss zu sein. Marten schloss auf und stieß die Tür auf.

»Oh, diese alten Fliesen!«, rief Pia aus, als sie die Diele betrat. Und die Balken! Und wie hell es ist!«

»Nicht wahr?« Marten strahlte in vorauseilendem Besitzerstolz.

Eine frisch abgeschliffene Holztreppe führte in einem Bogen nach oben zu einer Galerie.

Sie gingen durch in einen Wohn- und Essbereich mit angrenzender Küche. An der Stirnseite des Hauses war das ehemalige Scheunentor verglast worden, sodass es in dem Raum fast so aussah, als stünde man im Garten.

Pia trat an die Scheibe und blickte hinaus. Dann ging sie quer durch den leeren Raum zu der Küche, strich beinahe andächtig über die glänzenden grauen Küchenfronten. »Du nimmst mich auf den Arm, oder?«

»Das würde ich niemals wagen«, sagte er mit zuckendem Mundwinkel.

»Doch, das würdest du.«

»Nicht, wenn es um einen Herzenswunsch geht.«

»Du willst auf dem Land wohnen?«

»Das war schon immer mein Traum. In meiner Bude in Kiel hält mich eigentlich nichts mehr.«

»Aber ich … Ich mag Lübeck. Und Felix gehört dorthin. Er geht dort zur Schule.«

»Das weiß ich. Und ich will es auch nicht ändern. Jedenfalls nicht von jetzt auf gleich. Doch wir könnten hier am Wochenende zusammenwohnen. Als sichere Basis für uns drei, auch wenn ihr euch unter der Woche wieder ins Stadtgetümmel stürzt. Ich würde von hier aus zur Arbeit nach Kiel fahren und die Stellung halten. Es gibt in Haus und Garten wahnsinnig viel zu tun.«

Pias Blick fiel hinaus ins Grüne. Felix liebte es, draußen in der Natur zu spielen. Bei ihren Eltern in Stockelsdorf war er kaum aus dem Garten zu bekommen. Das Hochbeet, das ihr Stiefvater für ihn angelegt hatte, war für Felix das Größte.

Doch würde es ihm hier nicht zu einsam sein? Na ja, sicher gab es in der Nachbarschaft auch irgendwo Kinder … »Im Sommer ist es ein Traum. Aber im Herbst und Winter?«, fragte Pia skeptisch.

»Schau, es gibt zwei alte Kachelöfen, und man kann draußen im Schuppen viel Holz einlagern. Wir wären autark.«

Pias Herz schlug heftig. Das war ihr gerade ein wenig zu viel. Zu viel an Entscheidung nach der harten Ermittlung, während der sie sich keine Pause gegönnt hatte. Zu viel Neues nach der Angst um die vermisste Zeugin und um ihre Kollegin. Und zu viel Zukunftsplanung nach Martens Abwesenheit in Wiesbaden. Während dieser Zeit war sie sich nicht einmal sicher gewesen, ob er überhaupt wieder zurück in den Norden kommen würde.

Marten schien ihre innere Zerrissenheit zu spüren. Er zog sie in die Arme. »Sag jetzt gar nichts dazu, Pia. Ich wollte, dass du es gesehen hast, bevor ich lange davon erzähle. Wir können später darüber reden.«

»Es ist wunderschön«, sagte sie mit rauer Stimme. »Ich bin nur so überrascht.«

»Es könnte ein richtiges Zuhause werden.«

»Aber ich … würde den Landrover mitbringen! Das ist wie eine Hypothek.« Pia sah Marten prüfend in die Augen. »Könntest du damit umgehen?«

»Ich glaube, ich kann sehr gut damit leben.«

»Glaubst du es, oder weißt du es?«

»Ich weiß es. Und *er* würde auch wollen, dass es euch gut geht.«

Ein einsamer Hof, eine alte Legende und ein dunkles Geheimnis

Eva Almstädt
AKTE NORDSEE -
DER TEUFELSHOF
Kriminalroman

ISBN 978-3-404-18997-7

Anwältin Fentje Jacobsen ist auf die Hochzeit ihres alten Freundes Henning eingeladen. Als eine Nachbarin am nächsten Morgen das frisch vermählte Paar auf dem Hof der Familie aufsuchen will, findet sie die Eltern des Bräutigams ermordet, den Sohn schwer verletzt vor. Nur die Schwiegertochter konnte sich retten. War es ein Überfall oder ein Familiendrama? Als die Polizei Letzteres vermutet, will Fentje Hennings Unschuld beweisen. Dabei trifft sie auf den Journalisten Niklas John, der im Interesse der überlebenden Ehefrau ganz eigene Ziele verfolgt. Dieses Mal werden sie bestimmt nicht gemeinsam ermitteln. Aber dann wird ein Anschlag auf Niklas verübt, und er muss Fentje um Hilfe bitten…

Lübbe

Lesejury